btb

»Für mich ist das eine zentrale Frage: Wie ändert man sich?
Kann man sich überhaupt ändern? Wie gewinnt man Klarheit
darüber, wo man steht im Leben? Je älter man wird, desto
schwieriger ist die Veränderung ... so ein Bruch hat Folgen, für alle
Beteiligten.« Dana Spiotta in einem Interview mit der *L.A. Times*

Mit 53 gibt Sam Raymond ihre sichere Vorortexistenz mit Familie
für ein Leben allein im Problemviertel von Syracuse auf.
Fortan werden ihre Nächte von Selbstzweifeln und Polizeisirenen
zerschnitten. Ihre Tochter antwortet nicht mehr auf ihre
Nachrichten. Und in den Augen ihrer Mutter ist Sam ohnehin auf
dem Ego-Trip. Als Sam in ihrer neuen Nachbarschaft schließlich
Zeugin eines Gewaltverbrechens wird, scheint ihr Traum von einem
selbstbestimmten Leben jäh vorbei.
Schonungslos aufrichtig erzählt Dana Spiotta vom Älterwerden,
von Liebe, Zerrissenheit und dem Mut, den wir aufbringen müssen,
um miteinander in echte Verbindung zu treten.

DANA SPIOTTA, 1966 geboren, hat bislang fünf Romane
veröffentlicht, für die sie vielfach ausgezeichnet wurde.
Sie lebt mit ihrer Familie in Syracuse, New York, wo auch ihr
neuer Roman spielt.

Dana Spiotta

Unberechenbar

Roman

Aus dem Amerikanischen
von Andrea O'Brien

btb

Die Originalausgabe erschien 2021 unter dem Titel
»Wayward« bei Alfred A. Knopf, New York

Die Arbeit der Übersetzerin am vorliegenden Text
wurde vom Deutschen Übersetzerfonds und
dem Programm »NEUSTART KULTUR« gefördert.

 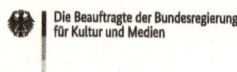

 Cradle to Cradle Certified® ist eine eingetragene Marke
des Cradle to Cradle Products Innovation Institute.

Penguin Random House Verlagsgruppe FSC® N001967

1. Auflage
Genehmigte Taschenbuchausgabe Juli 2024
btb Verlag in der Penguin Random House Verlagsgruppe,
Neumarkter Straße 28, 81673 München
Copyright © der Originalausgabe 2021 Dana Spiotta
Copyright © der deutschsprachigen Erstausgabe 2023 Kjona Verlag GmbH
Umschlaggestaltung: semper smile, München
unter Verwendung des Entwurfs von Marion Blomeyer, lowlypaper
Umschlagmotiv: T. S. Harris, *Flying Diver*
Satz: Herr K | Jan Kermes
Druck und Einband: GGP Media GmbH, Pößneck
MN · Herstellung: ast
Printed in Germany
ISBN 978-3-442-77411-1

www.btb-verlag.de
www.facebook.com/penguinbuecher

Für Agnes und Emy

»In Deinen Adern fließt
eine Art wildes Waldblut.«

Mary Ruefle, »Pause«

2017

EINS

SAM

1

Ein möglicher Anhaltspunkt zu verstehen, was mit ihr geschehen war (was sie herbeigeführt, ja regelrecht forciert hatte): Angefangen hatte alles mit dem Haus. Mit diesem einen, besonderen Haus, aber auch damit, wo es stand, und wo sie, wie sie feststellte, ebenfalls sein wollte. Es handelte sich um einen verwahrlosten und verlassenen Craftsman-Bungalow in einem heruntergekommenen, früher sehr lebendigen Viertel von Syracuse, New York.

2

Das Haus stand oben auf einem winzigen Grundstück an der Highland Street, die auf einer Anhöhe verlief und an einer Seite von einer Grünanlage mit weitläufigen Rasenflächen und Bäumen gesäumt wurde. Was aussah wie ein kleiner Park, war in Wahrheit ein Friedhof mit alten, über dem Hügel verstreuten Gräbern. Die Anlage war eigentlich ganz idyllisch, sofern man sich nicht vor Gräbern gruselte, was Sam nicht tat. Von der Highland Street aus blickte man weit über die Innenstadt. Man sah die Kirchtürme und auch, dass die kleine Stadt Syracuse in einem Tal lag, von Bergen umringt. Wenn der Onondaga See nicht gerade von tiefhängenden Wolken verdeckt war, konnte man sogar erkennen, dass er die Form einer Niere hatte. Blickte man aus den Seitenfenstern des Hauses, war auf einem anderen Hügel die Universität auszumachen. Als Orientierungshilfe diente der weiße Wattebausch des Carrier Dome (benannt nach der fast abgewickelten Carrier Corporation – von der nur noch vereinzelte Fabrikjobs, der Dome und ein fieser Kreisverkehr namens Carrier Circle übriggeblieben waren, den Sam hasste). War der Carrier Dome erst gefunden, erspähte man gleich danach die Spitzdächer und Türmchen der Universitätsgebäude.

Sams Entscheidung, ihren Mann zu verlassen – oder vielmehr das Verlassen selbst –, wurde in jenem Moment angestoßen, als sie ein Angebot für das Haus abgab. Es war ein Sonntag, Sam hatte bereits seit fünf Uhr wachgelegen und nicht mehr einschlafen können. Sie schrieb dieses unnötig frühe Erwachen den herannahenden Wechseljahren zu. Ihre Periode kam zwar noch jeden Monat, aber in ihrem Körper und sogar in ihrem Gehirn spielten sich seltsame Veränderungen ab. Dazu gehörte, dass sie sonntags morgens immer um Punkt fünf Uhr aufwachte und ihr Verstand den Schlaf mit einer Unerbittlichkeit abschüttelte, als hätte sie bereits eine Tasse Kaffee intus. Und genau wie nach einem solchen Kaffee war sie gleichzeitig hellwach, im Adrenalinhoch, und völlig erschöpft, allem überdrüssig. An jenem Sonntagmorgen spürte sie das kalte Parkett unter den Füßen und konnte ihre Pantoffeln nicht finden. Es war noch dunkel. Vorsichtig, um ihren Mann nicht zu wecken, aktivierte sie die Taschenlampenfunktion ihres Handys und tappte ins Bad. Sie pinkelte, wusch sich das Gesicht und putzte sich, ohne in den Spiegel zu schauen, die Zähne. Dann schob sie die Jalousien hoch und sah hinaus. Mit der Dämmerung hellte der Himmel langsam auf, über Nacht waren ein paar Zentimeter Schnee gefallen. Typisch für Syracuse, so ein Wintereinbruch im März. Alle jammerten, es sei »doch schon Frühling«, aber wieso eigentlich, wo doch jeder wusste, dass der Frühling in Syracuse erst viel später kam? Außerdem sah der Schnee im Märzlicht geradezu spektakulär aus. Der allmähliche Sonnenaufgang tauchte alles in schimmerndes Rosa und Gold, und die dünne Eisschicht auf dem Schnee glitzerte, beleuchtet vom Himmel und den Straßenlaternen. Die Bäume, die Dächer, sogar die frostverkrusteten Autos sahen wunderschön aus. Wie so oft, wenn etwas so spektakulär schön aussah, wirkte es überfrachtet, zu dramatisch, fast schon penetrant. Aber Sam genoss das Drama des Märzschnees. März hieß, dass der Himmel blendend grell strahlte, da war keine wolkenschwere Düsternis wie im Januar, keine schmuddelgraue Monotonie wie im Februar, der schlimmste Monat im Jahr. Wenn März war, fielen im Tageslauf scharfe Schatten auf den verkrusteten Schnee, vor lauter Grelle musste man die Augen zukneifen, und wenn kein Wind ging, konnte man vielleicht sogar den Mantel aufmachen. In solchen Momenten hätte Syracuse auch eine Skipiste in Colorado sein können. März war anders, weil das Licht Frühling verhieß und der Schnee alles hübsch machte, frisch und adrett.

Das Wichtigste aber: Sam hielt sich für die einzige Person auf der Welt, die sich Ende März an plötzlichem Schneefall erfreuen konnte, und darauf war sie ein bisschen stolz. Sie gefiel sich darin, ein klein wenig anders zu sein als die anderen, sie genoss die geheimnisvolle Spannung, wenn sich hinter einer gewöhnlichen Fassade ein originelles, radikales Innenleben verbarg. Damals zum Beispiel, als sie sich beim Schlussverkauf von Talbots in DeWitt zusammen mit zig gleichaltrigen, ebenso wohlsituierten Kundinnen aus den Vororten einfand, hatte sie sich bewusst von den anderen abgesondert. Klar hatte Sam ebenfalls für sich entdeckt, dass die klassische A-Linie oder Etuikleider aus Romanit-Jersey in starken Farben Problemzonen kaschierten und der grotesken Unförmigkeit des mittleren Alters schmeichelten (»schmeicheln« – so ein tragisches Wort) – ein Verwischen von Konturen, quadratisch, praktisch, alt. Doch obwohl sie sich ebenfalls dort eingefunden hatte, der Einladung aus der Massen-E-Mail zum *Super Sale* gefolgt war, die natürlich nur »Insider« bekamen, war Sam überzeugt, nicht so zu sein wie die anderen Frauen. Innerlich verspottete sie die offensichtliche Manipulation, verspottete sich selbst, und wusste, dass diese Marken und der gepflegte, adrette Look einen bestimmten Lebensstil signalisierten. Klassischer Faltenrock, geknöpfte Ärmel, flache Ballerinas – schlichte, praktische Eleganz. Es kam ihr sogar in den Sinn, dass die anderen Frauen dieselben Gedanken hegen könnten und niemand bewusst nach Gleichförmigkeit strebte – zumindest nicht im modernen Amerika. Niemand, der kein Teenager war, dachte: *Ich will das, weil alle anderen es auch haben.* Nein, Sam wusste, dass sie einem weismachten, man wäre ein Individuum und ein Freigeist, selbst wenn man das kaufte, was alle anderen kauften. Sie ließen einen in dem eitlen, hehren Glauben, man könnte selbst bestimmen. Das wahre Geheimnis des Konsums in einer aufgeklärten, selbstbewussten Gesellschaft. Ihr Gefühl, Widerstand zu leisten, war ebenso fabriziert wie ihr Bedürfnis, schmeichelnde Kleidung zu kaufen. Trotzdem (!) glaubte Sam, sich durch ihre reflektierten und selbstkritischen Gedanken beim Shopping von den anderen Frauen zu unterscheiden. Ganz sicher. Insgeheim hielt sie sich für eine exzentrische Person, die sich jenseits normativer Denkmuster und Befindlichkeiten bewegte.

In letzter Zeit war dieses Bedürfnis, sich Konventionen zu widersetzen, noch dringlicher geworden, und es ging weit über Kleidung und Geschmacksfragen hinaus. Sie war aufsässig, getrieben von einer geradezu mutwilligen Widerspenstigkeit, die ein Ziel suchte, an dem sie sich abarbeiten konnte. Inzwischen (vorher nicht) drängte sie dieser seltsame Gemütszustand in eine höchst destabilisierende Wildheit (und Rücksichtslosigkeit), der sie nicht mehr länger widerstehen konnte.

Sie zog an jenem Sonntagmorgen dasselbe an wie am Tag zuvor: ausgeleierte Jeans und einen schwarzen Pulli mit Wasserfallkragen. Sie hatte keine Lust mehr, ihren vollgestopften Kleiderschrank zu öffnen. Wozu brauchte sie so viel Zeug? Sie hatte in den letzten Monaten immer wieder festgestellt, wie kalt sie viele Dinge ließen, für die sie sich früher hatte begeistern können.

Sam schlich nach unten, um sich einen Kaffee zu machen.

Es gehörte zu ihren Gewohnheiten, im Internet Immobilienanzeigen zu lesen. Sie besuchte gern öffentliche Besichtigungen, ein beliebter Zeitvertreib unter gelangweilten Hausfrauen. Sie wusste, auch die meisten anderen Besucher dort hatten keinesfalls die Absicht, eine Immobilie zu erwerben, sie wollten lediglich ein bisschen im Leben anderer Leute herumschnüffeln oder Grundstückspreise vergleichen oder sich in einem frischen architektonischen Rahmen ein anderes Leben vorstellen. Vor allem diesen letzten Beweggrund konnte sie sehr gut nachvollziehen. Früher hatte sie mal mit dem Gedanken gespielt, Architektur zu studieren (und Geschichte und Women's Studies und Literatur), sich das aber schnell wieder ausgeredet und – *voll retro*, wie sie ihren Freundinnen erklärte – stattdessen für Ehe und Kinder entschieden. Seither hatte sie sich mit einem Dasein als Laiin abgefunden. Und als Hausfrau (was für eine abwertende Bezeichnung, als wäre sie mit dem Haus verwachsen und würde ebenfalls dem Besitzer gehören).

Ungewöhnliche, historische Gebäude begeisterten sie (und Syracuse hatte viele davon): Sie waren ein geheimer, wenn auch entschlüsselbarer Code, eine Vergangenheit zum Anfassen, festgehalten in Form und Material. Da war zum Beispiel die verlassene AME Zion Church an der East Fayette Street. Ihr kleiner, perfekter Korpus ruhte auf einem soliden, unzerstörten Kalksteinfundament. Neben dem großen Buntglasfenster in gotischem Spitzbogen ragte ein bescheidener Glockenturm auf, mit bröckelndem weißen Mauerwerk, von dem die Farbe weitgehend abgeblättert war. Das Bauwerk stand verloren in der Betonwüste an der I-81, mit jungem Eschenahorn überwachsen und Graffiti besprüht, die Fenster längst mit Brettern vernagelt. Die Kirche gehörte der ältesten Schwarzen Gemeinde von Syracuse und war vor hundert Jahren erbaut worden, um ein Gebäude von 1840 zu ersetzen, das damals eine wichtige Station der Underground Railroad gewesen war. Sam hatte auf alten Fotos gesehen, wie die Kirche im blühenden Zentrum des 15th Ward gestanden hatte, bevor das Viertel im Namen der innerstädtischen Erneuerung zerstört worden war. Gestrandet und vergessen hatte sie doch überdauert. Es gab so viele historische Bauwerke in Syracuse, da konnte man es sich leisten, einige von ihnen verfallen zu lassen. Wenn Sam ein Gebäude entdeckte, das sonst niemand mehr zu bemerken schien, hielt sie an, betrachtete es von allen Seiten und legte oft sogar die Hand ans Mauerwerk, eine Respektsbekundung, eine Art Kommunion. Faszinierende alte Gebäude und Häuser, leerstehend oder noch in Gebrauch, buhlten überall in der Stadt um ihre Aufmerksamkeit. Manchmal fuhr sie Umwege, nur um einen Blick auf ihre Lieblinge zu werfen.

Aber öffentliche Besichtigungen waren ein viel intimeres Erlebnis, denn sie boten Sam die seltene Gelegenheit, ins Innere zu blicken. Kaum war sie über die Schwelle ins Haus gelangt und dem Alltag entflohen, spürte sie förmlich, wie es sie veränderte, wie es auf die Person einwirkte, die sie war oder sein könnte. Wie würde es sich anfühlen, hier zu leben, in diesen Räumen aufzuwachen, an diesem Ort mit ihrem Mann zu streiten?

Dieses eine besondere Haus nun, in der Zeitung zur öffentlichen Besichtigung gelistet, erregte ihre Aufmerksamkeit, weil sie es zuvor schon auf Instagram gesehen hatte, gepostet von einem Account für Architekturliebhaber:

Einzigartiger Craftsman-Bungalow, 1913 von Ward
Wellington Ward entworfen. Zum Verkauf für 38.000 USD!
Nur für Unerschrockene, muss umfassend saniert werden.
Fast alle Originaldetails erhalten. 110 Highland St., Syracuse,
Besichtigung Sonntag, 26. März, 11 bis 14 Uhr. Für weitere
Informationen Link in Bio.
#altehäuserzumschnäppchenpreis #altesbewahren #bungalow
#restaurieren #flügelfensterfuror

Außer ihr waren an diesem Sonntagmorgen bei der Besichtigung in der Highland Street Nummer 110 keine anderen Eskapisten angetreten.

Das Haus war halb verfallen. Das Haus war wunderschön.

Es hatte Bleiglasfenster, eingebaute Regale und Sitzbänke mit verstecktem Stauraum. Zwei dieser Sitzbänke waren von Holzbalkenabschlüssen eingefasst (echte *Inglenooks*), sie befanden sich rechts und links vom (ach, heißersehnten!) Kamin, der mit kunstvollen Kacheln dekoriert war (»Mährische Mercer-Kacheln«). Sam stellte sich vor, wie sie in dieser Nische säße, gelegentlich aufs Feuer blickte, ein Buch las. Die Kacheln waren schmutzig, von einer Staubschicht überzogen, aber unbeschädigt. In den Reliefs erkannte sie eine Bildergeschichte (»Der heilige Georg mit Drachen«, sagte der Makler). Sie waren rosafarben, grün und weiß, hatten rustikale Unebenheiten und eine ungleichmäßige Glasur. Als Sam mit den Fingerspitzen darüberstrich, spürte sie eine eindeutige Verbindung. In einem Podcast hatte das mal jemand »Erdung« genannt. Also barfuß draußen rumlaufen und darauf warten, dass die Erde sich mit dem Körper verbindet. Angeblich brachte einen das wieder ins Gleichgewicht, also den circadianen Rhythmus oder so was. Half bei Jetlag. Oder gegen diese endokrinen Disruptoren, die in den Umweltgiften steckten, denen man ständig ausgesetzt war. Oder es schützte vor EMF, den elektromagnetischen Feldern in der Umgebung von Wifi-Netzen und Funkmasten. Vielleicht half es sogar gegen alles, Erdung, vermarktet als eine Art Universalheilmittel. Sam machte sich darüber lustig, so ein Eso-Quatsch, aber als sie die Kacheln berührte, fühlte sie sich tatsächlich geerdet. Es gab kein anderes Wort dafür, eine ausgleichende Strömung floss durch die staubige Fliese direkt in ihre Hand und von dort aus in ihren ganzen Körper.

Eingefasst wurden die Kacheln von strukturierten, dunkelroten Backsteinen, darüber thronte ein Sims aus dunklem Eichenholz, ebenfalls staubig, ebenfalls unbeschädigt. Gustav Stickley oder William Morris, einer von beiden, hatte einst die Ideale der Arts-und-Crafts-Bewegung beschrieben, der Kamin, hatte es geheißen, solle ein Stück Alltagskunst sein. Von Hand gefertigt, schlicht, zweckmäßig, schön: Sam fröstelte, sie brauchte Feuer. Der Kamin zog sie an, lud sie zum Verweilen ein. Für sie war er eine Art säkulare Andachtsstätte. Hier, so glaubte sie, würde sie die Verbindung zu etwas Ursprünglichem spüren. (»Selbstverständlich müsste man sich den Schornstein genauer ansehen.«) Um im langen Winter in Syracuse nicht den Verstand zu verlieren, brauchte sie diesen herrlichen, alten, verschwenderischen offenen Kamin. In ihrem Haus in der Vorstadt hatten sie auch einen, aber der war hinter Glas, gab seine Wärme in kontrollierten

Einheiten ab, und dazu brummte sonor der Abluftventilator. In der Mitte leuchtete die Gasflamme in kühlem Blau.

»Dieses Haus ist im Verzeichnis von Historischen Stätten als The Garrett House gelistet und hat sogar einen eigenen Wikipedia-Eintrag. Es wurde 1913 von Ward Wellington Ward entworfen.«

»Ja, das habe ich in der Anzeige gelesen«, sagte Sam. »Ward ist mir ein Begriff.« Bei der Onondaga Historical Association hatte sie einige von Wards Bauplänen gesehen. Akkurat mit Farbstiften und Tinte gezeichnet. Die drei Ws seines Namens, Ward am Anfang und Ward am Ende, die morsecode-artige Anmutung, alles trug die Handschrift der Arts-und-Crafts-Bewegung. Alles war Kunst, sogar sein Name.

»Aha, gut. Dann wissen Sie ja, dass seine Häuser was Besonderes sind. Garrett hat dieses hier wie gesagt im Jahre 1913 erbauen lassen, aber dann ist er im Ersten Weltkrieg gefallen. Seine Witwe hat dann anschließend noch mehrere Jahrzehnte darin gelebt. Die nächsten Besitzer haben es leider verfallen lassen, aber die Original-Stilelemente sind noch erhalten. Offensichtlich braucht es ein wenig Liebe und Zuwendung: Heizung, Elektrik, Dach, Schimmelsanierung. Vielleicht einen neuen Schornstein. Bessere Kellerentwässerung. Das Fundament müsste verstärkt werden. Aber es ist trotzdem ein wunderbares Haus, finden Sie nicht?«

»Ja«, sagte Sam.

Später fuhr sie zu einer großen Wegmans-Vorortfiliale und kaufte wilden Heilbutt, Süßkartoffelwürfel und dreifach gewaschenen Bio-Babyspinat fürs Abendessen ein. Sie besorgte eine Mango, Allys Lieblingsobst, getreidefreies Vanille-Knuspermüsli für ihren Mann und mehrere Flaschen von dem deutschen Mineralwasser, das sie selbst gern trank.

Sie fuhr mit den Lebensmitteln nach Hause. Außer ihr war noch niemand da. Und dann, anstatt zu kochen, fuhr sie einfach wieder zurück in die Stadt. Es war fast sechs, und die Sonne ging schon wieder unter. Der Himmel wurde von hinten beleuchtet, schillernd, frühlingshell, und während der Fahrt beobachtete sie die glühenden Wolken am Horizont, in Rosa und Orange. Sie war extra in die Stadt gefahren, weil sie das Haus noch einmal kurz vor Sonnenuntergang sehen wollte, in diesem irrwitzigen, fast schon kitschigen Licht. Oben auf dem Hügel bog sie in die schmale Einfahrt. Das Dach war steil, die garstigen Asphaltschindeln lösten sich bereits. Aber. Durch die Fenster vorn und auf der Seite sah man die Sonne untergehen. Die Stadt leuchtete, egal wohin man blickte, und in der Ferne, hinter den Wolken, meinte man einen Ozean zu erkennen, einen riesigen See oder ein fernes Ufer. Dieser Architekt, Ward Wellington Ward, muss das gewusst haben. Als er das Haus entwarf, hatte er sicher an den Himmel gedacht, an die Bäume. Dem Mann war klar gewesen, wie sehr jeder in Syracuse am Ende eines Frühjahrstages dieses Licht brauchte, selbst wenn es auf einer dicken Schneedecke glitzerte.

Sam zog die Visitenkarte aus der Manteltasche und rief den Makler an. »Ich will es«, die Worte kamen aus dem reptilischen Teil ihres Hirns (vermutlich dem paläomammalischen, limbischen oder sublimbischen), irgendeine Niederung, von der sie bisher nichts geahnt hatte. »Also ... ich will ein Angebot abgeben. Geht das heute noch?« Einfach so. Sie unterschrieb den Vertrag und stellte einen Scheck für die Anzahlung aus. Innen war übergeschäumt und zu Außen geworden. Mit einem Häkchen erklärte sie ihren Verzicht auf eine professionelle Begutachtung. Gekauft wie besehen.

Das Haus mit seiner paradoxen Persönlichkeit, rustikal und doch elegant, hatte ihr Herz erobert. Es war erschaffen worden, um einem Zweck zu dienen, einem sinnlichen Zweck. Denn wer *brauchte* schon eine eingebaute Sitzbank am Kamin? Eine so große Feuerstelle war eine offensichtliche Verschwendung. Schönheit war ein Wert an sich, genau wie das Wohnerlebnis. Das Interieur wirkte handgefertigt, persönlich. Und doch strotzte es vor Künstlichkeit, dieses Konzept des Arts-and-Crafts, das seine Heimeligkeit und Nostalgie aus dem Gemütlichkeitsfundus englischer Cottages bezog und sich dabei einer kuriosen Dorfkirchenidyllik bediente. Dann der Zustand des Hauses. Schmutzig, baufällig, viel zu lange unbewohnt.

Es war kaputt. Es gehörte ihr.

Sie stieg ins Auto und warf einen letzten Blick darauf, vielleicht, um dieses Bild in ihr Herz aufzunehmen, so wie man es bei einem geliebten Menschen macht, bevor er abreist. Da erst fiel Sam das weiße Papier auf, das zwischen Haustür und Rahmen klemmte. Sie stieg wieder aus dem Auto, um nachzusehen, und als sie daran zog, stellte sie fest, dass es dicker war als erwartet. Fast wie eine Karteikarte, handtellergroß. Sie drehte es um. Es war bedruckt, blaue Lettern auf cremefarbenem Hintergrund.

ACHTUNG: NTE KOMMT BALD

Sam zuckte die Achseln. Was sollte das sein, NTE? Werbung? Eine religiöse Botschaft? Die Hochwertigkeit der Karte verlieh ihr eine gewisse Bedeutung. Sam steckte sie in die Hosentasche.

Sie machte sich auf den Rückweg in die Vorstadt, und erst

da, während der Fahrt, ging ihr auf, dass sie ihren Mann verlassen würde. Matt. Sie würde in das baufällige Haus in der Innenstadt ziehen, das ungeliebte, vergessene Haus mit Blick auf die ungeliebte, vergessene Stadt. Warum? Weil nur sie seine Schönheit erkannte. Es war für sie geschaffen. Sie konnte – durfte – nicht widerstehen. Ein Ja zu dieser Version ihres Lebens bedeutete ein Nein zu der anderen.

3

Sam hatte die rechte Hand am Steuer und tappte das Handy mit der Linken aus seinem Schlaf, gab ihre PIN ein und schaffte es, ohne den Blick von der Fahrbahn abzuwenden, unter den Favoriten den Eintrag »Ma« auszuwählen. Nachdem sie auch noch den Lautsprecher aktiviert hatte, konzentrierte sie sich endlich ganz auf die Straße, allerdings nicht ohne Gewissensbisse, weil sie während der Fahrt am Handy herumgefummelt hatte. Ihr Gewissen schlug regelmäßig an, änderte aber rein gar nichts an ihrem Verhalten.

»Hallo?«, sagte ihre Mutter, als wüsste sie nicht ganz genau, dass Sam dran war, als könnte sie Sams Namen nicht auf ihrem Display sehen, als würde Sam nicht jeden Tag anrufen.

»Hi, Ma.«

»Hi, Schätzchen.«

»Wie geht es dir? Hast du Schm–«

»Gut geht's mir«, wurde Sam von ihrer Mutter unterbrochen. Es klang wie eine Warnung. Lily war krank, aber Sam sollte es ja nicht erwähnen. »Lass uns nicht darauf herumreiten«, hieß es immer.

Also sattelte Sam um und schlug eine andere Gangart an. »Das freut mich.«

»Aber wie geht es dir? Du klingst so seltsam.«

Sam lachte. »Mir geht's ganz hervorragend!«

»Was ist los?«

Sie erzählte ihrer Mutter in allen Einzelheiten von ihrem

Hauskauf, die Worte sprudelten mit schockverliebter Atem-losigkeit aus ihr hervor.

»Du hast allen Ernstes ein Angebot gemacht? Hast du einen Vertrag unterschrieben?«

»Ja.«

»Weiß Matt Bescheid?«

»Noch nicht.«

»Sam, du musst es ihm sagen. Vielleicht kannst du es ja noch rückgängig machen. Ich glaube, man hat drei Tage Widerrufsrecht.«

»Ich will es nicht rückgängig machen.«

»Du kannst doch nicht einfach ein Haus kaufen und Matt nichts davon erzählen ...«

»Du verstehst das nicht. Es ist nicht nur ein Haus.«

»... und wenn es noch so günstig war. Es mag ja ein Schnäppchen gewesen sein, aber ein Haus kauft man nicht einfach so wie ein Paar Schuhe. Mal ernsthaft, Sam. Willst du ihn damit provozieren?«

»Nein! Mach dich nicht lächerlich. Ich erzähl's ihm schon.«

»Ich bin lächerlich? Du denkst einfach nicht nach. Das ist doch Blödsinn, vollkommen irrational.«

»Das weiß ich. Darum geht es ja.«

»Ruf ihn gleich an. Sprich mit ihm. Soll ich ihn anrufen?«

»Nein! Ich mach das schon selbst.«

4

Sam sagte ihrem Mann kein Wort, weder an diesem Abend noch am folgenden. Sie ignorierte die Nachrichten ihrer Mutter auf der Mailbox. Statt sie zurückzurufen, teilte sie ihr per Mail mit, es gehe ihr gut, sie werde sich melden, wenn es was Neues gebe. Eigentlich hatte sie vorgehabt, mit ihrer engsten Freundin Emily zu sprechen, aber die ging ihr in letzter Zeit ziemlich auf den Keks. Außerdem war Sam nach der Reaktion ihrer Mutter vorsichtiger geworden. Nicht, weil sie sich ihrer Entscheidung nicht sicher wäre, sondern weil sie keine Diskussion darüber wollte. Ihr Leben war schließlich kein beschissenes Crowdsourcing-Projekt.

Am Morgen des dritten Tags war Sam zunächst wie immer von ihrem frühen Aufwachen genervt, aber beim Gedanken an das Haus wurde sie auf einmal ganz hibbelig. Am späten Nachmittag – ihre Tochter Ally war nicht da, sie hatte mit ihrer Fußballmannschaft ein Auswärtsspiel –, gestand sie Matt, was sie getan hatte. Allerdings nicht so, wie sie es im Auto geprobt hatte, mit sachlicher Logik und sanften Überleitungen, sondern wie eine Irre, impulsiv und unverständlich. Ein innerer Monolog, auf Lautsprecher gestellt. Inklusive einer detailreichen Schilderung der Vorzüge von Highland Street 110. Und dann:

»Ich muss raus aus diesem Haus. Tut mir leid.« Als würde sie sich nicht von ihm, sondern von ihrem gemeinsamen Heim trennen. Sie hatte sich damals in dieses moderne Vorortdomizil verliebt, in diese geräumige, offene Bauweise mit viel Zedernholz und Glas. Hohe Decken und neues, weißes

Kieferparkett. Betonierte Terrasse mit Feuerstelle. Umgeben von einem dichten Wald, der für viel Privatsphäre sorgte, kein anderes Gebäude verschandelte ihnen die Aussicht. Sie hatten sich beide darin verliebt. Aber die hohlen Türen und die billigen Einzelheiten in dem schnell hochgezogenen Bau verursachten ihr körperliches Unbehagen. Das Leben in diesen vier Wänden ließ sie kalt. (Eiskalt, um genau zu sein, vor allem in der Früh. Sockelheizung für ein so großes Haus, die »pfiffige« Idee des Bauunternehmers.) Nur das große Bad hatte Fußbodenheizung, und dort überwinterte sie, hockte Abend für Abend in der warmen Wanne und wollte gar nicht mehr raus.

»Was redest du da?«, fragte Matt, schaute aber nicht sie, sondern sein Handy an; für solche Scherereien hatte er keine Zeit. Das erleichterte Sam die Sache ungemein. Die Worte purzelten nur so heraus.

»Ich halte es hier nicht aus, in diesem Haus.« Sams Stimme zitterte, die Wucht ihrer Gefühle überraschte sie. Sie berührte die Tür des kleinen Badezimmers. »Wer installiert denn bitte ein Bad direkt neben der Küche? Und diese Tür ...« Sie hämmerte gegen das Holz, der hohle, gehaltlose Klang widerte sie an. Dann drehte sie am Knauf. »Ich könnte diese Tür kaputtschlagen. Die ist einfach nur billig und hässlich. Ich ertrag das nicht.«

»Du willst eine neue Tür?«

»Ja. Ich meine, nein.« Warum sollte sie sich erklären? Sie fing an zu weinen. »Ich hasse dieses grässliche Haus. Uns. Dich. Ich muss gehen, ich kann nicht länger mit dir zusammenbleiben«, sagte sie. Jetzt hatte sie seine volle Aufmerksamkeit.

»Was ist denn passiert? Was ist los?«

»Unsere Ehe ist vorbei, glaube ich. Weiß ich.«

Matt lachte drauflos. Sie funkelte ihn an.

»Sam, was erzählst du denn da?«

»Ich verlasse dich.«

Matt hob die Brauen und zog das Kinn zur Brust, um seine Skepsis auszudrücken. Und seinen Ärger. Ärger lag auch in seiner Stimme, in diesem vertrauten Ton: genervt, ungeduldig, leidenschaftslos. »Worum geht es hier eigentlich?« Er stand an der Küchentheke, um sich nach dem Workout eine Art Smoothie zu kredenzen. Während er mit Sam sprach, hantierte er weiter.

Normalerweise erzählte sie ihm, wenn er abends nach Hause kam, wie ihr Tag verlaufen war. Sie sprach über das Clara Loomis House, wo sie arbeitete (praktisch ehrenamtlich) und über die Fragen der Besucherinnen. (»Eine Frau wollte allen Ernstes von mir wissen, ob Clara Loomis wirklich die Abtreibung erfunden hat! Ich so, ja klar, hundert pro. Weil vor 1895 hat ja keine Frau je über einen Schwangerschaftsabbruch nachgedacht.«) Bei solchen Gelegenheiten übertrieb Sam gern ein wenig, um Matt zu belustigen – oder es zumindest zu versuchen. Gelegentlich lachte er sogar, flüchtig, während er mit seinem Handy beschäftigt war oder damit, sich nach dem Sport verzweigtkettige Aminosäuren in den Stevia-Schokoladen-Molke-Proteinshake zu rühren. Diese Ergänzungsmittel waren ihre Idee gewesen, sie hatte irgendwo was darüber gehört oder gelesen und sie Matt gekauft. Er benutzte sie, hatte ihren Vorschlag endlich mal nicht abgetan und als lächerlich bezeichnet. Tatsächlich kam sie sich selbst oft genau so vor, lächerlich, besonders, wenn sie ihn mal wieder mit aufregenden Neuigkeiten bestürmte. Seit der Wahl und vor allem seit der Amtseinführung empfing sie ihn schon an der Haustür mit dem Präsidenten und seinen neuesten Skandalen. Das tat sie mal mehr, mal weniger eindringlich, je nachdem, wie er reagierte, aber eines war klar: Sie führte sich auf wie eine Person, die den ganzen Tag im Internet, vor den Fernsehnachrichten oder mit irgendwelchen Podcasts verbrachte. Statt selbst aktiv zu sein, berichtete sie wie eine Zuschauerin von einem ungelebten Leben. Meist nickte Matt dann höflich, erwiderte irgendwas, war aber nicht ernsthaft interessiert. Er behandelte sie wie ein redseliges Kind oder einen zuwendungsbedürftigen Hund: Gab ihr gerade genug Aufmerksamkeit, damit sie sich nicht beklagte, animierte sie aber nicht, weiter zu reden. Er duldete sie. Bevormundete sie. Was sie zwar rasend machte, doch sie konnte es ihm auch nicht verdenken. Er hatte ja recht, sie war tatsächlich erbärmlich, gerade jetzt spürte sie es wieder, mitten in ihrem ungefilterten Redefluss. Aber diesmal ereilte sie eine neue Erkenntnis. Alles, also nicht nur sein Sportwahn, der ausweichende Blick und die ständige Handystreichelei, sondern auch seine duldsame Miene, diente einem einzigen Zweck: Es ging nur um ihn, um seine Bedürfnisse. Mit ihr hatte das rein gar nichts zu tun. Sie war die Luft, durch die er hindurchgehen musste.

»Gaslighting, so heißt das, was du hier die ganze Zeit abziehst«, sagte sie leise.

»Gaslighting? Was soll das denn sein?«

»Was das sein soll? Das stammt aus *Gaslight*, einem Film mit Ingrid Bergman, in dem ihr Mann ihr einreden will, dass sie verrückt wird.«

»Ich weiß, wie der verdammte Film heißt.«

»Der Mann dreht ständig das Gaslicht herunter, und jedes Mal, wenn sie ihn darauf anspricht, lügt er. Erzählt ihr, dass sie sich alles nur einbildet, dass sie diejenige mit dem Problem ist.«

Wie sehr sie diesen verdammten Smoothie hasste, in diesem Moment! Den vollgesauten geriffelten Glasbehälter und die molkeverkrusteten Schneideblätter, die sich so schlecht reinigen ließen. Und dieses Wort, »Smoothie«, meine Güte, wer benutzt denn so ein Wort? Der Mixer war voll, aber Matt hatte den Knopf noch nicht gedrückt. Selbst er, der gnadenlos effiziente Multitasker, wusste, dass es taktlos wäre, das laute Ding anzuwerfen, während seine Frau ihm erklärte, dass sie ihn verlassen wollte.

»Ich bin dir scheißegal. Du hast keinerlei Interesse an mir, meinen Gefühlen oder an dem, was ich sage. Und dabei tust du, als wäre das in einer Ehe ganz normal.«

Matt sah sie schweigend an. Sah sie tatsächlich an. Verstörend, dieser Blick.

»Du liebst mich nicht«, sagte sie. »Nur aus Loyalität und Gewohnheit erträgst du mich noch.« Ihre Stimme brach.

»Du weißt genau, dass das nicht stimmt«, sagte er, »das kann doch gar nicht stimmen, Sam.« Er sprach mit gesenkter Stimme.

»Und vielleicht habe ich nicht mehr verdient. Kann sein. Aber es gefällt mir nicht«, sagte sie. Matt betrachtete sie aufmerksam. Sie nahm sich ein Taschentuch und hielt es sich an die Augen. Heiße, dicke Tränen liefen ihr übers Gesicht, brannten ihr auf den Wangen. Die Gefühle schienen sich hochzuschaukeln, während sie sie aussprach, die Wut (Wut, ja genau, das war es!) überwältigte sie. Plötzlich stand sie kurz vor der Ohnmacht. Sie holte tief Luft und atmete mit einem Seufzen aus. »Ich mag dich nicht.« Ihre Worte schufen Tatsachen. »Nicht mehr.«

»Was ist passiert? Ich weiß ja, dass du nicht glücklich bist, aber das hier ist echt übertrieben.«

»Wir sind beide nicht glücklich.«

»Ist es wegen der Wahl?«

»Nein!«

»Es ist wegen der Wahl, oder? Meine Güte, Sam, du bist nicht die Einzige, die sich deswegen aufregt.«

»Glaubst du, ich will mich wegen der Wahl scheiden lassen?«

»Na ja, das alles wirkt schon etwas überspannt. Du hast das sehr persönlich genommen. Aber ehrlich gesagt belastet mich das auch. Ich denke jeden Tag darüber nach.«

5

Tatsächlich waren sie beide am Wahlabend entsetzt gewesen, aber irgendwann im Verlauf der sich abzeichnenden Katastrophe hatte er resigniert das Handtuch geworfen. Sie hatte die Nacht auf dem Sofa verbracht, sich allen Ernstes unter der Decke verkrochen und darunter hervor auf den Bildschirm gespäht. Er wechselte von Bier zu Scotch. Im Versuch, sich zu verstecken, kniff sie die Augen zu, linste dann aber doch gerade so weit unter der Decke hervor, dass sie John King auf CNN dabei zusehen konnte, wie er auf seiner magischen Landkarte einen Bundesstaat nach dem anderen antappte, auf der Suche nach noch nicht gezählten Stimmen für die Demokraten. Michigan, zu knapp, um das Endergebnis zu verkünden. Pennsylvania, zu knapp. Irgendwann driftete sie bei laufender Sendung in einen waidwunden, zerrissenen Schlaf, aus dem sie erst Stunden später wieder erwachte. Matt saß immer noch da, guckte immer noch CNN, aber er hatte aufgehört zu trinken.

»Was ist passiert?«, fragte sie.

»Es ist vorbei. Sie warten darauf, dass sie die Niederlage einräumt. Er spricht gleich.«

Sie starrte auf den Fernseher, die jubelnde Menge, darunter liefen im Ticker seine Wahlergebnisse über den Schirm. Dann stand sie auf und ging ins Bett.

Sie waren einander kein Trost. Morgen für Morgen wachte sie früh auf, bereit, den Tag normal zu beginnen, und dann erinnerte sie sich wieder daran, was geschehen war, und spürte, wie die Welt sich zu einer fremden, seltsamen Masse zusammenzog. Sie fühlte sich fast wie damals, unmittelbar nach dem Tod ihres Vaters, als ihr der Schlaf eine kurze irreführende Pause von der Trauer beschert hatte. Im Laufe der folgenden Wochen, während sich das Bild etwas aufklärte, erwachte sie stets mit derselben Erkenntnis: Die Welt hatte sich auf üblere Weise gegen sie verschworen als gegen Matt. Für ihn war das, was geschehen war, in etwa gleichbedeutend mit einer Niederlage der Mets im Finale der World Series. Für sie bedeutete es viel mehr. Nur was, das wusste sie noch nicht.

Auf Facebook entdeckte sie, kurz nachdem sie Dampf abgelassen hatte, dass sich erste Widerstandsgruppen bildeten, und zwar nicht nur online, sondern auch in echt. Eine davon wurde ihr in die Timeline gespült, sie sah sich die Seite genauer an.

Nicht aufgeben! Macht eurem Ärger nicht nur auf Facebook Luft! Werdet aktiv: Raus! Ran! Organisiert euch! (RRO) Weiblichen Widerstand wagen (WWW)!

Sie fand heraus, dass es in Syracuse eine lokale Untergruppe gab. Die Mutter eines Mädchens, das in die gleiche Schule wie Sams Tochter ging, hatte die Veranstaltung gepostet. Die Beschreibung:

WWW Syracuse
Strategietreffen mit Gleichgesinnten. Erster Schritt: Wir schreiben Briefe an unsere Kongressabgeordneten. Das lassen wir uns nicht gefallen. Wir leisten Widerstand! Während der Veranstaltung werden Wein und kleine Erfrischungen gereicht.

Die Versammlung fand in einem ansprechend restaurierten Farmhaus in einer der wald- und geldreichen Enklaven zwischen Syracuse und Ithaca statt. Die Gastgeberin war Professorin an der Cornell University, ihr Mann unterrichtete an der Universität von Syracuse. Sie hatten sich für ein Leben unter Farmern entschieden, weil beide von hier aus gut pendeln konnten.

Ihr Steinhaus thronte auf einer Anhöhe mit Panoramablick in beide Richtungen. Eine geräumige, architektonisch harmonierende Scheune stand daneben, und unten, am Fuß des Hügels, entdeckte Sam sogar ein breites, steiniges Flussbett. Sie blieb auf der Veranda stehen und lauschte einen Moment. An der Tür hing ein Schild:

WWW VERSAMMLUNG

KLOPFEN UNNÖTIG

BITTE EINFACH EINTRETEN

Im großen Wohnzimmer drängten sich ein Dutzend Frauen, zumeist in ihrem Alter. Schon jetzt wurde ein mittelteurer Sauvignon Blanc aus Neuseeland herumgereicht, was Sam ehrlich zu schätzen wusste (endlich hatte man auch in Syracuse verstanden, dass Chardonnay und Pinot Grigio *declassé* waren, und ein echtes Klischee). Canapés, Käse und Kräcker, wie angekündigt. Es herrschte eine angeregte, fröhliche Stimmung, die Frauen schwirrten umher, plauderten und drückten ihr Entsetzen aus, sie schilderten einander in allen Einzelheiten, wie sie die Wahlnacht erlebt hatten, und zwar mit derselben langweiligen Detailverliebtheit, mit der Mütter nach der Entbindung ihre Geburtsgeschichte ausweideten (»Ich saß auf der Couchgarnitur und hab ständig zwischen MSNBC und CNN hin und her geschaltet, als könnte das etwas am Ergebnis ändern. Um elf bin ich ins Bett, da hatten sie gerade Florida ausgerufen. Michigan, Wisconsin und Pennsylvania waren noch zu knapp, um den Ausgang vorherzusagen, aber da stand die Katastrophe schon fest, und ich konnte es nicht mehr ertragen. Am Morgen danach ist meine Tochter zu mir ans Bett gekommen und hat gesagt: ›Es tut mir so leid, Mommy.‹ In dem Moment bin ich in Tränen ausgebrochen. Wir hätten eine Präsidentin haben sollen. Das hatte ich ihr praktisch versprochen. Und dann hat *sie mich* getröstet, könnt ihr euch das vorstellen?«).

Nachdem sich alle ein wenig getummelt hatten, bat die Gastgeberin um Ruhe und lud die Frauen ein, sich in einem Stuhlkreis zusammenzufinden. Die Professorin war rank und schlank in einem blauen Etuikleid aus Wolle, ärmellos, um ihre alterungsresistent definierten Schultern und Oberarme zur Schau zu stellen. Ein akkurat graduierter, spitz nach vorn zulaufender Bob umrahmte ihr Gesicht. Als sie unter dem Kronleuchter stand (dezentes, antik geprägtes Messing mit nackten Glühbirnen), war die professionelle Balayage zu erkennen, Grauhaar kaschierende Strähnen in Aschblond, wie bei den meisten Frauen im Raum. Im Wohnzimmer war es dank der vielen Menschen und dem Feuer im schmiedeeisernen Kaminofen mit Fenster sehr warm. Sam streifte ihren schwarzen gerippten Rollkragenpullover ab. In Jeans kam sie sich schon schlampig genug vor, aber jetzt war auch noch ihr ärmelloses Top zu sehen, auf dem in lilafarbenen Lettern die Botschaft *No Sleep Till* ... zu lesen war. Sie hatte es für Ally in Brooklyn gekauft, die es nie getragen hatte, kein einziges Mal.

Als sie sich reihum vorstellten, bemerkte Sam weiter hinten im Raum zwei junge Frauen. Anfang zwanzig und schön, auf exotische Weise. Eine hatte eine leuchtend kobaltblaue Strähne im schulterlangen, dichten Haar. Die andere trug einen platinblonden Buzzcut, der ihren wohlgeformten Kopf besonders gut zur Geltung brachte. Beide waren üppig tätowiert und gepierct, sie waren eindeutig ein Paar.

Nacheinander ergriffen die Frauen das Wort, bekundeten erneut ihren Unglauben und gelobten Widerstand. Irgendwann war eine stämmige Frau um die sechzig an der Reihe, das graue Haar zu Zöpfen geflochten. Sie saß vor den jungen Frauen. Warum trug man als erwachsene Frau noch geflochtene Zöpfe? Eine fast schon demonstrativ zur Schau gestellte Achtlosigkeit dem eigenen Aussehen gegenüber. Sollte das bei Sam nicht Bewunderung auslösen? Tat es aber nicht, im Gegenteil, sie fand das stumpfgraue, spröde, schüttere Haar abstoßend und kam sich deswegen wie eine Verräterin vor. Verrat am Altern. Die Graubezopfte wandte sich zu den jüngeren Frauen um und lächelte, um ihnen den Vortritt zu lassen. Der ganze Raum wartete nur darauf, dass sie sich vorstellten. Die beiden tauschten Blicke, sahen zu Boden. Dann hob Buzzcut das Kinn und starrte mit gerunzelter Stirn in die Runde. Mit bebender Stimme ergriff sie das Wort (Sam erkannte die Wut darin, obwohl Buzzcut am Ende eines Satzes immer einen höheren Ton anschlug, wie bei einer Frage. Wie nennt man das noch? *Uptalk*?).

»Also, ich bin Larisa, und das da ist Emma (?). Wir sind aus Ithaca (?). Und ehrlich gesagt bin ich ziemlich wütend (?). Über die ganzen weißen Frauen, die ihn gewählt haben (?).« Das Mädel war natürlich selbst weiß, mit ihrem platinblonden Haar wirkte ihre Haut fast bläulich, nahezu durchscheinend. Dann sprach Emma (schwarzes Haar mit kobaltblauer Strähne), sie senkte die Stimme, fast schon ein Zischen. »Wir hatten keine Ahnung, dass sich hier nur weiße, privilegierte, straighte cis-Frauen versammeln würden. Ihr habt uns diesen Mist eingebrockt.« Sam fand es lustig, dass die beiden bei ihrer Aufzählung auf »alt« oder »mittleren Alters« verzichtet hatten, obwohl doch jeder wusste, dass genau das, also ihr Alter, der Knackpunkt war.

Pikiertes, ungläubiges Schnauben. Die Gastgeberin schüttelte das balayagierte Haupt und hob die Hand, als wollte sie die anderen um Ruhe bitten. »Ihr wisst doch sicher, dass niemand von uns ihn gewählt hat. Aus diesem Grund sind wir alle hier. Wir sind genauso entsetzt wie ihr.« Damit erntete sie bei den jungen Frauen nur Kopfschütteln. Larisa zeigte demonstrativ auf die Gastgeberin.

»Weiße Frauen über vierzig (?) haben ihn gewählt, die haben ihm die Mehrheit verschafft (?).« Na also. Über vierzig!

»Ja, das ist schrecklich, beschämend. Aber was ist mit der viel größeren Mehrheit der Männer, die ihn gewählt haben? Tragen die etwa keine Schuld?«

»Eins ist jedenfalls klar, Personen unseres Alters, queere Menschen, POC – wir haben ihn nicht gewählt (?).« Die beiden verständigten sich mit einem knappen, stirnrunzelnden Nicken und erhoben sich zum Gehen. Sam sah ihnen nach, diese jungen Frauen mit ihren biegsamen Körpern, den veganen, fahrradtrainierten Muskeln, die mit derart selbstgerechter Empörung davonrauschten, dass man ihre versteckten Piercings förmlich klirren hörte. Die restlichen Frauen tauschten schockierte, erboste Blicke.

»Unverschämtheit!«, sagte die Gastgeberin. Eine Person, deren Gesicht Sam nicht erkennen konnte, meinte, die beiden hätten wahrscheinlich Jill Stein gewählt und ihnen die

Suppe damit erst eingebrockt. Sam sagte nichts, denn ihr war etwas Überraschendes aufgegangen: Sie stimmte den beiden zu. Zumindest teilweise. Natürlich waren alle hier für den Wahlausgang mitverantwortlich. Aber Sam fand vor allem das, was Larisa und Emma über Frauen mittleren Alters gesagt hatten, zutreffend. Obwohl Sam selbst zu dieser Gruppe gehörte, verabscheute sie die wohlstandssaturierte Selbstzufriedenheit, die sich in ihren silbergrauen Frisuren ausdrückte, den Leinenhosen, den teuren, ergonomischen Schuhen. Diese Frauen verkörperten den Status quo, an dem sie niemals rütteln würden, weil sie ihre Schäfchen im Trockenen hatten. Aber schlimmer noch: Sam verachtete sie wegen ihrer dicklichen Taillen und faltigen Hälse, was natürlich schrecklich unfair war. Immer wieder hatte sie solche Anflüge von Midlife-Misogynie. Nur weil sie alle Frauen waren, fühlte Sam sich noch lange nicht mit ihnen solidarisch, im Gegenteil, sie fühlte sich von ihnen entfremdet. So ging es ihr, wenn sie sie im Fitnessstudio sah, die verbissenen Fünfzigjährigen mit ihren Yogamatten unter den durchtrainierten Magerarmen, ihren faltigen, ungeschminkten Gesichtern, hart und humorlos. Yogazicken, dachte sie dann. Auch dieser dämliche Hosenanzug der gescheiterten Präsidentschaftskandidatin, die omnipräsenten Strähnchen, ihr diskreter Lidstrich und die oberlehrerinnenhafte Art, die postsexuelle, gutmütige Ausstrahlung und ihre ganze Haltung. Nee, echt nicht. Sam verstand, warum alle einen Brass hatten auf satte, alte weiße Frauen. Ihr Alter, das war der springende Punkt: Selbst, wenn sie nicht für ihn gestimmt hatten, waren sie doch lange genug auf der Welt gewesen, um zumindest eine Mitschuld zu tragen an der ganzen Misere. Mit diesen Frauen wollte Sam nichts zu tun haben, wollte weder mit ihnen gärtnern noch mit ihnen Weißwein trinken. Es war so reizvoll, sich der Verachtung hinzugeben, dem Hass, und irgendwie auch zulässig, schließlich gehörte Sam selbst dazu. Aber sie wusste, dass es nicht ganz angemessen war, ein echtes Problem, eine fiese Verallgemeinerung. Für wen gab es denn überhaupt so was wie Sicherheit? Dennoch, da war dieses Gefühl der Entfremdung, sowohl von den gutsituierten älteren Frauen als auch von den rotzigen jüngeren. Und natürlich von Männern aller Altersklassen, haha.

Sie besuchte keine weiteren WWW-Versammlungen. Aber Facebook schlug ihr freundlicherweise noch andere Gruppen vor. Eine davon, *Alte Schachteln CNY*, war allerdings geschlossen. Als sie um Aufnahme bat – wer wollte nicht zu einer geschlossenen, exklusiven Gruppe gehören? –, bekam sie von »Admin« eine Liste mit Fragen zugeschickt.

1. *Wie widersetzt du dich dem Diktat der*
   Jugendkultur? Nenne 2 Beispiele.
2. *Das war langweilig und wahrscheinlich gelogen. Zwei*
   echte Beispiele bitte – und gib dir gefälligst Mühe.
3. *Was regt dich auf?*
4. *Und was regt andere an dir auf?*
5. *Hast du oft Wutausbrüche?*

Sie antwortete:

1. *Geht dich nichts an.*
2. *Leck mich doch.*
3. *Alles. Nichts.*
4. *Siehe 1–3.*
5. *Willst du mich verarschen?*

Sie wurde aufgenommen, vermutlich war das Prozedere sowieso reine Formsache. Die Gruppe kam ihr ein bisschen albern vor, in den Posts ging es zumeist darum, dass man seine Falten mögen oder zumindest akzeptieren sollte (»Falten am Hals sind gut, aber Schals sind besser, haha!«) und Schönheits-OPs prinzipiell ablehnen, doch im Endeffekt beschäftigten sich die Mitglieder trotz ihrer gegenteiligen Bekundungen zwanghaft mit ihrem Äußeren. Ein Thread brachte Sams Fass dann endgültig zum Überlaufen:

Delia West

Für diesen Post werdet ihr mich sicher gleich häuten, aber ich schreibe ihn trotzdem. Ich bin 55, frisch geschieden und habe in letzter Zeit stark abgenommen (Boot Camp Training, Barre, Fasten). Seit der Geburt meines Kindes (ist 20 Jahre her, hihi) habe ich einen schlaffen Bauch, der mir echt zu schaffen macht, vor allem, wenn ich nackt vor dem Spiegel stehe. Er sieht aus wie ein Kängurubeutel. Sport oder Diäten bringen gar nichts. Ich finde ihn widerlich, abstoßend, ich komm einfach nicht damit klar. Mittlerweile denke ich ernsthaft über eine Bauchstraffung nach – nicht, um den Männern zu gefallen, sondern mir selbst. Hier ist meine Frage: Darf eine Alte Schachtel für ihre Schönheit Geld ausgeben? Ich finde schon. Ist es nicht eine Form von Selbstermächtigung, wenn frau ihr Aussehen bestimmt?

Susan Healey

Nein. Wenn deine Vorstellungen über dein Aussehen sich mit dem decken, was die Gesellschaft dir vorgibt, solltest du deinen Wunsch ernsthaft hinterfragen.

Jill Blanchard
Das sehe ich anders. Du entscheidest, das ist doch der Punkt.

Liza Winters
Tu, was du nicht lassen kannst, Delia.

Dieser Spruch ging Sam so richtig auf die Nerven. Sie verspürte den Wunsch, Liza Winters einen fiesen Kommentar zu hinterlassen. Wer auch immer sie sein mochte. Aber sie tat es nicht. Stattdessen las sie weiter, warum auch immer. (Eigentlich waren die Gründe klar, Sam wusste genau, dass sie sich an der Eskalation ergötzen wollte. Es brodelte in der Druko-Küche, ein verwerfliches, unwiderstehliches Vergnügen für Mitleserinnen wie sie.)

Antonia Luciano
Was Alte Schachtel sein für dich bedeutet, entscheidest du immer noch selbst. Ich werde dich nicht verurteilen.

Michelle Delcort
Du inspirierst mich, Delia. Vielleicht lass ich mir das auch machen.

Liza Winters
Wie wär's mit Cool Sculpting? Weniger invasiv und technisch betrachtet keine OP.

Susan Healey
Ernsthaft? Seid ihr alle damit einverstanden? Was ist mit den Kosten? Sollte man sein Geld nicht für wichtigere Dinge ausgeben?

Michelle Delcort
Meldung wegen Moneyshaming!

*Admin
»Moneyshaming« gibt es nicht.

Laci Cortez
Diese Abtrünnige sollte man auf dem Scheiterhaufen
verbrennen. Ich bin raus.

Sam hinterließ zwar keinen Kommentar, aber ein »Like«, denn Laci war für sie die einzige echte Alte Schachtel in der ganzen Gruppe. Sie schickte ihr eine Freundschaftsanfrage, und als sie sich danach auf Lacis Profil tummelte, ihre Likes und Gruppen durchforstete, erhielt Sam auf einmal (wie genau konnte sie im Nachhinein nicht mehr rekonstruieren, der Weg zum Ziel war undurchsichtig und endlos) lauter Einladungen zu obskuren Gruppen. Die meisten nur für Frauen, aber es waren auch einige Nischengruppen dabei: *Überleben im Anthropozän*, eine linke Prepper-Vereinigung, die sich auf die Klimakatastrophe vorbereitete. Einkochen, Fermentieren und so weiter schienen eine Schnittmenge zwischen der Rechten und der Linken zu bilden, denn Lebensmittel haltbar zu machen wurde von Teilen beider Lager als überlebenswichtig angesehen, egal, ob man sich auf einen Rassenkrieg, Putsch oder eine Naturkatastrophe mit anschließendem Zusammenbruch der Gesellschaft vorbereitete. Sam, die weder einkochte noch auf anderweitigem Weg Lebensmittel konservierte, bat trotzdem darum, der Gruppe beitreten zu dürfen. Kaum hatte man sie aufgenommen, stieß sie auf Dutzende »Homesteader«-Gruppen für waschechte Selbstversorger: Manche konzentrierten sich auf Anbau und Nutztierhaltung in der Stadt (»Darf man in der Stadt Hühner halten?«, »Wie pflanzt man vertikale Gärten auf der Feuerschutzleiter«), andere auf autonomes Leben (für Männer und Frauen) und tauschten sich über allerlei praktische Fertigkeiten aus, die von Kommunikation mittels Morsecode und Brunnengraben bis zu Zeitmessung mit der Sonnenuhr, Wasserreinigung durch Osmose-Umkehr und Erste Hilfe reichten. Darunter gab es dann die explizit technikfernen Homesteader (reine Frauengruppen), die ein Leben wie zu anno dazumal anstrebten, und zwar mit spezifischen Jahresabgrenzungen wie beispielsweise 1912 oder 1860 (interessante Wahl). Soweit Sam es beurteilen konnte, ging es bei den Technikverweigerern um das Nähen von Jeanskleidung, Waschmaschinen mit Handkurbel und die Herausforderungen des Butterstampfens und -schöpfens. Viele Mitglieder ließen sich in ihren Kommentaren darüber aus, wie befriedigend »authentische Hausarbeit« (AHA) sei und wie sehr diese zur Selbstermächtigung beitrage. Dennoch war es offenbar so, dass Frauen, die ein Leben wie anno 1912 oder 1860 anstrebten, wahnsinnig viel Zeit auf Facebook verbringen mussten. Sam hätte am liebsten ein vernichtendes Zitat von Elizabeth Cady Stanton über die geisttötende Wirkung der Hausarbeit gepostet, etwas aus *Der Weiblichkeitswahn* oder einfach: »Freiwillige Plackerei ist der laue Lenz der Feministin« oder »Raus aus der Bude, rauf auf die Barrikaden!«, aber wozu sich mit diesen Leuten anlegen? Frauen traten Gruppen bei, um unter Gleichgesinnten zu sein, Tipps auszutauschen, Fotos zu posten und einander in den gewählten Lebensformen zu unterstützen. Aber irgendwie weckte Facebook in Sam kindische Impulse, die sie regelrecht unterdrücken musste.

Es wurde noch schlimmer. Die altertümelnden Hausfrauen brachten Sam unweigerlich zur Quiverfull-Bewegung, explizit antifeministisch und pro Großfamilie, weil offenbar irgendwo im Alten Testament stand, dass Kinder wie Pfeile in einem Köcher waren. Die Gruppe gab sich offen und sehr aufnahmefreudig, schließlich waren die meisten Mitglieder vom Missionierungseifer getrieben (wir brauchen unbedingt mehr Köcher voll christlicher Babys). Sam trat nicht bei, vertrödelte aber viel Zeit in den Kommentarspalten. Sie erfuhr, dass die meisten von ihnen von einem Buch mit dem selbsterklärenden Titel *Glückliche Mama statt einsame Geschäftsfrau – Gottes Plan für Karrierefrauen* inspiriert wurden. Sam überlegte kurz, es sich zum »Hasslesen« zu bestellen, entschied sich dann aber dagegen. Es wäre schäbig, sich selbstgefällig über diese armen Menschen lustig zu machen. Es gab eine Menge Selfies von rosazeageplagten, langhaarigen Frauen in altmodischen Prärieleidern und viel Crowdsourcing zum Thema Schwangerschaft, Progesteron und Yamswurzel. Sollten sie doch glauben, was sie wollten. Sich über sie zu amüsieren war unwürdig, und doch ... war nicht genau das der Reiz von Facebook, ja des gesamten Internets? Es machte doch gerade deshalb so süchtig, weil man dort seine Obsessionen ausleben und die der anderen verspotten, verhöhnen, niedermachen konnte, im Schutz des heimischen Monitors.

Über die Quiverfull-Seiten fand sie zu anderen fundamentalistischen, christlichen Gruppen (Sam hatte kein Interesse, ihnen beizutreten, fühlte sich aber bemüßigt, die öffentlichen Beschreibungen nach versteckten Anspielungen zu durchsuchen wie in einem Worträtsel zum Thema »gesellschaftlicher Zusammenbruch«). Auf Instagram entdeckte Sam eine Subkultur nichtreligiöser Gruppen, die ihre nostalgischen Weiblichkeitsvorstellungen über traditionelle Handarbeit auslebten. Diese ästhetischen Fundamentalistinnen fühlten sich von altmodischen, obskuren Hobbys der »weiblichen Handarbeitskunst« angezogen (einige mit ironischer Distanz, andere mit großer Besessenheit): Extrembacken mit atemberaubenden Teigkapriolen, Brandmalerei, Makramee und Weben, Samtmalerei, Daguerreotypie auf Kupferplatten, Fröbelsterne basteln. Andere Gruppen beschäftigten sich weniger mit Handarbeit als mit der handwerklichen Herstellung von Haushaltsprodukten in Steampunk-Laboratorien: Messbecher, Destillierkessel aus Kupfer und Vakuumglocken für die Vergärung von Essig und Apfelwein, aber auch zur Produktion von »handcrafted« Shrub, Punsch, Tonika und Kräuterbitter, die sowohl bei Erkältungen als auch in Craft-Cocktails Verwendung fanden. Es gab Untergruppen für die Anhängerschaft der Wicca-Religion oder des New Age, hier grassierten Posts über eigens zusammengebraute Elixiere und Essenzen, Heilkräutermischungen, Wickel und Pasten aus Saaten und Ölen, im Mörser zerstoßen oder handgemahlen. Das brachte Sam über Twitter zurück zu Facebook, wo sich Veganer, Fleischfresser, Allesfresser und Fastenjünger unverhältnismäßig aggressive Wortgefechte lieferten. Ernährung war offenbar die neue Kampfarena der Entrechteten (vulgo: wir alle). Das alles mutete fast ein wenig archaisch an, wie aus dem Amerika des vergangenen Jahrhunderts: die zwanghafte Beschäftigung mit der Gesundheit, der fanatische Eifer, das Streben nach Perfektion und die generelle Endzeitstimmung.

Sie klickte, tappte, folgte, likte. Einigen Gruppen trat sie bei, las aber immer nur mit.

Kurz nachdem sie mit Laci »Freundschaft« geschlossen hatte, bekam Sam eine Nachricht von ihr. Laci wies Sam auf eine geheime lokale Facebook-Gruppe namens *Schrapnellen, Schabracken und Schreckschrauben* hin, deren Selbstbeschreibung »Widerstandsgruppe für Ü50-Frauen« lautete. Hier ging es extremer zu als bei den *Alten Schachteln*, man diskutierte über die Probleme der Prämenopause, Perimenopause, Postmenopause und suchte Lösungen für körperliche Beschwerden. *Eine Art Anti-Goop?*, schrieb Sam. *Passt*, schrieb Laci zurück, gefolgt von einer Reihe alberner Emojis. Sam trat bei und lernte sie besser kennen. Unter dem Namen *Earl the Girl* war Laci auch auf Twitter und anderen Plattformen aktiv, die Sam aber nicht interessierten. Sie schrieben einander Nachrichten auf Signal, Laci/Earl hatte darauf bestanden, »nur zur Sicherheit«. Irgendwann hatte Sam herausgefunden, dass Laci unter dem Namen »Earl« eine heimliche männliche Identität besaß, eine Art *Nom de Homme*, mit dem sie als »Bro« Incels und MGTOW (»Men Going Their Own Way«) auf Reddit, 4chan, 8chan und Gab (eine grässliche rechtsextreme Plattform) infiltrierte. Dass Laci unter Pseudonym agierte, hatte Sam zufällig herausgefunden, als Laci sie angerufen hatte.

»Hallo?«

»Ich bin's, Earl.«

»Äh ...?«

»Laci.«

»Ach, so! Hi!«

»Telefonate sind die einzig sichere Form der Kommunikation. Du nimmst das hier nicht auf, oder?«

»Ich weiß nicht mal, wie man das macht.«

»Egal. Ich musste dich das fragen. Wollen wir uns IRL treffen? F2F?«

»Was ist IRL? Und F2F?«

»*In real life, face to face.* Wir haben einander geschworen, unsere Kommunikation – und Operationen – so weit wie möglich konspirativ und F2F durchzuführen.«

»Klar«, sagte Sam.

Sie war nicht sicher, wer mit »wir« gemeint war, aber sie wollte Laci sehr gerne persönlich kennenlernen.

Ein paar Wochen vor der Amtseinführung, im Fahrwasser angeregter Diskussionen und Plänen für weitere Protestaktionen von Frauen nach dem großen Marsch, trafen sie sich in einem leeren Diner in Northside, Syracuse. Während Sam auf Laci wartete, verspürte sie den ersten Anflug von Freude über das, was sie als Gegenentwurf zu ihrem Leben in der Vorstadt wähnte. Damals konnte sie sich noch vorstellen, Matt beim Abendessen davon zu berichten und sich darüber lustig zu machen, wie über die Besucher von Loomis House. Aber Matt hatte und würde auch nie von Laci beziehungsweise Earl erfahren.

Sie saß im Diner, eine Frau sah sie durchdringend an. Ja, das war Laci. Traf man Menschen aus den Sozialen Medien irgendwann in echt, also IRL, waren Enttäuschungen vorprogrammiert. Earl the Girl, diese geistreiche, provokante Person aus dem Internet, stellte sich als ein ganz normaler Mensch heraus. Was hatte Sam auch erwartet? Es war zwar oberflächlich von ihr, aber sie wünschte sich stets eine gewisse Schönheit, und wenn ihr Hässlichkeit begegnete, dann sollte sie wenigstens einem Zweck dienen, eine

Absicht verfolgen, so was wie Selbstbestimmung ausdrücken. Lacis Haare waren nicht gefärbt (gut), sondern von einem stumpfen Graublond, spröde und zerzaust, einem Nest nicht unähnlich. Obwohl es Januar war, trug sie khakifarbene Shorts mit zig Taschen, ihr übergroßes T-Shirt trug die Aufschrift *Resist*. Du liebe Güte. Sie wirkte schlampig, beige. Sam – seit Kurzem ebenfalls eher schlampig unterwegs – schämte sich für ihre Gehässigkeit. Sie wollte Laci als Person mögen, wollte, dass sie so geistreich aussah, wie sie sich im Internet gab. War ihre Trutschigkeit womöglich ein Ausdruck des Widerstands, ein Akt der Rebellion? Sam bemühte sich, es so zu verstehen. Warum war es ihr nur immer so wichtig, sich verführen zu lassen?

Beim widerlichen, aber wenigstens heißen Kaffee und warmen Kuchen erklärte Laci (erneut) ihren Twitternamen @EarlTheGirl.

»Ja, hast du schon erzählt«, sagte Sam.

»Das ist ein kleiner Witz, weil ›Earl‹ ist auch mein scheinbar männlicher Avatar, wenn ich als Troll die Incel-Subreddits, Aufreißer-Foren und armseligen, winselnden MGTOWs aufmische.«

»Warum tust du dir das an?«

»Ehrlich gesagt weiß ich das selbst nicht so richtig. Sie faszinieren mich irgendwie. Ich will wissen, wie Männer wirklich ticken. Natürlich sind die total abstoßend.«

»Nicht alle.«

»Ich will einfach die männliche Perspektive kennenlernen.«

Sam lachte. »So ein Scheiß! Wir *leben* in der männlichen Perspektive.«

»Ich meine, was sie insgeheim denken und sagen, wenn

keine Frauen dabei sind.« Laci sprach mit vollem Mund, Kuchen und Eiscreme.

»Ach. Schon mal was von Pornhub gehört? Da kannst du es sehen, das ganze Repertoire.«

»Aber klar! Auf Pornhub bin ich regelmäßig.«

»Das war ein Witz.«

»Unter uns gesagt machen mich ein paar von den verwerflichen Sachen ziemlich an. Dieser patriarchale Mist. Das ist echt verwirrend.«

»Kann ich mir vorstellen.«

Ab da fuhr Sam einmal die Woche von Fayetteville her, um sich mit Laci zu treffen. Über Laci lernte sie MH kennen. MH (in Wahrheit Devereaux alias Mother Hubbard) war eine Art Mentorin für Laci. Als Laci sie das erste Mal erwähnte, tat sie ganz geheimnisvoll.

»Wer ist MH?«, wollte Sam wissen. »Ist das eine Abkürzung?«

Laci blickte über ihre Schulter, bevor sie antwortete. »Sie hat ein paar von den Gruppen gegründet, bekennt sich aber nicht öffentlich dazu. MH findet, wir sollten keine einzelnen Anführerinnen haben.«

»Klar«, sagte Sam. »Führungslos.«

»Wir nennen es führungsvoll«, sagte Laci.

Eines Tages kam Laci mit MH ins Diner. Laci mochte Sam als Person enttäuscht haben, doch bei MH sah die Sache anders aus. Sie war eine echte Überraschung. Mit fünfundsechzig hatte sie den drahtigen Körper einer Frau, die nach einer Runde einbeiniger Kniebeugen noch hundert Liegestütze mit Hochstrecksprüngen hinlegte. Ihr Haar war silbern, nicht grau, und sie hatte eisblaue Augen. Ihre Falten verliehen ihr eine besondere, strenge Schönheit, wie auf den Fotos von Walker Evans. Vermutlich war sie als alte Frau sogar glamouröser, als sie es in ihrer Jugend gewesen sein mochte. Bei ihrem Anblick dachte man nicht an Vergänglichkeit, nicht an verwelkte Schönheit. Sie stand in voller Blüte. MH stürzte sich sofort in einen Monolog über ihre »N=1«-Studie, ihren Selbstversuch als Fleischfresserin, mit ihr als einziger Probandin. Einen Monat lang ernährte sie sich ausschließlich von Wasser und Fleisch, sie aß alles, von der Nase bis zum Schwanz, Organe, ungekochtes Schlachtfett.

»Nur Wiederkäuer. Kein Fisch, kein Geflügel, kein Schwein.«

Sam nickte.

»Das Lab im Magen von Wiederkäuern verwandelt alles, was sie fressen, in perfekte Nahrungsmittel für den Menschen.« Wenn MH etwas interessant oder gut fand, ging sie offenbar richtig darin auf. MH erzählte außerdem, sie sei Mitglied einer Untergruppe der *Schrapnellen, Schabracken und Schreckschrauben,* die sich *Halb-Hobos* nannte und sich, wie Sam verstand, hauptsächlich aus wohnungslosen Hipstern rekrutierte, also freiwilligen Nomaden. *Halb-Hobos* lebten im selbstreflektierten Widerstand eines Ketzers oder Dissidenten. (Später entdeckte Sam, dass MH auf ihrem Twitter-Profil ein Bild der Wilgefortis zeigte, einer bärtigen Heiligen, die gekreuzigt wurde. Auf dem Bild sah Wilgefortis aus wie Jesus mit Brüsten. Sam lachte, aber sie war nicht ganz sicher, wie ironisch MH das alles tatsächlich meinte – die Anspielung auf den Messias war doch sicher ein Scherz, oder? Klar, *Halb-Hobos* war eine Gruppe, aber MH war bestimmt ihr einziges Mitglied.)

»Ist *Halb-Hobo* so was wie Freegan, also diese Mülltaucher?«, fragte Sam.

»*Halb-Hobos* verbringen mindestens ihr halbes Leben als Hobos.« MH hatte keinen festen Wohnsitz, sie kam bei Freunden in der Stadt unter und trug ihre Besitztümer in einer (sehr schönen) Ledertasche mit sich herum.

»Semiprekär«, sagte Sam.

»Es geht um eine optimale, reflektierte Beziehung zum Lokalen, den Dingen, der Kultur und den Menschen, die dich umgeben. Umherzuwandern und so wenig wie möglich zu verbrauchen – zu konsumieren.«

»Arm sein als Hobby?«

Peinliche Stille. Dann lachte MH drauflos. Wow, hatte die Frau schöne Zähne! Laci lachte mit. MH war meinungsstark und sehr von ihren Ansichten überzeugt, was Sam lächerlich und anziehend zugleich fand. Dies war ihre Reaktion auf die Wahl, Sam reagierte auf die Wahl, indem sie sich heimlich in der Stadt mit Laci und MH traf. Auf diese Weise drückte sie ihren persönlichen »Widerstand« aus.

Ja, die Wahl hatte alles verändert, hatte den Zorn der Bevölkerung zutage gefördert und ihre Pathologien aufbrechen lassen. Sam fand die neue politische Situation extrem ärgerlich, aber sie war nicht der Auslöser für ihre Trennung gewesen.

6

»Ich will nicht über die verdammte Wahl reden«, sagte sie zu Matt. »Ich will dich verlassen, die Wahl hat nichts damit zu tun. Die ist schon Monate her.«

»Hm«, sagte Matt.

Sam seufzte. »Vier Monate, zwei Wochen und sechs Tage. Aber darum geht es nicht.«

Sie musste dicke Bretter bohren. Je entschiedener er ihren Entschluss als irrational und übertrieben abtat, desto sturer beharrte sie darauf. Sam verstand, dass eine Ehe auch nur durch einen Partner aufgekündigt werden konnte. Mit jedem seiner Versuche, ihre Entscheidung zu untergraben, festigte sich ihr Plan. Nein, sie war nicht nur in dieser Woche besonders unglücklich gewesen, das Gefühl existierte schon lange, und jetzt wollte es einfach raus.

Schließlich gab er sich geschlagen. Aber er war stocksauer.

»Du hättest damit ruhig noch ein Jahr warten können, bis Ally mit der Highschool fertig ist, aber offensichtlich ist es so dringend, dass du keine Rücksicht auf andere nehmen kannst.«

»Genau«, sagte sie. »So ist es.«

»Dann darfst du es ihr auch beibringen.« Irgendwann hatte er seinen Smoothie halbfertig stehen lassen und sich einen Scotch eingeschenkt. »Am besten sagst du es ihr gleich. So schnell wie möglich. Mach keine Witze, versuch nicht, es zu verharmlosen.«

Ally. Du liebe Güte. Sie hatte gar nicht daran gedacht, dass sie es Ally erzählen musste. Aber Ally wäre sicher begeistert von dem kleinen Haus. Sie könnten es gemeinsam renovieren. Sie könnte sich ihr Zimmer nach ihrem Geschmack einrichten und samstags mit Sam zu Haushaltsauflösungen gehen, wie früher. Ally hatte immer schon einen Blick für Wertvolles gehabt. Sie erstand etwas zum Schnäppchenpreis und fand schon auf dem Heimweg bei Ebay heraus, dass es sich dabei um ein begehrtes, teures Sammlerstück handelte.

Aber dann hatte Ally angefangen, samstags Hallenfußball zu spielen, dazu kam Eislaufen und die zunehmend anspruchsvollen YAD-Kurse an ihrer Schule. (»Pitch-Simulation«, korrigierte Ally sie ständig. YAD war der ultra-ambitionierte Nachwuchsunternehmerclub an Allys Schule.) Als Ally dann auch noch ihren Führerschein in der Tasche gehabt hatte, gehörten ihre Wochenenden nur noch ihr allein, und damit waren auch die gemeinsamen samstäglichen Streifzüge passé gewesen.

»Ich geh duschen«, sagte Matt jetzt. »Wenn Ally da ist, komme ich runter.«

Sam überlegte, das Chili vom Vortag aufzuwärmen und den Tisch zu decken, ließ es aber bleiben. Eine Stunde später schlappte Ally verschwitzt vom Spiel ins Haus und befreite sich von Rucksack und Sporttasche. Handy vor der Nase, Stöpsel noch in den Ohren. Sam wartete auf dem Sofa, daneben saß Matt, frisch geduscht. Er sagte kein Wort, schenkte sich aber noch einen Scotch ein. Ally blickte kurz vom Handy auf, blieb abrupt stehen und zog die Stöpsel raus.

»Was ist passiert?«

Matt hob das Glas und richtete den Blick auf Sam, die fast die Nerven verlor. Sie würde sicher kein Wort hervorbringen.

»Was ist los, was? Ihr macht mir Angst ...«, sagte Ally. »Ist was mit Grandma?«

»Nein! Es ist nichts Schlimmes«, sagte Sam, die ihre Mutterstimme wiedergefunden hatte. »Wir müssen nur was mit dir besprechen.«

»Was?«

»Kannst du dich kurz zu uns setzen?«

Ally wischte sich übers Gesicht, stieg über ihren Rucksack und die Sporttasche mit den am Griff festgebundenen Stollenschuhen. Sie trug noch die Fußballshorts und Kniestrümpfe. Ihre Wangen waren rosig, die langen Haare zu einem hohen Pferdeschwanz zusammengebunden. Sogar jetzt, direkt nach dem Spiel, wirkte sie aufgeräumt, irgendwie effizient. Klar, sie war verschwitzt, aber die kindliche Wurstigkeit war verschwunden. Sam, vor ihr auf dem Sofa, wurde sich auf einmal peinlich bewusst, wie derangiert sie wirken musste: Seit Wochen hatte sie sich nicht mehr die Haare geföhnt oder Lippenstift aufgetragen. Sam schaute ja beim Zähneputzen nicht mal mehr in den Spiegel. Sie trug immer dasselbe, Jeans und Pulli, und weil sie keine Haushaltshandschuhe benutzte, sahen auch ihre Fingernägel entsprechend mitgenommen aus. Ally, stellte Sam fest, hatte ihre perfekt gefeilten Nägel transparent lackiert.

»Ally, dein Vater und ich wollen dir was sagen, aber zuerst sollst du wissen, dass das alles überhaupt nichts mit dir zu tun hat. Wir haben dich lieb.«

»Aha«, sagte Ally.

Sam schnürte es die Kehle zu. Ally war so stark. Sie schwieg bedrückt.

Ally funkelte Sam an. »Na los, raus mit der Sprache!«

»Wir werden uns trennen«, sagte Sam. Zu Sams Überraschung schien Ally tatsächlich mit den Tränen zu kämpfen. Dabei weinte sie nie. Wegen ihrer manikürten Nägel und dem adretten Pferdeschwanz wirkte sie auf Sam abgeklärt, wie jemand, der über alles Bescheid wusste. Falsch. Sam bekam schon wieder feuchte Augen. Obwohl sie wusste, dass sie Ally jetzt besser nicht berühren sollte, stand sie auf, um es trotzdem zu versuchen. Ally hob blitzschnell die Hand. *Nein. Stopp.* Also setzte Sam sich wieder hin. Matt gab ein seltsames Räuspern von sich, wie immer, wenn er seine Gefühle in den Griff bekommen wollte. Fast eine Minute lang herrschte Schweigen.

Ally schüttelte den Kopf. »Daddy, wie kannst du das tun?«, sagte sie zu Matt.

»Nein, ich bin es, die geht.« Sams Kehle war so trocken, dass sie sich schlucken hörte. »Es kommt von mir. Aber ich verlasse nicht dich, sondern deinen Vater.«

»Wie bitte?« Ally sah Sam an, als wäre sie verrückt. (Was, wie Sam später erfahren sollte, eine Menge Leute dachten. Alle gingen davon aus, dass Matt sie verlassen hatte, nicht umgekehrt.)

»Ich habe ein Häuschen in der Stadt gekauft. Es wird dir gefallen. Die Fenster in deinem Zimmer, der Blick. Du kannst mir beim Renovieren helfen ...«

»Willst du mich verarschen? Ich ziehe nicht um. Ich bin mitten im Junior Year. Das geht gar nicht!« Das sagte sie mit solcher Vehemenz, dass Sam nur nickte.

Matt sagte, er werde hier wohnen bleiben (aus »Pflicht und Schuldigkeit«, also gegenüber Ally). Damit wollte er Sam wohl tadeln oder abstrafen, weil sie einfach die Verantwortung abgegeben hatte, also auch die für ihn). Ally hatte den Blick gesenkt. Irgendwann erhob sie sich und griff nach ihrem Rucksack. Dann erst sah sie Sam an.

»Ally–«

»Ich muss Hausaufgaben machen«, sagte sie. »Eine Menge. Lass mich einfach in Ruhe.«

Sam nickte, schniefte, wischte sich die Augen. »Es tut mir so leid«, sagte Sam, womit sie alles nur noch schlimmer machte.

Ally stieß beim Gehen gegen die Sofalehne. An der Tür sah sie Sam noch einmal an. Dann war sie verschwunden.

Am nächsten Tag schlief Sam bis sechs, also außergewöhnlich lang. Matt, der neben ihr lag, stand nicht vor halb sieben auf. Friedlich sah er aus, jünger. Er war ein stubenreiner Schläfer. Das war nicht jedem gegeben. Matt schnarchte nicht, sabberte nicht, atmete nicht mit offenem Mund. In der Küche blubberte schon die Kaffeemaschine. Ally saß eingestöpselt am Frühstückstisch und lernte Latein.

Als sie aufblickte, winkte Sam ihr zu. Ally stellte ihre Musik ab.

»Guten Morgen«, sagte Sam, erstaunt, aber auch ein bisschen eingeschüchtert von der Selbstständigkeit ihrer Tochter. Ally kniff die Lippen zusammen und schüttelte leicht den Kopf – sie war, wie Sam jetzt erkannte, schrecklich wütend.

»Zieh in dein beklopptes Haus, mir doch egal. Ist sowieso besser. Mit dir will ich sowieso nicht zusammenwohnen.«

Sam nickte.

»Oder mit dir reden, oder irgendwas mit dir zu tun haben.«

»Ach, Ally. Ich weiß, das ist eine ziemliche Zumutung.«

»*Das* ist völlig okay. Die einzige Zumutung bist du!«

Blöderweise streckte Sam die Hand nach ihr aus. Ally wich angewidert zurück.

»Fass mich nicht an!«

In den darauffolgenden, angespannten Tagen strafte

Ally sie mit Nichtachtung. Wer war dieses Mädchen? Diese toughe Frau?

»Du musst ihr Zeit geben«, sagte Matt, womit er natürlich recht hatte, Sam wusste selbst, dass der Versuch, Druck auf Ally auszuüben, meist nach hinten losging. Seit Kurzem verstand sich Ally ohnehin besser mit Matt. Eigentlich ging das schon länger so, auch wenn sich Sam und Ally immer noch nahestanden, »ein Herz und eine Seele« waren (wie Sam mal vor Bekannten geprahlt hatte). Sam hatte sich eingebildet, ihre Tochter habe die rebellische Teenagerphase einfach übersprungen, das ganze Theater, »Ich hasse meine Mutter«, über das sich andere Frauen beschwerten. Aber dann war das Fiasko im Krankenhaus passiert. Bereits davor hatte sich einiges verändert, eigentlich schon, als Ally in die Pubertät gekommen war. Sam spürte, dass sich ihre Tochter abnabelte, das zarte Häutchen ihrer Bindung förmlich zerriss, aber sie wollte es nicht wahrhaben. Ally ging ihrer eigenen Wege, wurde immer selbstständiger, ein Buch mit sieben Siegeln. Sams Verlust war natürlich ein Gewinn für Matt. Sam war ja nicht blöd, sie wusste, dass sich diese Dinge ständig änderten. Sie bemühte sich, nicht gekränkt zu sein, wenn sie ins Zimmer kam und Ally und Matt scheinbar grundlos draufloskicherten. Deshalb verließ sie sich auch jetzt, da Ally ihr die kalte Schulter zeigte, auf Matt als Friedensbotschafter. Er war ein guter Vater, wenn auch weniger leidenschaftlich als Sam. Pragmatisch und zuverlässig. Folglich sehnte sich Sam zwar nach Allys Nähe, hatte sich aber daran gewöhnt, dass ihre Mutterliebe unerwidert blieb. Selbst jetzt redete sie sich ein, es sei nur vorübergehend, wäre Ally erst im College, hätten sie sicher ein genauso enges Verhältnis wie Sam und ihre Mutter Lily. Verbissen hielt sie an der Vorstellung fest, irgendwann würden sie und Ally sich genauso nahestehen wie sie und Lily, obwohl vieles dagegensprach. Zum Beispiel hatte Sam sich nie auf ähnliche Weise mit ihrer Mutter überworfen. Aber warum zog sie Parallelen zwischen sich und ihrer Tochter? Ally war nicht wie sie. (Zum Glück?)

Sam wartete auf den Vertragsabschluss, jeden Tag rief sie den Notar an, um die Sache zu beschleunigen. Schließlich ging es nur um eine finanzielle Transaktion. Matt hatte das Geld schon vom »Reservefonds« geholt. Als sie sich bedankte, meinte er nur, das Ersparte gehöre schließlich auch ihr. Nachdem er verstanden hatte, dass selbst Allys Zorn Sam nicht von ihrem Vorhaben abbringen würde, hatte Matt seine Taktik geändert. Er begegnete ihr mit nahezu sentimentaler Fürsorge. Von Wut oder Sarkasmus keine Spur. Er flirtete und scherzte sogar mit ihr. Ging ganz auf in seiner Rolle als geschasster, aber dennoch großzügiger, gütiger Ehemann. Sie fragte sich nur, wem er was vormachte, ihr oder sich selbst? Ganz kalt ließen sie seine Aufmerksamkeiten allerdings trotzdem nicht.

Umso wichtiger, dass sie so schnell wie möglich hier rauskam!

Ihr Versuch, ins Gästezimmer zu ziehen, schlug fehl, weil Matt sie bat – anflehte! –, neben ihm im Ehebett zu schlafen. »Das sind unsere letzten gemeinsamen Nächte«, sagte er. Sex kam nicht infrage, das hatte sie von Anfang an klargemacht, worauf er meinte: »Ich weiß.« Sie drehte sich zur Wand, er kuschelte sich eng an sie, sodass sie seinen warmen Körper hinter sich spürte. Sein Atem ging langsamer, und schließlich schlief er ein wie ein kleines Kind. Warme Körper, selbst wenn sie sich nur leicht berührten, fühlten sich im Bett völlig anders an. Im Schlaf ist mein Mann einfach unwiderstehlich, dachte sie, und als sie die unfreiwillige Komik dieser Aussage erkannte, prustete sie prompt drauflos. Matt verstand nicht, dass er nur zum Teil an ihrer Entscheidung schuld war, während Ally gar nichts daran verstand. Sam wusste nur, was sie wusste. Sie wollte nicht mehr in der Vorstadt leben (das war schon immer Matts Wunsch gewesen, weil er ein eigenes Grundstück wollte und Bäume und Privatsphäre, aber sie hatte es ja genauso gesehen – hatte sie bisher zumindest gedacht). Doch jetzt wollte, nein, *konnte* sie nicht mehr hier wohnen. »Wollen« klang selbstbestimmt, aber das war sie nicht. Früher hatte sie herabgeschaut auf Leute, die behaupteten, sie würden ihre Partner verlassen, weil sie keine andere Wahl hatten, weil ihnen angeblich nichts anderes übrigblieb. Doch genau so empfand sie es jetzt: wie eine Lawine, die sich, einmal losgetreten, nicht mehr aufhalten ließ.

Die morgendliche Begehung vor der Schlüsselübergabe versetzte sie an jenem Apriltag in eine Hochstimmung, der selbst die Feuchtigkeit, der offensichtliche Schädlingsbefall und die alles durchdringende Kälte nichts anhaben konnten. Vor der Übergabe musste sie noch erstaunlich viele Unterschriften leisten, aber mit jeder einzelnen besiegelte sie ihre Entscheidung. Staunend hielt sie dann irgendwann tatsächlich den Schlüssel in der Hand, und als sie ihren ersten Schritt über die Schwelle tat, allein, als Hausbesitzerin, verlieh ihr das eine große Klarheit. Einen Sinn.

Nachdem die Trennungsvereinbarung unterschrieben war (keine Scheidung, noch nicht, bat Matt), überwies er ihr weitere fünfzehntausend Dollar (was ihre Rücklagen ziemlich dezimierte, aber Allys Collegefonds blieb unangetastet).

Nach der Übergabe begannen die ersten Renovierungsarbeiten, nur das Nötigste, um das Haus bewohnbar zu machen: Wasser und Elektrik (sämtliche Leitungen wurden erneuert, obwohl Sam die kreuz und quer verlegten Kupferleitungen mit Porzellanisolatoren auf dem Dachboden eigentlich sehr charmant fand). Mit dem kläglichen Rest ihres Geldes eröffnete Sam ein eigenes Konto. Als sie Matt sagte, sie wolle nichts mehr von ihm, lachte er nur. »Du zahlst unsere Rechnungen, also weißt du genau, dass dein Job nicht ausreicht.«

»Allein kann ich sehr sparsam sein.«

»Das Geld gehört auch dir«, sagte er, immer wieder. Aber egal, wie oft er das betonte, es fühlte sich doch nicht so an. Schließlich einigten sie sich darauf, dass Matt ihr bis auf Weiteres eine geringe monatliche Summe überwies, die die Grundsteuer, Unterhalts- und Lebensmittelkosten abdeckte. »Gut«, sagte er und grinste mit siegessicher zuckenden Mundwinkeln. »Um den Rest kümmern wir uns später.« Seine Gutmütigkeit half ihr wirklich, das musste sie zugeben. Dass er so wohlwollend war. Aber sie kannte ihren Pappenheimer, wusste, unter dem Deckmantel der Duldsamkeit wartete er nur darauf, dass ihr der Atem ausging. Eigentlich war es eine üble Bevormundung, dass er ihren Auszug als vorübergehende Situation betrachtete, sich offenbar sicher war, dass sie, wenn er lieb und freundlich blieb, wieder angekrochen käme, sobald sie sich ausgetobt hatte. Egal, Sam war froh, dass alles so leicht über die Bühne ging.

Als ihr Haus endlich notdürftig instand gesetzt war, nahm sie nur eine Kommode, zwei Rattanstühle, einen runden Holztisch und ein paar Küchenutensilien mit. Der Kauf einer breiten Matratze und eines Bettgestells hatte sie in eine solche Euphorie versetzt, dass sie sich über sich selbst wun-

derte. Das Bett stand nun erst einmal in der Wohnzimmer-
ecke, bis sie das Schlafzimmer im ersten Stock hergerichtet
haben würde. Das schlichte hohe Metallgestell unter dem
Fenster wirkte auf Sam wie die Bettstatt einer Nonne. Oder
einer Heiligen. Die Matratze war ziemlich teuer gewesen –
ein Zugeständnis und ein Symbol ihrer trotz der vielen Ent-
sagungen und fast demonstrativen Askese geheuchelten
Mittellosigkeit (»Arm sein als Hobby«). Sie gefiel sich in
der Vorstellung, wie Dorothy Day in freiwilliger Armut zu
leben (in einer Gemeinschaft mit unfreiwilligen Armen).
Aber manchmal hatte sie eben Rückenschmerzen, und ohne
eine gute Matratze wäre sie irgendwann vollkommen bewe-
gungsunfähig, dazu verdammt, vor Schmerzen wimmernd
auf den Dielenbrettern vor sich hin zu vegetieren.

Es gab da so einen alten Film über einen reichen Typen,
der so tut als wäre er arm. Er zieht mit Landstreichern
herum, weil er leiden und das echte Leben spüren will. Es
geht schief. (Ein richtig guter Film, bis aufs Ende, denn da
hat der Mann auf einmal eine Erleuchtung und beschließt,
fortan alle Probleme mit Humor zu lösen.) Sam wollte nicht
sein wie dieser Typ im Film. Der Titel fiel ihr gerade nicht
ein, er lag hinter diesem seltsamen hormonellen Schleier
verborgen, also kein handfester Nebel, eher wie Gaze, fast
durchsichtig.

Kaum war das neue Bett aufgebaut, verabschiedete sie
sich tonlos vor Allys geschlossener Tür von ihrer Tochter
und verließ endgültig das Heim in der Vorstadt. Nur drei
Wochen nach dem Kauf zog Sam in ihren Bungalow in der
Innenstadt, obwohl der Großteil der Renovierungsarbeiten
noch nicht abgeschlossen war. Nicht mal eine Stunde später klingelte es an der Tür. Ein Begrüßungsstrauß von Matt.

Herrje. Pfirsichfarbene Pfingstrosen, ihre Lieblingsblumen. Seit sie ihn verlassen hatte, schenkte er ihr übertrieben viel Aufmerksamkeit, dabei war es ihr nie darum gegangen. Sam wollte einfach allein sein. Allein, in ihrem Haus.

7

Am Nachmittag, als sie den unzähligen Flächen im Haus zu Leibe rückte, spürte Sam förmlich, wie sich ihre Liebe beim Putzen noch weiter auswuchs, wie sie sich vertiefte (falls das überhaupt möglich war). Das dunkle Eichenholz von Parkett, Kaminsims und Balken, mit Öl eingerieben und poliert, erstrahlte in einem neuen Glanz. Den Zeigefinger mit einem weichen Lappen umwickelt, rieb sie den Staub aus den Kerben der gefasten Kanten. Die winzigen Details, die darunter zum Vorschein kamen, trieben ihr beinahe die Tränen in die Augen. Was stimmte mit ihr nicht? Wie konnte man beim Polieren von altem Holz ein derartiges Glück empfinden? Aber es fühlte sich so solide an.

Sie durchforstete sämtliche Dokumente zum Haus, die sie bei der Historical Association finden konnte. Von der Entwurfsskizze, mit Tinte auf Pergament gezeichnet und handkoloriert, machte sie eine Farbkopie und las sogar die Verträge durch, die Ward mit den Handwerkern für die Arbeiten am Haus abgeschlossen hatte. Jedes sinnliche Detail entzückte sie. Die Stuckaturen sollten laut Wards Anweisung mit einer Mischung aus »Portlandzement«, »Löschkalk« und »reinem Bausand« unter großzügigem Einsatz von »Rinds- oder Ziegenhaar« angefertigt werden, alles gründlich vermengt. Was für ein Haus, was für ein robustes, handfestes Machwerk.

Die abblätternde Farbe an den kunstvollen Fenstern, garantiert voller Blei (aber immerhin aus »Brooklyn Bleiweiß« mit »Zinkweiß, nach französischem Verfahren hergestellt«, und »feinstem Rohleinöl«), bereitete ihr ein wenig Unbehagen, aber warum sollte sie sich mit dreiundfünfzig noch Gedanken um eine mögliche Bleivergiftung machen? War sie schwanger, hatte sie kleine Kinder? Sie war unverwüstlich, auf ihre ganz eigene Weise. Wen kümmerten schon ein paar Gehirnzellen weniger? Was für ein Gefühl, ihre Bleiangst einfach loszulassen, auch wenn es durchaus sein konnte, dass sie mitten in der Nacht darüber ins Grübeln käme, was der Bleistaub in ihrer Lunge anrichten könnte, in ihrem Blut. Da war es, das Problem mit dem Wechsel: Mitten in der Nacht wach zu sein hieß auch, ihre vermeintliche Furchtlosigkeit als Lüge zu erkennen.

In jener ersten Nacht allein im Haus, als das Licht schwand, hörte sie etwas. Aber es machte ihr keine besondere Angst. Eine Welt voller Geister, wäre das schlimm? Alles wäre besser als nur dieses eine Leben. Aber vielleicht waren es gar keine Geister, sondern ein paar Junkies von der Straße, diese bleichen Opioid-Zombies mit den leeren Augen und der schlechten Haut. Die machten ihr Angst. Womöglich hatten sie ein paar dieser Gestalten aus dem Viertel einziehen sehen und als leichte Beute erkannt. Das Haus mit seinen zahllosen Fenstern war durchlässig wie ein verdammter Schweizer Käse.

Hör jetzt bitte auf mit diesen Gedanken, diesen Ängsten.

Außerdem: Wer hat Angst vor den Armen?

Und: Was mache ich eigentlich hier, allein, an diesem einsamen Ort?

Sam nahm das Handy und schrieb eine Nachricht an Ally.

Hi, Ally-oop, bin im neuen Haus. Wunderschön, aber einsam. (Ich meinte das Haus, nicht mich, haha.) Hab dich lieb.

Für »Hab dich lieb« schlug ihr Handy ein Emoji vor, das Sam übernahm. Immer locker bleiben. Weil Ally nicht mehr mit ihr sprach, schrieb Sam ihr Nachrichten, aber nur eine pro Tag, oder besser pro Nacht. Wie erwartet ignorierte Ally sie hartnäckig. Aber anscheinend las sie die Nachrichten zumindest, was Sam als positives Zeichen deutete. Immerhin hatte Ally sie nicht wie befürchtet blockiert. Sam musste sich zurückhalten, Ally nicht mit Nachrichten zu überschütten, damit würde sie im Zweifelsfall nur das Gegenteil bewirken, nämlich Allys Abwehr. Außerdem, begegnete man seiner Mutter nachts nicht mit mehr Wohlwollen? Selbst als sie noch unter demselben Dach gewohnt hatten, hatte Sam ihrer Tochter jede Nacht eine Nachricht geschickt. Hinter der verschlossenen Tür einer Teenagerin lag praktisch ein fremder Kontinent, und so funkte Sam immer vor dem Zubettgehen ein Zeichen in die unbekannten Weiten. Ally antwortete nie, aber sie las, was Sam ihr schrieb. Immerhin blieben sie so in Verbindung. Was blieb Sam auch anderes übrig?

Sie verspürte den dringenden Wunsch, ihre Mutter anzurufen, aber die schlief bestimmt schon. Manchmal ging sie schon vor acht ins Bett, ihre alte, erschöpfte Mutter.

Meine Güte, lass das! Denk bloß nicht an Mom, schon gar nicht kurz vorm Zubettgehen.

Zur Kognitiven Verhaltenstherapie gehörte das Umlenken, Erkennen und Unterbrechen gefährlicher/selbstzerstörerischer/gewohnheitsmäßiger Denkmuster. Zumindest hatte Sam das einem Podcast und den verlinkten Selbsthilfeartikeln entnommen. Aber das war harte Arbeit, und schon war sie mittendrin in der nächsten toxischen Denkschleife, machte sich Vorwürfe, weil sie einfach nicht die nötige Disziplin aufbrachte. Meditation. Mehrere Stunden vor dem Zubettgehen nicht mehr vor dem Bildschirm sitzen, nichts mehr essen, nichts mehr trinken. Feineinstellung von Körper und Seele, als wäre der Schlaf ein Wunder, das man heraufbeschwören musste, und kein ganz normaler Teil des menschlichen Alltags. Was bedeutete es, die natürliche Verbindung zum Schlaf verloren zu haben? Dachte man erst darüber nach, war es damit vorbei, und das, was automatisch, somatisch sein sollte, geriet aus dem Takt. Sie sollte einfach Schlaftabletten einwerfen, wie jeder andere auch. Oder sich mitreißen lassen von ihrem beschissenen Gedankenstrudel, mal sehen, wo sie rauskäme. Irgendwann würde der Schlaf schon kommen.

Sie schrieb Laci und MH im Gruppenchat, dass sie ihre erste Nacht im neuen Haus verbrachte. Es überraschte sie selbst, dass sie die beiden die ganze Zeit auf dem Laufenden hielt: Ich habe meinen Mann verlassen, ich habe ein Haus gekauft, ich bin eingezogen. Alles immer schön im Nachhinein, denn sie wollte keine Hilfe, Gesellschaft oder Ratschläge. Sie wollte sich nur erklären, sich bewusst machen, was sie da tat.

Laci antwortete prompt.

Gut gemacht! Einweihungsfeier??

Statt zu antworten, schickte Sam ihr ein Foto von einer brennenden Kerze in der Nische einer Eichenvertäfelung.

Sie war müde. Sie sollte ins Bett gehen.

In dem Moment bemerkte sie, dass sie weder Bettwäsche noch Kissen hatte. Wie hatte sie das vergessen können? Nach dem Zähneputzen legte sie sich also auf die nackte Matratze.

Kaum lag sie, war es mit der Müdigkeit vorbei. Sie zwang sich zu schlafen, angezogen auf dem Bett, aber so funktionierte das nicht. Sie ließ ihren Gedanken freien Lauf, kehrte unweigerlich zurück zum Thema Bleivergiftung, und von da aus ging es nahtlos weiter zur Vermeidung/Unvermeidlichkeit von Katastrophen, die ihre Mutter befallen könnten (was, wenn sie heute im Schlaf starb und Sam sie nie wiedersah, was, wenn Sam den Arzt aus dem Podcast anrief und ihre Mutter dazu überredete, seinen Anweisungen zu folgen, irgendwas mit Magnetfeldern, sie musste unbedingt nachlesen, was es mit dem Wurburg-Effekt auf sich hatte – oder war es Warburg?), dann zu Ally (wie sie mit zwölf das Lied »Once Upon a Dream« gesungen hatte, mit ihrer zarten Mädchenstimme, wie Ally sie angebettelt hatte, ihr im Wagen was vorsingen zu dürfen, *But I know you, I know what you'll do, you'll love me at once, the way you did once,* hier hatte sie innegehalten, Sam hatte sie im Rückspiegel angesehen, *upon a dream,* lächelnd, und dann hatte Ally gewartet, dass Sam »Wundervoll!« sagte, was sie immer tat, denn es war ein Wunder, dieses Mädchen, diese Stimme, auf dem Rücksitz ihres Autos). Von dort zurück zu ihrem neuen Viertel, den Junkies, die ihren Einzug beobachtet haben könnten, und ihrer unanständigen Angst vor den Armen. Sie spürte eine Abscheu gegen ihre eigene abstoßende Unmenschlichkeit, vollkommen übertrieben und alles verallgemeinernd: ihre Empathielosigkeit, ihr übersteigertes Sicherheitsbedürfnis. Warum sollte sie ein Anrecht auf Sicherheit haben? Womit hätte sie das verdient? Aber jeder sollte doch in Sicherheit leben, der Wunsch danach war nur menschlich, vielleicht war sie zu streng mit sich. (Ging zu hart mit sich ins Gericht, machte sich fertig. So sahen sie aus, die Untiefen ihrer leidigen, erschöpfenden Schlaflosigkeit.) Ängste lassen sich nicht durch den Verstand verscheuchen, Ängste sind zahllos und lassen nicht ab. Es war nur menschlich. Sie war nur ein Mensch. Schlaf endlich.

Und irgendwie gelang es ihr diesmal tatsächlich. Bis sie später wieder aufwachte, mitten in der Nacht. Mitten in der Nacht hieß bei ihr Punkt drei Uhr, nicht zehn nach oder fünf vor. Immer genau um drei, verblüffend, und das war noch schlimmer als die lange schlaflose Phase am Anfang (»Einschlaflatenz« nannte sich das), weil das Aufwachen sie jedes Mal irritierte, ihr einen Schock versetzte. In der Finsternis schlug sie die Augen auf, dann war sie wach. Müde, aber hellwach. Wenn sie so neben dem schlafenden Matt gelegen hatte, war sie sich immer entsetzlich isoliert vorgekommen, und leer. Nach und nach füllte sich die Leere mit all den Dingen, die ihr Sorge bereiteten, was schlimmer war als das Nichts. Manchmal riss sie eine Hitzewelle aus dem Schlaf, ein inneres Feuer, von Hormonen angefacht, und sie schüttelte die Decke ab, um sich von der Nachtluft abkühlen zu lassen. Oft aber gab es keinen ersichtlichen Grund für ihr Erwachen, dann kniff sie die Augen wieder zu, schlang ihren Teil der Decke enger um sich und bemühte sich, wieder einzuschlafen. Wie es auch kommen mochte, sie erkannte immer recht schnell, wenn es mit dem Schlaf erst mal vorbei war. Es konnte eine Stunde dauern oder länger. Wenn es richtig schlimm kam, sogar die ganze Nacht. Dann nahm sie das Handy vom Nachttisch, hielt es unter die Decke, damit das Licht Matt nicht weckte. Natürlich erleuchtete es das Zimmer trotzdem mit seinem kalten, bläulichen, stechenden Licht. Man sollte Bildschirme meiden, aber das Handy war schließlich ihre Uhr. Sie musste wissen, wie spät es war, um sich gegen die Nacht in Stellung zu bringen. Wer bitte zeigte um drei Uhr morgens Widerstandskraft und Disziplin? Zu dieser Zeit war man anfällig. Aber sie war nicht dumm, immerhin scrollte sie nicht durch den Twitter-Feed des Präsidenten, auch wenn sie gegen den Impuls regelrecht ankämpfen musste. So war das, mit dem Wechsel.

Aus unerklärlichen Gründen war Sam davon ausgegangen, im neuen Haus besser schlafen zu können. Doch als sie in dieser ersten Nacht aus dem Schlaf schreckte, war sie sofort sicher, auch ohne Handy, dass der Morgen noch weit entfernt war. Die plötzliche Erkenntnis, wo sie sich befand, ließ sie schaudern, sie stieß in der Finsternis einen Laut aus, ein Keuchen. Um sie herum nahm das Zimmer auf befremdliche Weise Form an. Dann, und zwar so schlagartig, als hätte jemand das Licht angeknipst, fiel ihr wieder ein, dass sie allein war. Sie musste auf niemanden Rücksicht nehmen, sie konnte Matt weder stören noch wecken. Es überraschte sie, dieses Gefühl, nichts tun zu müssen. Sie konnte wieder einschlafen oder nicht, konnte hier einfach sitzen und in die Dunkelheit starren. Aufstehen, alle Lampen anknipsen. Etwas kochen, wenn sie wollte, einen Film ansehen, Lärm machen, sie musste niemandem versichern, dass *alles in Ordnung* war, wenn *gar nichts in Ordnung* war. Wie viel von ihrem nächtlichen Wachheitsproblem hatte tatsächlich mit alldem zu tun gehabt, mit Matt, mit ihnen beiden, als Paar im Ehebett?

Sie setzte sich auf. Die Sprossenfenster leuchteten einen Moment auf, von außen angestrahlt. Vorbeifahrende Autos.

Und wo sie gerade dabei war, wie lächerlich waren eigentlich diese stummen Übereinkünfte des ehelichen Alltags gewesen? Im selben Bett schlafen, Seite an Seite, wo doch selbst Kinder lernten, allein zu schlafen. Als Ally klein war, hatte sie immer wieder versucht, sich nachts ins elterliche Bett zu schleichen. Sam war hin- und hergerissen, natürlich wollte sie Ally in die Arme schließen, aber sie wollte auch gerne schlafen. Ally im Bett hieß eine ruhelose Nacht zu verbringen, mit verwickelten Gliedmaßen, weggezogener Decke und ständigem Aufwachen. Das führe nur zu schlechten Angewohnheiten, behaupteten die Experten. Was für ein Scheiß! Warum hatte sie Ally nicht einfach zu sich ins Bett kriechen lassen, ohne lange darüber nachzudenken? Es wäre doch nicht für immer gewesen. Warum hatte sie so viel Zeit damit verschwendet, ihre mütterlichen Instinkte zu hinterfragen? Zeit, die sie viel sinnvoller darauf hätte verwenden können, mit ihrer kleinen Tochter zu kuscheln, sie zu trösten, solange sie sich noch trösten ließ, bevor sie erwachsen und ihre Beziehung, ja, irgendwie trostlos wurde?

Aber da war dieser eine Abend gewesen, noch während Allys Schlafwanderphase. Sam war der normalen Zubettgehroutine gefolgt, hatte Ally nach dem Baden und Zähneputzen wie immer noch etwas vorgelesen. Geschichten, als sie noch kleiner war, Kapitel aus längeren Romanen, als sie größer wurde. Ally erbettelte sich meist zwei Kapitel, an deren Ende ihr Atem ruhig und regelmäßig ging, ihre Lider schwer herabhingen und die rosigen Lippen leicht geöffnet waren. Diesmal jedoch, das zweite Kapitel war bereits zu Ende gelesen, stellte Sam beim Aufblicken fest, dass ihre Tochter sie anstarrte, hellwach, von Schlaf keine Spur. Sam beugte sich vor, um das Licht auszuschalten. Ally schnaubte, die schmalen Lippen fest zusammengepresst.

»Was ist los?«

»Es ist unfair!«, stieß sie mit weinerlicher Stimme hervor.

»Was?«

»Erwachsene haben nie Angst, aber müssen nie allein schlafen«, sagte sie aufgebracht, mit jedem Wort empörte sie sich mehr über diese Ungerechtigkeit. Sam lächelte, was natürlich nicht richtig war. Sie sollte ihre Tochter nicht bevormunden. Sam setzte eine ernste Miene auf.

»Du hast recht, das ist wirklich seltsam«, sagte sie. »So habe ich das noch nie betrachtet.«

Ally nickte zufrieden.

»Aber Erwachsene haben auch manchmal Angst, weißt du. Alle haben manchmal Angst«. Sam machte immer wieder den Fehler zu glauben, sie müsse Ally gegenüber vollkommen offen sein, sich ganz natürlich benehmen, Schwächen und Zweifel ehrlich zugeben. Aber Ally war noch ein Kind, sie musste nicht wissen, dass Erwachsene Zweifel hatten. Sie war nicht Sams Beichtvater. Ally brauchte Sicherheit, Schlaf, Zuverlässigkeit. Sam hätte ihr über die Stirn streichen und sie beruhigen sollen, wie Lily es damals bei ihr getan hatte. Wenn Sam als Kind aus irgendwelchen Gründen einen Schrecken bekommen hatte, war sie runtergelaufen ins Wohnzimmer, wo ihre Eltern vor dem Fernseher saßen. Ihre Mutter hatte sie dann an die Hand genommen und wieder ins Bett gebracht. Ihr den Rücken gestreichelt, die Wange. Vor ihrer Mutter konnte sie ihre Ängste aussprechen (Ich habe geträumt, dass du weggegangen bist, und ich war ganz allein im Haus). Lily sagte dann: »Kein Sorge, ich lass dich nicht allein. Ich werde immer für dich da sein.« Das war vielleicht gelogen, aber genau das Richtige. So eine wunderbare Klarheit und Gewissheit. Solche Augenblicke hatten Sam ein tiefes Gefühl von Sicherheit und Frieden vermittelt. Wenn Sam sich später daran erinnerte, die Hand ihrer

Mutter auf ihrem Gesicht, den Klang ihrer Stimme, kehrte bei ihr wieder derselbe innere Frieden ein und sie wurde sofort ruhiger. Im ganzen Leben ergab sich, wenn man Glück hatte, nur eine kurze Gelegenheit, so etwas wie Unschuld zu erleben, und zwar während der frühen Kindheit, eine Zeit, in der man nicht ahnte, was kommen würde oder musste. Diese Momente, in denen man einfach mit dem beschäftigt war, was das Leben wunderbar machte, diese *Liebe,* war für immer verankert, tief im Inneren, ein weicher Kern, der glaubte, alles wäre gut.

Das hätte Sam für Ally tun sollen. Ihr versichern, dass sie immer bei ihr sein würde. Aber Ally hätte es durchschaut. Man konnte sie nicht belügen oder ihre Sorgen einfach wegstreicheln, dafür war sie schon immer zu klug gewesen. Sam hätte ihre eigene Unsicherheit kaschieren müssen, und Ally, die kluge Ally, hätte es bemerkt. Ally war so eine Gewalt, ist so eine Gewalt. So vollkommen mit sich im Einklang. Selbst als sie Angst hatte, allein zu schlafen, hatte Ally logische Gründe gefunden, eine Art Erörterung ihrer Befindlichkeit. Es ging nicht um ihre Angst, sondern um die Ungerechtigkeit der Schlafverhältnisse. Und es ging um ihren Frust darüber, bei so wichtigen Entscheidungen nicht mitbestimmen zu dürfen.

Im Alter von sieben Jahren hatte Ally den Höhepunkt einer Phase erreicht, während derer sie die Unterschiede in der Behandlung von Kindern und Erwachsenen aufzählte und anprangerte. Sie bemerkte sämtliche Diskrepanzen in der Macht und Handlungsgewalt von Kindern und erlebte ihre eigene Unfreiheit als ständiges Ärgernis. Einmal wurde Sam von Allys Klassenlehrerin an der Waldorfschule zu einem Gespräch gebeten. Mit leichtem, aber sichtbarem Stirnrun-

zeln hielt die Frau ihr eines von Allys Kunstwerken unter die
Nase. Diese Lehrerin, normalerweise von sonnigem Gemüt,
ganz Filz und Feenglanz, schien von ihr angesichts des dort
zu Lesenden Bestürzung zu erwarten, aber Sam fand es so
lustig, dass sie ihr Lachen hinter vorgehaltener Hand verstecken musste. Auf Packpapier hatte Ally mit Glitzerstift geschrieben: »Was ich mach, wenn ich ewaksen bin«. Sie hatte
verschiedene Gegenstände gemalt, ein Messer, Tabletten,
Streichhölzer und Feuer, ein Auto, ein offener Mund voller
Zähne, und sie auch beschriftet: Messr. Tapleten. Foir. Auto.
Kaugumi.« Witziges, altkluges, toughes Mädchen.

Irgendwann, ganz allmählich, blieben Allys nächtliche
Bettbesuche aus und Sam kam in den Genuss friedlichen
Schlafs. Doch damit war es bald schon wieder vorbei. Zuerst nur gelegentlich, dann mit zermürbender Regelmäßig-
keit erwachte sie nachts aus dem Tiefschlaf und war dazu
verdammt, die verbleibenden Stunden in einem Dämmer-
zustand klimakterischer Hormonschwankungen zu verbringen.

Damals wie heute kreisten ihre Gedanken dabei um Ally.
Egal, wie innig man sich als Tochter seiner Mutter verbunden fühlen mochte, was »Bindung« bedeutete, begriff man
erst, wenn man selbst Kinder hatte: Als Mutter erlebte man
sie geradezu körperlich. Sogar im Schlaf waren Mutter und
Kind miteinander verbunden. Der besondere Klang von
Allys Geschrei, wie ein Code, dazu erschaffen, Sams Schlaf
zu knacken. Früher hatte Sam gedacht, dieses Wachwer-
den gehörte einfach zur Babyphase dazu, damit sie ihr Kind
auch nachts schreien hörte, doch noch Jahre später, das
Schreien war längst vorbei, meinte sie mitunter immer noch,
Ally mitten in der Nacht weinen oder aufschreien zu hören,

und immer rief sie nach ihr. Dann sprang Sam aus dem Bett und lief zu ihr, von einem wunderbaren Pflichtbewusstsein erfüllt, trotz ihrer tiefen Erschöpfung. Eine Mutter zu haben reichte nicht aus, erst wenn man selbst Mutter war, begriff man, wie zehrend und zutiefst einseitig die Rollenverteilung war. Das Kind hatte die Aufgabe, sich von seiner Mutter zu lösen, eine allmähliche Entwicklung zur Selbstständigkeit. Eine Mutter hatte mit Rat und Tat zur Seite zu stehen, immer da zu sein, wenn sie gebraucht wurde, und sich Zeit ihres Lebens um ihr Kind zu sorgen. Aber war das tatsächlich so? Sam wusste, dass sich ihre Mutter immer noch um sie sorgte, sogar jetzt, da ihr Körper versagte, weil sie ...

Bloß nicht an den Körper ihrer Mutter denken.

Ally.

Keinen Zugang zu Ally zu haben, war eine neue Erfahrung. Sam vermisste sie und war fast versucht, alles aufzugeben, um wieder in ihrer Gunst zu stehen. Aber nur fast. Denn würde sie wegen Ally zurückkommen, wäre Ally das auch nicht recht. Eine bedürftige, depressive Glucke als Mutter. Ally wollte sie nicht, fand es sogar besser, wenn Sam nicht da war, auch wenn Sams Entscheidung zu gehen sie wütend machte. Traf das zu oder redete Sam sich das nur ein, damit sie tun und lassen konnte, was sie wollte, Matt verlassen und dem Leben entfliehen, in dem sie gefangen gewesen war? So genau konnte sie das nicht beantworten, fest stand nur, dass sie Ally vermisste und sich mit jeder Faser ihres Körpers nach ihr sehnte – sie sehen, hören und mit ihr sprechen wollte. Sam würde nicht zurückkehren, aber loslassen würde sie auch nicht.

Was konnte sie tun? Sie würde Ally weiterhin jeden Abend eine Nachricht schicken, eine, nicht mehr. Diese täglich bei ihrer Tochter eintreffenden und von ihr unbeantworteten Nachrichten zeigten Sam als ergeben, demütig, sie waren ein Zeichen ihrer bedingungslosen Liebe. Vermutlich fand Ally sie so erbärmlich, dass sie sie nicht mal blockierte.

Mitten in der Nacht fand Sam all ihre Bemühungen auf einmal unerträglich traurig und sinnlos. Und die Hitze drohte sie zu ersticken. Sam zerrte am Kragen ihres T-Shirts, leierte das Ding komplett aus, aber egal, Hauptsache weg von ihrer Brust. Ihr Körper wusste, was kam. Ihr Herz schlug schneller. Und dann – heiß! Plötzlich loderte eine Flamme in ihrem Inneren und setzte alles in Brand. Ihr Herz raste so sehr, dass sie es in den Ohren schlagen hörte.

Sie ging zum eingebauten Sitz in der Fensternische und ruckelte am Griff des Flügelfensters, das sich unter aufgewirbeltem Staub und abgeplatzter Farbe schließlich öffnete und kühle Luft hereinströmen ließ. Klirrendkalte Nachtluft, erfrischend. Doch selbst am offenen Fenster war ihr noch heiß. Sie sah aufs Handy. Keine Nachrichten. War doch klar, dass sie auch im neuen Haus Schlafprobleme haben würde. Aber mehr noch als die Sorgenspirale quälte sie heute die Hitzeattacke. Vom Körper befeuert. Schlaferosion war eine schleichende, eskalierende Folge körperlicher Symptome. Sie war nicht krank, Sam wachte einfach auf, weil sie das erlebte, was man wohl gemeinhin als »Hitzewelle« verstand. Doch die Welle spürte sie nicht, nur die Hitze. Ihre Ärztin hatte ihr erklärt, dass nächtliche Wachphasen ein ganz natürlicher und häufig vorkommender Teil ihrer Reise durch die Wechseljahre seien. Ach so, das ist ganz natürlich, na dann, kein Problem! Natürlich oder nicht, sie hatte verloren. Wie sie es auch betrachtete, in der heutigen Schlacht um den Schlaf hatte sie den Kürzeren gezogen und war zum

Grübeln verdammt. (Wie ein Rindvieh beim Wiederkäuen, jeder Durchgang traumverzerrter und dunkler als der vorherige.) Vom Spezifischen, Allys Miene, als Sam ihr gesagt hatte, dass sie sich trennen wollte beispielsweise, würde sie ins Allgemeine driften, der Präsident, Kriege, die Umwelt, die latente Krebsgefahr, ihr ganzes ruiniertes Leben.

Nach dieser ersten halbdurchwachten Nacht in der Highland Street, in ihrem neuen, leeren Haus, saß sie im Wohnzimmer und spähte aus dem halboffenen Fenster. Sie sah die Lichter der Stadt glitzern und den alten parkartigen Friedhof im Schein der Straßenlampen. Es war alles menschenleer. Sie kramte in ihrer Tasche und zog eine Schachtel Zigaretten hervor. »Wer hat die gekauft?«, fragte sie sich und lachte. Sie rauchte, blickte auf die Stadt und beschloss, das Schlafen für heute aufzugeben. Um vier machte sie sich einen Kaffee, klappte den Laptop auf und überflog die Titelseiten der *New York Times* und der *Washington Post*. Sie ging auf den *Post-Standard* und Syracuse.com. In den ersten vier Artikeln ging es um Sport, danach um diverse Verhaftungen und Fahndungsfotos. Sie las den Polizeibericht. Die Straßen rund um ihr Haus an der Highland wurden regelmäßig erwähnt. (Diebstahl, Sachbeschädigung, Überfälle, bewaffnete Überfälle, Einbrüche, bewaffnete Einbrüche, Missachtung einer richterlichen Anordnung. Schwere Vergewaltigung in zwei Fällen. Man konnte sogar nach Namen, Verbrechen oder Ort suchen. In den Vororten berichtete die Polizei fast ausschließlich über Fälle von Trunkenheit am Steuer, aber hier hatte man für solche Petitessen keine Zeit.)

Um sechs, die Sonne hatte den Himmel kaum rosa gefärbt, putzte sie sich die Zähne, zog sich an und machte einen Spaziergang, am Friedhofspark entlang den Hügel hinab, an der verfallenden AME Kirche vorbei, unter der feuchten, schwarzen Betonbrücke hindurch nach Downtown, wo an den Straßen lauter altehrwürdige Stadtgebäude aufragten.

Am späten Vormittag tauchte MH bei ihr auf, eine Aloe in der Hand. Eine Heilpflanze, logisch. Sam tätschelte die prallglatten Blätter. Vielleicht nützlich, auf jeden Fall hübsch. Sie tranken sehr starken Kaffee aus ihrer Cafetière, Sams dritte Tasse. »Ich bin seit drei auf den Beinen«, sagte sie, es klang schon fast prahlerisch.

»Nächtliche Wachphasen sind Besonderheiten der Lebensmitte, die sollte man nicht verschwenden.«

Sam lachte, aber MH meinte es ernst.

»Es hat seinen Grund, warum du aufwachst. Das ist die Zeit für besondere Denkprozesse, nächtliche Betrachtungen. Kämpf nicht dagegen an. Widme dich ganz deinem nächtlichen Amt, deiner *Nocturna*. Steh auf, knie nieder, sei gegenwärtig im Augenblick.«

Sam zuckte die Achseln. »Ja, vielleicht. Aber am Ende ist es doch nur mein armseliges, geplagtes Hirn, das immer wieder im selben alten Schutt versinkt. Meine stehenden, brodelnden Gewässer.« MH trug einen glänzenden Metallring am Zeigefinger, der aussah wie ein Bolzen oder das Endstück eines Kreuzschlüssels.

»Du musst dich von diesen Vorurteilen lösen. Du musst deine Haltung ändern, mach das Problem zum Geschenk. Du bist eine Wüstenmutter, du brauchst keinen Schlaf. Du hast eben Dinge zu überdenken, und das kannst du nur allein anstellen, auf Knien, um drei Uhr morgens.« Mit emphatischer Geste breitete sie die Arme aus und bemerkte dann, dass Sam erneut ihren Ring anstarrte. MH berührte ihn. »Das ist ein Wearable. Aus Titan.«

»*Wearable*? Was soll das sein?« Sam wollte MH nur aufziehen. Sie hatte einige Beiträge aus MHs Gruppe *n=1 Schrapnellenhacks* gelesen (noch eine Untergruppe der *Schrapnellen, Schabracken und Schreckschrauben*) und wusste daher, dass Wearables kleine Trackingcomputer waren. MH war begeisterte Anhängerin des Biohacking und überwachte wie diese Fitbit-Fuzzis so ziemlich alles, was sich messen ließ, Ernährung, Schlaf, Bewegung.

»Zählt der deine Schritte?«, fragte Sam.

MH grinste herablassend. »Nein, dieses Ding kommt aus Skandinavien. Da sind so winzige Sensoren drin, die deine Herzfrequenzvariabilität überprüfen, Schläge pro Minute, Schlafphasen, Körpertemperatur, Respirationsrate. Die Werte kann man dann uploaden und von einer App analysieren lassen.« Sie fuchtelte zu Illustrationszwecken mit dem Handy herum. Darauf war MHs Schlafanalyse zu sehen, mit Kurven und Auswertungen jedes mikrometrischen Messwerts.

»Als wärst du dein eigener Stalker«, sagte Sam. »Schickt das Ding dir Push-Nachrichten, wenn du nicht richtig atmest, fehlrespirierst, kontrahalierst?«

»Das tut es tatsächlich.«

»Was machst du mit den ganzen ...«

»Daten?«

»Ja.«

MH zuckte die Achseln. »Optimieren. Das Gefühl der totalen Kontrolle, sogar im Schlaf.«

»Du hast mir gerade selbst gesagt, ich soll nicht gegen meine Schlafstörungen ankämpfen.«

»Jeder hat seine Widersprüche. Die sind in uns angelegt, so sind wir gemacht. Stress ist zum Beispiel schlecht für uns, aber richtig dosiert führt Stress zu einer hormonellen, adaptiven Reaktion der Zellen. Er macht dich stärker. Die Kontrolle der eigenen Physiologie fordert enorme Anstrengung. Hast du erst alle Variablen eingestellt und dein Optimierungspotenzial kalibriert, bleibt dir nur noch ein Weg.«

»Und welcher? Akzeptanz?«

»Es geht weit über schlichte Akzeptanz hinaus. Mutige Kapitulation. Trotzige Dankbarkeit. Renitentes Zelebrieren.«

Sam bemühte sich tatsächlich, ihre Wachphasen positiv zu bewerten, aber zum Zelebrieren reichte es nicht. Schon in der nächsten Nacht erwachte sie wie immer um drei Uhr. Sie stieg aus dem Bett und kniete sich auf den harten Boden. Die Geste wirkte angeberisch, albern, aufgesetzt. Außerdem taten ihr dabei die Knie weh. Sie versuchte es im Schneidersitz. Das tat auch weh. Wie kann es sein, dass ein Körper im mittleren Alter wild entschlossen Fett ansetzt und trotzdem keine Polster gegen die harten Flächen der Welt ausbildet? Sie legte ein Kissen auf den Boden und ging erneut auf die Knie. Ihr Verstand ratterte, schlug Purzelbäume. Weinerlich, voller Selbstmitleid, reduktiv, hysterisch – das Gegenteil einer Wüstenmutter.

»Bleib dran. Es erfordert viel Übung«, sagte MH, als Sam ihr am nächsten Tag alles erzählte.

»Ja, okay«, sagte Sam. Alles war besser, als vergeblich dem Schlaf nachzujagen. MH ging völlig auf im Thema Wechseljahre, das Geschenk der Lebensmitte, die »Superexaltation«, wie Eliza Farnham es schon 1860 genannt hatte, eine heimliche Freude, befreit von Gebärzwang und Haushalt und vermutlich auch von den Ansprüchen der Männer. MH nahm allerdings Hormone. Was nicht etwa bedeutete, dass sie irgendwas aufhalten wolle, wie sie sagte. (Und nicht diese natürliche Bioscheiße, nein, echte, verschreibungspflichtige Hormone. Progesteron, Estradiol und Testosteron. »T«, sagte sie. »Schwanz aus der Flasche. Da steckt echter Kerl drin.«) Außerdem manipulierte sie ihren Körper durch Intervallfasten, Sport und Schlaftraining (einschließlich Klarträumen, Traumfasten, Schlafphasenwecker) und Supplements, laborgetestet und von Dritten empfohlen. Dennoch glaubte MH fest an das Geschenk der Menopause.

»Historisch betrachtet natürlich nur für Frauen einer bestimmten Gesellschaftsschicht«, sagte sie.

Als MH gegangen war, führte Sam ihr eigenes n=1 Biohacking-Experiment durch. Eimerweise Kaffee trinken und nicht schlafen. Dann wie immer Gewichte stemmen im Fitnessstudio. Als sie zum Downtown Y joggte, fühlte sie sich stark und unangreifbar. Sie fragte sich, was ein Testosteronschub bei ihr bewirken, wie sich ihr Körper danach anfühlen würde. Würde sie dann endlich einen Klimmzug schaffen? Sich ein Tattoo stechen lassen und sich Bikerstiefel kaufen? (Die wollte sie doch schon jetzt. Aber würde sie die dank Testosteron mit völliger Selbstverständlichkeit tragen, statt sich prätentiös vorzukommen?) Würde ein Hormon ihr Verhalten verändern, ihre Art zu denken? Veränderte es dann nicht ihre ganze Persönlichkeit, ihr Ich? Und was, wenn sie ihr Ich dann plötzlich als rein hormonelle Angelegenheit begriff, etwas, das man umkrempeln konnte wie seine Einrichtung oder seinen Kleidungsstil?

8

Eine Woche nach Sams Umzug in die Highland Street lud MH sie und Laci ins *Smiley Face* ein, ein trauriger Stand-up-Schuppen in der Destiny Mall. Sams Umzug in die Stadt hatte MH und Laci offenbar signalisiert, dass man ihr vertrauen, sich öfter mit ihr treffen oder sich vielleicht sogar näher kommen konnte. Sam war nun keine Touristin aus der Vorstadt mehr. Aber das *Smiley Face* entsprach so gar nicht ihrer Vorstellung von einem konspirativen Treffpunkt.

Seit Kurzem tourte MH durch die Comedy Clubs, nahm an Open Mikes teil, um sich in der »echten« Welt zu bewähren.

»Ich hasse Comedy Clubs, und ich hasse die Leute, die in Comedy Clubs gehen«, sagte MH, als sie sich im halbleeren Saal eine gepolsterte Sitzbank ausgeguckt hatte. »Und dann gehört der auch noch zu einer Kette? In Central New York? Das ist wie The Groundlings für Arme, irgend so ein Mist aus dem amerikanischen Hinterland.« Sam betrachtete die anderen Gäste. Sie hatten was von Collegestudenten, fast vierzigjährige Bubis, aufgedunsen und teigig, wie es Männern passiert, wenn sie im fortgeschrittenen Alter immer noch Bier trinken, als wären sie zwanzig.

»Warum kommst du dann her?«, fragte Sam.

»Weil ich auf diese Bühne will. Aber nicht, um Witze zu reißen«, sagte MH. »Ich bin hier, damit sie mich ansehen müssen, sie sollen mich *sehen*, auch wenn sie mich ausbuhen. Ich komme her, weil ich Angst davor habe und etwas tun möchte, wovor ich mich fürchte.«

»Das ist ihre Methode, eigentlich ihre ganze Philosophie«, erklärte Laci. »Aus dem Grund hat sie die Facebook-Gruppe gegründet.«

»Wer behauptet, dass ich sie gegründet habe? Sie ist geheim«, sagte MH.

Laci lächelte. »Ja, stimmt.«

»Mit vierzig war ich geschieden, mein Sohn war erwachsen, und ich hab einfach verstanden, dass ich noch ein paar Jahrzehnte vor mir habe. Es war wirklich seltsam – genau in dem Augenblick, als die Gesellschaft das Interesse an mir verloren und die Welt mich als unwichtig abgehakt hat, habe ich mich mehr mit mir selbst im Einklang gefühlt als je zuvor. Ich hab mich lauter, klüger und stärker gefühlt. Endlich richtig erwachsen, ich wollte Drogen nehmen und rasen und mir den Schädel kahlrasieren.«

MH rieb sich über die Haarstoppel. »Ich wollte nicht still und devot sein. Ich wollte nicht würdevoll sein, und vor allem hatte ich keine Lust mehr, mich noch um irgendjemanden zu kümmern. Ich wollte ein bisschen egoistisch sein, ein bisschen exzentrisch.«

Sie sah sich im Saal um. »Und mit sechzig? Statt milder zu werden, wollte ich noch mehr davon. Ich hab mich wild gefühlt und befreit. Ich find's interessant, die Leute zu provozieren. Erwartungen nicht zu erfüllen. Vielleicht hat das was Erniedrigendes, kann schon sein. Aber für mich ist es eine Offenbarung und eine Befreiung, das Objekt der Verachtung zu sein.«

MH sah Sam so lange und intensiv an, bis es Sam unangenehm wurde, also nickte sie und konzentrierte sich dann auf eine Stelle vor ihr auf dem Tisch. Das silbrige Glitzern in MHs grauem Haar betonte ihre blauen Augen mit den schweren

Lidern. So ein intensives Blau, es wirkte fast künstlich, wie farbige Kontaktlinsen. Aber die trug MH sicher nicht.

»Ich bin gern grotesk«, sagte MH.

Dabei war sie alles andere als grotesk. Es fiel Sam schwer einzuschätzen, wie sie die Dinge, die MH von sich gab, verstehen sollte.

Ihr kam der Gedanke, dass sie womöglich die ältesten Personen hier im Saal waren. Konnte das wirklich sein? Teigige Männer mit ihren Frauen, teigige Männer mit anderen teigigen Männern, und sogar ein Tisch voller Mädchen im Collegealter. Ja, sie waren mindestens zehn Jahre älter als alle anderen. Und alle drei mit kurzen Haaren, und ungeschminkt. Schon jetzt stachen sie aus der Menge hervor.

Sam bestellte ein Glas Wein: süßlicher, dickflüssiger, widerlicher Malbec. Sie probierte einen kleinen Schluck und verzog das Gesicht.

»Was?«

»Ich glaube, die haben diesen Wein mit Zucker versetzt«, sagte Sam. Laci und MH lachten.

Laci machte Gänsefüßchen in der Luft. »›Wein‹«, sagte sie.

»Man kommt nicht wegen des Essens oder des Weins hierher. Das kommt alles aus einer XXL-Packung vom Billigdiscounter«, sagte MH.

MH und Laci tranken Whiskey on the Rocks. Laci bestellte Sam einen Maker's Mark, dann bat man die Gäste um Ruhe, die Show begann. Ein Comedian aus dem Viertel bemühte sich redlich, die Stimmung anzuheizen mit einem Witz, der auf die Pointe hinauslief: »Tja, so sind sie, die Kids.«

MH war als Dritte dran. Jeder Aufritt dauerte fünf Minuten.

MH sprach mit tiefer Stimme. Sonst immer übertrieben selbstbewusst und arrogant, wirkte sie jetzt geradezu charismatisch. Sam sah es ganz deutlich, auf der Bühne versprühte diese Frau einen besonderen Charme: etwas aus dem Leim gegangen, aber immer noch muskulös, kurzgeschoren, ungeschminkt und doch auf ganz eigene Weise glamourös. Sie trug enge Jeans mit Umschlag, teure Bikerstiefel, den Schaft am Knöchel umgeklappt. Nichts davon entsprach dem Outfit eines Menschen, der keinen festen Wohnsitz hatte (oder ein Halb-Hobo war), obwohl sie doch genau das zu sein schien. MH eröffnete ihren Auftritt mit einer Geschichte über ihre erste Menstruation, die sie mit zwölf Jahren bekommen hatte. »Wikipedia erklärt ›Menstruation‹ als ›Periodisch wiederkehrende Blutung aus der Gebärmutter mit Abstoßung der Gebärmutterschleimhaut der geschlechtsreifen, nicht schwangeren Frau, mehrere Tage anhaltend und in regelmäßigen, ungefähr einen Mondmonat dauernden Abständen wiederkehrend, bis zum Eintreten der Menopause‹. Ich lass das mal so stehen.« Dann erzählte sie von ihrer Abtreibung mit achtzehn, ihrer Schwangerschaft, ihrer Fehlgeburt, von ihrer Entbindung und schließlich ihren Erfahrungen kurz vor und in den Wechseljahren. Sie erntete ein verhaltenes, peinlich berührtes Lachen, nichts davon war witzig, in ihrem Act steckte kein einziger Gag. Aber sie spannte eine Art dramaturgischen Bogen, oder zumindest wurde ihr Vortrag im Verlauf immer eindringlicher. Sie schloss mit einem klinischen Bericht über körperliche Veränderungen im fortschreitenden Alter und schilderte, wie sie ihren Körper jenseits der Menstruation erlebte.

»Wenn man diesen neuen Körper schließlich akzeptiert, ist man für eine kurze Zeit frei von der Fruchtbarkeit, bevor er dann endgültig dem Alter verfällt. Das ist ein Anpassungsprozess, man geht in die Breite, die Kinnpartie erschlafft. Der Arsch kriegt Dellen und ist nicht mehr knackig, sondern platt. Man reibt sich an der Welt. Genau. Alles – wirklich alles – wird trockener und rauer. Und abgenutzt, ausgeleiert wie das alte Gummiband in einem Omaschlüpfer.«

Ihr Vortrag schaffte Klarheit im Saal. Manche erhoben sich und gingen. Andere ignorierten die Show, fingen an zu plaudern. Ein Typ – allein, logisch – starrte MH hasserfüllt an. Es gab immer einen Typen, der sich angesprochen fühlte und sich an derlei Provokationen abarbeiten musste. MH setzte sich wieder und blickte mit breitem Grinsen in die Runde, sie wirkte nicht nur unangreifbar, sie war regelrecht elektrisiert.

»Du solltest das auch mal versuchen, Sam«, sagte sie. »Open Mike ist immer am letzten Mittwoch im Monat. Denk nicht zu viel drüber nach – stell dich einfach auf die Bühne und red drauflos.« Vielleicht würde sie es sogar tun, dachte Sam. Aber was, wenn die Leute ihr zeigten, dass sie von ihr genervt waren, sie nicht mochten, sie nicht verstanden? Könnte sie das ertragen?

Während Sam zahlte, starrten MH und Laci auf ihre Handys und scrollten durch ihre Feeds. Und das, obwohl sie einander geschworen hatten, sich von den Sozialen Medien abzuwenden. Sam hielt sich als Einzige daran. Sie wischten und klickten. Irgendwann zog auch Sam ihr Handy aus der Tasche. Sie schickte Ally eine lange Nachricht, aber nur eine:

Hi, meine Süße! Wie war die YAD-Konferenz? Ich bin sicher, du hast das toll gemacht. Du wirst nicht glauben, wo ich gerade sitze! Im Smiley Face! Weißt schon, dieser Comedy

Club in der Mall. Grässlich, aber irgendwie auch interessant.
Hab dich lieb!

Wie eine Flaschenpost. Seit einem Monat wartete sie jetzt schon auf eine Antwort von ihrer Tochter. Sofort ärgerte sie sich, dass sie so viel geschrieben hatte, über die inflationär gebrauchten Ausrufungszeichen, über den Ausdruck ihrer Bedürftigkeit.

9

Der Frühling schritt voran, doch in Syracuse war es immer noch feucht und kühl. Nach einer Woche voller Regentage klarte es endlich auf. Die Sonne strömte durch die kunstvoll gefertigten und arrangierten Fenster ihres neuen Zuhauses (Sam war ganz trunken vor Staunen über die verschiedenen Fensterformen, das ganze Haus ein veritables Fest des flektierten Lichts). Den ganzen Tag bohnerte sie das Roteichenparkett im ersten Stock, bis sie um drei Uhr nachmittags ins Bett fiel, um fünf aber schon wieder geweckt wurde, von einem Rattern. Vielleicht war sie auch nur so erwacht und meinte lediglich, etwas gehört zu haben, irgendein ein Geräusch. Sie rannte ans Fenster. Ein Auto hielt an der Straßenecke. Das Wummern der Bässe. War sie davon wach geworden? Sie wusch sich das Gesicht, putzte sich die Zähne und beschloss, einen Spaziergang durch ihr Viertel zu machen. Sie entdeckte eine kleine Bodega und einen Metzger, einen Getränkeladen, eine alte italienische Bäckerei, einen Dollar Store, einen Rite Aid und schließlich einen Nudelimbiss. Als die Tür aufging, schlug ihr ein würziger Duft entgegen. Ihr fiel auf, dass sie hungrig war. Vor lauter Begeisterung über ihr Haus hatte sie in den vergangenen vierundzwanzig Stunden nur Kaffee und Wasser zu sich genommen. Wenn sie so drüber nachdachte, waren es vermutlich eher dreißig Stunden.

Sie durchstreifte die Gegend, kaufte allerlei Lebensmittel für die Woche ein und dazu ein paar Leckerbissen für ein abendliches Festmahl: Tiramisu, eine Flasche Rotwein, ein

Stück gereiften Provolone und ein großes Glas Rindfleisch-Pho. Wie wunderbar, alles, was man brauchte, in Laufweite zu haben. Als es wieder zu regnen begann, hastete sie nach Hause, wo sie trocken und nur für sich in ihrer kleinen Küchennische sitzen und die warme Suppe genießen wollte. Danach könnte sie ein Feuer machen, ein Glas Wein, dann käme das Dessert. Sie stellte sich vor, wie sie es aß, genüsslich, Stück für Stück. Ein tiefes Gefühl der Befriedigung. Entzug und Genuss – aber war der Entzug dabei nicht am Ende nur eine Form der Dekadenz, einzig und allein dazu gedacht, die Intensität des Genusses zu verstärken? Womöglich war sie auf dem Weg, eine dieser Frauen zu werden, die im Klimakterium eine Essstörung entwickelten, Bulimie oder Anorexie.

Die verirrten Hormone und die Fixierung aufs Essen – eine Macke der Fünfzehnjährigen, eine Macke der Fünfzigjährigen. Aber ernsthaft, wen interessierte das schon? (Wen sollte es kümmern, wenn sie irgendeine Funktionsstörung, Krankheit bekam? Und wer würde nach dem Grund dafür fragen? Sie selbst jedenfalls nicht.) Was sie umtrieb, war der Anblick ihres Hauses im Abendglühen, ihr Heim, das auf sie wartete. Die bevorstehenden einfachen Freuden, ihr befriedigender Plan. Vor dem Mansardenfenster überquerte sie die Straße und steuerte auf ihre Haustür zu. Sie hatte vergessen, das Verandalicht einzuschalten.

Vor ihrer Tür saß jemand.

Sam blieb stehen und versuchte zu erkennen, wer es war. Die Regenwolken schluckten das Licht. Sie umklammerte ihre Tüten fester und näherte sich vorsichtig. »Hallo?«, sagte sie. Ihr Herz schlug schneller, sie spähte konzentriert in die Dunkelheit. Es war eine Frau, ungefähr in Sams Alter. Unter einer Decke kauerte sie im gepflasterten Eingang, den Kopf gegen die Haustür gelehnt. Sie hatte sich eine Rollmütze über die Ohren gezogen, aber ihr Gesicht war noch zu sehen.

»Verzeihung«, sagte Sam. Die Frau schreckte hoch und geriet, wohl noch etwas schlaftrunken, ins Straucheln. Sie hielt sich am Türknauf fest und blinzelte.

»Ich wohne hier«, sagte Sam und zeigte mit dem Kinn zur Tür. Die Frau nickte. Weil es jetzt heftiger regnete, bückte sich Sam unters Vordach und trat noch ein Stück näher an die Frau heran. Sie hatte riesige Augen mit dunklen Ringen darunter, wundrote Stellen auf der Haut, Flecken. Sie war mager und verströmte den Geruch von altem Gemüse und feuchter Wolle.

»Ich dachte, das Haus wär leer«, sagte sie. »Tschuldigung.«

»Bin gerade erst eingezogen. Alles gut.«

Die Frau spähte in den Regen. »Ich geh dann mal«, sagte sie, blieb aber, wo sie war. Sie sah Sam an.

»Geht es Ihnen gut?« Dumme Frage. Die Frau suchte ihre Siebensachen zusammen, stopfte sich die Decke unter den Gürtel und zog sie sich zum Schutz vorm Regen wie eine Kapuze über den Kopf.

Sam stellte die Tüten ab und kramte nach ihrem Portemonnaie. Eigentlich hatte sie vorgehabt, der Frau zwanzig Dollar zu geben, aber dann zog sie das ganze Bündel Scheine heraus und hielt es der Frau hin. Die griff erstaunt zu und stopfte das Geld in eine Tasche unter ihrem Sweatshirt. »Gott segne Sie«, sagte sie. Dann brach sie in Tränen aus. Sam konnte es im Dunkeln sehen. Und hören. Sie wusste nicht, was sie tun sollte.

»Gibt es kein Obdachlosenheim in der Nähe?« Sam hatte

nicht weit von hier eine Niederlassung der *Rescue Mission* gesehen. Wie erging es Frauen in einer solchen Unterkunft? Oder auf der Straße? Wurden sie herumgestoßen, verprügelt, vergewaltigt?

»Jaja, alles okay. Danke«, sagte die Frau, zog die Nase hoch und wischte sich mit dem Ärmel über die Augen. Dann trat sie zur Seite, um Sam vorbeizulassen. Jetzt, aus nächster Nähe, erkannte Sam, dass sie deutlich jünger war und auch, dass sie nicht ganz klar war, sondern irgendwie benebelt. Vermutlich war sie drogensüchtig und suchte ein Plätzchen zum Wegdämmern. Wie konnte man nur so weit kommen, sich dermaßen schutzlos auszuliefern?

Der Duft der heißen Suppe war schwer zu ignorieren. Sam hielt der Frau die Tüte hin.

»Wollen Sie die Suppe?«, fragte Sam. Sie sollte ihr auch die restlichen Lebensmittel geben, und das Dessert. Andererseits, was sollte die Arme damit anstellen, ohne Küche? Mit Kaffeepulver und Eiern?

»Danke«, sagte die Frau, schnappte sich die Tüte mit der Suppe und eilte die Treppen hinunter auf die regennasse Straße. Sam hätte ihr erlauben können, auf der Veranda zu warten, bis der Regen nachlassen würde. Warum hatte sie es nicht getan? Weil die Frau eine Fremde war und Sam Angst vor ihr hatte. Sam betrat das Haus, schaltete alle Lampen an, innen und außen. Angst wovor? Dass die Frau sie angreifen könnte? Klar, wäre die Frau ein Mann gewesen, hätten die Dinge anders gelegen, aber sie war eine Frau, und zart. Also, wovor hatte sie Angst? Sam packte die Lebensmittel aus und verstaute sie im Kühlschrank. Sie hatte der Frau die Suppe regelrecht aufgenötigt, wahrscheinlich hat die sie gar nicht gewollt. Aber sie hatte sie trotzdem genommen. Warum?

Weil Sam ihr Geld gegeben hatte und Sam wollte, dass diese Frau ihre warme Suppe nahm. Möglich, dass sie sie aß, im Obdachlosenheim. Sam verrührte drei Eier, gehackte Zwiebeln und Knoblauch in der Pfanne. Es roch köstlich. Zum Rührei trank sie den Wein, allein, am Küchentisch.

Sie hatte die Frau trotz des schrecklichen Wetters nicht in ihr Haus gebeten, weil sie befürchtete, sie könnte etwas von ihr wollen, Sam hatte Angst, die Begegnung könne endlose Kreise ziehen, und dass sie am Ende für diese Person und ihre Probleme verantwortlich wäre. Verantwortung war genau das, was Sam nicht wollte.

Sie entdeckte den weißen Handzettel, den jemand unter ihrer Tür hindurchgeschoben hatte. Sie bückte sich danach. Wiederum kartengroß, aus festem Papier, mit gedruckten blauen Lettern:

HÜTET EUCH VOR DER KOMMENDEN SMART CITY; HÜTET EUCH VOR DEM SYRACUSE SURGE SMART FÜR WEN? SURGE WOHIN?

Du liebe Zeit! Ein Verschwörungstheoretiker verteilte verschwurbelte Warnbotschaften. Und doch konnte sie das Ding nicht einfach wegwerfen. Also legte sie es in die Schublade, zur ersten Warnung, NTE kommt, was auch immer das sein sollte.

Sam machte ein Feuer. Die Flammen loderten, beleuchteten die rosafarbenen Kacheln. So alt, so wunderschön. Sie spürte die Hitze auf der Haut. Nachdem sie die Socken abgestreift hatte, wurden ihre Zehen erst warm, dann heiß. Sam spannte sie an, verharrte aber, wo sie war, wie eine Katze, vom flackernden Licht des Feuers gebannt. Sie konnte die

Stadt vor ihren Fenstern sehen und hören. Draußen tobten Regen und Wind, und sie saß hier, in diesem herrlichen alten Inglenook, kuschelig warm. Nach einer Weile vor dem Kamin ging sie in die Küche, wo der weiße Pappkarton mit dem Dessert stand. Sie zog das rosa Schleifenband auf und öffnete die Schachtel. Mit dem Tiramisu auf dem Teller kehrte sie zurück zu ihrer Bank vor dem Kamin. Das Dessert roch nach Ei, und süß. Genüsslich schob sie die Gabel hinein. Mit leichtem Druck glitt sie durch die Schichten aus Mascarpone, Espresso und Löffelbiskuit. Am Gaumen dann ein Schmelzen, eine süße Vereinigung verschiedener Konsistenzen, ihr ganzer Körper schien sich auf diesen Moment in ihrem Mund zu konzentrieren. Schlucken, der nächste Happen, und die Straße und der Regen traten in den Hintergrund. Sie war durchgewärmt und satt.

Sie schrieb eine Nachricht an Ally.

10

Sam war auf dem Weg zum Schiller Park (1901 angelegt und nach Friedrich Schiller benannt, als diese Gegend noch von deutschen Einwanderern bewohnt wurde). Inzwischen war's Ende Mai und Frühling, doch das warme Wetter ließ immer noch auf sich warten. Sie ging an dem mit Brettern vernagelten Nachbarhaus vorbei, dann an dem hässlichen Apartmentkomplex an der Ecke. Nachdem sie die Straßenseite gewechselt hatte, sah sie schon den grünen, einstöckigen Bungalow. Dort wohnte eine ältere Dame namens Tammy mit ihrem Hund Lucy. Man sah die beiden fast immer auf ihrer Veranda, sogar, wenn es kühl war. Zu Beginn hatte Sam immer nur im Vorbeigehen gelächelt, dann gewinkt, schließlich hatte sie sich angewöhnt stehenzubleiben, Lucy zu streicheln und mit Tammy ein wenig übers Wetter zu plaudern. Aber heute war die Veranda leer.

In der nächsten Straße sah Sam einen Mann an der Ecke stehen. Er trug ein handbeschriftetes Pappschild mit der Aufschrift »*OG's Against Gun Violence*«. Sam hatte vor zwei Tagen von dem Jugendlichen gelesen, der von einem anderen Jugendlichen erschossen worden war, aber ihr war nicht klar gewesen, dass es sich praktisch vor ihrer Haustür zugetragen hatte. Das Viertel war schon lange bekannt für eine Serie an Einbrüchen, aber neuerdings wurden hier anscheinend Menschen auf offener Straße erschossen. Die Medien sahen die Schuld bei den Gangs, die sich angeblich von der Near Westside nach Northside ausbreiteten.

Als Sam an dem Mann mit dem Pappschild vorbeiging, drückte er ihr einen Zettel in die Hand.

KEINE WAFFEN AUF UNSEREN STRASSEN.
SCHÜTZT UNSERE KINDER.

»Sie haben so recht!«, sagte sie.

»Danke«, sagte er.

Sie betrachtete den Gehweg, die Stelle, wo der Jugendliche auf den harten Betonboden gestürzt war, und die umstehenden Häuser. Abblätternde Farbe. Ältere Wohnhäuser, die Zimmer zu winzigen Apartments umgewandelt. Auf einer Veranda sah sie vom Regen durchweichte Möbel und Zeitschriftenstapel. Vor einem anderen Haus kürzlich umgegrabene, frisch bepflanzte Blumenbeete, ein Vogelhäuschen und ein Kinderfahrrad. Hier war es menschenleer. Kein polizeiliches Absperrband oder Ähnliches. Alles wieder ruhig. Sie ging weiter zum Park, dann zurück nach Hause. Was man sehen konnte und was nicht. Wer wohnte in den Häusern neben ihr? Eines war mit Sperrholzplatten vernagelt, doch das hieß noch lange nicht, dass niemand dort wohnte. Auf der anderen Seite stand ein einstiger Prachtbau aus viktorianischen Zeiten, in dem sich jetzt zwei Wohnungen befanden. Trotz seiner verschandelten, mit Vinyl verkleideten Fassade und den billigen Ersatzfenstern zeichnete sich sein Umriss imposant gegen den Abendhimmel ab. In der oberen Wohnung lebte ein junger Mann, den Sam selten zu Gesicht bekam. Unten wohnten zwei Frauen, drei kleine Kinder und mehrere Katzen. Die Kinder winkten, wenn sie Sam sahen, und sie lächelte und winkte zurück.

Sie aß früh zu Abend, dann nahm sie einen Drink auf der seitlichen Veranda, zusammen mit ihrer abendlichen Zigarette. Sie wollte ihr Viertel sehen, ihre Nachbarn, aber draußen war niemand. Sie rief ihre Mutter erst an, als der Drink leer war und die Zigarette geraucht, mit gespitzten Ohren würde ihre Mutter auf jedes Geräusch, jedes Indiz lauern, um es sofort zum Thema zu machen.

»Wie geht es dir?«, fragte Sam. Lieber hätte sie gefragt: Wann verrätst du mir endlich, was die Ärzte sagen? Aber sie sollte ihre Mutter nicht drängen.

»Alles beim Alten. Sag mir lieber, wie's dir geht in diesem neuen Haus? Ist das nicht gefährlich?«

»Ich hab dir doch gesagt, dass ich Rauch- und Kohlenmonoxidmelder installiert habe, oben und unten.«

»Das habe ich nicht gemeint. Da ist doch schon wieder jemand erschossen worden, hab ich in den Nachrichten gesehen. War das nicht bei dir in der Nähe?«

Woher wusste ihre Mutter so genau, wo ihr neues Haus stand?

»Hier ist alles wunderbar«, sagte Sam. »Wann kommst du und siehst es dir an?«

»Vielleicht komme ich zu Allys Konzert, das ist in ein paar Wochen.« Allys Violinkonzert. Wäre Sam dort willkommen oder würde sie ihre Tochter nur stören? Einfach aufzutauchen wäre vermutlich keine gute Idee.

»Gut. Dann hole ich dich ab. Du kannst bei mir übernachten«, sagte Sam. Es war ein Bluff. Sie hatte nur ein Bett. Aber wenn nötig würde sie eben noch eines kaufen. Für ihre Mutter, für Ally. Schweigen in der Leitung.

»Falls ich kommen sollte, würde ich in dem Hotel übernachten, das ich mir rausgesucht habe. Es ist nicht weit von dir entfernt, aber eben auch in der Nähe von Ally und Matt. Ich kann es aber kaum erwarten, dein Haus zu sehen.«

»Na gut«, sagte Sam. »Ich möchte, dass du dich wohlfühlst.« Was der Wahrheit entsprach. Fast wäre sie in Tränen ausgebrochen. Die Aussicht darauf, ihre Mutter schon so bald zu sehen, machte ihre Sehnsucht nur noch größer. Ihre Mutter schien das zu spüren.

»Du bist hier immer willkommen, mein Schatz. Falls du mal raus willst.«

»Das klingt gut, Ma. Vielleicht komme ich dich besuchen.« Sie mochte es, »mein Schatz« genannt zu werden. Nach dem Gespräch mit ihrer Mutter schrieb sie Ally eine Nachricht. Sie wollte Ally wissen lassen, dass sie ein Schatz war.

Süße Träume, mein lieber Schatz.

Sie tippte auf die Löschtaste, das Kästchen mit dem »x«, und sah ihre Worte verschwinden. Sie hatte ihre Tochter noch nie »Schatz« genannt. Ally würde das sicher befremdlich finden.

Süße Träume, Ally-oop.

Senden. Das Senden-Geräusch.

Keine Antwort, klar, aber wenigstens wusste Ally jetzt, dass ihre Mutter an ihre Träume dachte und ihr wünschte, sie mögen süß sein.

Der nächste Tag war ein Sonntag. Wie unzählige Male zuvor fuhr Sam auch diesmal an der eindrucksvollen lutherischen Kirche an der James Street vorbei (1911 erbaut und entworfen von Archimedes Russell, einem der renommiertesten Architekten von Syracuse). In der Zeitung hatte sie gelesen, dass die Kirche Ende des Monats geschlossen werden solle, weil die Gemeinde in den letzten zehn Jahren extrem geschrumpft sei. Die Anwohner waren dagegen, die Kirche wurde intensiv genutzt: Tafel, Flohmärkte, Aktionsgruppen, AA, NA. Aber ohne Zuschüsse von Stadt und Gemeinde waren die Unterhaltskosten einfach zu hoch.

Wie jedes Mal bewunderte sie auch jetzt den aus Sandstein gebauten Glockenturm mit den kunstvollen, schmiedeeisernen Gittern vor den Schallöffnungen. Und wie jedes Mal fragte sie sich auch jetzt, wie es wohl im Inneren aussah. Aber dieses Mal bog sie ab und fuhr auf den Parkplatz dahinter. Dort standen schon ein paar Autos, vielleicht fand gerade ein Nachmittagsgottesdienst statt. Sie wollte sich diese prächtige Kirche von innen anschauen, und nun hatte sie endlich eine Gelegenheit dazu, womöglich sogar die letzte. Sie würde sich in eine der hinteren Bänke setzen und die Buntglasfenster bewundern. Als sie eintrat, verstummten die scharfen Geräusche der Straße, an ihre Stelle trat ein von hohen Deckengewölben erzeugter, gedämpfter Hall. Kirchengeräusche. Kein Gottesdienst, sondern eine Gemeindeversammlung, die Kirche war halb voll. Sam setzte sich nach hinten. Kirchenbänke fand sie wundervoll: das polierte dunkle Holz, die glatte Härte der Sitzfläche, das rote Lederpolster auf der ausziehbaren Kniebank. Sie roch den Duft von Weihrauch, lauschte den Worten des Sprechers auf dem Podium, denen sie entnahm, dass sich hier Mitglieder von *Syracuse Streets* versammelt hatten, eine Gruppe von Aktivisten und Aktivistinnen, die es sich zur Aufgabe machten, die Polizei für Racial Profiling und Diskriminierung von POC zur Rechenschaft zu ziehen. Bei diesem Treffen diskutierten die Teilnehmenden, wie man auf die offensichtliche Misshandlung eines unbewaffneten Mannes reagieren solle, der nach seiner Festnahme auf einmal blaue Flecken vorwies, Spuren von Gewalteinwirkung. Während sie lauschte, versank Sam immer tiefer in ihrer Bank, ihr Alter und ihr Weiß-sein waren wie eine Leuchtreklame. Sie wartete regelrecht darauf, dass jemand mit dem Finger auf sie zeigen und denselben Schuldspruch verkünden würde wie die beiden jungen Frauen damals auf der Versammlung der weißen Liberalen: *Ihr habt uns diesen Mist eingebrockt.* Es entstand eine Pause, das Mikro wurde neu eingestellt, und während sie wartete, betrachtete sie die Decke.

Das Innere der Kirche beeindruckte mit strenger Kargheit, weiße Stuckatur auf gelbem Putz. Das Deckengewölbe war ebenfalls schlicht gehalten, aber die Bleiglasfenster! Die waren prachtvoll verziert. Sam hatte etwas darüber gelesen. Sie waren in Rochester angefertigt worden, von der Haskins Art Glass Company. Das Licht des Nachmittags ließ sie in vollem Glanz erstrahlen. Die Darstellungen entsprachen eher dem modernistischen Jugendstil als traditioneller Kirchenglaskunst, in den oberen Fenstern leuchtete ein großer abstrakter Himmel mit horizontalen kobaltblauen Wellen. Dicke Bleiruten zwischen den Glasstücken. Die Figuren in der unteren Hälfte waren mit kräftigen, stilisierten Konturen umrissen. Sinnliche Formen, satte Farben. Sie bildeten den perfekten Kontrast zum schlichten gelben Deckengewölbe.

Die Versammlung ging weiter, Emotionen kochten hoch. Teilnehmende schilderten, was ihnen widerfahren war, einer nach dem anderen. Wie sie einfach angehalten wurden und sich ohne Grund oder Erklärung ausweisen mussten. Durchsucht wurden. Und das waren die harmloseren Verläufe. Polizisten, die nach Vorwänden suchten, um POC auf offener Straße zu überprüfen, die unweigerlichen Eskalationen, die oft genug folgten. Anklagen, Prozesse. Das Problem war nicht der Bürgermeister, nicht mal der Polizeichef. Es lag an der Polizeikultur. Am Bezirksstaatsanwalt. Der Polizeigewerkschaft. Und die Opfer? An wen konnten die sich wenden? An die Polizeibeschwerdekommission, diesen zahnlosen Tiger? Die nutzlose Dienstaufsichtsbehörde? Erreicht wurde bisher nur eine größere Sichtbarkeit des Problems, mehr Transparenz und eine Reihe von Zivilprozessen. Auf gesellschaftlichen Druck hin könnte man Polizisten zumindest zum Tragen von Webcams verpflichten.

Sam bemerkte, dass der Plakatträger von neulich, *OG*, nur ein paar Reihen vor ihr saß. Dazu noch ein paar andere Leute ihrer Altersgruppe. Sie nahm ihren Mut zusammen und wagte sich nach der Versammlung in den Kellerraum, wo sich die Untergruppen trafen. Kein Kaffee, keine Erfrischungen: Hier kam man unumwunden zur Sache, was Sam gleichermaßen beeindruckte wie erschreckte.

»Wo arbeitest du? Ich mein, hast du einen Job«, fragte die junge Frau, die Sam einer Gruppe zugeteilt hatte. Auf dem Anmeldebogen hatte Sam neben ihrem Namen im Feld »Zugehörigkeit« nur »keine« angegeben.

»Selbstverständlich arbeite ich«, sagte sie. Offenbar wirkte sie immer noch wie eine Hausfrau, und das obwohl sie sich gerade die Haare abgeschnitten hatte und eine alte Jeans trug. Mit einem Achselzucken gab die Frau ihr den Stift zurück. Jeder musste hier die Hosen runterlassen, alles über seine Herkunft, Zugehörigkeiten und Mitgliedschaften angeben. Gegenseitiges Vertrauen war wichtig, damit niemand die Gruppe infiltrieren konnte. Sogar ihre Handys mussten sie abgeben, sie wurden in einen Mikrowellenherd gelegt.

»Was, wenn den jemand aus Versehen einschaltet?«, scherzte Sam. Sie bekam keine Antwort. Also warf sie ihr Gerät auf den Haufen speichelverschmierter, befingerter Smartphones. Wenn sie in diesem Viertel wohnen wollte, sollte sie hier mitmachen und die Gruppen unterstützen. Eine engagierte Bürgerin sein und Flagge zeigen. Es erschien ihr sehr wichtig und realitätsnäher, als Sachen auf Facebook zu posten oder mit MH und Laci über den Widerstand zu plaudern.

Sie schrieb »Clara Loomis House« neben ihren Namen, dort arbeitete sie schließlich an drei Tagen die Woche. Die junge Frau las mit und schnaubte verächtlich.

»Da arbeitest du?«

»Kennen Sie es?«, fragte Sam.

»Clara Loomis ist ein Problem, sie ist problematisch«, sagte die Frau. Sam nickte. Ja, das war sie. Zweifellos.

11

»Willkommen im Clara Loomis House«, sagte Sam lächelnd. Besucher waren selten genug, besonders, wenn das Wetter gut war und sich die Leute in ihrer Freizeit lieber draußen aufhielten. Loomis House war ein großer Klotz mit einem pseudoklassizistischen Eingangsportal, getragen von vier wuchtigen weißen Säulen. Dorisch vielleicht? Sam geriet mit den Bezeichnungen immer durcheinander. Trotzdem ließ sie das Gebäude, in dem sie arbeitete, nicht unberührt. Um genau zu sein mochte sie es nicht besonders. Das großkotzige Eingangsportal empfand sie als provinziell, als hätten die Erbauer auf Teufel komm raus Geld reingebuttert, obwohl es die Proportionen des Hauses sprengte. Der griechisch inspirierte Klassizismus war an sich schon etwas kitschig, ähnlich wie andere nachgeahmte Architekturstile wie das *Mock Tudor* oder Neugotik, die wir nur bewundern, weil sie mittlerweile alt sind, aber in ihrer Entstehungszeit sicher als genauso billig und vulgär empfunden wurden wie diese kopierten Kolonialvillen, wie sie reihenweise in amerikanischen Neubausiedlungen stehen. Obwohl der Vergleich nicht ganz fair war, denn im Gegensatz zu ihren modernen Imitaten hatten die Häuser im neunzehnten Jahrhundert wenigstens eine solide Substanz und waren mit unzähligen feinen Verzierungen geschmückt, die von großer Handwerkskunst zeugten. Damals hatten die Erbauer keine Wahl gehabt. Wäre es ihnen möglich gewesen, hätten sie sicher zu billigen Baustoffen gegriffen, Kompromisslösungen wie hohle Türen und Rigipswände bevorzugt, aber ihnen standen eben nur Putz und Holz zur Verfügung. Deswegen machte es Sam nicht allzu viel aus, in diesem alten, lächerlichen Haus zu arbeiten. Zumindest war es gut in Schuss. Viele Leute mussten sich mit durchhängenden Decken und Korkplatten begnügen. Sie hatte Glück. Dessen war sie sich bewusst. Aber trotzdem, wenn sie sich umsah, fand sie es im Vergleich zu anderen Häusern kalt und abgeschmackt. Im Vergleich zu ihrem Haus, beispielsweise, warm und mit Liebe zum Detail erschaffen.

Heute war ausnahmsweise richtig viel los. Eine Highschool-Gruppe hatte sich angekündigt – lauter Ehrgeizlinge, die sich schon in Sommerkursen auf die Syracuse University vorbereiteten. Diese hier wollten Women's Studies studieren. Sam führte sie ins Haus und hielt ihren kleinen Vortrag über Clara Loomis. Kinder und Rentner war sie gewohnt, daher fand sie es erfrischend, sich zur Abwechslung mit jungen Erwachsenen zu unterhalten. Sam improvisierte ein bisschen, schilderte die Geschichte von Clara Loomis in ihrer radikalsten Version. Sie wollte ihr Publikum beeindrucken.

»Im reiferen Alter, also nach der Menopause, als Kinder gebären und aufziehen kein Thema mehr waren, begann Clara Loomis das, was sie als ihr ›wahres Leben‹ bezeichnete.« Sam betonte das Wort »Menopause«. Warum, wusste sie nicht, aber bisweilen packte sie der Drang, es jungen Frauen ins Gesicht zu schreien, *Menopause! Menopause! Menopause!*, was sie natürlich nicht tat, sie war ja nicht komplett durchgeknallt, zumindest noch nicht. »Loomis schrieb: ›Wir Frauen werden nicht von fremden Männern in irgendwelchen Kongressen oder Unterhäusern unterdrückt, sondern weil wir biologisch dazu ausgestattet wurden, Kinder zu bekommen. Gott hat uns dazu erschaffen, zu gebären und zu nähren, doch er schwächt unser Herz, weil er es mit Hingabe zu unserem Nachwuchs erfüllt. Unsere Jugend verbringen wir damit, unsere Kinder gesund und glücklich zu erhalten. Doch in ruhigen Momenten, zwischen dem Stillen, Waschen und Kümmern, sehnen wir uns heimlich nach einer größeren, tiefsinnigeren Welt. Wir dürfen nicht zeigen, wie sehr wir der kindlichen Spiele, Büchlein und Liedchen überdrüssig sind. Dann werden unsere Kinder erwachsen und ziehen in die Welt hinaus, aber nur, wenn man viel Glück hat, denn mitunter, und gar nicht so selten, findet ein Kind vorher den Tod. Egal, wie es das Schicksal auch lenken mag, unsere Körper werden älter und hässlicher, bis wir endlich Freiheit finden.‹« Sam legte eine Pause ein und trat an eine Wand voller gerahmter Porträtaufnahmen. »Hier sehen wir Fotografien von ihren Kindern. Loomis hatte vier, zwei von ihnen starben. Ihre Tochter Amelia May Loomis litt an einer Erbkrankheit. Sie war, wie Loomis selbst zugab, ihr Liebling, ihr Tod stürzte sie in eine tiefe Depression, die man damals exzessive Trauer oder auch Melancholie nannte. In viktorianischen Zeiten war die weibliche Trauer bereits zu einer endlosen, ritualisierten Pflichtveranstaltung verkommen, aber selbst für viktorianische Gewohnheiten wirkte Loomis' Leid ziemlich extrem. Man verabreichte ihr Laudanum, ein Opiat, mit dem Frauen damals oft behandelt wurden. Nach einer Weile verweigerte sie allerdings die Einnahme nicht nur von Laudanum, sondern aller ›Elixiere, die einem Leib und Seele verdrehen‹. Stattdessen versuchte sie, ihre Depression, diese ›bodenlose Last‹, wie sie sie nannte, mit Spiritismus zu überwinden, eine Strömung, die in der damaligen New Yorker Gesellschaft große Verbreitung fand.« Sam hatte bemerkt, dass die Studierenden bei der Erwähnung von »Opiaten« und »Tod« plötzlich gesteigertes Interesse zeigten. »Loomis hielt hier, in diesem Zimmer, mehrere Séancen ab, während derer sie versuchte, mit ihrer verstorbenen Tochter in Kontakt zu treten.« Jetzt hatte sie ihre volle Aufmerksamkeit. »An diesem Tisch, um genau zu sein.«

Die jungen Leute betrachteten den Tisch. Sam konnte regelrecht sehen, wie sie sich in die Vergangenheit zurückversetzten. »Manche Menschen behaupten, dass es hier im Haus spukt.« Ein paar grinsten oder lachten. Zwei Mädchen sahen einander an und zogen Grimassen, die Augen weit aufgerissen, und packten einander an den Armen. Sam sollte eigentlich nicht über diesen Geister-Quatsch sprechen, aber die gesteigerte Aufmerksamkeit der Besucher bei diesem Thema, besonders die von Jugendlichen, spornte sie regelrecht dazu an. Sie buhlte um ihr Interesse. Sie wollte, dass sie Clara mochten, deswegen war es wichtig, keine Langeweile zu erzeugen. »Der Nachtwächter hört manchmal Schritte im Obergeschoss. Und die Schreie eines Mädchens, die von der Treppe kommen. Wenn Sie mir folgen, zeige ich es Ihnen.« Vergnügt führte Sam die Gruppe auf den oberen Treppenflur, wo ein kleiner Nähtisch und ein Schaukelstuhl standen. »Die Schreie scheinen aus der Nähecke und vom Stillstuhl zu kommen. Die kleine Nische ist über diese Abstellkammer mit dem Kinderzimmer verbunden.« Sie öffnete einen Schrank, der sich tatsächlich als Durchgang zum Kinderzimmer entpuppte. »Aber sobald man die Tür zur Kammer öffnet, verstummen sie. Die kleine Amelia war so oft krank, dass sie nicht zur Schule gehen konnte und die Nachmittage hier oben verbrachte, mit einem Buch, während ihre Mutter nähte.«

»Was hatte sie denn genau?«, fragte ein junger Mann. Und der hat sich für Women's Studies eingeschrieben? Sam nahm an, dass er sich nicht als »er«, sondern als »sier« definierte, denn das ganze Erscheinungsbild war bewusst darauf ausgelegt, nichtbinär zu wirken. Das markierte sier einerseits durch Ohrringe, Make-up und Schmuck, alles weiblich konnotiert. Schwarz lackierte, kurze, aber mani-kürte Fingernägel. Aber sier trug dazu einen zerzausten Männerhaarschnitt und wenig feminine Kleidung: eine Carhartt-Jacke und Timberland-Boots. Dieser nichtbinäre Look hatte nichts mit dem androgynen Stil zu tun, den Sam aus ihrer Jugend kannte. Hier ging es um ein bewusstes, stilisiertes Verwischen von Geschlechtsidentitäten, weder maskulin noch feminin, überraschend und jenseits aller Kli-schees. Es musste einen Namen dafür geben. Sam war beein-druckt, aber vielleicht interpretierte sie auch zu viel hinein. »Wissen Sie es?«, fragte sier, weil Sam sien abwesend an-starrte und keine Antwort gab. Sier war es sicher gewohnt, dass siese Fragen durch sies Aussehen in Vergessenheit gerieten.

»Ja, also, soweit wir es nachvollziehen können, litt Amelia an der Huntington-Krankheit, eine tödliche erbliche Erkran-kung des Gehirns. In ihrer frühen Kindheit zeigte sie erste Symptome, die sich während ihres kurzen Lebens rasch ver-schlimmerten. Sie lief auf Krücken, hatte Krampfanfälle. Ir-gendwann konnte sie die Schule nicht mehr besuchen, sie blieb bei ihrer Mutter, die sie zu Hause unterrichtete, selbst als Amelias kognitiven Fähigkeiten durch die Krankheit be-einträchtigt wurden. Loomis hat ihre übermäßige Fixierung auf Amelia, sowohl während der Krankheit als auch nach dem Tod ihrer Tochter, nie aufgegeben.«

Das Mädchen mit dem Schreckensgesicht riss die Tür auf, schaute in die Kammer und zog eine Puppe daraus hervor. »Gruuuselig«, sagte sie und lachte. Sam hätte ihr am liebsten auf die Finger gehauen. Wusste sie nicht, dass man fragen sollte, bevor man Ausstellungsstücke angrapschte? Aber wenigstens waren sie interessiert. Sie führte die Gruppe ins nächste Zimmer. »Claras Schlafzimmer, das sie auch als Arbeitszimmer nutzte.«

Die Hälfte der Gruppe hing bereits am Handy. Sam machte weiter.

»Wie viele wohlhabende Paare hatten auch Clara Loomis und ihr Gatte getrennte Schlafzimmer. Sie sehen hier die Bücher und den Schreibtisch, den sie anstelle einer Kommode benutzte. Clara Loomis hatte sich ein Arbeitszimmer eingerichtet, obwohl es unten eine Bibliothek gab. Die wurde von ihrem Mann Henry beansprucht. Als das letzte Kind der Familie 1895 aufs Internat geschickt wurde, schrieb sich Loomis an der Syracuse University ein, die seit ihrer Gründung im Jahre 1870 für Männer und Frauen offen war. Tatsächlich gab es an dieser Universität schon zu dieser Zeit gleich viel männliche wie weibliche Studierende, was Loomis sehr modern vorgekommen sein muss. Sie war fünfundvierzig und widmete sich mit großem Eifer ihren Studien. Jugendliche Gesangsvereine oder andere Ablenkungen waren nichts für sie. Reifere Studierende zeichnen sich durch eine hohe Beflissenheit aus und erzielen, wie Sie sich vorstellen können, eindrucksvolle Ergebnisse.«

Konnten sie sich das tatsächlich vorstellen? Sam bezweifelte es, aber man sollte nie aufgeben.

»Sie studierte Naturwissenschaften, ihre große Leidenschaft, und machte als Jahrgangsbeste ihren Abschluss, noch vor ihren männlichen Kommilitonen. Danach studierte sie am SU Medical College, als eine der wenigen Frauen, die sich dort einschrieben. Zur gleichen Zeit stellte sich Loomis an die Spitze der örtlichen Suffragetten- und Abstinenzbewegung und gründete einen Verein namens *Central New York Society for Temperance*. Außerdem gehörte sie mit ihrer *Liga für Bevölkerungsplanung* zu den Vorreiterinnen des heutigen, modernen Beratungsnetzwerks für Familienplanung.«

Eine lächelnde, übereifrige Sechzehnjährige hob die Hand. Sie erinnerte Sam sehr an Ally. Sie lächelte zurück, woraufhin das Mädchen missbilligend die Braue hob. Auch wie Ally.

»Was ist mit den Briefen an Elizabeth Cady Stanton? Die Loomis-Briefe?« Diese verdammten Briefe! Elizabeth Cady Stanton war genauso schlimm gewesen, womöglich schlimmer, aber hier vor Ort wurde sie als Heldin verehrt, die Heilige von Seneca Falls, unbeschädigt von jeglicher Kritik.

»Die Briefe, ja«, sagte Sam stirnrunzelnd. »Loomis war eine beeindruckende Person, außergewöhnlich sogar, in vielerlei Hinsicht. Aber in anderen Bereichen war sie leider auch eine Frau ihrer Zeit, mit den Fehlern und blinden Flecken, die eben auch zu dieser Epoche gehörten.« Sprach sie das tatsächlich von allem frei? Diese dämlichen Briefe. Und Broschüren, nicht alle, aber trotzdem.

Zugegebenermaßen empfand Sam einen gewissen Neid auf andere historische Häuser. Sie dachte an all die berühmten Frauen aus ihrer Gegend, deren Vermächtnis sie ehren und befördern könnte: Amelia Jenks Bloomer, wenn auch nicht die eigentliche Erfinderin der Frauenhosen, dann zumindest diejenige, die sie im Zusammenhang mit dem Bloomer-Kostüm bekannt gemacht hatte. Da hätte man wenigstens was Konkretes, das man den Leuten zeigen könnte.

Hier, sehen Sie, eine Pluderhose für den Ballonhintern, die einzige Hosenvariante, die Frauen damals anziehen durften. Sie könnte kleinen Fünftklässlern Vorträge halten, und die würden sofort verstehen, wie unfair und lächerlich das für Frauen gewesen sein musste. Dass Kleidung sie unterdrückt, definiert und eingeschränkt hatte. Nicht so kompliziert, und in der Entwicklung bis in die heutige Zeit war deutlich ein Fortschritt zu erkennen. Bloomers Haus war eine Villa im italienisierenden Stil mit Konsolen und einem eckigen Turm mit mehreren Fenstern, der in der Mitte des Dachs aufragte.

Oder Adelaide Alsop Robineau, die in Syracuse als geniale Porzellanmalerin und Keramikerin der Arts-and-Crafts-Bewegung tätig war und die Zeitschrift *Keramics Studio* herausgegeben hatte. Ihr Haus, Four Winds, beherbergte ihr Atelier und stand in der heute nach ihr benannten Straße.

In Auburn, rund fünfzig Kilometer westlich von Syracuse, stand Harriet Tubmans Haus. Das wäre ein guter Arbeitsplatz. Dort müsste Sam sich nicht vor skeptischen Blicken wappnen, die ihr bei der obskuren Clara Loomis mit ihrem zweifelhaften Ruf entgegengebracht wurden. Ein strenges Backsteinhaus mit prächtigen Sprossen-Doppelschiebefenstern.

Oder Mutter Ann, visionäre Gründerin der Freikirche der Shaker, die eine Gemeinde in der Nähe von Albany aufgebaut hatte. Eine einzigartige Utopistin im Dienste der Frauen. So sehr lag ihr deren Befreiung am Herzen, dass sie kurzerhand den Sex abschaffte. Man stelle sich vor, in ihrem Haus zu arbeiten: all die Schwalbenschwanzverbindungen und klaren Linien der Shakermöbel, nicht wie in diesem vollgestopften Haus mit seiner Formenkakofonie und den affigen Protzsäulen vor der Tür.

Stattdessen hatte sie Loomis an der Backe, mit ihrem grausigen Eugenik-Geschwurbel, ihrem geschwätzigen (leider völlig ironiefreien) Einsatz für eine »kontrollierte Genetik«. Das Ganze war auf ihrem Gedenkschild euphemistisch formuliert, dort hieß es, Clara Loomis sei eine »Wegbereiterin der modernen Familienplanung« gewesen, was natürlich nur einen Teil der *Liga für Bevölkerungsplanung* abdeckte (ganz zu schweigen von diesem anderen, von ihr gegründeten Verein mit dem ebenso vielsagenden Namen *Gesellschaft für Hortikultivierung der Arten*, du liebe Güte!). Aber immerhin hatte Clara Loomis Frauen tatsächlich ein Verhütungsmittel beschert, ein primitives Diaphragma (»Fingerhut« genannt), und sogar Abtreibungen durchgeführt, was damals außerordentlich viel Mut erfordert hatte. Sam war angewiesen worden, auch die Sache mit den Abtreibungen auszusparen, hielt sich aber nicht daran. Keine Geister, keine Abtreibungen, von wegen! Loomis war Sams Ansicht nach erheblich interessanter (und relevanter), wenn man sie in ihrer Ganzheit betrachtete und nicht nur einzelne Aspekte ihres Lebens. Sie war keine Margaret Sanger, aber ihrer Zeit voraus gewesen, weil sie erkannt hatte, dass in der Trennung von Sex und Empfängnis der Schlüssel zur Befreiung der Frauen lag. (Außerdem, hatte Margaret Sanger nicht einen Artikel mit dem Titel geschrieben »Warum arme Frauen keine Kinder bekommen sollten«? Oder war das Emma Goldman gewesen? Eine dieser Verfechterinnen von Geburtenkontrolle / Sozialistinnen / Revolutionärinnen. Dem Ganzen haftete doch auch ein gewisser eugenischer Beigeschmack an.)

»Sie stand auf diesen ganzen Nazi-Dreck über Arier, Rassen und reine Abstammungslehre«, sagte das Mädchen. Sie kam Sam bekannt vor. Diese Stadt war so klein. Ging sie vielleicht mit Ally zur Schule?

Sam seufzte. »Vererbungslehre, ja, aber nicht in Verbindung mit Rasse oder Herkunft. Loomis hoffte auf die Auslöschung von Erbkrankheiten wie die, die zum Tod ihrer Tochter geführt hatten. Und anfangs hing sie der Vorstellung nach, von Gott ... ähm, erleuchtet worden zu sein – ›spirituelle Klarheit‹, so nannte sie es.«

Sam konnte das nicht so richtig erklären, auch in ihren Ohren hörte sich das ziemlich durchgeknallt an.

»Sie glaubte, dass die Empfänglichkeit für religiösen Glauben vererbt werden konnte und dass man Gene zum Zwecke der Verbesserung beschneiden könne, wie bei der Pflanzenzucht. Genau dieses Bild wurde häufig von ihr verwendet.«

»Also glaubte Loomis, man sollte Menschen kreuzen, um bestimmte Merkmale zu fördern, und andere, die diese Merkmale nicht hatten, sollten sich nicht fortpflanzen.«

»Ja«, gab Sam zu, »so ungefähr.« Die anderen langweilten sich inzwischen und vertrieben sich die Zeit mit ihren Handys.

»Das ist Nazi-Scheiße!«

»Um fair zu sein, das alles war vor den Nazis, die Vorstellung, Menschen züchten zu können, war damals nicht so bösartig, wie es heute klingt. Nicht ganz.«

Das Mädchen ahnte vermutlich nicht, wie schlimm es tatsächlich war. Dass Clara als Jugendliche mitangesehen hatte, wie ihre Schwester sterben musste, und danach von zu Hause weggelaufen war, um sich einer Art Perfektionisten-Sekte anzuschließen, der Oneida-Gemeinde, wo sie sich dem siebenundfünfzigjährigen Anführer John Humphrey

Noyes andiente, der »spirituelle Fortpflanzung« und die »komplexe Ehe« propagierte. Als spiritueller Führer war es natürlich nicht nur seine Pflicht gewesen, seinen jungen Elevinnen als »erster Ehemann« zu dienen, sondern auch, so viele geplante Kinder wie möglich zu zeugen, während andere, spirituell weniger gesegnete junge Männer sich nicht fortpflanzen durften. Loomis' erstes Kind Margaret wurde Gerüchten zufolge von Noyes gezeugt, aber von Henry Loomis aufgezogen, der früher ebenfalls der Oneida-Gemeinde angehört hatte. Die beiden verließen die Sekte und führten eine konventionelle Einehe, doch aus Loomis' Briefen geht hervor, dass sie Noyes' Lehren der »kontrollierten Züchtung« nie vergessen hatte.

Die Jugendlichen strömten ins Freie. Sams Handy piepste. Obwohl sie wusste, dass der Ton anders klänge, (eher ein Pingen als ein Piepsen), hoffte sie trotzdem auf eine Nachricht. Doch es war nur eine Bilddatei, per AirDrop von einer Userin namens »Bra Tart« an Sam verschickt. Sie zeigte ein Foto von Hitler, seitlich daneben bewegte sich ein weißer Pinsel. Sie konnte annehmen oder ablehnen. Sam wusste zwar nicht, was sie davon halten sollte, klickte aber trotzdem auf »annehmen«. Das ganze Bild wurde heruntergeladen, und jetzt war auch die Beschriftung zu lesen: *Hol dir jetzt deinen Persilschein ab!*. Sam nickte.

Sogar Elizabeth Cady Stanton, diese Rassistin auf tönernen Füßen, die schwarze Männer als »niedriger« bezeichnet hatte, nachdem diese vor den weißen Frauen das Wahlrecht erhalten hatten, selbst diese Frau wäre besser als Clara Loomis. Schon allein, weil sie praktisch die gesamte Suffragettenbewegung aus der Taufe gehoben hatte. Und auch ihr großes schlichtes Farmhaus in Seneca Falls wäre besser als dieses von Claras Ruf und ihrem irren, reformistischen Gedankengut besudelte, mit pseudo-griechischer Symbolik überfrachtete Haus.

Eine Nachricht riss Sam aus ihren Gedanken. Yelp meldete ihr, dass jemand eine neue Bewertung fürs Clara Loomis House abgegeben hatte: ein Stern.

Mariee S.
Es war gruselig, aber die Vergangenheit ist gruselig.
Geschichte ist gruselig. Als wärns Menschen, sinds aber nicht.
Fotos, Geister, muffige alte Kammern. Clara Loomis war eine
Ärztin, das ist ziemlich cool. Hat Abtreibungen gemacht, aber
wegen Eugenik. Nicht cool. Und sie war in einer Sex-Sekte.
Loomis House, krass sus.

Sam reagierte sofort:

Kommentar von Sam R., Loomis House
Vielen Dank für Ihren Besuch. Ja, diese vermeintliche Nähe
zur Eugenik kann Unbehagen auslösen. Aber was ist mit den
Frauenrechten, der Abschaffung von Privateigentum, dem
Kampf um das Recht der Frau am eigenen Körper? Können
wir diese Errungenschaften denn nicht von den irregeleiteten
Vorstellungen trennen und retten, statt zu richten?

Sam schob energisch ihr Handy in die Tasche. Dieses naseweise Ding! Sam war sich mittlerweile ziemlich sicher, dass sie in Allys Klasse ging. Obwohl sie nicht mit Ally befreundet war, hatte sie Sam garantiert als Allys Mutter erkannt.

12

»Das waren sie, die Neuigkeiten von Ally«, sagte Matt. Sam hatte seinem Bericht gelauscht, Ally lerne fleißig, wolle sich demnächst ein paar Colleges ansehen und arbeite auf Hochtouren an ihrem YAD-Businessplan. Sam saß Matt gegenüber am Küchentisch. Nicht mehr ihrer, sondern *sein* Tisch. Es fühlte sich seltsam an, wieder hier zu sein, schwer zu begreifen, dass das Leben der Familie einfach ohne sie weiterging.

»Ihr Beratungslehrer drängt sie dazu, sich frühzeitig für Carnegie Mellon zu entscheiden, aber ihre Traumschule, die, die sie am liebsten besuchen würde ...«

»Ich will jetzt nicht über Colleges reden. Das packe ich gerade echt nicht.«

13

Im vergangenen Jahr hatte Matt vorgeschlagen, einen sehr teuren Berater zu engagieren, der Ally den Weg zum besten College ebnen sollte. Der Berater war ganz besessen davon, das System auszuspielen (»Potenziale maximieren«), was Sam falsch fand, weil es ihre Tochter zum rücksichtslosen Ellenbogendenken ermutigte, obwohl Ally, wie Sam Matt klarzumachen versuchte, ganz für sich schon genug Würde und Tiefgang ausstrahlte und sie gut daran täten, dies zu respektieren. Damals hatten sie sich was bestellt, es im Fernsehzimmer gesessen und sich dabei mit gedämpften Stimmen unterhalten, während Ally in ihrem Zimmer Hausaufgaben gemacht hatte.

»Aber sie sieht es genauso wie der Typ auch«, behauptete Matt, als wüsste er nicht genau, dass ihr Berater, das Schulsystem und vor allem sie, ihre Eltern, Ally diese Sicht der Dinge über Jahre hinweg einprogrammiert hatten.

»Dann möchte ich hiermit meinen kontroversen Widerspruch anmelden.«

»Du meinst bestimmt ›konstruktiv‹ ...« setzte Matt an, beließ es aber dabei.

Sam lachte.

Sie aßen weiter, ohne die Diskussion fortzusetzen. Sam war es egal, auf welches College ihre Tochter ging, völlig unwichtig. Kinder und Eltern waren in diesem kompletten Wahn gefangen, sie stürzten sich in tiefste Verzweiflung, entwickelten völlig übersteigerte Ängste, die über jedes rationale Maß hinausgingen. Alles, das ganze Leben des eigenen Nachwuchses, wurde diesem einen Ziel unterworfen. Beim Treffen mit dem Berater hätte Sam am liebsten losgebrüllt. College? Wunschschule? Wissen Sie nicht, dass unsere Kinder AM ARSCH sind? Welche Scheiße sie in ihrem Leben noch ausbaden dürfen? Aber dann verstand Sam auf einmal, was dahintersteckte, erkannte den ganzen perfiden Plan. Es ging darum, seinen Kindern einen Platz im Rettungsboot zu sichern. Auf die eine oder andere Weise wussten sie nämlich alle, welche schlimmen Dinge ihnen bevorstanden. Genauso wie sie wussten, dass die Plätze in den Rettungsbooten käuflich waren, reserviert für die Meistbietenden. Wenn das Chaos hereinbräche, die herannahende Katastrophe ihren Lauf nähme, wären Arme und sogar Mittelständler die Ersten, die von den entsetzlichen Fluten, Stürmen, Verwerfungen durch Fracking, Erdbeben, Extremtemperaturen, Pandemien, Dürren, Feuersbrünste, Erdrutsche dahingerafft würden. Die oberen Zehntausend hätten ihren Umwelt-Panikraum, einen Klimakatastrophenschutzbunker oder einen Fluchtweg in eines der wenigen noch verbliebenen, nicht lebensfeindlichen Gebiete. Das alles stand bei den Hunger Games um die Colleges auf dem Spiel. Sie sagte nichts davon, weder dem sündhaft teuren Berater noch Ally – sehr zu Matts Erleichterung, wie er gestand, als sie ihm später sehr wohl ihre wahren Gedanken offenbart hatte. Jetzt bedauerte sie es, hielt sich aber trotzdem zurück, denn sie wusste, dass Allys Entwicklung in vollem Gange war und Sam sie nicht aufhalten konnte. Aber zu tun haben wollte sie damit nichts.

Vielleicht war sie deshalb ausgezogen – damit sie nicht mitspielen müsste bei diesem Schmierentheater, bei dem ihre Tochter zur knallharten Karrieristin gemacht werden sollte.

14

»Du weißt genau, dass ich nichts über Collegepläne hören will«, sagte Sam.

Matts Gesicht verfinsterte sich kurz. Aha. »Ob du es hören willst oder nicht, für Ally ist es immer noch wichtig. Sie muss entscheiden, wo sie sich bewirbt, und auch wenn du dir das vielleicht schön zurechtgelegt hast, es handelt sich hier nicht um irgendeine obskure Verschwörung der Privilegierten. Unsere Tochter versucht lediglich herauszufinden, wo sie die nächsten vier Jahre verbringen möchte. Ich nehme an, das dürfte dich durchaus interessieren.«

»Hat sie mich oder die Trennung erwähnt?«, fragte Sam.

»Nein«, erwiderte er. Dann schien er sich zu besinnen. »Tut mir leid«, fügte er sanfter hinzu. »Sie hat nichts gesagt. Hattet ihr beide seit deinem Auszug überhaupt schon Kontakt?«

Sam schüttelte den Kopf. »Nein. Ich schicke ihr Nachrichten, und sie liest sie auch, nehme ich an. Aber sie reagiert nicht darauf. Ich glaube – ich kann mir vorstellen –, dass ich langsam zu ihr durchdringe.«

»Sam, denk doch mal nach. Hat es je daran gelegen, dass du nicht genug mit ihr geredet hättest?«, fragte Matt, was sie verletzte. Nur weil er der Meinung war, dass sie alles totredete, musste er noch lange nicht von sich auf andere schließen. Plötzlich war sie stinkwütend auf Matt. So geladen war sie, dass sich ihr die Nackenhaare aufstellten und sie regelrecht auf Abstand gehen musste. Sie stellte sich vor, wie Ally und Matt sich darüber austauschten, was für eine

Quasselstrippe Sam doch war, wie schön, dass zu Hause jetzt endlich Ruhe herrschte. Ohne Sam verharrten sie vermutlich stundenlang in der Stille. Stummes Abendessen, stummes Frühstück.

»Was bleibt mir anderes übrig?«, fragte Sam. »Sie redet ja nicht mit mir.«

»Ich weiß, ich weiß. Das ändert sich bestimmt irgendwann.«

Sam nickte.

»Lass sie einfach –«

»Ich weiß, ich weiß!«, unterbrach Sam.

»Wie geht's dem Haus? Hast du die CO-Melder schon installiert?«

»Klar«, sagte Sam. Hatte sie nicht. Noch nicht.

»Ist es kalt?«

April und Mai waren furchtbar gewesen. Hässliche, schmuddelige angetaute Schneehaufen. Schlamm, Eisregen, fieser Wind. Der kühlste, feuchteste Frühling, den Sam je erlebt hatte, und nachts immer noch Bodenfrost.

Sie zuckte die Achseln. »Ich habe ein Klafter Holz. Abends mache ich den Kamin an. Es zieht, an manchen Stellen weht von draußen kalte Luft ins Haus, aber solange ich mich am offenen Feuer wärmen kann, geht's mir prima. Außerdem haben wir Juni und es ist warm.«

»Das Haus hat so gut wie keine Wärmedämmung.« Er schnippte mit den Fingern. »Im Winter eiskalt, im Sommer brütend heiß.« Matt hatte recht. Schon jetzt heizte es sich in der Mittagssonne unangenehm auf.

»Jo«, sagte Sam. Im Sommer lief bei Matt dauerhaft die Klimaanlage, zwanzig Grad Raumtemperatur, konstant. Abgeschlossen wie in einer Kapsel. Sie würde das tun, was

Menschen immer schon gemacht hatten: tagsüber die Fenster geschlossen halten und sie in der Nacht öffnen. Eiswasser trinken, körperliche Anstrengung vermeiden.

»War der Kammerjäger schon da?«

»Ja. Das war richtig teuer. Es gibt viele Öffnungen, über die Ungeziefer ins Haus kommt.«

Matt sah sie entsetzt an. Sam hörte sie tatsächlich nachts herumwuseln. Auch das machte ihr nichts aus.

Matt zog einen goldenen Cross-Kugelschreiber aus der Brusttasche seines Jacketts. Wie attraktiv er damals auf sie gewirkt hatte, mit Anzug und Krawatte. Es hatte sie nicht gestört, dass er so komplett in seiner Seriosität aufgegangen war, sie fand es sogar anziehend, als wäre er der Erwachsene, der sich in der Realität behauptete, und sie seine Verbindung zur anderen, jugendlichen Welt, die er zurückgelassen hatte. Wie sehr sie es genossen hatte, seine Krawatte zu lösen, ihn zurückzuholen. Wann hatte sie damit aufgehört? Statt ihn zurückzuholen, war sie ihm einfach irgendwann gefolgt.

Matt zückte das Portemonnaie, entnahm einen gefalteten Scheck. Entfaltete ihn auf dem Tisch und füllte ihn aus. Hielt ihn ihr hin. Wieder machte er sie mit seiner Großzügigkeit gefügig, wieder knickte sie ein.

»Danke«, sagte sie. »Das ist mehr, als ich brauche.«

»Ist dein Geld. Keine Ursache.«

Sie nickte, erkannte die Verzögerungstaktik, wusste, dass er immer noch von ihrer Versöhnung ausging. Aber heute fehlte ihr die Kraft, dagegenzuhalten. Sie war schwach. Geheuchelte Armut, simulierte Unabhängigkeit. Sie redete sich ein, das alles wäre nur eine vorübergehende Eingewöhnungszeit, sie würde mehr Tage die Woche arbeiten oder sich noch einen zweiten Job suchen.

»Bis wir alles geregelt haben. Ich möchte, dass du genug hast, um das Haus auf Vordermann zu bringen.« Er lächelte. »Es ist mir wichtig, dass du dich wohl und sicher fühlst.«

Aber ich will mich nicht wohlfühlen, kapierst du das nicht?, dachte sie.

»Auch wenn es dir selbst nicht wichtig ist, tu's einfach für mich. Für Ally.« Er tätschelte ihr die Hand. Früher konnte Matt ihre Gedanken erraten, sie ihr am Gesicht ablesen. Offenbar gelang es ihm immer noch, wenn er sich Mühe gab. Verfluchter Mistkerl! Musste er fürsorglich und umgänglich sein, ausgerechnet jetzt, da sie so dringend wütend auf ihn sein müsste? Er schob den Kugelschreiber zurück in die Brusttasche, dann hob er den Blick, sah ihr direkt in die Augen und schließlich erschöpft zu Boden. Seine Traurigkeit ließ ihn älter wirken, sein Gesicht war ausgezehrt vom ständigen Joggen. Er war ein Mann mittleren Alters in einem Film über die Midlife-Crisis. Ein Klischee. Aber in so einem Film würde er sie verlassen, oder nicht? Also kein Klischee. Matt, Matt, Matt, dachte sie.

Als sie damals zusammengezogen waren, hatten sie wenig Geld gehabt. Er studierte noch Jura, sie kellnerte. Ihr Trinkgeld wanderte in verschiedene Briefumschläge, sorgfältig mit Worten wie »Miete« oder »Lebensmittel« beschriftet. Einer trug die Aufschrift »Besonderes«, und alle paar Wochen verprassten sie den Inhalt bei einem billigen Abendessen und einem Kinobesuch. Danach folgte meist eine hitzige Diskussion über den Film (sie waren oft unterschiedlicher Meinung), dann Wein (gelegentlich Dope) und Sex (sie waren in vollem Schwung), gefolgt von weiteren Diskussionen, meist über die Zukunft. Er lauschte ihr, war ihrer nie überdrüssig. Er lachte sogar (besonders laut) über ihre albernen Witze (inklusive der schlechten Wortspiele). Wie leicht war es gewesen, aus dem Wenigen, das sie hatten, das Meiste herauszuholen. Und wie weit waren sie jetzt davon entfernt. Zum Teil lag es daran, dass der größte Teil ihrer Zukunft bereits eingetroffen war. Aber nicht nur das.

»Wir haben es so richtig verkackt«, sagte sie mit einer umfassenden Handbewegung. Er nickte verkniffen. Sie wandte sich ab. Jetzt war er sanft, verletzlich, aufmerksam.

Zu spät.

15

Syracuse war die Inspiration für die *Emerald City of Oz* (obwohl das niemand glauben will). In seiner Kindheit hatte
L. Frank Baum Syracuse als ferne, laubgrüne Stadt erlebt,
leuchtend wie ein Smaragd. Eigentlich war Syracuse als
Salt City bekannt geworden, damals, als Salz noch zu seinen wichtigsten Rohstoffen gehört hatte. Aber dann verpasste ihr die städtische Industrie- und Handelskammer
kurzerhand den neuen Namen »Emerald City«, vermutlich,
um dem Ruf entgegenzuwirken, dass es in Syracuse ständig schneite. Um diese Jahreszeit, Ende Juni, schimmerte
sie tatsächlich smaragdgrün. Wenn Sam von ihrem Haus
zum See und auf einem anderen Weg zurückjoggte, fielen ihr die Parks mit den alten Baumbeständen und vielen
Grünflächen auf, üppig angelegte Kunstwerke, Reste einer
wohlhabenderen Ära. Die Bäume, Büsche und Rasenflächen
gediehen prächtig, dank des nicht enden wollenden Früh-
lingsregens und der Schneeschmelze. Sam war glücklich,
wenn die Stadt im Juni ihre maximale Vegetationsdichte
erreichte, doch am liebsten mochte sie sie in den Wochen
vor der vollen Sommerpracht. Gegen Ende Mai erblühten
die Obstbäume in verschiedenen Pink- und Weißtönen,
vom tiefsten Korallenrot bis zum zartesten Puderrosa. Sam
inhalierte sie förmlich, diese Bäume, bemerkte sie an jeder
Ecke, vor heruntergekommenen, hässlichen Abbruchbuden
genauso wie vor gepflegten, adretten Häusern. Sie schienen
trotz der Schäbigkeit zu gedeihen, als wären sie gestärkter,
solider, leuchtender aus dem Winter hervorgegangen. Jedes

Jahr ließ der Frühling viel zu lange auf sich warten, und jedes Jahr fielen die Blüten viel zu schnell, schon Anfang Juni regneten sie von den Zweigen. Ein heftiger Regenguss oder scharfer Windstoß katapultierte sie auf die Straße, begrub den Beton für einen kurzen Moment unter einem rosa Teppich, flüchtig, wunderschön, die Stadt blütenpink, nicht smaragdgrün. Die Blüten rührten Sam an, machten sie auf unerklärliche Weise tieftraurig. Das rasche Austreiben, Aufblühen und Verwelken machten ihr Angst, am liebsten würde sie rufen, Stopp, Stopp, Stopp. Anhalten, das geht viel zu schnell! Das Werden und Vergehen war so schmerzlich, dass sie es nicht genießen konnte.

Als Sam kurz vor ihrem Haus vom Joggen ins Walken überging, bemerkte sie, dass ihre Eingangstür einen Spaltbreit offen stand. Sofort musste sie an die junge, verzweifelte Frau denken. Sie hastete auf die Veranda, schob die Tür weiter auf. Auf der Schwelle blieb sie stehen und sah sich um. Alle Stühle am Tisch waren umgestoßen, die Schubladen rausgerissen, der Inhalt auf dem Boden verteilt, im Einbauschrank lauter Lücken, wie in einem zahnlosen Maul. Die teure Matratze halb vom Bettgestell gezerrt. Alles angefasst, befingert, benutzt. Warum sollte jemand ihr Haus auf den Kopf stellen wollen? Aber es handelte sich natürlich um einen stinknormalen Einbruch, nichts Böses, Gruseliges steckte dahinter. Hatte sie überhaupt Wertgegenstände, die es sich zu stehlen lohnte? Ihr altes Macbook, check. Und ihre Handy-Ladestation, beides weg. Eine halbleere, unnötig teure Flasche Single-Malt Scotch, die sie Matt aus reiner Bosheit weggenommen hatte, ein paar Konserven (delfinfreundlicher, handgeangelter Tunfisch, Bio-Erdnussbutter, Zartbitterschokolade). Ihr Apothekenschrank: Natürlich, den hatten sie als Erstes durchsucht. Herrje, das war sicher eine herbe Enttäuschung gewesen! Sie warf einen raschen Blick ins Bad. Die Creme mit natürlichem Progesteron und ihre Tagescreme hatten sie auf den Boden geworfen. Sie hatte keine verschreibungspflichtigen Medikamente, ganz sicher keine Opioide, nicht mal Ambien oder Xanax, nur CBD-Öl gegen Schlafstörungen (wirkungslos), das hatten sie mitgehen lassen, und Aspirin, das war noch da.

Sam war stolz, dass sie so wenig besaß, gratulierte sich bereits, doch dann fiel ihr die antike Chinoiserie-Lackschatulle ein, in der sie ihren Schmuck aufbewahrte, und sie sah, dass auch sie weg war. Sie holte tief Luft. Es waren nur wenige wertvolle Stücke darin gewesen, die Diamantenstecker ihrer Mutter hatte sie Ally bereits zum sechzehnten Geburtstag geschenkt. Zu Geld machen ließ sich lediglich der goldene Cocktail-Ring mit Amethyst, ein graviertes Tennisarmband und eine sehr schöne Uhr, die Sam heute vergessen hatte anzulegen. Aber die kleinen Schmuckstücke, die Ally ihr über die Jahre hinweg geschenkt hatte, zum Geburtstag, zum Muttertag, ja, die bedeuteten ihr viel. Ein paar silberne Ringe und nicht so teure Ohrringe. Alles nur von ideellem Wert. Allein der Gedanke daran trieb Sam die Tränen in die Augen. Es war doch nur Zeug, alberner, sentimentaler Tand. Ausgesucht von der kleinen Ally, eine Verbindung zur Vergangenheit. Ebenfalls mit der Schatulle verschwunden war ihr Platin-Ehering mit dem eingravierten Hochzeitsdatum. Sie hatte vorgehabt, ihn Ally zu vermachen, aber wer schon will den Ehering aus der gescheiterten Beziehung der eigenen Eltern? Ein Andenken an ein gebrochenes Gelübde – es hätte Ally nur aufgeregt. Immerhin musste Sam sich darum jetzt keine Gedanken mehr machen, der Ring läge längst in irgendeinem Pfandhaus.

Sie brachte das Haus wieder in Ordnung. Es war gar nicht so schlimm. Aber als sie beim Aufräumen feststellte, wie viele ihrer persönlichen Gegenstände die Einbrecher angefasst hatten, wurde sie doch noch wütend. Irgendjemand (nicht die verzweifelte junge Frau, der Gedanke war ihr erneut gekommen und sie hatte ihn wieder abgetan, als unwahrscheinlich, albern, als stünde alles, was ihr widerfuhr, in einem kausalen Zusammenhang und wäre nicht einfach dem Zufall geschuldet), eine fremde Person war ins Haus gekommen und hatte all ihre Sachen durchwühlt. Hungrig und notleidend. Und diese Person hatte es eilig gehabt, klar, sie wollte nicht erwischt werden. Aber wie sie es auch drehte, Sam empfand den Einbruch als feindlichen Übergriff. Mussten sie die Schubladen denn ganz rausziehen und auf den Boden werfen? Die Stühle umwerfen, all ihre Sachen anfassen? Diese Aggression war vollkommen unangemessen. Nach der Wut kam die Angst. Sie überlegte, die Polizei einzuschalten. Sicherheitsschlösser einzubauen.

Es dauerte nicht lange, bis alles wieder an seinem Platz war. Sie machte Kaffee, setzte sich ans Fenster und rauchte eine ihrer beiden täglichen Kräuterzigaretten. Statt Tabak zu rauchen oder zu vapen genehmigte sie sich diese schnell verbrannten, hohlen, nikotinfreien Kräuterzigaretten, die trotzdem Lungenkrebs erregten, aber nicht zur Nikotinsucht führten. »*Made with love and clarity in Portland, Oregon*«. Sie rochen angenehm und setzten Akzente in ihrem Einzelgängerinnen-Alltag. Beruhigten sie.

Das Gefühl, jemand habe ihr etwas angetan, ließ sich leider nicht so leicht abschütteln. Hatte sie jemand beobachtet? Ihr Haus ausgespäht? Bestimmt eine von diesen Gestalten mit dem leeren Blick, die auf der Straße lebten und ihr nachts Angst einjagten. Man wusste nun, dass das Haus nicht mehr leer stand. Es hatte sich rumgesprochen, dass sie schutzlos war.

Sie sah sich um. Sie liebte ihr Zuhause, war stolze Hausbesitzerin, voll bürgerlicher Eitelkeit. So bescheiden ihr Besitz auch sein mochte, es war ihr wichtig, dass alles an seinem Platz stand. Doch dieses besondere Haus zu lieben, sich hier heimisch zu fühlen, bedeutete auch, in diesem Viertel zu wohnen und in dieser Stadt. Sie verwarf den Gedanken, die Polizei zu rufen. Erinnerte sich an Dorothy Day. Sollte Sam vielleicht darüber nachdenken, ihren Besitz zu teilen? Die Tür stets offen lassen, nur das Nötigste besitzen? Alles Überflüssige sollte sie weggeben und mit so wenig wie möglich auskommen. Nein, so weit war sie noch nicht. Ihre Tür würde sie auch weiterhin abschließen. Wenn jemand unbedingt ins Haus wollte, käme er oder sie ohnehin hinein. Trotzdem: keine Polizei.

»Hallo?«, sagte ihre Mutter. In Gemütslagen wie dieser löste ihre Stimme bei Sam sofort alle möglichen Gefühle aus.

»Hi«, krächzte Sam.

»Was ist passiert?«

Nichts vom Einbruch sagen. Auf keinen Fall!

»Ally redet immer noch nicht mit mir. Sie antwortet nicht auf meine Nachrichten.« Sie schüttete sämtliche Gefühle in ihren Behälter für Selbstmitleid. Die Stimme vor lauter Sehnsucht nach ihrer Tochter erstickt, stieg ein Schluchzer in ihr auf, den sie gerade noch zurückhalten konnte.

»Ach, Schätzchen, ich weiß. Ich hab vor ein paar Tagen erst mit ihr geredet.«

»Was hat sie gesagt?«

»Sie ist traurig, dass du ausgezogen bist, aber sie versucht, stark zu wirken, und das äußert sich eben in Wut.«

»Ja«, sagte Sam.

»Aber sie hat dich lieb – deswegen ist sie ja so wütend.«

»Möglich. Sie will sich ganz auf ihren Abschluss und ihre Collegesuche konzentrieren. Und ihr YAD-Ranking.«

»Sie steht gerade ziemlich unter Druck.«

»Ich weiß, schon klar«, sagte Sam. »Ich bin eine schlechte Mutter, Ehefrau. Und Tochter. Aber davon abgesehen bin ich einfach ein schlechter Mensch.«

»Das stimmt doch nicht.« Zuverlässig wie immer führte ihre Mutter eine Liste von Gegenbeweisen an. Es war albern von Sam, ihre einzige Verbündete anzurufen und sie dazu zu animieren, sie vor sich selbst zu verteidigen. Und doch ging es Sam danach besser. Merkte Lily jetzt, wie sehr Sam sie noch brauchte? Sah Lily endlich ein, wie sehr sie gebraucht wurde, sie, die Einzige, von der Sam Hilfe annahm?

»Ich vermisse Ally so sehr«, sagte Sam. »Und dich vermisse ich auch.«

»Ich dich auch. Komm mich doch einfach besuchen«, sagte Lily.

»Ja. Ich komme am Wochenende.«

»Am Wochenende passt es leider nicht«, sagte Lily.

»Warum nicht?«

»Vielleicht am Wochenende darauf. Lass uns morgen noch mal telefonieren.«

Nachdem Sam aufgelegt hatte, zündete sie sich ihre zweite Zigarette an und schickte eine Nachricht an Ally.

Grandma hat gesagt, du hättest mit ihr gesprochen.
Ich werde sie wohl nächstes Wochenende besuchen, vielleicht
magst du ja auch kommen.

Nettes Manöver. Die eigene Mutter zu benutzen, um sich an seine Tochter ranzuwanzen.

Es war zu heiß, um Feuer zu machen, und der Whiskey war auch weg. Also ins Bett. Als sie die Streichhölzer zurück ins kleine Einbaufach neben dem Sims schieben wollte, sah sie es. Sie holte tief Luft. An ihrem Kamin fehlte eine Kachel! Sie hatten ihr eine hundert Jahre alte Mährische Kachel gestohlen! Die grüne von rechts unten, deswegen hatte sie es erst jetzt bemerkt. Sie war klein und hatte locker gesessen, man hätte sie neu verfugen müssen.

»Nein, nein, nein, nein!«, murmelte sie, auf Knien, den Finger im krümeligen Staub. Wozu stahl jemand eine Kachel? Zweifellos, um ihr zu schaden, indem man diesem alten Haus schadete. Einen Teil davon mit sich davontrug, wie eine Trophäe. Und dann wahrscheinlich einfach wegwarf, irgendwo auf die Straße.

Sie war eine Außenseiterin, ein Eindringling, kein echtes Mitglied dieser Gemeinschaft. Ihr Wohlstand inmitten der Not eine Provokation. Es war nicht persönlich gemeint, aber gleichzeitig war es eben persönlich. Es war nicht feindselig, aber gleichzeitig genau das.

Sie sollte schlafen gehen. Nachts, wenn im Haus alle Lichter brannten, war sie draußen für alle sichtbar. Also schaltete sie alles aus, bis auf die Außenlampe über der Veranda. Sicher in ihrer Unsichtbarkeit legte sie sich ins Bett. So müde war sie, dass sie umgehend von einem gnädigen Schlaf überwältigt wurde.

ZWEI

ALLY

1

»Schildern Sie es einfach so, wie es Ihnen einfällt«, sagte er.

So ging es los.

»Ich glaube, das mit diesen ständigen Spannungen hat angefangen, als ich so in der Neunten war, mit vierzehn. So Sachen wie, ich komm die Treppe runtergehetzt, um den Bus zu erwischen. Ich bin noch nicht ganz wach und stopfe mir alle möglichen Bücher in den Rucksack, die ich brauchen könnte, deswegen hängt er mir so ein bisschen schwer von der Schulter. Ich will einfach nur ein Glas Saft. Sie will, dass ich Toast esse, also beiße ich einmal ab und lass den Rest liegen. Jeden Morgen hört sie mich, wie ich runterkomme, und jeden Morgen verschwindet ihr Lächeln, sobald sie mich sieht. Sie korrigiert das schnell wieder, aber ich weiß, gleich kommt was von ihr.

›Guten Morgen!‹

Ich nicke, warte, den Kopf gesenkt, die Haare im Gesicht.

›Saft?‹

›Hol ich mir.‹ Lass mich einfach in Ruhe. Nur ein einziges Mal.

›Die Haare kämmst du dir im Bus?‹

Jetzt geht's los. Ich nicke. Trinke den Saft. Ich versuche, ihrem Blick auszuweichen.

›Schätzchen‹, sagt sie, und die Enttäuschung trieft aus jedem Wort. Als täte es ihr leid, dass sie es extra erwähnen muss, wir wissen doch beide Bescheid und sind es so leid.

›Was?‹, frage ich, aufsässiger als gewollt. Alles muss eine Tonstufe unter der Wut bleiben, weil sie sonst womöglich ausrastet. Und das hat mir jetzt gerade noch gefehlt. Ihr Blick wandert nach unten, ja, sie glotzt allen Ernstes *auf meine Brüste*! Ich schaue an mir runter, und stelle fest, dass mein Pulli ein bisschen verrutscht ist und man etwas von meinem Dekolleté und die Oberkante meines BHs sehen kann. Ich zupfe den Ausschnitt zurecht.

›Erinnerst du dich an die Unterhemden, die ich dir besorgt habe? Mit denen müsstest du dir keine Sorgen machen, dass man deinen BH sieht, wenn dir der Pulli verrutscht.‹

Ich nicke wieder, meide immer noch ihren Blick. ›Kein Problem, alles wieder bedeckt. Siehst du?‹

Sie verkneift die Lippen. Sie hat noch mehr in petto. Ich will mich gerade auf den Weg machen.

›Hast du alles? Inhalator, Brille, Handy?‹

›Ja‹, sage ich.

Prompt zaubert sie meinen Inhalator hervor, der auf dem Couchtisch im Fernsehzimmer gelegen hat. Ausgetrickst! Ich schnappe ihn mir. Ihr Lächeln, ein mütterliches, stummes ›Was würdest du nur ohne mich tun?‹. Ich gehe in Richtung Tür.

›Hab einen schönen Tag, Schätzchen.‹

Ich nicke nur. Sie umarmt mich, mit Rucksack. Ich kann ihr das nicht verweigern, sie braucht es zu dringend.

›Bis später, Mom.‹

›Viel Spaß!‹ Und dann kann sie einfach nicht anders: ›Kämm dir die Haare!‹«

»Es gibt noch andere Versionen dieses Streits. Ich kann mich noch ans gemeinsame Klamottenkaufen erinnern. Das reinste Vergnügen.«

»Zum Beispiel?«

»Wir sind bei Marshalls gewesen, glaub ich. Sie zieht so eine ätzende Omabluse vom Ständer, eher altmodisch als schlicht, und sagt: ›Wie wär's damit?‹ Ich schüttle heftig den Kopf, woraufhin sie seufzt und das Gesicht verzieht, als könne man es mir niemals recht machen. Im Gegenzug suche ich mir ein viel zu enges rotes Schlauch-Top aus, verrückt, ich weiß, aber ich kann nicht anders, wenn sie mich so provoziert. Sie so, ähm, nee. Aber was ich geschafft hab, ich hab den Maßstab verschoben, und ich weiß, wenn sie am Ende nachgibt, wird das, was sie mir kauft, ziemlich nah dran sein an dem, was ich mir ursprünglich vorgestellt hab.«

»Heute kleiden Sie sich aber eher konservativ.«

»Stimmt. Auf YAD-Konferenzen ist ein gepflegter Business-Look angesagt, und seit ich festgestellt habe, wie gut ich mich in dieser Kleidung fühle, trage ich sie auch in der Freizeit. Damit kann sie nichts anfangen, sie sagt nichts dazu – was soll sie auch sagen? –, aber ich glaube, es irritiert sie ziemlich. Die ›vulgären‹ Klamotten von damals sind ihr gegen den Strich gegangen, und bei den Business-Outfits ist es jetzt wieder das Gleiche.«

»Geht es – oder ging es – bei Ihnen immer um Ihre Kleidung?«, fragte er.

»Nein, auch um anderes.«

2

Allys Handy vibrierte. Jeden Abend gegen neun bekam sie
eine Nachricht von ihrer Mutter. Ally hatte sie alle gelesen
und eine Lesebestätigung hinterlassen, damit ihre Mutter
Bescheid wusste, aber sie hatte keine einzige Nachricht be-
antwortet. Und jetzt, fünf neue Nachrichten? Bisher hatte
ihre Mutter nie mehr als eine geschickt. Die Selbstbeherrschung grenzte an ein Wunder. Seit drei Monaten hatte
sie keinen einzigen Abend ausgelassen (wenig erstaunlich), aber nie mehr als eine Nachricht geschickt (absolut
erstaunlich). Vielleicht war der Damm nun doch noch ge-
brochen, und sie hatte ihrem Drang nachgegeben, alles
ungefiltert herauszulassen, wie sie es schon immer getan
hatte, wenn es um Ally gegangen war, sie mit Liebe und
Aufmerksamkeit überschüttet, bis sie fast erstickte. Als Ally
nun darüber nachdachte, stellte sie sich Sam als plumpe,
aufdringliche Bärenmutter vor und fragte sich prompt, ob
das Wort »Bärenmutter« eine Verbindung zu »Gebärmutter« und »gebären« hatte, vielleicht gab es da gemeinsame
Wurzeln, einen gemeinsamen historischen Ursprung? Nach
fünf Jahren Lateinunterricht hatte Ally eine versponnene
Faszination für die Zusammensetzung von Wörtern und
deren Herkunftsgeschichte entwickelt. Davon abgesehen
kam ihr dieses lexikalische Wissen bei Essays zugute, die sie
gern mit neuen (oder ihr neuen) Wörtern schmückte. Dass
sie bei YAD die Jahrgangsbeste war, verdankte sie nicht zuletzt ihrem Wortschatz. Früher hatte sie einen Thesaurus
benutzt, aber das hatte oft zu peinlichen Patzern geführt,

weil der Thesaurus suggerierte, dass es für jedes Wort Synonyme gab, was nicht stimmte. Betrachtete man Wörter nämlich genauer, so wie Ally es tat, fand man schnell heraus, dass alle unterschiedliche Bedeutungen hatten. Sie hatte eine App auf dem Handy, die aus zwanzig Wörterbüchern die Herkunft und Etymologie eines Wortes rückleitete (die Endungen »-logisch« bzw. »-logie« gingen auf das Griechische zurück und bedeuteten so viel wie »Wissen/Wissenschaft«, aber »*etymos*«, was so viel wie »wahr« bedeutete, bereitete ihr noch Kopfzerbrechen). Eine weitere App lieferte Ally die Bedeutung und Derivate von Morphemen, aber die Untersuchung eines möglichen Zusammenhangs zwischen »-bär/Bär« war ihr dann gerade doch nicht so wichtig. Stattdessen tippte sie mit dem Daumen auf die grüne Sprechblase, um sich die Chatliste genauer anzusehen. Dass ihre Mutter gleich fünf neue Nachrichten auf einmal geschickt hatte, war ihr nur aufgefallen, weil sie noch andere bekommen hatte, die nicht von ihrer Mutter stammten. Als sie den leuchtend blauen Punkt neben dem Buchstaben »N« erblickte, und danach den Namen »Nina«, war da so ein Aufflammen in ihrem Bauch, ein Aufblühen. Erst in dieser Woche, nachdem Joe ihr angekündigt hatte, dass er ihr eine Nachricht schreiben würde, hatte sie seine Nummer unter dem Namen »Nina« abgespeichert, für den Fall, dass jemand in ihrem Handy herumschnüffeln sollte. Aus diesem Grund hatte sie auch dafür gesorgt, dass seine Nachrichten nach Eingang nicht auf dem gesperrten Display zu lesen wären, sondern ihr Eintreffen nur durch einen Ton signalisiert wurde. Ihr Vater würde nicht schnüffeln, da war sie ziemlich sicher. Er war nicht neugierig, dafür interessierte er sich zu wenig für andere, er käme nicht im Traum darauf, dass sich unter ihrer Oberfläche noch was anderes abspielen könnte. Deswegen hatte es ihn auch komplett überrascht, dass ihre Mutter ihn verlassen hatte. Eiskalt erwischt. Aber ihre Mutter würde schnüffeln, keine Frage. Sie platzte förmlich vor Neugier. Klar, hinterher hätte sie Gewissensbisse, aber Ally kannte ihre Mutter gut genug, um zu wissen, dass sie sich ihr übergriffiges Verhalten Ally gegenüber schon irgendwie schönreden würde. Allerdings hatte ihre Mutter momentan weder Zugriff auf ihr Handy noch auf sie. Ein kleines Wunder, eine von vielen fantastischen Entwicklungen in diesem Jahr: dass Ally ihre Mutter so lange auf Abstand halten konnte, dass Ally lebte, sich bewegte, existierte, ganz sie selbst war, ohne ihre Mutter. Moment, Korrektur. Viel mehr sie selbst war. Und genau so ein Wunder, Joe, ihrer, einer, auf den niemand gekommen wäre. Weil Ally die Letzte war, der man so was zutrauen würde. Ihr Vater garantiert nicht. Ihre Lehrer auch nicht. Ihre Klassenkameradinnen noch weniger. Allen hatte sie es verheimlicht – noch so eine Überraschung. Sie war vorsichtig und, wie sich herausstellte, ziemlich gut darin, Geheimnisse zu bewahren. Ja, vielleicht hatte sie die Sache nicht so gründlich durchdacht, wie sie sollte, denn was passieren würde, wenn sie irgendwann aufflog, wollte sie sich lieber nicht ausmalen. Weitermachen wollte sie, das wusste sie genau, deshalb war Geheimhaltung unverzichtbar. Ally änderte deshalb fast wöchentlich ihre Handy-PIN.

Damals in der Neunten hatte ihre Mutter ihr Handy mit einer App namens *Family Tracker* ausspioniert. Nettes Konzept/Name. Damit konnte sie sehen, welche Nummern Ally wann anrief oder an welche Empfänger sie Nachrichten schrieb. Nur den Inhalt verriet ihr die App nicht. Ein echter Vertrauensbeweis! Obendrein hatte Ally als Letzte in ihrer

Jahrgangsstufe ein Smartphone bekommen. Warum? Weil ihre Mutter sie wie eine verdammte Amish aufzog, darum. Nur ein lächerliches, billiges Klapphandy für Notfälle durfte sie haben, und das hatte sie ständig verloren, unbewusst vielleicht mit Absicht. Ally musste zugeben, dass sie die vielen Funktionen des Smartphones nicht ganz so stark faszinierten wie manche ihrer Klassenkameradinnen. Als man ihr an ihrem vierzehnten Geburtstag endlich ihr eigenes Handy präsentiert hatte, war sie sogar enttäuscht gewesen, möglicherweise auch deswegen, weil sie gelernt hatte, im Alltag ohne klarzukommen. Tatsächlich änderte sich für sie wenig, außer dass ihre Eltern sie ständig mit Anrufen oder Nachrichten belästigten und sie beim Joggen Spotify nutzen konnte. Sie konnte dank Google Docs im Bus oder in Warteschlangen am Handy Hausaufgaben machen oder an YAD-Essays arbeiten. Und sofort Sachen und Wörter recherchieren, das war schon toll. Was Kontakte zu Freundinnen betraf, da gab es eigentlich nur zwei, denen sie vertraute. Bei Snapchat meldete sie sich gar nicht erst an, weil sie sich schon daran gewöhnt hatte, nicht zur Community zu gehören. Es hieß, dass manche richtig Stress hatten, weil sie ihren *Streak* nicht verlieren wollten. Zwei Jungs hatten ihren Streak über 380 Tage durchgehalten. Wenn man seinen Streak verlor, war das ein großes – ach, egal, alles vollkommener Blödsinn. Da nicht mitzumachen war eher ein Zeichen von Reife. Und dann die *Ask me Anything*-Apps – diese Kids betteln ja förmlich darum, von anonymen Hatern fertiggemacht zu werden. Eine Einladung zur Grausamkeit: »Was ist das Beste/Schlechteste an mir?« Sie schienen es tatsächlich zu provozieren. Zuerst hatte Ally gedacht, sie würden die Dynamik anonymer Hetz-Mobs unterschätzen, aber dann verstand sie, was dahintersteckte: Aufmerksamkeit um jeden Preis, und sei sie noch so niederträchtig. Obwohl sie das nie offen zugeben würde, hatte der Handyentzug ihrer frühen Teenagerjahre vielleicht doch was Gutes gehabt. Sie war richtig froh, dass ihr das Ding relativ egal war. Gewesen war. Bis sie Joe kennenlernte. Bis sie Joe hatte.

Joe.

Wenn sie mal wieder von allem angepisst war, brauchte sie nur an ihn zu denken, und schon ging es ihr besser. Nur sein Name in ihrem Kopf, mehr brauchte sie nicht. Manchmal sagte sie ihn stumm vor sich hin, flüsterte ihn fast, nur, um ihn zu spüren. Eine Art Mantra. Mantras, dachte sie, waren wie Kirchengesang, durch den Worte zu Klang wurden. Das Wort begann mit der Bedeutung, schwoll in deinem Körper (deinem Mund, deinen Ohren) und kehrte dann zurück zur Bedeutung, aber jetzt war dein ganzer Körper daran beteiligt.

Joe.

• *N Nina*. Der Punkt neben dem Namen, nachrichtengeschwängert. Sie zwang sich dazu, das Gefühl voll auszukosten.

• *N Nina*
Kleines, vermiss dich …

Dass Joe ihr Nachrichten schrieb, war neu. Normalerweise telefonierten sie. Sie joggte zum Park, wo sie unbelauscht mit Joe sprechen konnte. Jeden Tag. Nachrichten hatte er nie schicken wollen. Viel zu riskant. Aber schließlich hatte sie ihn überzeugt, dass es sicher wäre, wenn sie ihn auf dem Handy als »Nina« abspeicherte. Egal, denn die Grenzen weichten sowieso langsam auf; sie konnten nicht länger widerstehen, sie mussten sie einfach überschreiten.

Ally tippte auf den Punkt. Oh, diese Mikrosekunde, als er nach links glitt und aufploppte.

Die volle Textblase füllte das Display. Darunter folgten noch drei Blasen. Vor lauter Aufregung, so viele Nachrichten von ihm auf einmal zu empfangen, überflog sie alle gierig, bevor sie sich zwang, sie langsam zu lesen.

Kleines, vermiss dich, was machst du grad?

Sie zitterte, fast am ganzen Körper. Was, so fragte sie sich bange, wenn da beim Anblick seiner Nachricht irgendwann mal nichts mehr aufblühen würde, in ihrem Bauch? Ging das überhaupt? Könnte so ein Gefühl einfach verschwinden, von einem Tag auf den anderen? Was für eine traurige Vorstellung – aber das würde ihr garantiert nicht passieren. Und dieses langsame Lesen ging ihr auch auf den Keks.

schick mir 1 pic von deinem wunderschönen gesicht.

oder 1 pic von irgendeinem teil von dir? von deinem perfekten kleinen finger, vielleicht?

(sorry, so blumig. deine schuld.)

Sie wusste genau, wie gefährlich das alles war, aber so was Aufregendes war ihr noch nie passiert. Nie hätte sie gedacht, dass sie so jemand sein könnte, so erwachsen. Erstaunlich, was alles in ihr steckte, wie hintertrieben, fahrlässig, renitent von ihr! Fantastisch fühlte sie sich, aber so richtig, und nicht überfordert oder verängstigt, wie ihre Mutter es ihr immer einredete. Im Gegenteil, sie hatte alles voll im Griff, schrieb Bestnoten, aber viel wichtiger: Sie hatte ein völlig neues Selbstbewusstsein. Beim Blick in den Spiegel sah sie sich vor Glück strahlen. Sie war bereit für diese erwachsene Frau, die sie einmal werden sollte. Allein die Ahnung von dieser Zukunft bestärkte sie in dem, was sie bereits wusste. Zum Beispiel, dass sich alles, was einem die Eltern nach dem vierzehnten Lebensjahr so erzählten, als falsch herausstellen würde – wenn sie einen nicht manipulieren wollten, verdrehten sie einfach die Fakten und schoben statt einer Erklärung irgendwelche vagen, allgemeinen Gründe vor. Ally wünschte, die für sie relevanten, »lebensklugen« Erwachsenen würden auf Augenhöhe mit ihr kommunizieren und ihr ein bisschen Spielraum für eigene Entscheidungen einräumen. Es war ja nicht so, als würde Joe kein Risiko eingehen. Sie war fast siebzehn, er schon neunundzwanzig, er hatte also Sex mit einer Minderjährigen, was hierzulande einer Vergewaltigung gleichkam, oder »Unzucht«, wie sie es nannten. Allein das Wort fand sie schon abstoßend, es hatte nichts mit dem zu tun, was sie erlebt hatte, außerdem stammte es von »Zucht« ab, beschrieb also sowohl das Aufziehen von Tieren und Pflanzen als auch körperliche Strafe. Seit wann hatte Sex was mit Bestrafung zu tun? Mal wieder war das Gegenteil der Fall. Sie wurde nicht bestraft, und Joe fügte ihr keinen Schaden zu, sondern machte sie glücklich.

Der Sex selbst war auch ganz anders als das, was alle darüber erzählten. Es war keine »Einverständniserklärung«, wie sie es im Biologieunterricht gelernt hatten, ihr war kein Dialog nach dem Muster »Darf ich?« und »Ja« vorausgegangen. Vielmehr war Sex ein Selbstmordpakt, die Gefahr und Grenzüberschreitung für beide Seiten gleich – auch das machte ihn so aufregend. Sie brauchen beide das Risiko, um in ihrer Beziehung Gleichberechtigung zu schaffen. Sie konnte von ihren Eltern erwischt werden. Sie konnte schwanger werden. Wenn sie ihm Bilder von sich schickte, hätte er sie zur freien Verfügung, könnte Rachepornos daraus machen. Zum Nachrichtenschreiben gehörte schließlich auch, Fotos zu schicken, oder? Es war beiden klar, dass ihre Nachrichten Fotos enthalten würden. Allein beim Gedanken, diese Grenze auch zu überschreiten, blühte es wieder im Bauch, denn auch diese Grenzüberschreitung war Teil der Faszination. Seit der Fünften hatten ihr alle eingebläut, auf keinen Fall Nacktfotos zu verschicken, an niemanden. Glaub den Jungs nicht, wenn sie dir schwören, sie würden sie niemandem zeigen und sie sofort wieder löschen. Aber – und da war sie einfach romantisch, auch wenn es sich nicht so anhörte – sie würde ihm Fotos von sich schicken. Wozu sollten Sex und Liebe bitte gut sein, wenn man dem anderen nicht völlig vertraute? Wenn man noch während der Beziehung auf die Trennung und die Folgen schielte, war man einfach nur unaufrichtig.

Sie kannte ihren Sartre, aber auch ihren Kant, und Rawls. Zumindest hatte sie deren Wikipedia-Einträge gelesen, und die waren ziemlich umfangreich. Sie wusste, was Unaufrichtigkeit bedeutete. Was einem all die besorgten Erwachsenen da rieten, war herabwürdigend, unsensibel. »Wenn du Nacktfotos von dir schickst, zeige nie dein Gesicht.« Wie zynisch konnte man sein? Sie rieten einem tatsächlich, sich von seinem eigenen Körper loszusagen, seine Identität von seinem Körper abzutrennen, um sich »zu schützen«. Wenn man so über die Welt dachte, war man geliefert. Wenn man

so wenig von anderen erwartete. Außerdem, wovor schützten sie einen denn, selbst wenn das Foto aus ihrer Vorstellung tatsächlich vom Handy in die weiten Sphären des
Internets gelangen sollte? Die Demütigung (offenbar tief
und suizidauslösend), den eigenen Körper der Öffentlichkeit preisgegeben zu haben. Von anderen in einem intimen
Akt der Leidenschaft betrachtet zu werden. Die Botschaft
ist laut und deutlich: Wir sollen uns für unsere »intimen«
Seiten schämen. Das Foto wird nie verschwinden, warnen
sie. Ist es einmal veröffentlicht, kann man es nie wieder löschen. Was ihr früher Riesenangst gemacht hatte. Auf der
einen Seite heißt es, wir sollten in unserer Kultur ein »positives Körperbild« fördern, doch sobald man sie beim Wort
nahm, machte dein Körper die besorgten Erwachsenen auf
einmal schrecklich nervös. Wenn Ally mal alt wäre, würde
es sie freuen zu wissen, dass noch immer Bilder von ihr als
junger Frau in der Welt waren, für jeden zu sehen, der ihren
Namen in die Browserzeile eingab und auf »Bilder« klickte.

Das Meiste von dem, was andere so von sich gaben, betraf
sie ohnehin nicht. Das hatte sie jetzt verstanden. Außerdem
würde Joe sie nicht hintergehen, und selbst wenn, so wäre
sie entsetzter über das, was das über ihre Beziehung aussagte, als über das Schicksal ihrer digitalen Fotos. Das Senden der Fotos – oder besser, ihre Entscheidung, sie zu versenden – war also eine vollendete Tatsache. Oder lediglich
von hypothetischem Interesse. (Bei Simulationen gehörte
die Erörterung von hypothetischen Standpunkten zu ihrem Standardrepertoire – sie hatte gelernt, dass man jeden
Standpunkt verargumentieren konnte.)

Ihr erstes heimliches Treffen hatte in einem Hotelzimmer
stattgefunden. Er war geschäftlich in Syracuse gewesen.

Statt im Zentrum zu übernachten, hatte er im Syracuse University Sheraton eingecheckt. So war es ein Leichtes gewesen, ihren Dad zu bitten, sie zur *Bird* zu fahren, die um die Ecke vom Hotel gelegene und bis Mitternacht geöffnete Uni-Bibliothek, für die man keinen Studentenausweis brauchte. Sie machte ihm weis, sie arbeite an einem Forschungsprojekt, was eigentlich immer irgendwie zutraf, also musste sie nicht mal lügen. Jetzt, mit Führerschein, wäre das alles sowieso viel einfacher.

Der Umstand, dass Joe sie als sogenannter *Bürgermentor* (BM) betreute und auch noch dazu ein Freund ihres Vaters war, fand sie nicht weiter befremdlich. Im Gegenteil, es war aufregend. Spannend. Sie hatte ihn übers YAD-Netzwerk kennengelernt, das talentierten jungen Leuten wichtige Persönlichkeiten und *Entrepreneure* – ein prätentiöses, etymologisch aber eher enttäuschendes Wort, »entreprendre« hieß auch nichts anderes als »unternehmen«, aber wenn man die Suche vertiefte, stieß man auf eine weitere Bedeutung, »in die Hand nehmen«, was sie wiederum amüsierte – als Mentoren und Mentorinnen an die Seite stellte. Ihr Vater sprach »YAD« wie »Jad« aus, selbst nachdem Ally ihn korrigiert hatte, »Es ist eine Abkürzung, da wird jeder Buchstabe einzeln ausgesprochen!«. Ihre Mutter musste sich natürlich gleich einmischen. »Wenn das so ist, hätten sie nach jedem Buchstaben einen Punkt machen sollen«, sagte sie, den Blick auf ihr Buch gerichtet.

»Genau«, sagte ihr Vater, und sie lachten. Ally machte es rasend, wenn die beiden ihre Paarbindung belebten, indem sie sich über Dinge lustig machten, die Ally wichtig waren. »Wofür soll das nochmal stehen? Y-A-D?«

»*Young American Dissidents*«, sagte ihre Mutter.

»*Young American Disrupters!*«, rief Ally. »Meine Fresse!«

Ihre Mutter hob den Blick und lächelte. »Disrupteure seid ihr, soso. Also seid ihr Krawallbrüder und -schwestern?«

Ally seufzte genervt. »Nein, das ist im Sinne von Innovation gemeint. Also nichts kaputt machen, sondern Dinge von innen heraus verändern. Menschen mit neuen Visionen ›stören‹ die Welt, wie sie ist, um sie zum Besseren zu ändern.«

»Und wen oder was genau stören sie da?«

»Den Status quo.«

»Ah ja, den. Indem sie Profit daraus schlagen? Indem sie – an dieser Stelle malte ihre Mutter Gänsefüßchen in die Luft – ›Businesses kreieren‹?«

»Du solltest dich wirklich von deiner Achtzigerjahre-Mentalität befreien. Der Segen der Menschheit liegt nicht allein in der Zerschlagung des Kapitalismus.«

»Aber deine Mutter ist Marxistin, Schätzchen«, warf ihr Vater ein.

Ihre Eltern brachen in schallendes Gelächter aus. Ally seufzte laut und stapfte zur Tür.

»Ich weiß«, sagte ihre Mutter mit sanfter Stimme, um Ally davon abzuhalten, beleidigt davonzustürmen. »Ich weiß, dass es dir viel Freude macht. Aber ich finde den Namen echt ein bisschen übertrieben.«

Ally blieb stehen. Ihr Rucksack war mit vielen Büchern vollgestopft und wog eine Tonne, sodass sie der schwungvolle Abgangsversuch etwas ins Wanken gebracht hatte. Sie blieb einfach stehen, ihren Eltern den Rücken zugekehrt, und wandte sich über ihre Schulter hinweg an ihre Mutter:

»Nicht nur, dass du völlig überholte Paradigmen vertrittst, du lebst hier, in diesem Haus, in dieser Gegend und willst mich allen Ernstes zur Dissidentin machen?«

»Diss iss nix für alte Dissidentinnen, Sam«, sagte ihr Vater lachend.

Ally stöhnte gequält auf und schob sich und ihren Rucksack mitsamt bleischwerer Ladung durch die Küchentür.

»Komm schon, er macht nur Witze!«, sagte ihre Mutter.

»Ich bin wütend auf dich, nicht auf ihn«, sagte Ally, die jetzt aus unerfindlichen Gründen fuchsteufelswild war.

Im Flur hörte sie ihre Mutter mit ihrer lauten Stimme quengeln: »Sie ist wütend auf mich, und nicht auf dich, war ja wieder klar.«

»Wir hätten sie nicht wegen YAD aufziehen sollen, sorry, Y-A-D. Echt nicht. Das ist eine beeindruckende Organisation.«

»Eine Sekte ist das«, sagte ihre Mutter. Ihre dumme verbohrte Mutter mit ihrem vorlauten Maul. Wann hielt sie endlich mal die Klappe?

»Lass gut sein«, sagte ihr Vater.

»Stimmt doch. Die haben sogar ihre eigene Sektensprache. Akronymübersättigtes Silicon Valley Pimmel-Patois.«

»Der Angriff auf die Big-Tech-Hipster ist hiermit eröffnet«, sagte ihr Vater.

»ROI – Return ohne Investment. Crowdsourcing zur Profitmaximierung. Skalierbare Nachhaltigkeit. Beta Blockchains. Internet der Letzten Dinge. SVV – Strategische Verantwortungsvermeidung. Intelligente Adaptivitäts...«

»Pah! Einfach was erfinden, das kann ich auch«, sagte er. »Plattformgebundene Interrogationsstrategien! Peer-to-Peer-Haptik! Dronenaktivierte Epistemologie!«

»Genial!«, rief ihre Mutter.

Schallendes Gelächter. Sie hielten sich für so clever.

»Aber mal im Ernst. Das ist eine Sekte. Die sorgen dafür,

dass Ally sich abrackert und keinen Schlaf kriegt, nur damit sie sie leichter indoktrinieren können. *Disrupteure*? Ich bitte dich! Das ist nichts anderes als ein Streberclub, der so tut, als wäre er hip, damit die jungen Leute sich da anmelden.«

»Psst!«, machte ihr Vater, aber ihre Mutter hatte sich längst in Rage geredet und war nicht mehr zu stoppen.

»Neulich hab ich gesehen, dass sie Ayn Rand liest. Woher hat sie das?«

Joe hatte ihr das Buch von Rand gegeben. Sie wollte es gut finden. Wenigstens war Rand eine Frau gewesen. Ally fand es faszinierend, dass der Libertarismus so viele Gründungsmütter hatte. Die wichtigsten Texte stammten größtenteils von Frauen, die skurrilste davon war Rose Wilder Lane, Laura Ingalls Wilders Tochter. Sie hatte wichtige Texte der libertären Bewegung und vielleicht sogar als Ghostwriterin die Bücher ihrer Mutter geschrieben (die Allys Mutter ihr vorgelesen hatte, gemeinsam verschlungen hatten sie sie, jedem abendlichen neuen Kapitel entgegengefiebert, als hätten sie einen geheimen Pakt geschlossen). Aber Rose Wilder hatte sich als Enttäuschung erwiesen. Ihre Essays blieben weit hinter Laura Ingalls Wilders Büchern zurück, wer auch immer die Verfasserin gewesen sein mochte. Sie wurzelten nicht im Leben – nein, das traf es nicht. In Gefühlen? Menschen? Dingen? Lauter Gedanken und Thesen.

»*Der Ursprung*. Hab ich nie gelesen, aber ich kann mich an eine Szene aus dem Film mit Gary Cooper erinnern.«

Jetzt gibt sie auch noch zu, dass sie's nie gelesen hat.

»Roark ist Architekt und voll der Superman. Er gewinnt mit seinem coolen modernistischen Entwurf – so neu, so rein – den Auftrag für ein großes Bauwerk, aber die Sache hat einen klitzekleinen Haken. Seine Auftraggeber sagen:

›Ja, du kannst das bauen, wie du's dir vorstellst, *aber* die Fassade soll aussehen wie der Parthenon‹, was dem armen Kerl seine geniale Vision völlig versaut ...«

»Ich bin froh, dass sie's liest. Kann nie schaden, neugierig zu sein auf die Welt. Du musst ihr einfach vertrauen, dass sie ihre eigenen Schlüsse daraus zieht.«

Klar, träum weiter. Ally steckte sich die Stöpsel in die Ohren. Irgendwann würde sie ihrer Mutter von Joe erzählen, und sie wäre völlig geschockt. Jetzt betrachtete Ally die Nachrichtenblasen, ihr leuchtendes, magisches Handy. *Mom hat keine Ahnung, dass uns Welten trennen.* Ally wusste, dass ihre Mutter sich zusammenfantasierte, wie sie sämtliche Jungsgeschichten mit ihr besprechen würde, als wären sie zwei Teenager auf einer Pyjamaparty. Das war Moms sehnlichster Wunsch, aber Ally fiel es unendlich schwer, ihn ihr zu erfüllen. Würde ihre Mutter sie mal in Ruhe lassen, könnte sie sich zumindest eingestehen, dass sie sich das auch selbst ein bisschen wünschte. Aber dafür wäre später noch Zeit. Momentan gehörte ihr das alles noch ganz allein, es war so kostbar, so fein säuberlich vom Rest ihres Lebens getrennt.

3

Zwar war Joe ihr Geheimnis, aber ihre YAD-Aktivitäten waren untrennbar mit ihm verbunden. Bei YAD drehte sich alles um Business, oder »*Enterprise*«, wie sie es nannten. Jeder Themenblock wurde in Zusammenarbeit mit einem Disrupteur erarbeitet, zu denen auch Joe gehörte. Einige Bürgermentoren arbeiteten zusätzlich als RD (Realdisrupteure), Leute also, die in der echten Welt der Unternehmer agierten, sie aber gleichzeitig runderneuerten. Eine Innovation *vorantrieben*, die eine grundlegende Veränderung in der Denkweise der Menschen bewirkte. (Das Wort *unternehmen* ergab in diesem Zusammenhang einen besonderen Sinn, genau wie *Enterprise*, das von *prehendere* kam.) Es ging um fundierte Fragestellungen und Kreativität. Wie können wir Geld verdienen und dabei etwas erschaffen, das die Dinge zum Positiven verbessert? Ein Win-Win, für alle. Nehmen wir zum Beispiel die Umwelt. Als Ally mit Joe über ihren Alptraum gesprochen hatte – steigende Meeresspiegel, sie in den Fluten einer dauerhaft überschwemmten Welt auf dem Dach ihres Hauses auf Rettung wartend, während das schmutzige Wasser um sie herum immer weiter anstieg, bis sie schließlich schweißgebadet aufwachte –, hatte Joe ihr versichert, dass geniale Entrepreneure eine Lösung entwickeln würden, um die Auswirkungen des Klimawandels abzufedern. Es sei so viel Geld damit zu verdienen, dass die klügsten Köpfe sich daran abarbeiten würden. Die Schwarmintelligenz, die geniale Verbindung von wirtschaftlichem Anreiz und Machtinteressen werde die geballten intellektuellen Kräfte von GDE (*Goal-Driven Enterprise*) entfesseln, der Bill Gates des Weltuntergangs sozusagen. Du weißt das, Ally. Was wir dazu brauchen, ist zum Greifen nah, hatte Joe gesagt, und vielleicht hatte er recht. Realdisrupteure hatten die großen kulturellen, wenn nicht sogar sozialen Auswirkungen im Blick. Und echte finanzielle Viabilität. Die RD zeichneten sich durch ihren Erfolg aus – ja, sie verdienten Geld, aber genau daran bemaß sich ja der Erfolg und die Nachhaltigkeit des Business –, und weil ihr Unternehmen so erfolgreich war, veränderte es für immer die althergebrachten Strukturen, zerstörte sie und erschuf sie neu. »Break Things *and* Make Things«, lautete Joes Neuauflage des berüchtigten Buchtitels.

Joe war ein Bauunternehmer, der Gebäude zum Zwecke der Umnutzung sanierte, und zwar mit »der Achtsamkeit eines Denkmalschützers«, wie er selbst es nannte. Während seiner Präsentation im YAD-Seminar hatte er erklärt, er sei Experte darin, alle vorhandenen Steuererleichterungen und Freibeträge sowie Investitionszuschüsse für historische Denkmäler und wirtschaftliche Entwicklungsprojekte auf städtischer, bezirklicher und staatlicher Ebene auszuschöpfen. Obwohl sein Unternehmen in New York City saß, hatte er ein Rettungspaket für das historische, aber völlig verfallene *James Hotel* im Zentrum von Syracuse geschnürt. Der Niedergang des ehemaligen Prachtbaus aus dem Jahr 1915 hatte nach einer billigen, 1970 durchgezogenen Renovierungsaktion eingesetzt, danach beherbergte es einen traurigen Nachtclub, dann ein Pleiterestaurant, bis es vor fünf Jahren wie so viele andere Gebäude im Zentrum endgültig dem Leerstand anheimgegeben wurde. Dank Joes Einsatz wurde das Haus vom Hilton-Imperium gekauft, was zwar mit den entsprechenden modernen unternehmerischen Standards einherging, dem altehrwürdigen Haus aber keinen Abbruch tat, denn jetzt erstrahlte es dank der geschmackvollen, achtsamen Restaurierung wieder in vollem Glanz. Sogar Allys Mutter musste zugeben, dass es prachtvoll aussah. Im Gegensatz zu so vielen anderen Projekten, sagte sie, sei das *James Hotel* mit großer Behutsamkeit und historischem Bewusstsein saniert worden. Ally kannte Joe bereits, bevor er ihr als BM zugeteilt wurde, und zwar über ihre Eltern. Allys Vater war einer seiner Anwälte, daher hatten sie als Familie an der Hotel-Eröffnungsfeier teilgenommen. In der Lobby hatte man die alten Stilmerkmale erhalten, riesige vergoldete Kronleuchter mit vielen kleinen, sichtbaren Glühbirnen wie die Beleuchtung in der New Yorker Grand Central Station. Erhalten waren auch die von Stickley entworfenen Schalterkabinen aus Holz am Empfang einschließlich der hölzernen Postfächer für die einzelnen Zimmer. Als sie den Namen »Stickley« hörte, bekam ihre Mutter natürlich fast einen Orgasmus. »Das Highlight«, sagte Joe, »befindet sich hier drüben.« Ally fand den Mann unerwartet jung und süß, außerdem, so stellte sie fest, wirkten Männer in Anzügen ziemlich sexy. Er zeigte auf ein großes Wandbild, das eine ganze Raumseite einnahm.

»Im Rahmen der ›Modernisierung‹, haben sie die gesamte Wand verspiegelt. Das Restaurant, das danach hier drin war, hat daran nichts geändert.«

»Logisch, denn wer will sich nicht selbst beim Essen zuschauen?«, bemerkte ihr Vater.

»Haha, genau! Glücklicherweise haben sie wie fast alle Billigheimer nichts rausgerissen, sondern einfach was drübergebaut. Ich sag euch, es war eine Riesenüberraschung, als wir die Spiegel rausgerissen und darunter dieses Bild entdeckt haben. Es ist von 1930.«

»Wunderschön. Mir gefällt der WPA-Stil«, sagte ihre Mutter.

»Hat was von Diego Rivera«, sagte Ally.

»Ja, genau. Wow!«, sagte Joe und grinste sie an. Seine Aufmerksamkeit war wie eine Droge.

»Meine Mutter hat mir die linken Ikonen mit der Muttermilch eingeflößt«, sagte Ally. Joe lachte. »Die Ikonen des Ikonoklasmus.« Er lachte erneut und nahm Ally genauer in Augenschein, der Mann war total vernarrt in sie, ganz klar. Verrückt, aber sie spürte es genau, wusste es, obwohl sie keinerlei Erfahrung hatte mit solchen Gefühlsregungen. Sie hatte darüber in Büchern gelesen und Filme gesehen, sie war sicher, das Gefühl war unverwechselbar, ein verdammter Raketenflug in die Erwachsenenwelt mit all ihren Verheißungen. Da überkam sie auf einmal die Ahnung, dass sich in ihrem verdruckslten, elenden Teenagerdasein etwas eröffnen könnte, das erheblich besser zu ihr passte. Und genau das geschah dann auch.

Besonders witzig fand Ally, dass das Wandbild, von ihrer Mutter als »wunderschön« beschrieben, nur auf den ersten Blick so wirkte, oder wenn man es auf eine flüchtige, unaufmerksame Weise ansah. Es war in gebürsteten Braun- und warmen Goldtönen gehalten. Die Komposition und Figurenanordnung wirkten gefällig. Dicht, üppig. Auch die Gestaltung und Technik, die schraffierten Sonnenstrahlen, Linien und Formen. Aber das Motiv, die Geschichte von Syracuse, war auf peinlich provinzielle Weise umgesetzt worden. So ein mittelalterlich primitives Wimmelbild, alle auf einem Bild, alles passiert auf einmal, aber aus verschiedenen Perspektiven präsentiert, je nach erzählter Geschichte. Hier sah man ein paar arme Irokesen, natürlich am Rand, wo auch sonst. Da ein paar Immigranten beim Kanalausheben neben einer weißbeschärpten Suffragette mit anderen Krawallschwestern. Hinter ihnen die ersten Turmspitzen der Syracuse University. Auffällig im Vordergrund ein Schwarzer in Ketten (!), über ihm eine Horde Weißer mit besorgten Mienen. Ally hatte sich zunächst nicht weiter darüber ausgelassen, war aber überrascht, als sie später hörte, dass sich Gäste wegen der Ketten beschwert hätten. So provoziert hatten sich die Leute gefühlt, dass das Hotel beschlossen hatte, neben dem Wandbild eine Informationstafel anzubringen. Ally machte einen ähnlichen Vorschlag, den Joe dankbar aufgriff. Auf dieser Tafel stand, dass es sich hier um die Darstellung eines historischen Ereignisses handelte, das als »Jerry Rescue« in die Geschichte eingegangen war. Abolitionisten aus Syracuse hatten sich dem *Fugitive Slave Act* widersetzt, die Bürger nutzten die zentrale Lage ihrer Stadt und deren durch den Handel begünstigte Infrastruktur (Eisenbahn, die Kanäle, die Güterwagen), um entkommenen versklavten Menschen zur Flucht nach Kanada zu verhelfen.

Ein solcher Aktivismus ließ sich nur mit viel Geld finanzieren, musste Ally wissen. Diese Leute seien Disrupteure gewesen, genau wie Joe selbst. Aber das Wandbild war trotzdem ein Problem, weil es die versklavte Person – Jerry – als zu passiv darstellte, und die Weißen sahen eher wie Besitzer aus, nicht wie seine Befreier. Die Lösung, auf die sich Hilton letztendlich verlegen sollte, bestand darin, einen kleinen Vorhang vor das anstößige Bild zu drapieren. Hatte hier der Künstler versagt oder die Betrachter? Ally war nicht sicher.

Das Treffen mit Joe in New York wäre eine neue Eskalationsstufe. Okay, aber war es nicht vorprogrammiert, dass die Dinge intensiver wurden? Nichts blieb, wie es war. Egal, denn Ally wusste, dass sie auch diese Sache deichseln würde. YAD veranstaltete in der Stadt eine Sommerkonferenz. Natürlich fand alles unter strenger Aufsicht statt. Aber es gab auch Freizeit. Nach dem abendlichen Kontrollgang schlich sie sich raus. Annie, ihre Zimmergefährtin, wusste nicht alles (wer Joe genau war, zum Beispiel, nämlich jemand, den sie durch YAD alle kannten), aber das, was sie wusste, würde sie tunlichst für sich behalten. Es war ihr beider Geheimnis.

Ihrer Mutter sagte Ally nichts; Annie etwas mehr. Nach einer Weile. Am Anfang wussten es nur Joe und Ally. Später ließ sie Annie gegenüber fallen, dass sie einen älteren Freund hatte, mit dem sie schlief. Aber niemand würde von den Fotos erfahren. Er hätte ihre Bilder, sie sein Alter, die perfekte Détente. *Détente*, das war auch so ein Wort, das sie gelernt hatte, aber im Geschichtsunterricht, nicht durch YAD. Eigentlich bedeutete es Entspannung. Aber die entstand nur durch ein »Gleichgewicht des Schreckens«. Was für eine Strategie! Wenn sie ihm ihr erstes Nacktfoto schickte, würde sie scherzhaft dazuschreiben, dass er nun auch was gegen sie in der Hand habe, es herrsche also gleiches Risiko für alle. Feminismus – Freiheit – hieß für Ally, Macht und Risiken so ins Verhältnis zu setzen, dass sie sich die Waage hielten.

Sie tippte aufs Kamera-Icon und schickte ihm ein Foto von ihrem kleinen Finger, genau wie er es sich gewünscht hatte. Doch zwischen diesem und ihrem Ringfinger spitzte Allys rosige, eingeklemmte Brustwarze hervor.

DREI

SAM

1

Schau sie dir an, diese Mütter: rote Flecken im Gesicht, schlabbrige Yogahosen, verwelkte, aufgedunsene Ausgaben ihrer geschmeidigen, vitalen Töchter. Sam fragte sich, was ihnen passiert war. Schleichende Gewichtszunahme (nach der Schwangerschaft, nach der Scheidung), Wechseljahre, thromboseverdächtige Besenreiser (zu viel Chardonnay), fleckige Keratose, generelle Erschlaffung. Ach ja, irgendwann macht die Zeit jeder Schönheit den Garaus, sogar bei diesen luxusverwöhnten Vorstadtmüttern. Noch schlimmer aber waren die anderen Mütter, die strahlend und gestählt, in Stiefeln und Skinny Jeans auf ihre Töchter warteten.

Jede von ihnen – eigentlich jede Mutter – war auf eigene Weise abstoßend.

Sam lungerte im Y herum, in der Vorstadtfiliale, wo Ally Tennisstunden nahm. Sie war extra hergefahren, um ein paar Gewichte zu stemmen, aber auch, um vielleicht einen kurzen Blick auf Ally zu erhaschen. Als um sechs die Türen der Kursräume aufgingen, strömten die Mütter herbei, um ihre Töchter abzuholen, was Sams Gemütszustand nicht gerade verbesserte. Sie musterte sie unverhohlen, die Mütter und Töchter, versuchte zu erraten, wer zu wem gehörte, was sich recht einfach gestaltete, die Ähnlichkeiten waren offensichtlich. So leicht war es, dass es Sam die Kehle zuschnürte und ihre Augen feucht wurden. In letzter Zeit konnte sie wegen jeder Kleinigkeit losheulen oder -brüllen. Obwohl sie ihre Befindlichkeiten beiseitewischte, fühlte sie sich von den anderen abgetrennt, so völlig anders in ihrem asketischen, adrenalingedopten, ungeschminkten Zustand, mit der raspelkurzen Stoppelfrisur, die ihre Stirnfalten und Krähenfüße betonte. Die Mütter und Töchter (manche hatten sogar zwei Töchter, diese gierigen Säue) waren schnell in den gemeinsamen Abend verschwunden, das zu tun, was Familien mit Teenagern nun mal so trieben. Was war das nochmal? Das alles lag nur – wie lange? – zweieinhalb Monate zurück, aber es kam ihr vor wie aus einem anderen Leben. Autofahren (Darf ich fahren, Mom?). Bei Wegmans einkaufen. Abendessen/kein Abendessen. (Hungere dich nicht schlank/schränk dich ein. Aber *du* machst es doch auch so!) Auf ihr Handy schauen. (Gelächter. Was? Nichts. Oder sie erbarmt sich und zeigt dir das Meme.) So normal: Eine Reihe alltäglicher, unreflektierter Einzelheiten. Nicht trivial, auch wenn es so wirken mochte. Zärtliche Gefühle für diese Momente, mein Gott. Warum wurden Dinge erst kostbar nach ihrem Verlust, durch Sehnsucht, Bedauern über das, was man zurückgelassen hatte? Die Mütter und Töchter zogen gemeinsam ab, sie schliefen unter demselben Dach, ohne ihr Glück zu schätzen.

Von Ally keine Spur. Sie war verschwunden. Sam sah aufs Handy: Im grünen Kästchen mit der weißen Sprechblase wurden keine ungelesenen Nachrichten angezeigt. Sie tippte trotzdem drauf. Beim Durchscrollen ihrer Nachrichten an Ally sah sie die übereinandergestapelten Chatblasen auf ihrer Seite und rechts davon: Leere, keine einzige graue

Blase von Ally. Eine Antwort, wie schön das wäre. Auf keinen Fall nachhaken, nur nicht um ihre Aufmerksamkeit buhlen. Wenn man ihnen seine Bedürftigkeit offenbarte, erreichte man nur das Gegenteil. Nicht dass sie wüsste, wie es bei anderen Müttern und Töchtern aussah. Aber für sie stand eines fest: Es hatte ihr noch nie was gebracht, Ally ihre Bedürftigkeit zu zeigen.

Es macht mich fertig, wenn ich nichts von dir höre.
Kannst du mir bitte einfach antworten?

Willst du Mitleid?

Hm, ja. Na und?

Nein, das würde nicht funktionieren.

Sam schob das Handy in die Sporttasche und hörte auf, diese armen Frauen und ihre Kinder zu bespitzeln. Es war doch egal, dass die Mütter sich ihre Nägel in irgendeinem kultverdächtigen Hipsterton lackierten, der genau ihrer Hautfarbe entsprach, sodass ihre Finger aussahen wie die von Schaufensterpuppen. Egal, dass sie Strähnchen hatten, in kühlem Aschblond oder warmem Honigblond, die perfekt zu ihrem Teint passten. Denn diese Frauen waren mit ihren Töchtern zusammen, im Gegensatz zu Sam, die als Mutter offenbar eine Katastrophe war, wie sie mal wieder zu ihrer Scham erkannte. Sam wünschte, sie hätte vieles anders gemacht. Irgendwie hatten sie sich so schnell voneinander entfremdet. In Wahrheit hatte das alles schon vor einiger Zeit angefangen, das wusste Sam, nämlich damals, als Allys Schönheit, von Sam schon lange bemerkt, für alle Welt offenbar geworden war, auf neue, eindrucksvolle Weise. Direkt nach Allys vierzehntem Geburtstag war sie ihr regelrecht ins Auge gesprungen.

Ally war die Treppe runtergekommen, in Eile, weil sie zur Mall gefahren wurde, wo sie ihre Freundinnen treffen würde. Es war das erste Mal gewesen, dass sie ohne elterliche Aufsicht und mit zwanzig Dollar in der Tasche losziehen durfte, um sich zusammen mit allen anderen Jugendlichen an der Fressmeile was zu essen zu kaufen. Sie stürzte in die Küche, wo Sam saß. Ally trug einen engen, oberschenkelkurzen Schottenrock und einen knappen Pulli mit V-Ausschnitt, der die oberen Wölbungen ihrer Brüste zeigte. Der Anhänger ihres Goldkettchens, ein pralles, rotes Emaille-Herzchen, hing direkt dazwischen. Sam hatte ihr die Vintage-Kette gekauft, und sie war stets entzückt, wenn sie Ally damit sah. Ziemlich armselig, eigentlich. Aber nun. So kam es jedenfalls, dass Sam ihr zunächst ein Kompliment machte. »Oh! Du trägst das Herzkettchen!«

Kurz vor ihrer ersten Periode hatte sich Allys Körper drastisch verändert. Zuvor kindlich androgyn, bekam sie nun lange, elegante Beine, eine schmale Taille und pralle, kleine Brüste, die einen BH erforderten. Ihre Haut war makellos. Keine seltsam halberwachsene Nase, sondern ein durchscheinendes, zartporiges Puppengesicht, noch kleinkindlich rund, aber eben Teil dieses neuen Körpers. Was zuvor kindlich gewesen war, wirkte jetzt auf einmal aufreizend, verführerisch, sexuell. Diese Kombination jagte Sam eine Heidenangst ein.

»Schätzchen, bei diesem Pulli kann ich deinen BH sehen«, sagte Sam.

Ally seufzte. »Kannst du nicht.« Sie zerrte an dem Ding herum, damit der Ausschnitt nicht so tief hing. »Und glotz mir nicht dauernd auf die Brüste.«

Was sollte Sam dazu sagen? »Wenn du diesen Pulli in der Mall tragen willst, musst du ein Unterhemd drunterziehen oder ein Träger-Top.«

»Dein Ernst?«

»Ally, mit diesem engen Pulli und dem Abschlepprock sendest du ein Signal aus, nämlich dass du ... Aufmerksamkeit erregen willst«, sagte Sam. »Für deinen Körper«, fügte sie hinzu und bedauerte es sofort.

»Dann ist die Welt eben pervers. Was kann ich dafür? Soll ich mich für meinen Körper schämen?«

»Natürlich nicht.«

»Warum soll ich ihn dann bedecken?« Das war tatsächlich ein guter Punkt. Musste sie der Notgeilheit der Männer entgegenwirken? Warum sollte das ihr Problem sein und nicht das der Typen? Sollte Sam ihrer Tochter sagen, dass die Wahl ihrer Kleidung nicht im luftleeren Raum stattfand? Dass das, was sie für ihren Stil hielt, ein solcher Rock und dieser tief ausgeschnittene Pullover, ihr aus sexistischen Kreisen der Gesellschaft aufgedrängt wurden, die diesen Look, die *Mall-Rat-Ästhetik*, kommerzialisierten? Nein, sollte sie nicht.

Sam probierte es anders, merkte aber schon nach den ersten Worten, wie furchtbar reaktionär sie klang. »In einer idealen Welt müsstest du das nicht. Aber so ist die Welt nun mal nicht, und du hast keine Ahnung, wie aufreibend es ist, wenn Männer dich ständig anbaggern.« Sam seufzte. Ally funkelte sie an, die Arme vor der Brust verschränkt.

Sam startete einen neuen Versuch, obwohl sie wusste, dass

Beharrlichkeit bei Ally selten fruchtete. Aber Sam war eben davon überzeugt, dass man alles ausdiskutieren konnte. »Hatte ich dir nicht gesagt, dass nur eines deiner Kleidungsstücke Haut zeigen darf? Das, was du oben trägst oder das, was du unten trägst. Aber mit diesem Abschlepprock und dem engen, tief ausgeschnittenem Pullover dazu ... erregst du nicht nur bei den Jungs in deinem Alter Aufsehen, sondern auch bei Männern, die so alt sind wie dein Vater, und die lassen sich nicht so leicht abwimmeln.«

»Wäh! Ist gut jetzt. Ich habs verstanden. Weil die Welt voller Pädos ist, muss ich nen anderen Pulli anziehen.« Sie stapfte nach oben. »Warum kaufst du mir nicht einfach eine Burka?«, rief sie von oben. Und: »Jetzt kommen wir zu spät.« Außerdem: »Das ist kein *Abschlepprock*! So was gibt's gar nicht.«

Sam verabscheute diese ganze Diskussion. Es widerte sie an, dass sie sich gezwungen sah, ihre Tochter zu verhüllen. Trotzdem war es nötig, denn Ally verstand noch nicht, welchen Gefahren sie ausgesetzt war. So sehr es Sam auch gegen den Strich ging, Mütter mussten nun mal pragmatisch handeln, nicht ideologisch. Genau wie Sam Ally später, wenn sie auf dem College wäre, einschärfen würde, sich auf Studentenpartys nicht komplett zu betrinken und immer eine Freundin dabei zu haben. Es war ihr egal, wenn sie ihr damit vermittelte, dass sich nicht die Jungen, sondern die potenziellen Opfer in ihrem Verhalten anpassen mussten. Ein System, das Sexualverbrecher hervorbrachte und erwachsene Männer dazu ermutigte, sich an Vierzehnjährigen aufzugeilen, gehörte natürlich abgeschafft, aber Sam hatte keine Kontrolle über die präpotenten Typen auf der Studentenparty, die sich auf das betrunkenste

Mädchen einschossen. Genauso wenig konnte sie erwachsene, lüsterne Mistkerle in der Mall kontrollieren. Ihre Tochter hingegen schon. Bei der eigenen Tochter musste eine Mutter ständig auf der Hut sein. Mütter können sich nicht mit sentimentalem Wunschdenken darüber aufhalten, wie die Welt sein sollte. (Sam unterdrückte die Erinnerung an einen Kinobesuch mit Freundinnen, damals war sie ungefähr im selben Alter gewesen wie Ally und hatte sich, kaum dass ihre Mutter sie abgesetzt hatte, die Augen mit Eyeliner bemalt und den übergroßen Pulli ausgezogen, um ihr hautenges Top herzuzeigen, das die Form und Einzelheiten ihrer jungen, BH-losen Brüste perfekt in Szene setzte.)

Ally kam wieder runter, diesmal mit weißer, ärmelloser Rüschenbluse, nicht tief ausgeschnitten, dafür aber so gut wie durchsichtig. Man konnte ihren BH sehen. Scheiß drauf. Sam hielt den Mund und fuhr Ally zur Mall, setzte sie am Eingang ab, wo ihre Freundinnen bereits auf sie warteten. Dann parkte sie auf der Rückseite des Multiplex-Gebäudes und ging durch den Seiteneingang hinein, um Ally und ihren Freundinnen unauffällig zu folgen. Ja, so was hatte sie getan. Stundenlang hatte sie sie beschattet, immer schön mit Abstand, damit sie sie nicht entdeckten. Sie tat, als würde sie auf ihr Handy starren, aber das war gar nicht nötig, denn schon damals war sie im Heer der Vorstadtfrauen eigentlich unsichtbar gewesen, niemand bemerkte eine mittelalte weiße Frau, die um Stände, Säulen und Springbrunnen schlich. Sie beobachtete Ally, lachend, unbelästigt. Erst beim Blick aus der Ferne, entfremdet, erkannte sie, wie sehr ihre Tochter schon dem Kindsein entwachsen war. In einer Gruppe von Gleichaltrigen war sie völlig entspannt, ganz sie selbst. Es kam Sam entsetzlich vor, ganz und gar falsch, ihre Tochter so zu bespitzeln. Doch das bewegte sie nicht dazu, damit aufzuhören. Sie hatte nämlich keine Ahnung, was sie sonst tun sollte.

3

Sam kehrte zurück zur Freestyle-Zone des Fitnessstudios. Ihre Mission, einen Blick auf Ally zu erhaschen, hatte sie aufgegeben, aber trainieren wollte sie trotzdem noch. So richtig Gewicht aufladen, sich voll verausgaben.

Sie hatte eine Menge dummer Fehler begangen. Am traurigsten fand sie, dass sie mit ihren Intuitionen häufig offenbar komplett danebenlag. Trotzdem: Wenn sie alles noch einmal durchexerzieren müsste, würde sie es vielleicht wieder genauso machen. Nein, nicht alles. Rückblickend war einiges tatsächlich einfach falsch gewesen.

Dass sie ihre Tochter mit der *Find My Friends*-App getrackt hatte. Ihre Passwörter geknackt. Ihre Social-Media-Profile ausspioniert und darin herumgeschnüffelt, genau wie in ihren Mails und ihren Kontakten. Irgendwann hatte sie damit aufgehört, hatte den Handy-Tracker abgeschaltet, sich nicht mehr bei Allys Google-Konto angemeldet, wenn das Login-Feld unter ihrem erschienen war. Ihr eigenes Verhalten war ihr schon damals übergriffig vorgekommen. Aber die Angst vor dem, was ohne ihre Kontrolle passieren könnte, vor allem nachdem Ally den Führerschein gemacht hatte, versetzte sie in eine solche Panik, dass sie schließlich schwach wurde und sich doch wieder anmeldete. (Rückfällig zu werden war so einfach; ihr Laptop »merkte« sich alle Passwörter – immer war man nur einen Mausklick entfernt. Ally war damals diesbezüglich auch noch sehr nachlässig gewesen, obwohl »nachlässig« es vielleicht nicht ganz traf, »sorglos« wohl eher, eine Form von Unschuld, die sie mittlerweile abgelegt hatte.) Wie sollte man als Mutter einem solchen Drang widerstehen, wenn die Zeitungen doch immer über Mädchen berichteten, die auf Social Media erst zu Opfern von Hasskommentaren wurden und dann Selbstmord begingen? Sie wollte keine dieser dummen Eltern sein, die erst nach dem Tod ihrer Tochter kapierten, was sie bedrückt hatte. (»Wir hatten ja keine Ahnung, dass ihre ›Follower‹ sich gegen sie verschworen hatten.«) Eines der Mädchen war Instagrammerin gewesen, aber den Druck der vielen Likes/Nicht-Likes/Kommentare nicht ausgehalten. Von Trollen zu Tode gemobbt oder so was. Ein anderes betrieb einen YouTube-Kanal, von dem ihre Eltern nichts wussten. Die Botschaft der Zeitungsartikel war klar. Die Kids führten online ein geheimes (aber auch nicht *so* geheimes) Doppelleben. Manche hatten sogar verschiedene Benutzerkonten, eines, auf dem sie nette Sachen posteten, um ihre Eltern einzulullen, und ein anderes unter Pseudonym, wo die wahre Action stattfand. Wessen Job, wenn nicht Sams war es im Fall ihrer Tochter, diese aufzuspüren und zu überwachen? Mehr als einmal stieß sie dabei an ihre Grenzen, die Technik und die Sozialen Medien veränderten sich einfach zu schnell. Also schwor sie aus Überforderung allem ab, nur um wieder in Panik zu geraten und erneut rückfällig zu werden.

Beim Deadlifting schaffte Sam mittlerweile neunzig Kilo, und zwar als Teil des Powerliftings. (Deadlifting! Powerlifting! Was für dämliche Bezeichnungen. »Hey, Bro, was schaffst du so im Deadlifting?«) Fürs Powerlifting hatte sie eine natürliche Begabung. Nico, ihr Trainer, hatte ihre Daten auf 23andMe hochgeladen und ihr einen Fitnessplan zusammengestellt. Ein Wunder, dass ihr Körper im fortgeschrittenen Alter stärker, auf gewisse Weise sogar leistungsfähiger wurde. Sie schnaufte und schwitzte. Warum war Gewichteheben so befriedigend? Vielleicht weil sie Pausen machen durfte, aber trotzdem ein »Workout« absolvierte? Die methodische, nötige, bedeutungsschwangere Ruhephase zwischen den Sätzen.

Sams letzter Rückfall, der letzte Spähangriff auf Allys Online-Aktivitäten, lag zwei Tage zurück. Ally hatte *Find My Friends* deaktiviert. Und offenbar alle Passwörter geändert. Sie hatte Sam ausgesperrt.

(Aber.)

Sam stöhnte bei einer besonders langsamen Wiederholung. TUT, hörte sie Nico im Geiste sagen. *Time Under Tension.*

(Wenigstens.)

Beim Aufrichten atmete sie ein und beim kontrollierten Herunterlassen des Gewichts atmete sie wieder aus. LUL: *Lengthening Under Load.* Langsame konzentrische und exzentrische Kontraktionen.

(Hatte Ally sie noch nicht geblockt.)

Sam legte eine Pause ein, ruhte sich aus und wartete, während ihr Herz sich abmühte, ihrem Sauerstoffbedarf nachzukommen.

Verschwitzt, aber voll im Flow, ging Sam nun zu Landmine Squats über. Dieses befriedigende, satte Geräusch beim Schieben zusätzlicher Gewichte auf die Langhantel. Obwohl ihre Muskeln reagierten, erstarkten, hatte sie das Gefühl, ein Theaterstück aufzuführen, eine Art Krafttraining-Cosplay für ihr Privatvergnügen. Lächerlich, wie sie sich hier unter Stöhnen durch den Satz quälte. Konnte es sein, dass sie es nur deshalb tat, weil sie Nico gefallen wollte?

Sam trainierte seit letztem Jahr mit ihm. Jemand hatte ihr erzählt, es gebe da diesen Trainer, der wahre Wunder bewirke. Nico hatte Jünger wie ein Sektenguru. Es gab offenbar Menschen, die in bestimmten Lebensphasen darauf abfuhren, von anderen rumkommandiert zu werden. Damals hatte bei ihr gerade dieses Gefühl eingesetzt, sich im freien Fall zu befinden, ein rein körperliches Problem, wie sie zunächst dachte, das durch Sport oder Ernährung zu lösen wäre, vielleicht auch durch einen regenerativen Eingriff, der in Richtung Schönheits-OP ging, aber offiziell nicht als solche bezeichnet wurde. Mikrodermabrasion oder Laserbehandlung (alles, was keinen Klinikaufenthalt erforderte, galt als »Spa-Behandlung« und nicht als peinliche Kapitulation aus übertriebener Eitelkeit oder als hoffnungsloser, erbärmlicher Versuch, die eigene, schwindende Jugend zu erhalten). Manchen Treatments unterzog man sich ja durchaus aus plausiblen Gründen, nicht nur aus Eitelkeit. Um UV-Schäden der Haut zu beseitigen und solche Dinge. Man war sich offenbar einig, dass Sex die Lösung sei – obwohl das nicht bis zu Ende gedacht war und bei den Frauen, die Sam kannte, heiß diskutiert wurde – Sexappeal als Gegenmittel zur Depression oder Verwirrung im fortschreitenden Alter. Sam widerstand den Verheißungen der Schönheitsbehandlungen und Hightechkorrekturen. Sex würde auch nicht viel bringen, das wusste sie, denn sie und Matt hatten immer befriedigenden Sex gehabt, und zwar oft. Aber das Training löste etwas Seltsames in ihr aus. (Alicia, klar, Alicia war es, eine Mutter in Sams Alter mit krass definierten Armmuskeln. Die hatte ihr von Nico erzählt.) Nico war fünfundzwanzig und in Topform. Wenn er nicht in der Cutting-Phase war, konzentrierte er sich aufs Bulking. Was auch immer er tat, auf Sam wirkte er immer gleich jung, perfekt, lächerlich. Und er quatschte die ganze Zeit von *Body Science* und den neuesten Workout-Theorien. Seit Sam mit ihm trainierte (so viel intimer Körperkontakt bei so wenig emotionalem Tiefgang), hatte sie eine Faszination für diese Optimierungsjünger (»Science-Bros«) entwickelt, nicht für die Roid-Pumper, sondern für die »natürlichen« Leistungssportler wie Nico. Irgendwann hatte sie damit angefangen, sich bei ihren langweiligen, alltäglichen Erledigungen oder bei längeren Autofahrten Hardcore-Fitness-Podcasts anzuhören, in denen sich die Bros gegenseitig interviewten. (»Nimm uns noch mal mit auf deine persönliche Bulking-Reise« – in diesen Podcasts wurde man ständig auf persönliche Reisen mitgenommen.) Sie lernte alles über langsame Regression, Pyramidentraining, Training mit alten Lastwagenreifen, Body by Science, das (Navy) SEAL-FIT™ Kokoro Camp, die Vorzüge vom Kinesiologie Tape, die Wim-Hof-Methode (und Kriegeratmung), den OODA-Loop (*Observe, Orient, Decide, Act*), das Slegehammer-Fitnesstraining, Log PT – Training mit einem Baumstamm (Tragen, Heben, Balancieren), Rope Climbing, Wall Ball Workouts, die Vorteile der Hyperbaren Oxygenierung oder Hypoxie vor oder während des Trainings, Kugelhanteln, AMPAPS (»as many rounds/repetitions as possible«), Rückwärts-Pyramidentraining, langsame und schnelle Muskelfasern. Musste das mit dem Körper so kompliziert sein?, hatte sie Nico irgendwann mal gefragt, mehr oder weniger im Scherz. Leider war der Gute völlig humorlos.

»Ja. Es ist eben kompliziert, wenn du dein volles Potenzial ausschöpfen und echte Gains realisieren willst.« Was wollte sie denn eigentlich genau? *Gains*? Nun gut, Gewinne waren besser als Verluste. Messbare, nachvollziehbare, in Zahlen ausgedrückte Gewinne. Es gab nicht nur Podcasts, sondern auch YouTube-Videos. Und im echten Leben gab es Nico, das fleischgewordene Abbild eines komplett durchtrainierten männlichen Körpers.

Nie zuvor hatte sie sich um solcherlei Dinge geschert, aber jetzt eben schon. Dass sie im mittleren Alter eine Faszination für junge, hyperfitte Männer entwickelt hatte, konnte sie sich selbst nicht erklären. Es war nichts Sexuelles, überhaupt nicht, eher im Gegenteil. Sie musste sie einfach begaffen, in ihrem unerschütterlichen Narzissmus. Wundersame Wesen, die ihr eitles Streben nach Perfektion schamlos zur Schau stellten. Nicht nur das, sie prahlten sogar damit. Sie seien nicht selbstverliebt, sondern Selbstoptimierer. Es gehe nicht nur um besseres Aussehen, sondern eine höhere Lebenserwartung. Nicht nur eine höhere Lebenserwartung, auch eine höhere Gesundheitserwartung, was bedeutete, dass man nicht nur gut aussah und sich gut fühlte, nein, man wurde zu einem Vorzeigeexemplar der Gattung Mensch.

Man wurde noch stärker, baute Fett ab und Muskelmasse auf, und wer wollte das kritisieren? In Tabellen dokumentiert, Blutzuckerwerte, Ketone, Herzfrequenz. Sie nannten sich Biohacker, zwangen ihre Körper in jede beliebige Form. Fitter, stärker, besser. Besseres Aussehen, bessere Leistung.

Aber, fragte sich Sam, bessere Leistung in was? Stärke wozu? Höhere Lebenserwartung, um was zu tun? Die Härte und Disziplin verstand sie. Das Gruppengefühl, klar, das Endorphinhoch, logisch. (Das Wort Endorphin ist eine Wortkreuzung aus *endogenes Morphin*; Endorphine lösten also einen körperlichen Rauschzustand aus.) Aber die überzogene Wertschätzung der eigenen Lebenserwartung, die obsessive und doch so oberflächliche Selbstverbesserung, dieser Fetisch der Fokussierung auf den eigenen Körper, das gnadenlose, verzweifelte Streben nach permanenter Verbesserung? Denn obwohl dieses Starkmachen die Erschlaffung aufzuhalten und das Streben nach »Gains« den von uns allen erlebten Verfall zu stoppen oder sogar umzukehren schien, führte das alles letztlich auf einen Holzweg. Der Körper bewegte sich doch nur in eine Richtung. Er lief zur Hochform auf, dann baute er allmählich wieder ab. Ihr chaotischer Zyklus zeigte deutlich, in welche Richtung es gehen würde. Vielleicht war das für Männer nur nicht so klar ersichtlich? Sam war verblüfft darüber, dass sie neben dem vergeblichen Streben nach körperlichem Gewinn beharrlich an der eigenen Aufwertung festhielten, und zwar ausgerechnet jetzt, da diese Welt, und besonders dieses Land, gerade komplett vor die Hunde gingen. Auf allen Ebenen rissen Gräben auf, immer weiter ging die Schere der Ungleichheit auseinander, ein scheinbar unaufhaltsamer Prozess. Und standen sie nicht gerade am Rand einer Klimaapokalypse? Mehr als je zuvor waren die Menschen offenbar damit beschäftigt, sich um sich selbst zu kümmern, »Selbstpflege, Selbstfürsorge, Selbst«. War das unverhohlene Streben nach Gesundheit im gegenwärtigen Kontext nicht geradezu obszön? Diese Befindlichkeitsbesessenheit ging bis ins Mikrobiom des Ernährungssystems und war doch komplett unreflektiert.

Mehr denn je erschien ihr das alles wie eine originär amerikanische Form der Kurzsichtigkeit: diese ungenierte – geradezu prahlerische – Pflege der eigenen Oberfläche. Irgendwie auch wieder logisch. Der Rückzug ins Private. Das Hyperprivate, Kontrollierbare: das eigene Herz, die eigene Lunge, das eigene Fleisch.

Stuhltransplantation, Stammzelleninjektion, Mitochondrientherapie. »*One Set to Failure*«, sagte Nico. Machen wir das nicht alle, bis zum Versagen durchhalten, scherzte Sam, aber er lächelte nur und bewegte das prachtvolle, ziselierte Durchhaltekinn in Richtung Langhantel. Auf geht's, Sam!

Sie machte ihre Wiederholungen. Sie brauchte diese Endorphine, die nach extremer Anstrengung ausgeschüttet wurden.

Nach dem Krafttraining betrat Sam den Duschbereich, wo
es keine Kabinen gab. Sie hörte Gelächter. Eine Frau duschte
mit ihrer erwachsenen Tochter, die Downsyndrom hatte
oder so was Ähnliches. Aus einem kleinen Eimer spritzte
die Mutter ihrer Tochter Wasser auf den Kugelbauch, die
Tochter kicherte und umarmte sie. Sie waren nackt, voller Lebensfreude. Sam wollte sie nicht befangen machen,
aber etwas an den beiden zog sie magisch an. Ihre Körper
wirkten alt (die Tochter war Ende vierzig, die Mutter Ende
sechzig), Sam hatte noch nie alte Körper in spielerischer
Bewegung beobachtet. Sie bemerkten Sam gar nicht, waren viel zu beschäftigt. Die Mutter wusch ihre Tochter mit
einem Seifenlappen ab. Während Sam duschte, sah sie sie
nicht, sie hörte sie nur. Die Tochter brüllte, als die Mutter
sie abspülte. Sams Blick huschte zu ihnen rüber, dann
sah sie an ihrem eigenen alten Körper hinab, den sie jetzt
wusch.

In jungen, fitten Körpern steckt eine Lüge. Es liegt etwas Menschliches – Anrührendes – im gealterten Körper,
in seiner aufrichtigen Beziehung zu Verfall und Zeit. Die
nackten Körper dieser beiden Frauen verzauberten Sam.
Zu sehen, zu betrachten, das Alter auszuhalten erfüllte sie
mit einer nachgerade narkotisierenden Klarheit; sie konnte
jetzt, für die Dauer dieses Moments, das Leben sehen und
ertragen, wie es tatsächlich war. Fast schien es, als lebten
die Menschen in einem permanenten Zustand der Angst
vor dem, was noch käme, was sich in ihren Körpern ab-

spielte. Nicht nur Angst, sondern Scham. Man musste sie verstecken, die Scham vor dem alten und gebrechlichen Körper, vor anderen wie vor sich selbst. Angst und Scham trieben uns zur Verzweiflung, machten uns niederträchtig, ja sogar grausam. Doch hier waren menschliche Liebe, Freude, Unschuld. Die Mutter wickelte ihre Tochter in ein Handtuch, mit einem zweiten trocknete sie ihr die langen Haare. Als die Tochter wohlige Laute von sich gab, blickte die Mutter kurz zu Sam, und als sie bemerkte, dass sie sie beobachtete, lächelte sie, als wollte sie sagen, ich weiß, du verstehst es, ich weiß, du siehst uns. Sam schnürte es die Kehle zu, denn diese Gesten waren ihr wohlvertraut, es hatte eine Zeit gegeben, in der auch sie diese besondere körperliche Intimität erlebt hatte. Sie spürte keinen Neid, sondern Wehmut, eine fruchtlose Sehnsucht. Als Ally noch klein war, hatte sie sich von Sam waschen und trockenrubbeln lassen. Damals hatte Ally gequietscht vor Vergnügen, keine Spur von Befangenheit, alles war so leicht gewesen. Sam hatte ihr sauberes Kind in ein riesiges Badetuch gewickelt und es fest an sich gedrückt, als wären sie eins. Was sie hier in der Dusche miterlebt hatte, war nicht ganz so perfekt (der kindliche Körper war unkompliziert, nicht mit Sterblichkeit oder Verfall beschwert), aber sehr nah dran. Für den Rest ihres Lebens käme diese Mutter in den Genuss dieser besonderen Körperliebe, der reinen mütterlichen Fürsorge und Nähe. Sechzig Jahre lang, wie das wohl wäre? Natürlich verlieh das hinter diesem Tableau Verborgene dem Ganzen erst seine besondere Tragik. Was wurde aus der Tochter, wenn die Mutter starb? Oder was aus der Mutter, wenn die Tochter starb? Sam wusste, dass das Leben mit einem Kind mit Downsyndrom viele Herausforderungen mit sich brachte, und sie war sich bewusst, dass sie das Gesehene in ihrer Einsamkeit zur Idylle verklärt hatte.

Ja. Das ist es, dieses Gefühl, dachte Sam. Einsamkeit.

Hinterher, in der Sauna (auch Hitze »stress« verbesserte die Gesundheitsmarker; homöostatischer Stress war gut, betonte Nico immer wieder, aber Sam saß nur hier, um sich ihre schon bald vom Muskelkater schmerzenden Glieder angenehm durchwärmen zu lassen), blätterte sie in einer schweißfeuchtgewellten, uralten Ausgabe des *People Magazine*. Darin stand etwas über eine alte Dame, die man zum wiederholten Male ohne Ticket im Flugzeug erwischt hatte. Der Artikel war in einem herablassenden, amüsierten Ton geschrieben. »Lauf, Mütterchen, lauf!«, lautete der Titel. Marilyn Hartman, »Blinde Passagierin in Serie«, reiste immer noch auf dieselbe Tour.

Marilyns Eskapaden faszinierten Sam, seit sie vor ein paar Jahren den ersten Artikel über sie gelesen hatte: Eine durchgeknallte alte Dame um die sechzig hatte sich ohne Ticket in den Flieger nach Hawaii geschlichen und war erst nach der Landung festgenommen worden. Sie wurde verwarnt, schmuggelte sich aber immer wieder als blinde Passagierin in Flugzeuge. Sam beschäftigte die Geschichte nicht etwa aus den herkömmlichen Gründen. Die meisten Journalisten hatten Marilyns Geschichte anfangs wie eine witzige Story behandelt – verrückte Alte prellt die Fluggesellschaften. Doch als sich herausstellte, dass es sich eher um eine Angewohnheit zu handeln schien, schlich sich ein neuer Ton in die Artikel ein. Marilyns Geschichte sei nicht witzig, sondern vielmehr traurig, eine Folge von geistiger Erkrankung und Armut. Marilyn sei bemitleidenswert. Sie sei wirr im Kopf. Womöglich traf all das sogar zu. Aber Sam fühlte sich aus anderen Gründen zu ihr hingezogen. Da war zum Beispiel Marylins Foto, genauer, das Polizeifoto, auf dem sie scheu lächelte, als wollte sie sich dafür entschuldigen, dass sie dem Betrachter ihren Anblick zumutete. Sam glaubte, dass die Frau – Marilyn – unbemerkt blieb, weil niemand sie bemerken wollte. Sie war der lebende Beweis für die Belanglosigkeit älterer Damen. Eine absurde Mischung aus Vorzugsbehandlung (für Sie gibt's keine Gefängnisstrafe) und Abkanzlung (weil Sie eigentlich harmlos sind). Das war eine Beleidung, als wäre sie per se ein harmloses Wesen. Ein Richter las ihr schließlich die Leviten und attestierte ihr auch gleich den Grund für ihre Rückfälligkeit. »Ich glaube, Sie sind süchtig nach Aufmerksamkeit«, sagte er, bevor er sie entließ. Diese Blasiertheit ärgerte Sam maßlos, genau wie der Ausgang der Verhandlung: Straffreiheit. Eine Unverschämtheit, dass man dieser Frau jegliche Bedeutung absprach, jegliche Kompetenz.

Sam hatte einen Google Alert eingerichtet, der sie benachrichtigte, sobald es im Netz etwas Neues über Marylin gab und wieder alle verblüfft waren, weil sie ihre Blindepassagiernummer immer noch durchgezogen hatte und dafür nicht oder nur kurz im Gefängnis gelandet war. Zum Teil lag es daran, dass sie keinen Schaden anrichtete – sie wollte einfach nur mitfliegen oder im Flughafen herumlungern. (Sam imponierte die Abwegigkeit des Ganzen – Reisen um des Reisens willen, der Drang, sich in Flughäfen aufhalten zu wollen/müssen). Aber vor allem ging Marilyn deshalb straffrei aus, weil man sie als harmlos einstufte. In den Niederungen der Harmlosigkeit war sie geschützt. Paradoxerweise bedeutete dieser Schutz Vorteil und Aberkennung zugleich. Um wahrgenommen zu werden, musste eine Frau wie Marilyn so richtig über die Stränge schlagen. Wutanfälle kriegen. Extrem muskulös oder fettleibig werden. Krawall machen, sich vollkommen danebenbenehmen. Gefährlich sein. Vielleicht konnte man seine Unsichtbarkeit auch einfach akzeptieren und etwas daraus machen. Sie als heimliche Stärke nutzen. Gutes tun.

Sam lief der Schweiß herunter bis in die Augen. Im jüngsten Artikel hatte sie gelesen, dass Marylin im Flughafen Heathrow mittlerweile Hausverbot hatte. Trotzdem hielt sie sich weiterhin dort auf und hatte es sogar geschafft, sich immer wieder am Sicherheitspersonal vorbei in Flugzeuge zu schmuggeln. Sie war unverbesserlich, aber niemanden kümmerte es. Marilyn trug eine Tarnkappe, sie existierte kaum.

Und noch etwas an dem Artikel beunruhigte sie. Worin bestand eigentlich der Unterschied zwischen ihr, Sam, in ihrem momentanen Zustand, und der Wiederholungstäterin Marilyn? Im Kontostand?

Du liebe Güte. Sam schwitzte nicht nur, jetzt gesellten sich auch noch Tränen dazu. Womöglich aus Selbstmitleid? Von ihrer Unsicherheit, ihren Ängsten, ihrer preziösen Verletzlichkeit zu Tränen gerührt? Diese Befindlichkeitsduselei ging ihr dermaßen auf die Nerven. So schwach! Aber! Was oder wo wäre sie ohne Matts Geld? Nicht mal einen Job als Kellnerin würde sie kriegen, auch nicht als Aushilfe oder Verkäuferin. Leider zu alt. Es ging nicht um Stolz. Sie war ja kein Snob. In einem Schnellrestaurant oder als Aushilfslehrerin würde sie sofort arbeiten. Als Busfahrerin, im Führerscheinamt oder bei der Post. Solche Jobs könnte sie machen, aber für ihr Alter kamen selbst die nicht infrage.

Vielleicht Kassenbelege beim Walmart kontrollieren, wie diese Kundenbetreuer. Walmart stellte Senioren ein. Was wäre das für ein Leben, als Grüßoma im Supermarkt zu arbeiten? Was würde das aus ihr machen? Und trotzdem war da dieser Wunsch, es einfach auszuprobieren, es zu erleben. Marilyn, blinde Passagierin und betagte Weltenbummlerin, hatte sie neugierig gemacht. Alles wegnehmen und herausfinden, was danach übrig wäre.

Der Hauptgrund für ihr Ausharren im Vorstadtleben war letztlich auch der Auslöser für ihren Ausbruch gewesen, noch so ein »echter« Grund: Geld. Ihre Abhängigkeit von finanziellem Besitz jagte ihr eine Heidenangst ein. Als sie jung war, hatte ihr Armut nichts ausgemacht. Mit zwanzig war sie flexibel gewesen, sogar ein bisschen verlottert. Aber in der Lebensmitte hatte sich das geändert, eigentlich auch schon in der Zeit davor. Sie hatte Matt verlassen, ließ sich aber immer noch von ihm aushalten. (Es gab immer gute Gründe, noch mehr Geld von ihm anzunehmen, zum Beispiel musste der gestohlene Laptop ersetzt werden.) So glücklich über ihr Geld war sie, so dankbar dafür, so sehr damit verwachsen. Sie praktizierte Entsagung light, nur mit dem kleinen Zeh im Wasser, in einem völlig kontrollierten und sicheren Umfeld (für Feiglinge). Wie viel brauche ich tatsächlich? Mit wie viel komme ich aus? Kann ich Dorothy Day sein, wenn mein Ex mich unterhält? Und selbst wenn man dem Reichtum entsagte, war man dann auf andere Weise arm? Aufrichtige Entsagung, nicht ihr pseudohaftes Getue, *Sullivans Reisen*. (Genau, so hieß der Film, jetzt erinnerte sie sich wieder.) Wenn sie nur von selbst verdientem Geld leben, sich vielleicht einen weiteren Job suchen und sogar mit Lebensmittelgutscheinen über Wasser halten würde, wäre das vergleichbar mit der Situation eines Menschen, der sein ganzes Leben mit der Armut gekämpft hatte? Die Antwort lag auf der Hand.

Nicht nur nahm sie Geld von Matt (»unser Geld«, wie er stets betonte, »okay, unser Geld«, wie sie stets versicherte), sie schlief auch wieder mit ihm, nicht mal zwei Monate nach ihrer Trennung. Okay, »schlafen« war vielleicht nicht das richtige Wort, er blieb ja nicht über Nacht. Sie hatten einfach Sex miteinander.

7

Er wollte so um die Mittagszeit vorbeikommen. Ein Mittagsquickie im heißen August. Sie weigerte sich, eine Klimaanlage einzubauen. (Nicht in diese entzückenden Flügelfenster. Und die Klimakrise/Artensterben. Ach das, hatte er gesagt. Zwischen Haustür und Rahmen hatte sie eine weitere handgedruckte, elegante Karte gefunden. ERWACHET: NTE. Dieses Mal hatte sie die Abkürzung verstanden: *Near-Term Extinction.* Die bevorstehende Auslöschung des Lebens.)

Dies wäre das fünfte Stelldichein dieser Art, ihre Treffen wurden langsam zur Routine. Das erste Mal war er in der Mittagspause bei ihr aufgekreuzt, angeblich, weil er ihre Unterschrift brauchte oder ihr die Post bringen wollte. Okay, vielleicht war er sogar ehrlich gewesen, denn offensichtlich hatte er sich nichts erwartet oder erhofft. Aber an seinem Gesichtsausdruck erkannte sie, dass er sie unbedingt sehen wollte. Sie betrachten. Sein besonderer Ausdruck, kein Lächeln, die Augen geöffnet, der Blick direkt auf sie gerichtet, so, dass er sie tatsächlich sah, kein Abbild, keine vertraute »Sam«, die er schon zigmal gesehen hatte, dieser Ausdruck hatte in ihr ein erotisches Kribbeln ausgelöst. Und sie an die intensiven Gefühle bei ihrem ersten Kennenlernen erinnert, damals in den Neunzigern.

8

Auf dem NARAL-Marsch war er neben ihr gegangen. Er trug kein Schild, sie schon (Edding auf Pappkarton, »*women against women against women*«), witzig, meinte er. Sam mochte ihn sofort. Er sah ein bisschen schnöselig aus, in Button-Down-Hemd und Khakihose mit braunem Ledergürtel. Nicht wie die Typen, die man sonst so auf Demos für Frauenrechte traf. Keine Rastamütze über blonden Dreadlocks. Keine Buttons mit Sprüchen wie *Schützt die Natur!* oder Che Guevaras Antlitz drauf. Ja, okay, er war schön. Wunderschön. Konnte frau einem Typen trauen, der allein auf eine Demonstration für das Recht auf Abtreibung ging? Einem supergut aussehenden? Eigentlich hatte es nicht mit ihrem Schild angefangen. Das mit Matthew und Samantha hatte begonnen, als sich ihre Blicke kreuzten.

Es herrschten strenge Sicherheitsmaßnahmen, Polizisten in Kampfausrüstung säumten die Straßen, schirmten sie ab und trennten sie vom Rest der Stadt. »Geimpfter Protest«, so fühlte es sich an, irgendwie sinnlos. Aber sie hatte sich trotzdem dazu aufgerafft. Zwei Monate zuvor hatte sie an einer Demo gegen den Golfkrieg teilgenommen. War hinter ein paar Aktivisten mit vorgedruckten Schildern der *Peace and Liberty Party* hängengeblieben. Sie hatten was von einer Sekte, wirkten irgendwie unaufrichtig, nicht viel besser als diese Lyndon-LaRouche-Hirnis. Deswegen gingen ihr Proteste gegen den Strich, aber was sollte sie sonst tun? Sie wollte keinen Krieg, wollte sich nicht gemein machen mit Bushs Kriegstreiberei und Patriotismus. Im Namen des …

und so weiter. Doch obwohl sie gute Gründe hatte, hier mitzumarschieren, war ihr auch klar, dass die Demos aufgesetzt waren und im großen Ganzen nicht viel ausrichten würden. Deswegen hatte sie auch nichts dagegen, dass dieser Mann neben ihr hier mitlief. Protestgesänge wurden angestimmt, Parolen skandiert, aber sie befanden sich in einer seltsamen Zwischenzone, wo man zwei verschiedene Schlachtrufe hörte, die miteinander konkurrierten. Die Person zu ihrer Linken lief in der Gruppe vor ihr mit, die zu ihrer Rechten gehörte zur Gruppe hinter ihr. Mittendrin sah Matthew zu ihr rüber, und sie brachen in Gelächter aus. Er bemerkte ihr witziges Schild, und als sie Central Park erreichten, wo sich Grüppchen bildeten und alle auf die Ansprachen warteten, schlug er vor, die Demo zu verlassen. (Ein erster Hinweis auf die Dynamik zwischen ihnen: Matt fand Sam witzig, und Sam genoss es, ihn zum Lachen zu bringen.)

»Hier kriegen wir sowieso nichts mit. Wollen wir uns irgendwo aufwärmen, was trinken?« Es war ein strahlender Tag, aber bitterkalt.

»Ja«, sagte sie und folgte ihm am Polizeikordon vorbei über die Fifth Avenue zur Madison, in die Businesswelt, Männer in Anzügen, Frauen in Kostümen, irgendwie viel erwachsener als sie beide, die mitten am Tag demonstrierten, statt zu arbeiten. Sie faltete ihr Pappschild zusammen und schob es in den Schlitz der nächstbesten Mülltonne. Er legte ihr die Hand auf den unteren Rücken und schob sie sanft in ein Restaurant. Das Mittagessen war gerade vorbei, es war fast leer. Sie wählten einen kleinen Tisch an der Wand. Dieser Laden war vermutlich schon immer da gewesen, vielleicht nicht in seiner gegenwärtigen Nutzungsform. Er besaß dieses alte

New Yorker Flair, so eine verschrobene Kommerzverehrung, die Sam nach der Demo seltsam tröstlich fand.

»Ich sehe Geschäftsleuten gern beim Geschäftemachen zu«, bemerkte Sam. Matthew lächelte, hob aber die Brauen. »Es beruhigt mich zu sehen, dass sich nicht alle Sorgen machen. Nicht alle sind so aufgeschreckt wie ich. Das Leben geht einfach weiter. Kein Grund zur Panik.«

Er nickte, nachdenklich, aber offenbar nicht überzeugt.

»Ich meine damit, dass niemand in Hysterie ausbricht. Niemand hier denkt an Saddam Hussein oder ungeborene Föten.«

»Weil sie ans Geld denken«, sagte er.

»Ja, genau. Das ist irgendwie beruhigend. Die Erwachsenen machen noch Profit. Die Welt geht nicht unter.«

»Oder die Welt geht unter, und jemand überlegt sich, wie er daraus Profit schlagen kann, bis es endgültig vorbei ist. Bis zur letzten Sekunde.« (Er war klug. Er war links. Und er hielt sie für witzig.)

Sie lächelte, nickte. Trank einen Schluck Whiskey. Ohne zu fragen, hatte er ihr einen mitbestellt. Der Schluck wärmte sie, flößte ihr Mut ein. Sie war muterfüllt, er wunderschön. Er mochte sie, und seine Aufmerksamkeit beglückte sie. Alles stand ihnen noch bevor, die Atmosphäre knisterte vor Möglichkeiten. Sie hatten sich noch nicht mal geküsst. Waren solche unverstellten Momente nicht besonders kostbar?

»Ich frage mich«, sagte Sam, »ob ein Mann, der sich allein auf Abtreibungsdemos rumtreibt, vertrauenserweckender ist als einer, den man in der U-Bahn oder im Theater oder in einer Bar kennenlernt.«

»Gute Frage.« Matthew trank einen Schluck Whiskey. »Und jetzt hast du die Demo wegen mir verlassen, trinkst mitten am Tag Whiskey und singst ein Loblied auf den Kommerz als stabilisierendes kulturelles Gegengewicht.«

»Wer weiß, was ich als Nächstes ausfresse«, sagte sie. Dass sie dabei seinen Arm berührte, überraschte sie selbst. Zuerst lächelte er, dann wurde seine Miene ernst. Er trank seinen Whiskey, sah ins leere Glas und ihr dann in die Augen. Sie hielt seinen Blick, spürte die Hitze zwischen ihnen. Als er sich vorbeugte, schloss sie die Augen und wartete. Ein sanfter Kuss: seine Lippen, nur leicht auf ihre gepresst. Einmal, nochmal. Sie öffnete die Augen, er sah sie immer noch an. Ergriff ihre Hand, hob sie an sein Gesicht. Drehte sie vorsichtig um, sodass ihr Handgelenk freilag. Er senkte den Kopf, schloss die Augen, und zärtlich, ganz behutsam, berührten seine Lippen ihre nackte Haut. Ein wohliger Schauer durchlief sie, breitete sich von der geküssten Stelle über ihren ganzen Körper aus. Ihr wurde klar, dass sie ihm vertraute, und es fühlte sich ernst an, schon jetzt, und unwiderruflich. Auf der Stelle wollte sie mit ihm in seine Wohnung gehen oder in ihre Wohnung. Sie verliebte sich in jenem Moment Hals über Kopf. Hier eröffnete sich etwas Neues in ihrem Leben, und sie konnte es nicht erwarten, sich hineinzustürzen.

Sie nahm ihn mit zu sich, weil er im Gegensatz zu ihr einen Mitbewohner hatte. Damals wohnte sie für wenig Geld in einer illegal untervermieteten Bude an der Jane Street, in der Nähe der Eighth Avenue. Vor dem Corner Bistro direkt neben ihrem Eingang blieb sie stehen. »Da drin haben sie eine tolle Jukebox«, sagte sie. Schon jetzt stellte sie sich vor, wie sie mit ihm dort sitzen würde, John Coltrane lauschen, an der Bar was essen, die ganze Nacht durchquatschen.

Im Bett war er bedächtig und aufmerksam. Dass er sich

ganz auf ihren Orgasmus konzentrierte, war eine ganz neue Erfahrung für sie.

»So was habe ich noch nie erlebt«, sagte er.

»Ich auch nicht«, sagte sie. Füreinander bestimmt.

Jahre später, als Ally schon auf der Welt war und ihre Beziehung langsam den Bach runterging, sollte Sam erkennen, dass auch aufmerksamer Sex zur Routine werden konnte, spannungsfrei, nur Körper, die sich bewegen, während das Herz einsam blieb. Doch an diesem ersten Nachmittag, auf ihrem Bett, unter der alten rosafarbenen Satinbettdecke, waren sie ganz beieinander gewesen, ganz im Moment verhaftet, wahrhaft glücklich.

9

Die neue Version ihrer Beziehung, heute. Sein schweißnasser Rücken. Er roch gut. Fühlte sich muskulös an, stark, vertraut. Aber auch fremd: er, in ihrem Nonnenbett, in diesem Haus, aus ihrem Vorortleben hierher transportiert. Tatsächlich waren ihre Orgasmen hier besonders intensiv. Dieselben alten Gesten und Gewohnheiten, nur irgendwie anders. Er kniete am Boden, hatte sich leicht vorgebeugt zu ihr, auf der Bettkante, die Beine gespreizt, etwas zurückgesetzt. Als er sich näherte, ließ er seine Zunge spielen – er kannte diese eine Stelle; schob ihr einen Finger (mehrere Finger) hinein und drückte von Innen gegen seine Zunge. Das, in dieser unbequemen Stellung, eine qualvolle Süße. Ein Gefühl, frei und doch zielgerichtet, kurz vor dem unerreichbaren Gipfel, nie ganz da, dieses Gefühl, das ihren Höhepunkt hinauszögerte, Gedanken und Bewegungen stillte, alles auf diesen feinen Druckpunkt konzentrierte, bis sich ihr Körper mit einem explosiven Beben Erleichterung verschaffte. Ja, der Sex bestand aus vertrauten Gesten, aber durcheinandergewürfelt und neu zusammengesetzt.

Während sie wieder zu Atem kam, sah sie ihn an. Er lächelte.

»Das«, sagte sie mit einer schwachen Handbewegung in seine Richtung.

»Du musst es nicht benennen. Lass es einfach laufen«, sagte er, richtete sich auf. Es war zu heiß für zwei Personen in ihrem beengten Bett. Sie stand auf, das Betttuch um ihren Körper geschlungen. Holte sich eine Zigarette aus der Tasche. Er lachte. Sie zuckte die Achseln.

»Ich stell mich damit ans Fenster«, sagte sie. Er sah ihr zu, wie sie am Bleiglasfenster herumzerrte, bis es sich öffnete. Sie saß auf einem Stuhl, teilweise vom Betttuch bedeckt, und rauchte.

»Du siehst aus wie ein Mädchen in einem französischen Film«, sagte er.

Sie lachte über die unzutreffende Beschreibung. Mädchen? Eher ein harte, alte Frau. Wann käme sie wohl zur Besinnung?

»Was ist daran so witzig?«

»Nichts.« Sie stieß Rauch aus. Er beobachtete sie.

»Die neue Frisur gefällt mir«, sagte er schließlich. Sam strich sich übers kurze Haar. Es fühlte sich witzig an, stoppelig, aber weich.

»Was ist mit meinem neuen Körper?« Seit sie ihn verlassen hatte, war sie härter geworden, kantiger.

»Der gefällt mir auch. Genau wie dein alter Körper. Ich mag all deine Körper.«

»Gute Antwort«, sagte sie.

Noch ein Fick, dann kehrte er zurück zur Arbeit.

Es ist irgendwas. Du musst es nicht benennen.

Am nächsten Tag rief er sie an. »Du brauchst eine zentrale Klimaanlage«, sagte er. »Ich rufe bei Isaacs an und lass dir eine einbauen.«

»Nein.«

»Es ist kein Eingriff in die Architektur, das fügt deinem Haus keinen Schaden zu. Die Luft wird über das Heizregister gekühlt und im Haus verteilt.«

»Ich habe doch gerade gesagt, dass ich es nicht will«, sagte sie. Ihre Stimme war höher geworden, genau wie ihre Körpertemperatur. Gott, war das heiß hier drin. Oder war das eine Hitzewelle? Egal. Sie hatte keine Zeit für diese Sperenzchen.

»Ich zahl es dir auch, falls ...«

»Ich will keine beschissene Klimaanlage! Wenn's dir nicht passt, komm einfach nicht mehr her.«

»Okay, okay«, sagte er, »beruhig dich, Sam.«

Es regte sie auf, wenn ihr jemand sagte, sie solle sich beruhigen. Sie nahm den Hörer vom Ohr, um sich den Schweiß von der Wange zu wischen. Wechselte ans andere Ohr.

»Hör. Einfach. Zu«, sagte sie. »Wir können uns weiter treffen, aber ich will kein Geld mehr von dir, und auch keine ungebetenen Ratschläge. Okay?«

Schweigen.

»Na gut«, sagte er schließlich. »Alles klar.«

Sie beendete das Gespräch. Seine Einwilligung regte sie maßlos auf. Oder sein Zögern davor. Sie schwitzte vor sich hin, schmorte förmlich, wollte keine Klimaanlage, auch wenn sie damit besser schlafen könnte. Starrsinnig. Das, was da in ihr hochkochte, immer wieder, war mehr als Verärgerung. Es war Zorn, so stark, dass er körperlich spürbar war, er brodelte in ihr wie in einem Vulkan, gespeist aus einer drängenden, unbezähmbaren Quelle. Mit dem Verstand ließ sich nichts dagegen ausrichten.

10

Gina, eine Freundin von Laci, besuchte Sam überraschend im Clara Loomis House und überreichte ihr eine Broschüre, die aus zusammengetackerten Fotokopien bestand. Sie war authentisch, in ihrer chaotischen, analogen Form, ließ sich anfassen. Kein PDF auf dem Computer, jederzeit reproduzierbar. Die Tatsache, dass es sich um mehrfach vervielfältigte Fotokopien handelte, war deutlich zu erkennen, die Bilder waren nur noch als abstrakte Kontraste zu erkennen, der Text undeutlich und an den Kanten abgeschnitten. Auf der Titelseite prangte das Wort »Häresie«, darunter stand »Herausgeber: Xero Zine Collective of Central New York« (ergo: Gina).

»In diesem Zine sind die Vorreiterinnen der Häresie versammelt. *Här-e-sie«*, verstehst du?«

Ähm, ja.

»In ›Häresie‹ steckt nämlich das Wort ›sie‹«, erklärte Gina.

»Ja«, sagte Sam, »ist mir auch aufgefallen.«

»Ich hab dein Mädel mit reingenommen. Clara. Ich dachte, du könntest die Zines in deinem Museumsladen auslegen.«

Das Heftchen enthielt lauter Frauenbiografien. Die Fotos machten nicht viel her, aber Gina hatte auch Zeichnungen eingefügt, die ziemlich eindrucksvoll waren. Auf jeder Seite befand sich außerdem ein Infokasten, in dem erklärt wurde, worin die besondere »Häresie« der Frauen bestanden hatte. Sam blätterte darin herum, las die Namen Elizabeth Cady Stanton, Mary Ann Shadd Cary, Rosa Parks, Rachel Carson, Mary Daly. Dann nickte sie.

»Hier, das wollte ich dir zeigen«, sagte Gina. »Was haben diese Frauen gemeinsam?«

Sam lächelte kopfschüttelnd.

»All diese Frauen, die der sogenannten Häresie bezichtigt wurden, hatten ein bestimmtes Alter. Sie waren sozusagen mittelalt. In der Mitte, mezzogiorno, menopausal, post-menstruell, verstehste?«

»Ich kriege noch meine Tage«, sagte Sam.

»Aber nicht mehr lange.«

Sam zuckte die Achseln.

»Ein bisschen post-rational wirkst du aber schon. Kapierste? ›Post‹ und ›rational‹ ...?«

»Herrje, ich bin doch nicht blöd.«

»Manche nennen es den Lebenswechsel. Der Wechsel«, sagte Gina.

»Wie alt bist du eigentlich?«

»Zweiundzwanzig.«

Sam nickte. »In ›Menopause‹ steckt ›men‹, das ist das englische Wort für Männer«, sagte Sam. Was Gina konnte, konnte Sam erst recht.

»Genau!«, rief Gina. »Du hast's voll kapiert!«

»Ich weiß noch was Besseres: prä-obsolet.«

Gina sah sie mit großen Augen an. »Das ist schrecklich ...«

Sam grinste. Sie hatte es ironisch gemeint, aber das war an Gina vorbeigegangen.

Stattdessen machte sie nahtlos weiter. »Ich glaube, wir sollten einen neuen Namen dafür erfinden. ›Suprafertilis‹, also ›über die Fertilität hinaus‹. Also mehr als Fertilität, jenseits davon, weißte?«

»Ich glaube nicht, dass sich das durchsetzen würde.«

Als sie gegangen war, stopfte Sam die Broschüren in den

Ständer für »Weitergehende Informationen« neben der Tür. Alle dachten, Sam hätte eine Art hormonell bedingte Lebenskrise. Sie selbst bevorzugte das Wort »Klimakterium«. Das weibliche Klimakterium, eine kritische, tiefgreifende, vielgestaltige Lebensphase. Sie war nicht »post-rational«. Sie erlebte ihr Klimakterium. Ja gut, manchmal erfasste sie diese Wut, auf erschreckende Weise.

Noch ein Grund, ihr Leben umzukrempeln: ihre gottverdammte Wut. Emotional war Sam ja schon immer gewesen, sie konnte beim geringsten Anlass loslachen oder weinen oder brüllen. Aber das hier war ein neues Level. Es hatte schon einige denkwürdige »Wutepisoden« gegeben, und diese Ausbrüche waren besonders schockierend, weil sie von Mal zu Mal heftiger wurden. Wir leben in wuterregenden Zeiten, sicher. Aber was sie fühlte, gehörte in eine besondere Kategorie.

11

Das erste Mal war es ihr letztes Jahr aufgefallen, eine Veränderung in ihrer Verfassung, ihrer Befindlichkeit (nennen
wir es so), und zwar, als sie anfing, mit Nico zu trainieren.
Sie trainierte allein im Kraftraum im Downtown YMCA.
Der war im Keller, komplett frei von Firlefanz und bis spät-
abends geöffnet. Es gab Langhanteln, Kurzhanteln, Bein-
pressen und Boxgeräte. Kein Nautilus oder Crosstrainer,
nichts dergleichen. Ein Kraftraum nur für Männer, so schien
es zumindest. An jenem Abend trainierten dort drei davon,
alle Mitte zwanzig oder dreißig, und Sam. Sie begann ihre
Session, indem sie die Beinpresse mit zwei Zwanzig-Kilo-
Scheiben belud. Einer der Typen, ein hässlicher Bro mit
Bierbauch und Aknenarben, sah ihr zu, wie sie sich zwei
weitere Scheiben holte, eine auf jede Seite schob und sie gut
festklemmte, wie sie es bei ihrem Trainer gesehen hatte. Der
hässliche Knilch beobachtete sie immer noch. Sam konzentrierte sich auf ihr Training. Sie hatte keine Lust auf seine
amüsierte Miene, seine Herablassung. Trotzdem kroch ihr
die Hitze den Nacken hinauf. Super, jetzt wurde sie auch
noch beobachtet, ein beschissener Glotzer, ja, der hatte ihr
gerade noch gefehlt. Sie beschloss, ihn zu ignorieren, legte
sich unter die Gewichtstange, stemmte die Füße gegen die
Platte und bereitete sich darauf vor, sie hochzuschieben und
zu entsichern.

»Hey!«

Hatte sie es doch gewusst, dass der Knilch sie anquat-
schen würde.

»Willst du echt so viel Gewicht stemmen?«

Was danach geschehen war, hatte sich in einer Art Trance-zustand abgespielt. Sie wurde von einer inneren Kraft an-gepeitscht, die, einmal entfesselt, eine Wucht entwickelte. Später sollte sie vor Matt, vor ihrer Freundin Emily, vor Ally, sogar vor ihrem Arzt darüber spotten, dass sie ein »bisschen durchgedreht« war. Nur im Telefonat mit ihrer Mutter sollte sie die Wahrheit gestehen, nämlich, dass sich das alles selt-sam zwangsläufig angefühlt hatte.

»Ich hab gesagt: ›Ich weiß, was ich tue‹, aber nicht mit meiner normalen Stimme, verstehst du?«

»Wie meinst du das?«, fragte Lily.

»Sie hat tiefer geklungen, warnend, also so, halt bloß die Fresse, sonst ...«

»Gut!«, sagte Lily.

»Nein«, sagte Sam. »Dann ging's nämlich weiter, ich so: ›Warum quatschst du mich von der Seite an? Meinst du, weil ich eine Frau bin, brauch ich deine Hilfe?‹ Ich bin richtig laut geworden, so ein fieses Fauchen. Die anderen Männer haben mich angestarrt und dann weggeschaut. Es war, als hätte ich gegen ein ungeschriebenes Gesetz verstoßen. Da-bei hatte ich doch recht, der Typ hat sich voll danebenbe-nommen. ›Du glaubst wohl, ich hätte keine Ahnung, weil ich eine Frau bin‹, hab ich ihn angezischt. ›Lass mich ein-fach in Ruhe, verdammte Scheiße! Wenn ich Hilfe brauche, such ich mir welche.‹«

»Ach, Sam«, sagte ihre Mutter. »Gut gemacht«, setzte sie hinzu.

»Danach war ich völlig aus dem Häuschen und hab mich geschämt, und mich zu allem Überfluss gefragt, ob ich mir nicht tatsächlich zu viel Gewicht aufgeladen hatte. Am Ende bin ich einfach abgehauen, hab die Scheiben nicht aufgeräumt, wie es sich gehört. Scheiß drauf, hab ich gedacht. Aber ich hab gezittert dabei, am ganzen Leib.«

Lily seufzte. »Du warst völlig im Recht.«

»Weißt du, was mir klargeworden ist?«

»Was?«

»Der Gedanke, also dieses Aufbegehren gegen seine Bevormundung, war mir gar nicht neu. Solche Gefühle habe ich schon mein Leben lang. Nur habe ich sie bisher nie rausgelassen. Wenn ich was gesagt hätte, dann hätte ich meine Worte in Dankbarkeit verpackt, ich hätte ...«

»Du hättest dich für sein Interesse bedankt und deinen Ärger mit einem Lachen kaschiert.«

Richtig. Sam war die große Lacherin. Und sie wusste, dass Männer das erfrischend und attraktiv fanden.

»Genau. Ich hätte sein männliches Ego erst in Watte gepackt und seine Hilfe dann sanft abgelehnt. Schlimmer noch, ich hätte geflirtet oder gescherzt oder mich kleingemacht.«

»Ich kenne das nur zu gut«, sagte ihre Mutter. »Aber das ständige Runterschlucken und Rechtmachen hat seinen Preis.«

Das wusste Sam selbst. Aber auch die übersteigerte Wut, dieses regelrechte Körperbeben, forderte einen Tribut. Der Moment danach war nicht schön. Das Gefühl, dass einem die Verhältnismäßigkeit entglitten war. Diese Verwirrung, wenn man sich selbst nicht mehr wiedererkennt. Wie eine außerkörperliche Erfahrung, eine Art Besessenheit.

Der nächste Vorfall hatte sich ein paar Monate später im Flugzeug ereignet. Sie war auf dem Weg nach LA gewesen, um ihre Freundin Emily zu besuchen. Boarding in lächerlichen Mikrokategorien. Sämtliche Passagiere drängten sich um den begrenzten Platz in den Fächern über den Sitzen. Sam war zuerst da gewesen und hatte ihr angemessen dimensioniertes Kabinengepäck kinderleicht verstauen können. Sie war erleichtert, diesen einen Stressmoment hinter sich zu haben (bringe ich meine Tasche unter, klappt das alles?), hatte aber nicht mit dem Trödler gerechnet, so einer, der auf den letzten Drücker eingecheckt hatte und jetzt mit einem Riesenrollkoffer (erheblich größer als das erlaubte Kabinengepäck, wie sie bemerkte) den Gang entlangzuckelte. Er hob seinen Megatrolley und versuchte, ihn in das Fach über ihrem Platz zu quetschen. Ihr Fach, ihr Platz. Natürlich passte er nicht hinein. Und natürlich hielt der Mann alle anderen auf. Sicher fühlte er sich unter Druck gesetzt, schließlich bildete sich hinter ihm eine Schlange nervöser Passagiere. Er drehte das Ding hin und her, Rollen rein, Rollen raus, dann seitwärts. Sam hörte, wie er alles andere im Fach herumschob, starrte auf seinen Kapuzenpulli, auf das bisschen entblößten Bauch. Er meinte offenbar, ihm stünde so viel Platz zu, wie er brauchte. Und er brauchte nun mal mehr als andere. Als Sam zusehen musste, wie er ihre Tasche halb herauszog – er fasste sie tatsächlich an, ihre angemessen und zuvor säuberlich verstaute, bescheiden dimensionierte Tasche –, holte sie tief Luft, stieß ein warnendes »Ähm« aus, um ihm zu signalisieren, dass sie genau mitbekam, was er da machte, aber er ignorierte sie einfach. Nicht nur das, er schob – ja, pfefferte – ihre Tasche in die Ecke, um Platz für seinen Monsterkoffer zu schaffen.

»Passen Sie auf meine Tasche auf!«, kreischte sie schließlich. »Da ist mein Laptop drin, vorsichtig bitte.« Ihr wurde heiß. Sie war die Einzige, die etwas gesagt hatte. Die anderen absolvierten das Boarding und Gepäckverstauen mit einem stoischen Seufzer und vermieden es, einander anzusehen. Die Qual, sich dieser unangenehmen Prozedur unterwerfen zu müssen, war allen anzumerken, aber alle hielten den Mund. Er stellte sich auf die Zehenspitzen und verpasste seinem Koffer einen letzten Stoß. Sein Gepäck war drin, jetzt war er frei, seinen Platz einzunehmen. Plötzlich sprang sie auf, funkelte seinen Kapuzenpulli an – nicht sein Gesicht. »Meine Tasche«, sagte sie, bereits auf verlorenem Posten. Sie baute sich vor ihm auf und spähte ins Gepäckfach. Da war ihre Tasche, ganz hinten in die Ecke gequetscht, von seinem Koffer eingezwängt. Sie zerrte an dem Ding herum – *jetzt merkst du mal, wie das ist!* –, aber es bewegte sich nicht. Durch den Stoff ihrer Tasche ertastete sie ihren Laptop, unter Spannung, von seinem harten Rollkoffer eingequetscht, was ihm garantiert nicht guttat. Aber der Kapuzenpulli war schon weitergezogen und setzte sich gerade auf seinen Platz. Jetzt wartete die Horde hinter ihr, unruhig, ungeduldig, nervös. »Meine Tasche braucht auch Platz!«, stieß sie hervor, an niemanden gerichtet, als ihr Laptop hinter dem Stoff endlich ein Stückchen tiefer rutschte und nun wenigstens nicht mehr unter Spannung stand. Sie war empört. Ihr standen die auf dem Ticket ausgewiesenen null Komma null drei Quadratmeter Gepäckraum zu. Als sie sich wieder gesetzt hatte, spürte sie, wie ihr das Blut in die Wangen schoss. Keiner hatte sich beschwert, niemand einen Mucks von sich gegeben.

Sie war im Recht, ihre Wut gerechtfertigt. Sie hatte eine kleine Tasche und sich an die klar und deutlich auf der Abmessungsvorrichtung am Gate erklärten Regeln gehalten. Ja, sie hatte den Vorteil genossen, als Erste in den Flieger zu kommen. Mit Zähnen und Klauen hatte sie ihr Recht verteidigt, was für ein armseliger Erfolg, sich vorgedrängelt zu haben, vorn dabei gewesen zu sein. Sie wusste selbst, wie lächerlich es war, dass sie diese Kleinigkeiten wie einen Schatz hütete, aber sie konnte nicht aus ihrer Haut. Am liebsten hätte sie drauflosgebrüllt. Sie war im Recht, aber trotzdem, nach ihrem Ausraster schämte sie sich in Grund und Boden, es war ihr peinlich, diese fauchende Zicke zu sein, so eine garstige Person, die Mitreisende anblaffte, weil sie es wagten, im Gepäckfach ihre Tasche zu berühren. Doch damit nicht genug. Kaum hatte sie sich wieder eingekriegt, bemühte sie sich, ihre Entgleisung zu kompensieren, indem sie zu allen supernett war, zur Flugbegleitung, zum Sitznachbarn, sogar dem Kapuzenpulli versuchte sie zuzulächeln. Sie strahlte wie ein Schleimscheißer, nickte den Leuten freundlich zu, heuchelte Zurechnungsfähigkeit, geistige Gesundheit, Gelassenheit. Niemand fiel darauf herein. »Vielen herzlichen Dank«, sagte sie, als der Flugbegleiter ihr das Mineralwasser mit der schimmeligen Zitronenscheibe reichte.

Sie wusste genau, wie sie wirkte: zickig, alt, verbittert. Sie wirkte so, weil sie so war. Ungeeignet, unversöhnlich. Unflexibel. Wie war sie so geworden? Ungeduldig, emotionsgeladen. (Geladen war das richtige Wort. Finger weg, von mir und meinem Zeug oder ich explodiere.)

Schlimmer war allerdings, dass sie sich seit Kurzem Nischen geschaffen hatte, wo sie sich nach solchen Zickenmanövern nicht mehr schämen musste, im Gegenteil, sie konnte sie sogar mit großer Wonne auskosten. Beim Autofahren zum Beispiel.

In ihrem Wagen, diesem abgeschlossenen, privaten, aber mit Fenstern ausgestatteten Raum, stieß sie einen nicht abreißenden Strom bösartiger Verwünschungen aus, regelrechte Schimpftiraden, die sie auf die anderen Verkehrsteilnehmer abfeuerte. An gleichrangigen Kreuzungen wartete sie gefühlt als Einzige, bis sie dran war, während die anderen fuhren, wie sie wollten. Es gab Leute, die an einem Stoppschild nicht mal anhielten, sondern sie zur Vollbremsung zwangen und ihr dann einfach die Vorfahrt nahmen. »Du Drecksau!«, keifte sie dann, »Du verdammtes Arschloch!« und Schlimmeres. Die Wörter flogen ihr aus dem Mund, ließen sich nicht aufhalten. Wo sich die 690 und I-81 kreuzten, konnte man das Werk wahnsinniger Straßenbauingenieure bestaunen, die es offenbar darauf angelegt hatten, das Konzept des Auffahrens ad absurdum zu führen. Der »Beschleunigungsstreifen« mündete schon nach ein paar Metern in die rechte Spur, man musste also rüberziehen oder einen Unfall bauen. Und trotzdem ließen sie die Fahrer auf der rechten Spur nicht rein, blieben einfach stur, bis sie fast keine Chance mehr hatte. »Wollt ihr mich verarschen?«, brüllte sie und lehnte sich auf die Hupe. Dann zog sie rüber und landete tatsächlich unbeschadet in der Spur. »Du musst mich reinlassen, du egoistischer Scheißkerl!« Ihr war heiß, sie spürte förmlich, wie ihr die giftige Zornesglut durch die Adern floss, sie nervös zucken, ihr Herz schneller schlagen ließ. Ihr Nervensystem peitschte ihren Körper auf bis zur synaptischen Raserei. Kortisol, Blutdruck, Adrenalin: Eine Welle rauschte durch ihren Körper. Von Schamgefühl keine Spur.

Diese privaten Wutexzesse im Straßenverkehr kamen immer öfter vor. Ein Schild warnte vor einer Verengung der Fahrbahn, zwei Spuren wurden zu einer. Man sollte sich einfädeln, im Reißverschlussverfahren. Aber natürlich war da einer (immer ein Mann), der über den Pannenstreifen an allen vorbeizog und sich vorn reindrängelte. Sie brüllte ihn sogar durchs Fenster an. »Reißverschlussverfahren, du Arschloch! Beschissener Vordrängler!« Oder, in einer ähnlichen Situation: »Du musst ja echt wichtig sein! Viel wichtiger als alle anderen!« Diese Männer – einer hatte mal versucht, sich vor ihr reinzuquetschen. Hatte sie nicht mal angesehen. Ist einfach davon ausgegangen, dass sie nachgeben würde. »Einen Scheiß kannst du!«, hatte sie gerufen und dafür gesorgt, dass zwischen ihr und dem Vordermann nicht mal die winzigste Lücke entstand. »Nie und nimmer lasse ich dich rein, du verdammter Schummler!« Das Wohl und Wehe der Zivilgesellschaft hing allein von ihr ab, von ihrem Widerstand gegen die Vordrängler.

Dann, an einem verschneiten, miesen Januartag, hatte sie die Grenze endgültig überschritten. Auf einem vollen Parkplatz hatte sie eine Lücke gesucht, als ihr aufgefallen war, dass ein anderer Wagen (eigentlich ein Pick-up, ein riesiger, glänzender Pick-up) direkt auf der Trennlinie zwischen zwei Plätzen stand. Dieser Anblick erfüllte sie mit einem tiefen, absurden Zorn. Diese Person hatte das keineswegs nicht aus Versehen getan, ganz und gar nicht, sie hatte mit voller Absicht zwei Stellplätze in Beschlag genommen. Wahrscheinlich, um den kostbaren Lack des Fahrzeugs zu schützen. Damit keine Autotür in seine Nähe käme. Und deshalb, scheiß auf alle anderen. Sam hielt an, fassungslos ob dieser Arroganz. Möglich, dass er nicht so genau hingeschaut hatte, aber es war trotzdem egoistisch und arrogant, denn jetzt mussten die anderen ewig herumgurken, um noch einen freien Platz zu finden. Sie hätte ihren Zorn herunterschlucken sollen, es gut sein lassen. Wie es normale Menschen taten. Normal funktionierende Menschen. Stattdessen stellte sie ihren Motor ab, stieg aus und näherte sich dem Pick-up, den Schlüssel gezückt. Du Arschloch, dachte sie, du widerliches Arschloch, streckte die Schlüsselhand aus – nur leicht abgewinkelt, aus der Hüfte – und lief seitlich am Pick-up entlang. Dabei ließ sie den Schlüssel – mit leichtem Druck – über die Oberfläche des rüpelhaft geparkten Fahrzeugs gleiten. Sie spürte, wie sich die Spitze in den Lack grub, im Vorbeigehen einen tiefen Kratzer in die Seite furchte. Es kümmerte sie nicht, dass sie schwere Sachbeschädigung beging und sich strafbar machte. Ein plötzliches Glücksgefühl stieg in ihr auf, eine wunderbare Erleichterung. Erleichterung, weil nun endlich Gerechtigkeit herrschte. Ich bin eine Parkplatzaktivistin!, dachte sie. Dann lachte sie schallend. Achtete nicht mal darauf, ob sie jemand beobachtet hatte. Sie stellte sich vor, wie er den Kratzer entdecken würde, malte sich seine ohnmächtige Wut aus. Einen kurzen Moment lang strahlte sie vor Glück, es erfüllte sie mit Licht.

Aber. Was, wenn er gerade jetzt auf dem Weg zu seinem Pick-up war? Einer, der so ein Auto fährt, würde sicher nicht zögern, auf sie zu schießen – wegen so was wurden Leute zusammengeschlagen. Sam hastete zu ihrem Auto zurück. Der kann von Glück reden, dass ich ihm nicht hinten reingefahren bin, dachte sie, als sie den Gang reinwürgte und sich davonmachte, um sich einen Parkplatz in angemessener Entfernung zu suchen. Sie war zwar froh, aber die anfängliche Befriedigung war verschwunden. Sie war immer noch wütend. Eigentlich sogar noch wütender. Ihre Tat hatte die Wut nur angefacht, vergrößert, was keinen Sinn ergab, genauso wenig wie die verschwundene Befriedigung. Sie hatte geparkt, es war vorbei, was auch immer es gewesen sein mochte. Sie wusste genau, dass sie kein Recht hatte, so wütend zu sein, keinen Grund. Aber in der heutigen Zeit brauchte man auch keinen. Wut liegt in der Luft, dumm, impulsiv. Das Zeitalter der Grundlosigkeit.

Grenzen weichten auf. Sie konnte Dinge tun, die weder aus Widerstand noch aus einer Aggression heraus geschahen, sondern weil sie brüchig geworden war, vielleicht kein Gefühl mehr hatte für ihre eigenen Grenzen. Wenn vor der Damentoilette zum Beispiel (wie immer) eine Schlange stand, warum dann nicht einfach das Männerklo benutzen? Sie verspürte den Impuls und nur eine schwache Regung, ihn zu unterdrücken.

Einen Pick-up zerkratzen, ja, damit war die Grenze eindeutig überschritten, das war ein klares Zeichen. Diese Tat hatte sie niemandem gestanden – nicht mal ihrer Mutter, die sie immer verteidigte. Sam konnte sich nicht mehr benehmen. Man trat alles los, dann sah man zu, wie das eigene Leben auseinanderbrach.

12

»Ich muss deinen Besuch verschieben.« Ihre Mutter rief an, als Matt sich gerade anzog. Sam legte einen Finger auf die Lippen, damit er leise wäre, obwohl sie durchaus vorhatte, ihrer Mutter zu erzählen, dass sie sich wieder mit Matt »traf«, aber eben erst bei ihrem Besuch. (Sie wusste, dass ihre Mutter das gut finden würde, was Sam ärgerte und gleichzeitig freute.)

»Schon wieder? Wir haben uns so lange nicht mehr gesehen. Warum?«

»Ich musste noch ein paar Termine ausmachen, und jetzt passt es diese Woche einfach nicht mehr.«

Sam schwieg. Ständig wimmelte Lily sie ab. »Klar, verstehe«, sagte sie schließlich. »Dann eben nächstes Wochenende.«

»Für nächstes Wochenende hat Ally sich angekündigt.«

»Wirklich?« Mehr brachte Sam nicht hervor.

»Ich weiß, das ist nicht leicht für dich. Sie kommt mit dem Auto.«

»Das ist gut. Ich will, dass du sie triffst.«

»Ich hab dich lieb, mein Schatz. Bitte mach dir keine Sorgen.«

»Ich dich auch.«

»Lass uns nach Allys Besuch noch mal sprechen.«

Sie beendeten das Gespräch.

»Geht es Lily gut?«, fragte Matt. Er hatte Sams Mutter sehr gern, und sie ihn. Statt zu antworten, brach Sam in Tränen aus. »O nein, Sam.«

»Es geht ihr gut«, stieß sie schließlich hervor, doch das war gelogen. Lily ging es nicht gut. »Sie fehlt mir nur.« Matt setzte sich neben sie auf die Bettkante und strich ihr über den Rücken.

»Ich weiß«, sagte er. »Ich hab's gewusst.«

Matt glaubte, er hätte alles durchschaut. Er glaubte, er hätte sie durchschaut. Doch sie empfand sein Mitgefühl als Last, eine weitere Forderung.

»Du solltest gehen«, sagte sie.

»Na gut.«

Matts erste Vermutung war falsch gewesen. Nicht der Wahlsieg hatte in ihr den Wunsch ausgelöst, sich zu trennen. Offen gestanden war ihr die Welt schon ihr ganzes Leben lang kaputt und unfair vorgekommen. Der Wahlsieg war nur ein besonders drastisches Beispiel dafür. Empörend und geschmacklos. Daran hatte es nicht gelegen. Nicht mal am Haus. Seine zweite Vermutung, das musste sie zugeben, kam der Wahrheit schon näher. Wenn sie unter den vielen Anlässen, den vielen Gründen, die ihr den Verstand raubten, einen triftigen benennen müsste, dann wäre das Lily, ihre Mutter.

13

An einem klaren, kalten Tag im Februar hatte Sam ihre Mutter besucht. Lily wohnte allein, in der Nähe einer kleinen Siedlung im Mohawk Valley, fast zwei Fahrstunden östlich von Syracuse. Zehn Jahre zuvor, nach dem Tod von Sams Vater, hatte Lily ihre Wohnung in New York verkauft und dieses hübsche Häuschen auf dem Land erworben.

Sam liebte das kleine Idyll ihrer Mutter, ein exzentrisches, uriges Paradies für moderne Hippies, in den Siebzigerjahren von einem schrägen Schreiner gezimmert. Das eingeschossige Haus aus Glas und recyceltem Holz stand an einem Hang mit Blick auf das mit pittoresken Farmen bestickte Tal. Die Südseite des Gebäudes bestand komplett aus Doppelglasfenstern, so ausgelegt, dass die Sonnenwärme den Wohnraum wie bei Passivsolarhäusern beheizte. Küche und Wohnzimmer befanden sich in einem offenen Raum. Das Herzstück des Hauses war der große emaillierte Holzofen. Es war wirklich gemütlich, ein lichterfülltes, kuscheliges Winterwunder, vermutlich auch, weil sogar der mit Läufern bedeckte Betonboden Wärme abgab. Sams Mutter führte ein bescheidenes Leben, nur ihre Läufer waren extravagant. Wo keine Fenster waren, standen Bücherregale, an einer Wand hing das Bild des Ex-Freundes ihrer Mutter. (Ihre Mutter war eine dieser Frauen, deren Ex-Freunde sie ein Leben lang weiterliebten.) Im Wohnzimmer stand ein altes, behäbiges Mehrsitzersofa. Die Küche mit großem Gasherd war zweckbetont, aber in der Mitte stand ein großer alter Esstisch aus Obstbaumholz, der ihr auch als Arbeitstisch diente. Das Haus war perfekt für eine Person. Es strahlte eine große Ruhe aus, und Sam konnte sich lebhaft vorstellen, jeden Morgen hier aufzuwachen und sich sofort wohlzufühlen. Im Sommer blühte der Garten, von Lily liebevoll gepflegt. Sie hatte Hochbeete für Gemüse angelegt und Blumen gepflanzt, die nacheinander blühten, vom Frühjahr bis in den Herbst hinein. Trotz der Abgeschiedenheit war Lily jedoch keine Einsiedlerin. Sie traf sich mit Freundinnen im Ort, fuhr einen kleinen SUV, hatte einen Fernseher, eine Bücherei in der Nähe, eine zuverlässige Internetverbindung. Sams Mutter war allein, aber nicht einsam. (»Außerdem leistet Raisin mir Gesellschaft.« *Raisin* lautete der kuriose Name ihres neunjährigen Schäferhunds, ein ernstes Tier, das die Schnauze gern nachdenklich auf fremden Knien ablegte. Sam musste zugeben, dass Raisin bezaubernd war, ein extrem treuer Gefährte, der gut und gerne einem Werbefilm entsprungen sein könnte. Er legte sogar den Kopf schief und lauschte, wenn Sams Mutter sprach.) Es war genau so, wie Lily es wollte. Und ehrlich gesagt wirkte sie hier um einiges glücklicher als in der Stadt, obwohl Sam wünschte, sie würde nicht so weit weg wohnen.

Ungefähr einmal pro Monat kam Sam sie besuchen und blieb über Nacht. Bezeichnenderweise gab es im Haus kein Gästezimmer (daraus konnte man seine eigenen Schlüsse ziehen), aber ein Teil des Sofas ließ sich in ein bequemes Bett verwandeln. Früher, als sie mit Ally zusammen hergekommen war, hatten sie es sich auf dem Sofa so richtig gemütlich gemacht und Pyjamapartys gefeiert. Und davor, in Allys früher Kindheit, als Sams Mutter noch in der Stadt gewohnt hatte, waren sie zu dritt in Lilys Bett gekrochen, hatten die ganze Nacht geflüstert und gekichert, damals war

Sam vor Freude über die innige Verbindung zu ihrer Mutter und ihrer Tochter schrecklich albern geworden. Manchmal hatte sie vor lauter Glück lustige Tänzchen aufgeführt, Filmszenen nachgespielt oder sich zur Witzfigur gemacht. Sam konnte nicht gut singen und war eine miserable Tänzerin, alberte aber gern herum. Gab den Clown. Oft stimmte sie aus heiterem Himmel ein erfundenes Liedchen an, um ihre Tochter zum Lachen zu bringen. Und nicht nur die, auch ihre Mutter und Matt, allerdings nur in Allys Anwesenheit. Das war Sams Geheimwaffe, Albernheit – im Grunde ein Vertrauensbeweis. Sie erinnerte sich noch an das Gefühl, wenn Ally gerufen hatte: »Mama, du bist so albern!« und sie alle in Gelächter ausgebrochen waren.

Bei einer ihrer letzten gemeinsamen Übernachtungen in Lilys Stadtwohnung hatten sie sich wie immer in ihr breites Bett gekuschelt. Ally, damals sechs Jahre alt, war bei diesen Übernachtungen immer ganz aufgekratzt gewesen und konnte überhaupt nicht einschlafen. Offiziell »lasen« sie Bücher, aber in Wahrheit flüsterten Sam und Ally die ganze Zeit miteinander, und irgendwann stellte Ally ihrer Großmutter eine Frage (»Grandma, wieso landen Katzen eigentlich immer auf ihren Pfoten?«), woraufhin Lily, den Blick stur auf ihr Buch gerichtet, mit gespielter Ungeduld den Kopf schüttelte, was Sam und Ally in brüllendes Gelächter ausbrechen ließ. Irgendwann kehrte Ruhe ein. Sam stand auf, um auf die Toilette zu gehen, aber auf dem Rückweg kam ihr eine lächerliche Werbung aus ihrer Kindheit in den Kopf, die sie prompt nachspielte. Es ging um ein bestimmtes Parfüm.

Aus heiterem Himmel sang sie den vollkommen albernen Werbesong aus ihrer Kindheit, der sich ihr für immer ins Hirn gebrannt hatte.

»*I can bring home the bacon*«, sang sie, stakste durchs Schlafzimmer und tat so, als würde sie ihre Fantasieaktentasche in die Ecke werfen.

»*Fry it up in a pan*«, sang sie weiter, jetzt die sexy Hausfrau, eine Hand an der Pfanne, die andere kokett in die Hüfte gestützt.

Lily lachte drauflos, Ally kriegte sich gar nicht mehr ein.

»*And never, never let you forget that you're a man, cause I'm a wooo-man, Enjoli.*«

Dann ließ sich Sam atemlos aufs Bett fallen und lachte mit.

»Wie bist du um Himmels willen darauf gekommen?«, fragte Lily.

»Erinnerst du dich daran?«

»O ja.«

»Was für ein Mist. Für die ›moderne, berufstätige Frau‹, dass ich nicht lache.«

»Wofür war die Werbung denn?«, wollte Ally wissen. Sam suchte auf YouTube danach, und sie sahen sie sich an. Sam fand sie noch genauso bescheuert wie damals.

Für Sam war es das Größte gewesen, mit Lily und Ally im Bett zu liegen und sie zum Lachen zu bringen. Sie konnte sich noch gut an diese Momente erinnern, auch deshalb, weil sie so kostbar waren, so unverstellt. Diese natürliche, unkomplizierte Freude, die sie miteinander erlebt hatten. Damals war ihr dieses Zusammensein, ihre Liebe zueinander, unendlich vorgekommen. Sie sehnte sich nach dieser Phase zurück, wollte sie nochmal erleben, aber diesmal in der Endlosschleife.

Jetzt raste die Zeit so schnell an ihr vorbei, dass sie kaum hinterherkam. Dabei wollte sie das, was da vor ihr lag, gar nicht, zum ersten Mal in ihrem Leben wollte sie keine Zukunft, sondern diesen einen Moment, und alle anderen stinknormalen Momente davor und danach. Die Zeit vor dieser denkbaren Übernachtung konnte sie mühelos heraufbeschwören, die einfache Routine, die in jenen Tagen ihren Alltag bestimmt hatte. All das fühlte sich besser an als die Gegenwart.

In den ersten Wochen vor diesem Februarbesuch hatte es angefangen, dass Lily eine seltsame Distanz zu Sam aufbaute, sie immer wieder abwimmelte, wenn sie Pläne schmieden wollte. Früher war Lily auch mal nach Syracuse gekommen – um Allys Konzerte oder Fußballspiele zu besuchen. Und in den Ferien natürlich. Aber Lily hatte Knieprobleme, und die lange Fahrt war einfach zu anstrengend geworden. Die sechs Monate vor dem Besuch war Sam also regelmäßig zu ihr gefahren. Doch die letzten beiden Male hatte ihre Mutter Termine vorgeschoben, Arzttermine.

»Was ist los?«

»Nichts, Routine. Ab einem bestimmten Alter gehören Vorsorgeuntersuchungen und Tests zur Routine.«

Dann konnte Lily keinen Besuch empfangen, weil sich ihr Lesekreis traf. Oder ihre Aktionsgruppe vor Ort, die mehr oder weniger aus denselben Mitgliedern bestand. Außerdem war Lily zu müde, um Sam zu empfangen.

»Wenn etwas nicht stimmt, würdest du's mir sagen, oder?«

»Natürlich. Ich bin nur müde. Bitte mach dir keine Sorgen.«

Ängste, so glaubte Sam, ließen sich am besten dadurch entschärfen, dass man sie offen aussprach, und zwar denjenigen gegenüber, auf die sie sich bezogen. Aber vielleicht war sie auch nur egoistisch, wollte, dass ihre Mutter ihr versicherte, dass alles gut sei, selbst wenn nichts dergleichen zuträfe, es keine Versicherung gäbe. Ihre wunderbare Mutter ging auf die achtzig zu.

Irgendwann hatte Lily sich dann doch auf einen Besuch eingelassen. Sam war am Nachmittag eingetroffen, hatte sich in der extragroßen Wanne ihrer Mutter ein Bad eingelassen, während die ihnen eine reichhaltige Suppe kochte, mit Gemüse aus dem Garten, das sie im Sommer geerntet und dann eingefroren hatte, und ein paar »fantastischen Würstchen« vom Bauernmarkt. Sam schloss die Augen, lehnte sich zurück und atmete den Duft von Knoblauch und frischen Kräutern ein. Sie wünschte, Ally wäre mitgekommen, aber sie hatte zu viel für die Schule zu tun. Nächstes Mal.

Während des Abendessens brachte Sam ihre Mutter auf den neuesten Stand. Sie erzählte ihr auch ein paar amüsante, leicht despektierliche Anekdoten über die Besucher des Clara Loomis House und deutlich despektierlichere über die Frauen in der von Sam besuchten Aktionsgruppe. Sie tauschten sich über die Amtseinführung und den Women's March aus, Einzelheiten, die sie bereits am Telefon durchgekaut hatten. Da sie beide müde waren, gingen sie früh ins Bett. Das war nicht weiter schlimm, denn ihre besten Gespräche fanden ohnehin am Morgen statt, wenn sie beide ausgeruht waren. Vielleicht ging es ihnen auch so, weil sie Belangloses und Neuigkeiten schon am Abend zuvor abgehakt hatten. Oder es lag daran, dass Sam sich erst so richtig entspannte, wenn sie wieder mit ihrer Mutter unter einem Dach geschlafen hatte.

Sam wurde von Kaffeeduft geweckt, ihre Mutter war wohl schon auf. Als sie noch leicht verschlafen zur Küche blinzelte, sah sie Lily bereits mit dem Becher am Küchentisch sitzen. Hinter ihr lagen das Tal und der Horizont. Die Wolken hingen tief, quer über den Himmel verteilt, an den Rändern rosa und golden verfärbt, als hätte die Dämmerung sie gezwickt.

Lilys Aufmerksamkeit galt weder der Aussicht noch Sam. Sie schrieb in ein Notizbuch. Lily hatte bereits zwei Bücher veröffentlicht: persönliche Essays und einen Roman. Sie sagte immer, ihr drittes sei in Arbeit, eine Sammlung von Erzählungen, aber das letzte lag mittlerweile fünfzehn Jahre zurück, daher war die Sache nicht ganz klar. Da ihre Mutter hochkonzentriert wirkte, wollte Sam sie nicht stören. Sie schloss die Augen wieder und kuschelte sich in die Decke, die nach Lavendel duftete, wie das Waschmittel ihrer Mutter. Raisin schlief zu Sams Füßen.

Da sie nicht wieder einschlafen konnte, blieb sie still liegen und sah ihrer Mutter stattdessen beim Schreiben zu. Lily wirkte gebrechlich, ihre Miene getrübt. Sie war in Gedanken versunken, immer wieder schrieb sie etwas ins Notizbuch. Erst nach einer Weile blickte sie zu Sam hinüber und lächelte.

»Guten Morgen! Habe ich dich geweckt, mein Schatz?«

»Nein. Ich wache neuerdings immer superfrüh auf.« Sam richtete sich auf dem Sofa auf, schlüpfte in die hässlichen, aber warmen Haussocken und den dicken Flanellbademantel, den ihre Mutter nur für sie angeschafft hatte. Sie schluffte zum Holzofen, um sich daran die Hände zu wärmen. Ihre Mutter brachte ihr eine Tasse starken schwarzen Kaffee. Der beste Augenblick am Tag, jeden Tag. Der Kaffee, die Wärme und der Geruch des Holzofens, Lilys mütterliche Fürsorge. Sam versuchte, sich ihr Glück nicht durch düstere Gedanken zu verderben, aber die lauerten neuerdings immer an ihrem Horizont. Es fühlte sich an wie ein ständiges, unterschwelliges Trommeln, ein elegischer Backbeat, der fast jeden Augenblick der Freude unterlegte. War das mit Älterwerden gemeint? Dass die wenige Zeit, die einem noch blieb, nie mehr sorgenfrei wäre? Wurden die Gedanken von Jahr zu Jahr düsterer?

Einmal hatte sie ihre Mutter gefragt, wie sie sich die Zukunft vorstellte, so mit Ende siebzig.

»Du meinst, ob ich mir eine Zukunft vorstelle ohne eine zu haben?«

»Nein«, hatte Sam gesagt, obwohl sie genau das gemeint hatte.

»Ehrlich gesagt denke ich nicht darüber nach.«

Sam hatte auf irgendeine kluge Antwort gehofft, aber vielleicht lag die Klugheit ja genau in diesem Satz ihrer Mutter verborgen.

Die Krankheit, das Leiden, egal, was es war, das ihre Mutter ihr verschwieg, wurde für Sam erst viel später zur Realität, als sie sich schon von ihrer Mutter verabschiedet hatte und auf dem Heimweg war. Manchmal fand Sam mitten in Diskussionen einen vorübergehenden Rückzug aus dem Redeschwall, dem Drang, die Luft mit Sprache zu füllen, zu fragen und zu sprechen und zuzuhören. Nicht nur konnten ihr die Worte, wenn sie sie nur oft genug wiederholte, das verschaffen, was sie wollte. Sie glaubte auch, mit der richtigen Frage die Hoffnung auf eine Verbindung zu schaffen, eine Art Austausch. Wenn auf »Was ist los?« eine Antwort folgte, und sei es nur eine halbgare Ausflucht wie »Ich will nicht drüber sprechen«, war trotzdem etwas da, eine Aussage, die sie beide verstanden. Wenn sie miteinander sprachen, waren sie lebendig, zusammen, ihre Worte belebten den Raum zwischen ihnen, der Stoff, aus dem das Leben ist, so elementar wie verzwickt. Worte gaben der Erinnerung eine Sprache, eine durch sie geformte und umgrenzte zusätzliche Realität.

Doch im Auto, auf der langen Heimfahrt auf der langweiligen Interstate, fand Sam trotz Radio oder Podcast, und besonders bei Musik, einen vor ihrer inneren Geräuschkulisse geschützten Raum für ihre Gedanken. Die Welt um sie herum musste gar nicht still sein, nur ihr Inneres. Stille bedeutete, nicht zu sprechen und ihre Mutter mit Fragen, Feststellungen, Flehen zu drangsalieren. Wenn Sam nicht zuhörte oder sprach, konnte sie denken. Nicht grübeln, das passierte nachts, wenn sie ihre hysterischen Anfälle hatte und alles wiederkäute. Dieses Nachdenken im Auto war nüchterner und weitreichender, meist nicht durch irgendwelche Ängste ausgelöst, sondern einfach da, weil sie in der Welt war, nichts wollte, kein Ziel verfolgte, sondern einer ganz banalen Tätigkeit nachging.

Sie hörte einen von ihr abonnierten Gesundheitspodcast, es ging um Genetik. Epigenetik, was offenbar bedeutete, dass man seine Genausprägung im Do-it-Yourself-Verfahren verändern konnte, eine Art Gen-Hacking, damit »auch du Krankheiten vermeiden kannst«. Und »Snips«, was für Defekte das auch immer sein mochten, die für Alzheimer, Parkinson, Krebs, Herzkrankheiten und Diabetes verantwortlich waren. Als könnte man mit Cholin und ausreichend Schlaf seinem genetisch vorprogrammierten Schicksal entkommen. Während des Gesprächs schlug die Expertin, die einen Doktortitel in irgendwas hatte und dazu im Fitnessstudio ihr dreifaches Gewicht stemmen konnte, den Anbau von Brokkoli-Sprossen vor, in denen hochwirksames Sulforaphan stecke und mit denen man schädliche Gensignale einfach ausknipsen könne. Was für eine Vorstellung: Mit einem kleinen Kniff, einem kleinen Eingriff, konnte man den Körper perfektionieren, heilen, reinwaschen von Fehlern und Makeln. Diese Vorstellung war natürlich vom Wunsch getrieben, unser Schicksal neu zu definieren, den tödlichen Fehler im Code auszumerzen, den Glitch zu verhindern, der zu unserem Ende führen würde. Den eigenen Code überschreiben. Umprogrammieren. Doch könnte es nicht sein, dass der Code perfekt war? Geschaffen (womöglich sogar darauf ausgelegt), sich auf einzigartige, unvorhersehbare Weise selbst zu zerstören, und wir zur Machtlosigkeit verdammt, denn irgendwann schnitt Atropos uns den Lebensfaden ab, egal, wie viele Nahrungsmittelergänzungsmittel wir ihr auch darbrachten.

Ihre Mutter war krank.

Ihre Mutter würde sterben, vielleicht nicht gleich, aber bald. Sam hatte versucht, diesen Gedanken zuzulassen. Sie hatte das Gefühl, sie sollte sich damit arrangieren (»arrangieren«, wie witzig, als könnte sie ein Arrangement treffen, »hier ist mein Arrangement, so soll meine Mutter sterben«), aber das war unmöglich, der Tod ihrer Mutter war nicht vorstellbar. Wenn sie mit ihr zusammen war, mit ihr sprach, mit ihr stritt, ihr zusah, wie sie Kaffee in ihren weißen Becher goss und dann eine Süßstofftablette einrührte, fragte sie sich, wieso das nicht für immer so weitergehen sollte. Die banalen Einzelheiten ihrer Mutter und ihrer beider Beziehung erschienen ihr so unveränderlich und ewig wie die Welt selbst, denn Lily war schon immer Sams Welt gewesen. Aber die Zeichen waren stets vorhanden, die Zeit lief ab, Stillstand war eine Illusion. Die Hand ihrer Mutter – ebenjene, mit der sie ihren Kaffee umrührte –, war knochig geworden, knorpelig und hässlich. Ihre einst makellose Haut war fleckig, die Adern traten hervor, ihr Körper deutlich unbeweglicher, weniger leistungsfähig. Doch wie sollen wir solche Veränderungen bemerken, wenn sie so schleichend voranschreiten? Und wozu eigentlich? Sind wir nicht genau so gemacht, dass uns diese Dinge eben nicht auffallen, sondern wir sie hinnehmen und nur im Augenblick existieren? Wenn Sam jetzt die Hände ihrer Mutter ergreifen und weinen würde, hätte sie damit nichts erreicht außer einen der wenigen gemütlichen Momente zu versauen, die ihr mit ihrer Mutter noch blieben, unbeschwerte Zeiten, in denen ihre Mutter von Raisin erzählte, sie über den Garten plauderten oder über ihr Lieblingsthema, Allys Heranwachsen zur Frau, denn Ally verkörperte ihre magische Verbindung, und mehr als das. Ally war Genetik plus Magie. Aus ihrem Erbgut, zufälligen DNA-Schnipsel (»Snips«, hatte die Frau im Podcast erklärt, waren eigentlich SNPs, und das stand für »Einzelnukleotid-Polymorphismus«) und willkürlich abgeschauten und erlernten Verhaltensmustern war Ally entstanden, diese Person, die weder Sam noch Lily zuvor gekannt hatten, ein strahlendes neues Geschöpf, immer wieder überraschend, als wäre sie gerade erst auf die Welt gekommen, selbst dann noch, wenn sie schon jeden Aspekt ihrer heranreifenden Persönlichkeit betrachtet hatten. Gott sei Dank, dass es Ally gab.

»Ich habe ihr versprochen, den YAD-Ausflug diesen Sommer zu bezahlen«, hatte Sams Mutter beim Frühstück gesagt.

»Das ist sehr großzügig von dir.« Zu diesem Zeitpunkt war der Besuch noch wie jeder andere verlaufen. Sam saß ihrer Mutter gegenüber am Tisch. Es gab selbstgebackene Vanille-Scones mit Beeren vom letzten Sommer, geerntet und eingefroren.

Alles war perfekt. Doch dann hatte Lily ihren Becher abgestellt, und da hatte Sam es gewusst. Sam hatte es gewusst, bevor Lily es aussprach.

»Ich muss dir was sagen, und ich will, dass du mir zuhörst und nicht überreagierst«, sagte Lily.

»Okay. Was ist?«, fragte Sam, ihre Stimme schon zu laut und drängend. »Was?«

»Es gibt da etwas, das geschieht, wenn man so alt wird wie ich. Man spürt instinktiv, dass das letzte Kapitel angebrochen ist. Das hier ...«, Lily machte eine ausschweifende Geste, »... ist der letzte Ort im Leben, hier bleibt man bis zum Schluss. Erst vor Kurzem ist mir klargeworden, wie viele Dinge ich nie mehr tun oder erleben werde: Ich werde keine Wohnung in Rom haben. Es wird keinen Liebhaber mehr geben. Ich werde mein Leben nie mehr radikal umkrempeln.«

»Woher willst du das wissen? Heutzutage werden die Menschen viel älter als achtzig.«

Lily senkte den Blick und lächelte. Nickte.

»Je älter man wird, desto nichtiger und enger werden solche Betrachtungen, bis man erkennt, dass dies der letzte Sommer war, und schließlich wohl auch, dass es keinen neuen Morgen mehr geben wird.«

»Ma, was redest du da?«

»Mein Arzt hat etwas bemerkt, und wie es scheint, bin ich krank.«

»Was meinst du mit ›etwas‹? Was ist los?«

»Hör mir gut zu, Sam. Ich will nicht darüber sprechen. Du sollst nicht im Internet recherchieren, nach Krankenhäusern oder irgendwelche klinische Studien suchen.«

»Ach du lieber Gott! Du hast Krebs! Was ist es? Wann? Wo? Wie ist die Prognose?« Sam kamen die Tränen. Lächerlich, aber es passierte einfach. Sie wischte sich über die Augen und wies auf den Scone ihrer Mutter. »Du solltest keinen Zucker essen, Ma!«

»Genau das habe ich gemeint. Ich will weder deinen Rat noch deine Hilfe.«

»Du musst mich helfen lassen. Ich muss mit deinem Arzt sprechen!«

»Nein. Ich will keine Hilfe. Genau die will ich nicht.«

Sam schluchzte mittlerweile. Sie war wütend, wollte ihre Mutter aber immer noch von irgendwas überzeugen.

»Wenn es ernst ist, brauchst du Hilfe. Du kannst das nicht allein durchstehen. Egal, was du brauchst, ich kümmere mich darum. Ich ziehe hier ein und helfe dir.«

»Sam«, sagte ihre Mutter ruhig.

»Was?«

»Wenn du hier einziehst, bringe ich dich um.«

Sam lachte, unter Tränen. Sie schüttelte den Kopf, völlig konsterniert über den Starrsinn ihrer Mutter. Dann legte sie erschöpft den Kopf auf die Tischplatte, die Hände schützend darüber, als wollte sie sich vor der gleich herabstürzenden Decke schützen.

»Ich möchte nicht, dass du wegen mir dein Leben auf den Kopf stellst.« Lily ergriff Sams Hand, drehte sie um, drückte sie. Sam blickte zu ihr auf.

»Willst du mir helfen? Dann sei stark. Wenn du mir jetzt zusammenbrichst, machst du es für mich noch schlimmer.«

Sam richtete sich auf, atmete tief durch, nahm sich zusammen.

»Aber warum kannst du's mir nicht sagen? Egal, was es ist, ich kann dir helfen, du bestimmst, wie. Aber ich muss dafür sorgen, dass du die Hilfe bekommst, die du brauchst.«

»Ich will das nicht, verstehst du das nicht? Ich will, dass

alles normal ist. Du rufst mich regelmäßig an und erzählst mir, was so passiert ist. Ich will über Ally reden und über Politik. Ich will im Garten arbeiten und mit meinem Hund spazieren gehen. Ich will mein Leben so, wie es immer war. Bis ich sterbe.«

Sam nickte. Ihr taten die Augen weh, sie fühlten sich an wie geschwollen.

Ihre Mutter lächelte. »Danke.«

Nachdem Sam noch einmal durchgeatmet und einen Seufzer getan hatte, senkte sich tiefe Ruhe über sie, aber eher biochemisch als emotional, als wäre durch die Tränenflut tief in ihrem Hirn irgendein Neurotransmitter ausgeschüttet oder einfach nicht weitergeleitet worden.

»Ich werde dir Bescheid sagen, wenn meine Entscheidungen feststehen. Meine Pläne. Das verspreche ich dir.«

Ihr Mutter umklammerte ihren Becher und betrachtete Sam mit stoischer, gelassener Miene. Nicht glücklich, aber beherrscht. »Ich weiß, das ist nicht leicht.« Offensichtlich hatte sie alles gut durchdacht und Sams Besuch erst zugelassen, als sie diesen Prozess für sich abgeschlossen hatte. »Aber du musst dich auf das vorbereiten, was als Nächstes kommt, Sam.«

»Nein«, flüsterte Sam. »Nein. Du kannst nicht einfach aufgeben.«

»Ich gebe nicht auf. Ich bin ehrlich zu mir, zu dir. Wir alle wissen, was am Ende passiert. Was hattest du denn erwartet?«

Am liebsten hätte Sam etwas gegen die Wand geworfen. Sie war nicht vorbereitet! Jetzt nicht, noch nicht.

»Aber ich brauche dich noch«, sagte sie.

»Ich weiß. Ich bin ja noch hier«, sagte Lily.

Im Auto, während die Frau aus dem Podcast über Adaptogene schwadronierte, suchte Sam die Worte ihrer Mutter nach versteckten Hinweisen ab. Sie hätte sie fragen sollen, wie lange noch? Ihre Mutter war halsstarrig, aber Sam musste zugeben, dass sie ihr darin in nichts nachstand. Viel schlimmer war allerdings, dass sie sich so kindisch und egoistisch vorkam. Ihre Mutter war krank, und Sam erwartete, deswegen von ihr getröstet zu werden. Wie lächerlich sie war. Zu nichts zu gebrauchen. Kein Wunder, dass ihre Mutter sie nicht involvieren wollte. Sie war einfach nicht belastbar.

Als Sam nach diesem Besuch heimgekehrt war, hatte sie ein leeres Haus vorgefunden. Matt und Ally waren unterwegs, hatten ihr eine Nachricht geschickt, dass sie es nicht zum Abendessen schaffen würden. Matt? Egal. Aber Ally, die wollte Sam schon sehen, nur anschauen, das wäre bereits genug. Ally sollte das Bollwerk gegen den Verlust ihrer Mutter sein, das Gegengewicht. Sam setzte sich an den Küchentisch und aß Kräcker mit hartem, salzigen Käse und einem Glas Rotwein dazu. Ihr Abendessen.

Es wäre schon genug, Ally im selben Zimmer zu wissen. Sam hatte alles versaut. Durch ihr dummes falsches Timing würde Ally ausgerechnet dann aufs College verschwinden, wenn Sam ihre Mutter verlor. Dieser plötzliche Gedanke raubte ihr glatt den Atem. Sie verlor ihre Mutter. Wieder kamen ihr die Tränen, aber es behagte ihr nicht, beim Heulen Wein zu trinken. Selbst für ihre Verhältnisse, selbst in dieser Situation, ganz allein, besonders ganz allein, war dieses Verhalten nur eine aufgesetzte, wehleidige Übersprungshandlung. Reiß dich zusammen! Sie durfte nicht an Lily denken, noch nicht. Sam musste etwas unternehmen, was genau, wusste sie nicht. Sie fing einfach an, indem sie ein paar Dinge nicht tat.

Sam erzählte Matt nicht, dass Lily krank war. Ally auch nicht. Als sie ihre Mutter am nächsten Tag anrief, sprach sie das Thema nicht an.

Ein paar Wochen später hatte sie das Haus gefunden. Ihr kaputtes, bedürftiges Heim an der Highland Street. Sie hatte es einem Impuls folgend gekauft. Nicht, weil sie ein Refugium oder einen Unterschlupf brauchte, sondern weil sie irgendwo allein sein wollte, sich eine Auszeit nehmen, sich neu aufstellen. Was auch immer sie war – das Ergebnis aus dreiundfünfzig Lebensjahren in diesem Körper –, reichte für das Kommende nicht aus. Sie musste sich ändern.

Ganz sicher wusste sie nur, dass sie alles falsch gemacht hatte. Ihre Vorkehrungen für die Zukunft hatten sich als unzulänglich erwiesen. Dumm, oberflächlich, bedeutungslos.

Jetzt, allein in ihrem neuen Haus, war das Rauchen zu ihrer Bewältigungsstrategie geworden. Sam fühlte sich verlassen, mutterseelenallein. Schon jetzt. Prä-Hinterblieben. Sie sollte Ally sagen, dass Lily krank war. Dann würde sie verstehen, warum Sam ihr Leben umkrempeln musste, warum sie so unglücklich war. Aber sie wollte nicht, dass Ally über Lilys Leiden Bescheid wusste. Ally stand ihrer Großmutter so nahe; Sam wollte sie vor dieser entsetzlichen Trauer schützen. Ally sollte in die Welt hinausgehen, frei von ihrer Mutter oder Großmutter. Trotz ihrer Einsamkeit versuchte Sam, das Beste für Ally zu tun.

Sie schickte ihre tägliche Nachricht. Immer noch nichts. Würde ihre Tochter ihr für immer die kalte Schulter zeigen?

Sam wusste, dass ihre Sicht durch die Liebe zu Ally getrübt

war. Sie konnte nicht verstehen, warum die Welt ihrer Tochter nicht permanent zu Füßen lag. Manchmal fragte sie sich allerdings, ob sie Ally auch mögen würde, wenn sie nicht ihre Tochter wäre. Die Antwort scheiterte daran, dass Sam sich das nicht vorstellen konnte. Ihr Hirn war unfähig, ihr Kind von außen zu betrachten, das war so, als wollte man seinen eigenen Geruch erkennen. Nur die Heftigkeit ihrer Liebe zu Ally vermittelte Sam das Gefühl, mit sich selbst im Einklang zu stehen.

In dem Moment, als Ally zur Welt gekommen war, sich aus Sams Körper geschoben hatte (Mutter zu werden war an sich nichts Ungewöhnliches, aber Muttersein selbst war alles andere als banal), war Ally zu Sams Sonne geworden, das Wichtigste in ihrem Leben. Noch nie hatte sie etwas dermaßen Direktes, Zielgerichtetes und Sinnvolles erlebt. Oder anders ausgedrückt: Es war das am wenigsten geheuchelte, aufrichtigste Gefühl, das sie je erlebt hatte. Empfanden alle Mütter so? Und die Väter? Nein, ja, egal. Denn da war Ally, und dann kam der Rest der Menschheit.

Zuerst war da ein körperliches Bedürfnis gewesen, zu halten, zu stillen, zu trösten. Dieses Bedürfnis erfüllen zu können, ja, das war das Beste am Muttersein. So einfach, so vollständig. Natürlich hatte Sam sich auch mal nach Schlaf gesehnt, war sich wie eine Sklavin vorgekommen, doch kaum hatte das Köpfchen an ihrer Brust gelegen, das Händchen nach ihr gegriffen, ihre eigene Hand den plumpen, perfekten Rücken gestützt, war alles verschwunden. Sie zu berühren war wie eine Droge. Den Rücken, den Fuß, das Bein, das Ärmchen; die Lippen, die Ohren, die Zehen, die perfekte, winzige Nase. Die Oberschenkel, Kniegrübchen, Speckfalten an den Handgelenken, die spitz zulaufenden, gepolsterten

Finger mit den winzigen Nagelovalen. Sieh sie dir an. Die Augen, die waren schon immer so gewesen, sind noch heute so. Groß, mit schweren Lidern, dunkelbraun, weit auseinanderstehend, mit langen Wimpern. Was für eine Schönheit, damals schon. Sogar im schlimmsten, ungelenken Teenageralter hatte Sam sie unfassbar, unglaublich schön gefunden. Entsprach das der Wahrheit? Sahen andere es genauso? Unwichtig. Wichtig war nur, dass diese stete Liebe, die Sam schon seit sechzehn Jahren empfand, das Beste war, das sie je gefühlt hatte, noch immer fühlte. Jeden Tag spürte sie beim Gedanken an Ally ein Ziehen in der Brust, weil sie nicht mehr mit ihr sprach, wegen dem, was Sam getan hatte. Sam war gegangen. Abends spürte sie es, dieses Ziehen, wenn sie ihre Nachricht schrieb. Ihre geheuchelt-fröhliche Nachricht, auf die sie keine Antwort bekam. Selbst jetzt, entfremdet, war ihre Liebe zu Ally das einzig Wahre, das Gefühl, das alles, was andere Leute Liebe nannten, in den Schatten stellte. Sam mochte unbescheiden sein, überspannt und eine Menge andere dumme Dinge. Aber sie war beständig, ohne sich groß anzustrengen. Vielleicht lag hier der Schlüssel zur Liebe: Wenn man sie einmal empfand, gab es kein Zurück. Sie wurde nicht umhegt oder kultiviert wie ein seltenes Pflänzchen. Sie verlangte keine Arbeit. Sie war oder sie war nicht.

Empfand Lily dasselbe für sie? Natürlich. Und doch hielt ihre Mutter sie auf Abstand.

Erlebte Ally Sam so wie Sam ihre Mutter? Als allumfassendes Ganzes? Als wäre ihre Mutter keine Person, sondern ein Teil dessen, was sie am Leben erhielt. Weil es Lily gab, konnte Sam sein. Sie war eine allumfassende – und deshalb nicht gänzlich sichtbare – Kraft. Sam begegnete Lily mit derselben Einfalt wie der Sonne oder der Erde. Deswegen hatte Sam, als sie beim Betreten des Hauses sofort erkannt hatte, wie klein und zerbrechlich ihre Mutter geworden war – ja, sie starb –, das Gesehene von sich geschoben, so weit wie möglich, aus Kopf und Herzen getilgt. Sie kippte ein Glas Wein hinunter und versuchte, keine Notiz davon zu nehmen. Keine grausame Inventur von Lilys Falten, ihrer Vergesslichkeit, ihrer erschlafften Züge. Lilys Schönheit war zwar noch sichtbar, aber sie verschwamm, zerrann ... schwand.

Nachdem sie die Nachricht an Ally verschickt hatte, saß Sam allein an ihrem Tisch und aß Apfelspalten und gesalzene Mandeln. Dann trat sie ans Fenster und rauchte die nächste Kräuterzigarette.

16

In den vergangenen Wochen hatte Sam mehr gearbeitet, sie brauchte das Geld und hatte sich außerdem bereit erklärt, das Ausstellungskonzept zu überdenken. Sie hatte Laci und MH gefragt, ob sie sich mit ihr am Loomis House treffen und von dort aus weiterziehen wollten, was trinken und eine Kleinigkeit essen. Sam war gerade beim Zusperren, als Laci mit einer jungen Frau hereinspazierte, die Sam nicht kannte. Sie sah sich mit skeptischer Miene und verkniffenem Mund um.

»Kommt MH auch?«, fragte Sam. MH hatte nicht auf ihre Nachricht geantwortet.

»Glaub nicht«, sagte Laci.

»Ah«, sagte Sam.

Laci und die junge Frau tauschten Blicke.

»Das ist Tugg«, sagte Laci. »Tugg, das ist Sam. Sie arbeitet hier.«

Tugg weitete theatralisch die Augen und legte die Hände ans Gesicht, wohl, um das Angstschrei-Emoji nachzuäffen.

»Ja, schon klar«, sagte Sam genervt. Sie hatte es allerdings auch satt, Clara Loomis ständig verteidigen zu müssen. Vor Kurzem hatte jemand Loomis' Wikipedia-Eintrag um den Abschnitt »Eugenik-Kontroverse« ergänzt, alles verifiziert und mit Fußnoten versehen. Sam hatte kein Interesse, ihn zu lesen. Und als sie heute ihren Vortrag über Loomis' kränkliche Lieblingstochter heruntergeleiert hatte, war ihr eine Besucherin ins Wort gefallen, sie habe auf Wikipedia gelesen, Claras älteste Tochter sei in Wahrheit das Kind von John Humphrey Noyes, dem spirituellen Anführer der Oneida-Gemeinde, und hinzugefügt: »Wir müssen wirklich den ganzen Themenkomplex Sexkult/Missbrauch aufarbeiten«.

Sam wollte MH ihr neues Projekt zeigen. Sie kuratierte ein Kuriositätenkabinett. Ein Kabinett mit Kuriositäten aus Syracuse, so wie die Menschen sie im neunzehnten Jahrhundert zu sammeln und auszustellen pflegten. Dafür ließ sie sogar eine Broschüre drucken, mit von ihr zusammengestellten historischen Fakten rund um Syracuse. Zusatzmaterial für Besucherinnen, etwas, das über Clara Loomis und ihr kompromittiertes Leben hinausging. Es in einen Kontext bettete.

»Wo ist MH?«, fragte Sam. »Hast du mit ihr gesprochen?«

»Habe ich nicht«, sagte Laci.

»MH wurde gecancelt«, sagte Tugg.

Laci schüttelte den Kopf. »Wir canceln sie nicht. Wir entziehen ihr lediglich die Plattform. Sie hatte zu viel Macht, zu großen Einfluss, und hat beides missbraucht. Wir haben sie isoliert, damit sie nicht noch mehr Schaden anrichtet.«

»Was? Was ist denn passiert? Was hat sie gemacht?«, fragte Sam.

»Auf Medium gibt's eine Petition«, sagte Tugg.

Sams Handy vibrierte.

»Hab dir gerade den Link geschickt«, sagte Tugg.

»Hier steht nicht, was sie gemacht hat.«

»Glaube den Frauen«, sagte Tugg.

»Aber MH ist doch auch eine Frau«, sagte Sam.

Tugg funkelte sie böse an.

»Glaube den Opfern. Es haben sich auch Männer gemeldet«, erklärte Laci.

Sam sah auf die Uhr, schloss das Kuriositätenkabinett ab. Dann wies sie die beiden Frauen zum Ausgang und schaltete das Licht aus. Tugg und Laci warteten draußen.

Laci erzählte ihr, dass die Sache mit MH richtig schlimm sei, sie aber keine Einzelheiten verraten dürfe. Sam solle ihr einfach glauben. Den Opfern glauben.

»Wer sind die Opfer? Wie viele?«

»Ich bin nicht befugt, darüber zu sprechen«, sagte Laci.

Wer war dann »befugt«? Selbstverständlich glaubte Sam den Opfern, aber was, wenn diese Befugten andere Vorstellungen hatten von dem, was einen Rauswurf rechtfertigte?

»Sie ist meine Freundin. Ich kann sie nicht einfach fallenlassen, ohne zu wissen, was sie verbrochen haben soll.«

»Es ist ganz einfach. Sie ist eine Fehlermeldung. Sie ist Malware. Auf keinen Fall den Anhang öffnen. Löschen. In den Papierkorb damit. Papierkorb leeren«, sagte Tugg. »Und die Petition unterschreiben.«

»Ja«, sagte Laci, »unterschreib die Petition.«

»Und danach musst du deine Aktion teilen und verbreiten«, fügte Tugg hinzu.

»Wie kann ich etwas verurteilen, wenn ich nicht weiß, was es ist?«

»Hör zu, du musst uns einfach vertrauen. Wir haben die Vorwürfe gehört, es geht um ernste Übergriffe. Wir wollen die Opfer nicht noch mehr traumatisieren, indem wir sie zwingen, darüber zu sprechen und sie zur Zielscheibe machen«, erklärte Laci.

Sam nickte. Wer Missstände öffentlich anprangerte, machte sich zur Zielscheibe, das wusste sie. Die Beschuldigten schlugen zurück, manipulierten das Narrativ. Aber MH?

»Wer ist ›wir‹? Und was, wenn ich nicht unterschreibe?

Ich meine, was soll die Petition genau erreichen?«, fragte Sam.

»Daraus lässt sich erkennen, wer auf welcher Seite ist. Wo du stehst. Es ist nicht okay, sich rauszuhalten, auf Komplexität zu verweisen und rumzueiern. Das ist Gen-X-Scheiße«, sagte Laci.

Laci war ungefähr so alt wie Sam. Also gehörte sie zur »Gen X«, aber vermutlich war dadurch auch nichts gewonnen.

»Es ist nicht Bewundernswertes, Dinge komplexer zu machen, als sie sind«, sagte Laci. »Übertrieben kompliziert. Du glaubst, das macht dich ehrenhaft, aufrichtig, teilnahmsvoll. In Wahrheit macht es dich schwach und unfähig, Stellung zu beziehen.«

»Nein«, erwiderte Sam. So einfach war das nicht, dachte sie, sagte aber nichts.

»Vielleicht sind deine ganzen ›Zwischentöne‹, dieses ›andererseits‹ einfach miese Ausreden, um dich aus der Affäre zu ziehen.«

»Aber ... ich muss zuerst mit MH sprechen.«

Laci schüttelte den Kopf.

»Lass dich nicht von ihrer charismatischen Art bezirzen. MH labert nur Mist. Wusstest du, dass sie in Skaneateles ein Haus am See besitzt?«

»Echt?«

»Ja, unser *Hobo* mit den Bikerstiefeln für fünfhundert Dollar. Tu bloß nicht so, als hättest du das nicht bemerkt. Es ist alles gelogen.«

»Aber ihr seid eng befreundet. Du hast sie mir vorgestellt.«

Laci nickte. »Woran du erkennen kannst, wie beschissen das alles ist.«

»Lass mich über die Petition nachdenken.«

Laci musterte sie stirnrunzelnd.

Sam seufzte. Sie sah zu Tugg rüber, die auf ihrem Display rumwischte. »Sorry«, sagte Sam, »ich muss nach Hause. Hab kaum geschlafen letzte Nacht. Bin total kaputt.«

»Alles klar«, sagte Laci. »Wir reden morgen.«

»Okay, ja.«

Im Wagen schrieb Sam sofort eine Nachricht an MH.

Ist das wahr?

Die drei Punkte waberten fast eine Minute lang. Dann:

Nö.
Nein.

Sam hatte keine Ahnung, was dieses »das« überhaupt sein sollte, auch wenn MH es offenbar wusste. Klar war nur, dass MH irgendwas verbrochen hatte und alle sie fallenließen wie eine heiße Kartoffel. Zu Hause angekommen, beschloss Sam, die Angelegenheit genauer zu untersuchen. Sie las die Petition ein paarmal, sah sich die Unterzeichner*innen an, dann loggte sie sich zum ersten Mal seit vielen Monaten bei Facebook ein. Und bei Twitter. Laci/Earl hatte die Medium-Petition verlinkt. Es gab eine Menge kryptischer Kommentare, manche verteidigten MH, aber die meisten verurteilten sie. Alles ohne Einzelheiten. (Als Sam tief grub, sah sie, dass Laci und MH entgegen ihrer dringenden Empfehlung an Sam, sich aus dem Netz fernzuhalten, abzutauchen, sich abzumelden – der Sam brav gefolgt war –, die ganze Zeit über weitergepostet, kommentiert und getwittert hatten.

MHs letzte Meldung stammte vom Vortag, ein auf mehreren Plattformen veröffentlichter Tweet/Statusupdate/Instagram-Post: »Ich melde mich mal eine Weile ab. DM, wer IRL mit mir korrespondieren will.« Direkt daneben ihr Profilbild, die heilige Wilgefortis am Kreuz. Auf Facebook hatte sie Kommentare deaktiviert.

Sam überraschte es kaum, dass weder MH noch Laci am folgenden Abend zum Open Mike im *Smiley Face* aufkreuzten. Doch sie beschloss, ihre Nummer trotzdem durchzuziehen.

Sie würde ihre Ängste überwinden, ihr Innerstes nach außen kehren. Eine Art öffentliche Beichte aufführen, aus ihr heraus, in die Welt.

»Ich verspreche dir eines, hast du einmal da vorn gestanden und ihre Verachtung ertragen, wirst immer noch da sein und aufrechter stehen. Du wirst dich unbesiegbar fühlen«, hatte MH behauptet.

Aber wie sich herausstellte, traf das nicht zu. Es wurde eine Katastrophe.

17

»Manchmal bin ich ein schlechter Mensch«, flüsterte Sam, das Mikrofon mit beiden Händen fest umklammert. Sie hatte die Augen geschlossen und den Mund so nah am Mikro, dass sie es fast küsste. Kichern aus dem halbleeren Zuschauerraum. Ein elektrisches Kribbeln stieg in ihr auf. Ihre Schultern zuckten, sie zwang sich zur Konzentration. Sam schlug die Augen auf und sah nach vorn. »Das bin ich«, sagte sie, fast zornig. Sie blickte direkt in die gähnende Open-Mike-Menge, die um elf noch hier rumhing. In einem Stand-up-Schuppen, der zu einer Kette gehörte und sich obendrein in einer Mall in Central New York befand. Was hatte sie erwartet? »Vermutlich ist es den meisten Menschen egal, dass sie schlecht sind«, sagte sie. »Okay. Ich bin eine schlechte Mutter. Ja, darin sollte man gut sein, das sollte man nicht versauen.« Ein nervöses Kichern von einer Frau, die links im Publikum saß. Sam ignorierte sie. Sie war nicht hier, um jemanden zum Lachen zu bringen. Die Leute wollten Comedy, aber Sam war schon lange darüber hinaus, anderen ihre Bedürfnisse zu erfüllen.

»Mit schlecht meine ich nicht Vernachlässigung, nein, eher das Gegenteil. Und ich meine auch nicht Misshandlung, obwohl das ein schwieriges Wort ist, nicht wahr? Ich meine, wir können das Verhalten eines anderen als Misshandlung bezeichnen, aber vielleicht sieht die Person selbst das ganz anders oder hat es in dem Moment nicht so aufgefasst.« Jetzt lachte niemand mehr, manche schüttelten sogar den Kopf. »Es ist kompliziert. Wir wissen es eigentlich nicht oder wollen es nicht wissen.« Gut, dachte sie. Gut. »Vielleicht bin ich eine schlechte Mutter.« Ein hörbares Aufstöhnen. »Ich bin eine schlechte Mutter. Das bin ich. Wiederholung ist echt Mist. So langweilig, komm, mach schon, wo ist der Witz? Oder wenn es keinen Witz gibt, dann erzähl uns zumindest eine Geschichte. Und wenn es keinen Witz und keine Geschichte zu erzählen gibt, dann mach dich über dich lustig oder entschuldige dich charmant für dein Geständnis, hab ich recht?« Eine männliche Stimme, kaum hörbar, von rechts. Schlecht zu erkennen, wenn das Scheinwerferlicht einen blendete. Sie wandte sich zur Seite, legte die Hände schützend über die Augen und spähte hinunter, um den Störer ausfindig zu machen. »Was war das?«, sagte sie zu dem jungen Mann, der da unten vor seinem Bier saß, offensichtlich nicht sein erstes.

»Laaaangweilig!«, rief er. »Hör auf zu labern.«

»Ich langweile dich?«

Er nickte, grinste, zeigte ihr den Mittelfinger.

»Tja, du bist auch langweilig«, sagte sie. »Alles an dir ist langweilig.« Keine besonders geistreiche Antwort, aber Charme stand heute Abend auch nicht auf dem Programm. Jetzt kamen die ersten Buhrufe, es waren einige. Da unten saßen kaum Zuschauer, aber die Buhrufe waren laut. Dieses Geräusch erforderte ein bisschen Anstrengung, es vibrierte tief in der Kehle und ließ den versprengten Haufen wie eine Menschenmenge klingen. Beim *Buh!* kribbelte Sam der Nacken, es verlieh ihr neuen Schwung.

Das alles traf sie etwas unerwartet. Aber egal, sie hatte das Ende ihres Auftritts nicht genau geplant, es ging ihr nur darum, an einer bestimmten Stelle anzukommen, bei der Pointe: Sollten sie sich nur über die schlechte Mutter lustig machen, sicher dachten sie, Sam würde gleich irgendeine überzogene Kitschstory vor ihnen ausbreiten, ein falsches Geständnis, dass sie es als Mutter immer zu gut gemeint habe, pseudobescheidenes Geprahle, ich KÜMMERE MICH EINFACH ZU SEHR. Sie warten nur darauf, wie Sam als Nächstes davon erzählen würde, dass sie gar keine schlechte Mutter war, sondern die BESTE MUTTER ALLER ZEITEN oder zumindest ein sehr tollpatschiges, aber wohlmeinendes Mutterschaf, harmlos und gutherzig. Sie gingen ihr auf den Leim, denn so ein bisschen Selbstverachtung bei einer Frau mittleren Alters war eigentlich ganz entspannend. Doch stattdessen verkündete Sam lächelnd: »Zurück zur Beziehung zu meiner Tochter Ally. Eigentlich habe ich sie nicht vernachlässigt oder misshandelt, aber erzählen Sie das mal den Leuten vom Jugendamt!« Wie einen Kalauer haute sie das raus, nur leider lachte niemand, es herrschte eisige Stille, richtig unangenehm. Genau darauf hatte sie es abgesehen: Unbehagen erzeugen, Beklommenheit, das Gefühl, in Abgründe zu blicken, die man lieber nicht sehen wollte. Aber als sie die Worte aussprach, sie einfach rausließ, ging alles schief. Es entstand eine Pause, und für einen kurzen Moment stand Sam schweigend im Rampenlicht. Dann brachen Wut und Geschrei los, gegen sie. Ihr Gesicht wurde heiß. Mehr Buhrufe. Sie sagte nichts, funkelte gegen das Publikum an, gegen das Licht der Scheinwerfer.

Dann wurden aus den Buhrufen, zahlreich und zornig, Beschimpfungen. Halt die Fresse! Hau ab! Verpiss dich!

»Halt's Maul, dumme Zicke!«

Gelächter. Dann:

»Verzieh dich, du hässliche alte Fotze!«

Da war er. So leicht erregt. All der Hass auf sie. Es ging hier nicht um das, was sie gesagt oder nicht gesagt hatte, sondern darum, wen oder was sie dabei verkörperte. Wut war so leicht, leicht, leicht auszulösen. So leicht zu finden. Etwas Öderes gab es kaum, so vorhersehbar heutzutage. Sie hatte es versaut.

Die Leute funkelten sie böse an, als sie sich abwandte, um die Bühne zu verlassen. Dieses böse Funkeln hatte was, das musste sie zugeben. Es ihnen zu entlocken war viel zu leicht gewesen, aber nun war Sam endlich sichtbar geworden. Die Unmittelbarkeit, so von Angesicht zu Angesicht, versetzte sie in einen seltsamen Rauschzustand, menschliche Gesichter, keine Emojis, nackt, mitten im echten Leben. Doch kurz bevor sie den Bühnenrand erreichte, ihre Tür zur Freiheit, warf sie einen letzten Blick ins Publikum. Und da saß sie. Ally. Sie war gekommen. Ally hatte Sams Nachrichten tatsächlich gelesen. Sam unterdrückte den Impuls, sich von der Bühne direkt in die Arme ihrer Tochter zu werfen oder zumindest vor ihre Füße. Stattdessen lächelte sie und winkte, doch in dem Moment erkannte sie, wie sie auf Ally wirken musste. Peinlich, ihr Vortrag zum Fremdschämen. Die arme Ally hatte sich anhören müssen, wie ihre Mutter über sie redete, ihren Namen verriet, sie reinzog in ihre groteske Gier nach Demütigung. Was habe ich nur angerichtet? Ally starrte sie an. Beim Anblick ihres perfekten ovalen Gesichts fühlte Sam nichts als Liebe, aber Allys Miene war hart, ihr Mund ein zusammengekniffener Strich. Ally schüttelte den Kopf, schüttelte Sams Blick ab, sie stand auf, wandte sich zum Gehen. Sam rief: »Ally! Warte!«, aber sie war schon verschwunden. Sam war zum Heulen zumute. Ihr ganzes Draufgängertum, die reizvolle Renitenz, brach zusammen, und zurück blieb nur diese Scham. (Und irgendwo dahinter, ein Schock: Ally hatte so alt ausgesehen, so erwachsen. Gleich darauf kamen die üblichen Sorgen: Ally hatte vermutlich einen gefälschten Ausweis dabeigehabt, sie benahm, bewegte sich wie eine Erwachsene, aber sie war doch erst sechzehn, so jung, so irre jung, dass sie nicht ahnte, wie jung sie eigentlich war oder was das Wort tatsächlich bedeutete.)

Wieder zu Hause ging Sam mit der Zigarette in der Hand im Wohnzimmer auf und ab. (Aus zwei am Tag waren mittlerweile eher fünf geworden.) Viel Spaß beim Einschlafen. Adrenalin und diverse andere Stress- und gegenregulierende Hormone von ihrem Auftritt und den Nachwehen tobten noch immer in ihrem Körper. Zitternd und mit leichter Übelkeit zerlegte sie in akribischer Kleinstarbeit, wie sie es geschafft hatte, ihre Chance auf Versöhnung so komplett zu versauen.

Aus einem wahnwitzigen Impuls heraus wählte sie Allys Nummer. Direkt zur Mailbox, bevor es überhaupt klingelte. Dann schickte sie zwei verzweifelte Nachrichten hinterher.

Wohin bist du verschwunden?

Es tut mir so leid – bitte sprich mit mir, Ally, bitte.

18

Sie erwachte schlagartig um drei Uhr morgens, sie musste weggedämmert sein. Sie zog sich an, trank einen Kaffee und checkte ihr Handy. Nichts, klar. Wow! Ally hatte sie tatsächlich geblockt. Sie beschloss, das Handy auf dem Tisch liegen zu lassen (auf keinen Fall würde sie das Foltergerät mitnehmen), und verließ das Haus. Es war zwar erst Ende August, aber die Nachtluft bereits herbstlich frostig. Sie marschierte Richtung Park Street, am Friedhof vorbei. Zunächst spendeten die zahlreichen Straßenlaternen noch genug Licht, doch schon bald wurden sie spärlicher, es wurde dunkler, und Sam spürte, wie sich ihr vor Angst die Nackenhaare aufstellten. Sie beschleunigte ihre Schritte. Niemand war unterwegs, nicht mal die fahlen Opioidgeister.

In der Park Street sah sie Lichter zucken. Sie blickte nach rechts, spähte in die Dunkelheit. Ein paar Meter entfernt stand ein Streifenwagen, die Quelle der zuckenden Lichter. Zwei Personen, ein Mann und eine Frau, eilten mit gezückten Waffen auf eine Straßenlaterne zu, jemand rief: »Runter! Sofort hinlegen!«

Sam blieb stehen, folgte dem Blick der Polizisten.

»Stehenbleiben! Keine Bewegung!«

Sam sah, wie eine kleinere Gestalt, ein Junge, vorsichtig aus den Schatten ins Licht trat, eine Plastikflasche in der Hand. Er wandte sich in die Richtung, aus der die Rufe gekommen waren. Im Schein der Laterne konnte sie sein Gesicht genau erkennen, verwirrt, verängstigt. Abrupt wandte er sich nach links. Sam hörte ein scharfes Geräusch, ein Echo, dann *Rattatatt*, Echo. Der Junge wirbelte herum, schrie auf und stürzte auf den Gehweg, verschüttete dabei den Inhalt der Flasche. Ein Bein in grotesker Verrenkung. Die beiden Cops hasteten auf ihn zu, die Waffen immer noch auf ihn gerichtet. Sam sah sein Gesicht, ganz deutlich. Es war ein Jugendlicher, nein, ein Junge mit kindlichem Gesicht. Er rührte sich nicht mehr.

Einer der Cops sprach in sein Funkgerät. »Schusswaffengebrauch gegen verdächtige Person. Ein Verletzter. Bitte Krankenwagen anfordern.« Die Polizistin schob ihre Waffe zurück ins Holster und beugte sich zur Brust des Jungen hinab, offenbar wollte sie hören, ob sein Herz noch schlug. Die Gesichter der beiden Cops lagen im Schatten, aber ihre Uniformen waren deutlich zu erkennen. Die Frau richtete sich wieder auf, sah ihren Kollegen an und schüttelte den Kopf. Jetzt sah Sam auch ihr Gesicht, rot, verschwitzt. Sie atmete schwer.

»Warum hast du geschossen?«, fragte der Mann, laut und offenbar geschockt.

Er leuchtete mit der Taschenlampe den Gehweg um den Jungen herum ab. Das Licht fiel auf eine Pfütze, der ausgelaufene Inhalt der Flasche. Der Cop suchte weiter, offenbar vermutete er neben der Leiche irgendwelche Gegenstände. (Es war eine Leiche, das wusste Sam instinktiv, denn der Junge bewegte sich immer noch nicht. Er war tot.) Der Cop schüttelte den Kopf. Vorsichtig trat Sam einen Schritt zurück, aus dem Lichtschein, um die beiden weiter zu beobachten, aber sie hatten sie ohnehin nicht bemerkt. In der Ferne ertönten Sirenen.

Sam wandte sich um, zur Straßenecke, tauchte ab in die Schatten der unbeleuchteten Straße, nur weg von ihnen.

Niemand hatte sie bemerkt, aber sie hatte alles gesehen. Sie rannte, so schnell sie konnte, zurück in Richtung zu Hause.

Es war nur eine Frage der Zeit gewesen. Sie hatte sich hineingedrängt. Sich mutwillig in diese Welt (*die echte* Welt) begeben. Ein Haus in einer bettelarmen Gegend gekauft. War um drei Uhr morgens hier umhergeirrt, wo nur schlimme Dinge geschahen. Sie, rastlos, aufgedreht.

Erst als sie sich außer Sichtweite wähnte, verlangsamte sie ihre Schritte, setzte sich auf die Bordsteinkante und versuchte, wieder zu Atem zu kommen. Ihr Herz raste, sie fühlte es pumpen, hörte es förmlich. Sie lebte. Der Junge nicht.

Sicher dachten sie gerade darüber nach. Über das, was sie getan hatten. Genau wie Sam über das nachdachte, was sie gesehen hatte. Sie zitterte am ganzen Leib. Ihr war schlecht. Gleich würde sie kotzen, aber ihr Magen war leer. Es rumorte in ihr, alles krampfte sich zusammen. Es war so kalt, sie fror. Der Wind war aufgefrischt, schleuderte ihr kleine Regentropfen ins Gesicht. Sie zitterte, stand wieder auf. Eiskalt, von den Lippen bis in die Fingerspitzen, eiskalt kroch es ihr durch die Sohlen ihrer Sneaker, durch die Nähte ihrer Jeans, dieselbe Jeans, die sie schon die ganze Woche getragen hatte, Tag für Tag. Sie war ausgeleiert, zu groß, und es fühlte sich an, als hätte sich die Kälte zwischen ihren Schenkeln und dem Stoff eingenistet. Als der Wind über den Friedhof fegte, fuhr ihr Kälte bis ins Mark und ließ nur kurz ab, bis die nächste entsetzliche Böe folgte. Doch der Wind schärfte ihr die Sinne, und bei Sinnen sein, das war jetzt bitter nötig. (Herbst, dachte sie spontan, der August ist schon fast vorbei. Wie unfair, dieser plötzliche Temperatursturz.) Sie könnte ins Haus gehen, sich wärmen,

Kaffee kochen. Oder sich wieder auf die Bordsteinkante setzen, die Knie umschlingen, ein warmes Päckchen machen.
Stattdessen blieb sie stehen und zitterte vor sich hin.

Großer Gott!

Ein Junge ist tot. Ein Junge ist tot. Ein Junge ist tot.

VIER

ALLY

1

Joe hatte Ally darauf gebracht, sich den Auftritt ihrer Mutter in diesem grässlichen Comedy Club anzusehen. Natürlich könne er sie nicht begleiten, aber es sei doch eine prima Gelegenheit, den Riss zu kitten. Auch ihre Großmutter hatte ihr geraten, ihrer Mutter zu verzeihen. Sogar ihr Vater hatte beteuert, die Trennung sei seine Schuld. Als dann am Abend eine Nachricht von ihrer Mutter eingetrudelt war, hatte Ally kurzerhand beschlossen, tatsächlich hinzugehen. Sie setzte sich ganz nach hinten, bestellte eine Cola und eine widerlich gummiartige Caprese, um den Mindestverzehr zu erfüllen. Dann musste sie diverse grauenhafte Bühnenauftritte durchstehen, bis endlich ihre Mutter dran war.

Ally erkannte sie kaum wieder: hager, alt, borstig kurzes, abstehendes Haar. Zwar lächelte sie, aber in ihrem Gesicht zuckte es so komisch, sie wirkte wie getrieben von einer destruktiven Kraft, die ihr auf seltsame Weise Freude zu bereiten schien. Ganz hinten im Schatten des Zuschauerraums war Ally vor den Blicken ihrer Mutter sicher, selbst noch, als sie mit der Hand vor der Stirn vor dem grellen Scheinwerferlicht geschützt in die Runde spähte. Ally hatte ein bisschen Mitleid mit ihr, sie wirkte so gebrechlich, trotz ihrer Muskeln. Ihre dumme Mutter machte sich da vorne zum Affen. Es war

fast ein bisschen witzig, wie sehr die Zuschauer sie verab-
scheuten, aber im Endeffekt genauso megapeinlich, wie
Ally es erwartet hatte. Dann kam ein Rant darüber, dass sie
eine schlechte Mutter war, sie erwähnte sogar das Jugendamt und nannte Ally beim Namen. Ally war geschockt. Wie
konnte ihre Mutter sie da mitreinziehen, als wäre das alles
ein Riesenwitz? Als wäre das, was damals passiert war, diese
Untersuchung, nicht entsetzlich gewesen und traumatisch
und allein ihre verdammte Privatsache.

»Sie hat keinerlei Gefühl für Grenzen, keinen Filter. Mein Privatleben. MEINES. Und dann breitet sie diese Sache vor aller Welt aus. Sie kennt keine Scham.«

»Was ist denn damals passiert? Erzähl.«

Wenn Joe es unbedingt wissen wollte, warum sollte Ally es ihm dann nicht sagen?

»Mit fünfzehn bin ich bei einem Test in der Schule in Ohnmacht gefallen. Das war noch ziemlich am Anfang der Zehnten, ich wollte unbedingt ne eins. Völlig übertrieben, das wusste ich selbst, aber irgendwie war ich auch stolz auf meinen Ehrgeiz. Es war einfach meine Art, mit den Dingen umzugehen – ist es ja heute auch noch. So bin ich eben. Leider hab ich's dann total übertrieben und die ganze Nacht durchgelernt. Morgens habe ich den restlichen Kaffee aus der Kanne getrunken, mit Mandelmilch und löffelweise Zucker, und beschlossen, die Sache durchzuziehen. Als ich losmusste, hab ich mich schon ein bisschen komisch gefühlt, aber ich hab nichts gesagt. Der Test war gleich in der ersten Stunde, so lange könnte ich mich schon zusammenreißen. Mom hat nichts gemerkt, ich kann so was immer gut kaschieren. Sie hat nur mitgekriegt, dass ich meine Notizen durchgegangen bin. Schon da hatte ich Schweißausbrüche.

Der Test bestand aus Multiple-Choice-Aufgaben und einer Essayfrage. Ich hatte alles parat, ich musste mich nur beruhigen und funktionieren. Aber ich hab so geschwitzt, mir war schwindelig und schlecht. Mein Puls raste. Kein Asthmaanfall, das wusste ich aus Erfahrung. Ich bin auf die Toilette und hab mir Wasser ins Gesicht geschüttet, um mich von der Übelkeit abzulenken. Und schwupps lag ich am Boden, aus die Maus. Ich konnte den Sturz gerade noch mit den Händen abfedern. Wie sich herausstellte, hatte ich eine vasovagale Synkope. ›Vaso‹ heißt, die Blutgefäße betreffend, ›vagal‹ bezieht sich auf den Vagusnerv. Synkope, das heißt Ohnmacht. *Syn*, bedeutet so viel wie *zusammen*, *kope* kommt von *koptein*, stoßen, schlagen, hauen. Ich hatte also einen stressinduzierten Zusammenbruch. Aber das wusste natürlich niemand. Hätten auch ein Hirntumor oder Herzrhythmusstörungen sein können. Also haben sie meine Eltern benachrichtigt, damit die mich in die Notaufnahme bringen.

Ich saß leichenblass auf dem Rücksitz, mein Vater war am Steuer, meine Mutter machte das, was sie am besten konnte, komplett austicken. Auf dem Parkplatz vor der Notaufnahme habe ich mich erbrochen. Wir mussten eine Stunde warten, was meine Eltern so richtig Nerven gekostet hat, vor allem meine Mutter. Und im Behandlungszimmer mussten wir noch eine Stunde auf den Arzt warten. Mittlerweile war ich so erschöpft, dass ich kaum noch wachbleiben konnte, aber meine Eltern wussten nicht, ob sie mich schlafen lassen sollten oder nicht. Sollte ich lieber wach bleiben, bis sie mich auf Hirnerschütterung und so was untersucht hatten? Es gab keine Schwestern oder Pfleger, die man hätte fragen können.

Nach einer gefühlten Ewigkeit kam endlich jemand zu uns. Er leuchtete mir in die Augen, offensichtlich dachte er, ich sei auf Drogen. Sagen wir mal so, der Mann war kein Genie im Umgang mit Patienten. Vielleicht lag es daran, dass meine Mutter ununterbrochen quatschte, ständig wiederholte, ich sei gesund und so was noch nie vorgekommen.

Er hat Mom ignoriert, eine Blutuntersuchung angeordnet und ein CT. Meine Eltern haben zugestimmt.

Kaum war er gegangen, fängt meine Mutter an zu flüstern. ›Habt ihr gesehen, dass der gar kein Arzt ist? Wir warten hier seit Stunden und die schicken uns einen Krankenpfleger?‹

›Sam, das ist kein Krankenpfleger, der Mann ist Nurse Practitioner, und die haben mehr klinische Erfahrung als Ärzte‹, meint mein Vater.

Meine Mutter so: ›Und was ist mit diagnostischen Fachkenntnissen? Sind dafür nicht die Ärzte da? Warum fällt eine kerngesunde Jugendliche aus heiterem Himmel in Ohnmacht?‹

Ab da ist die Sache komplett aus dem Ruder gelaufen. Ich habe meinen Eltern endlich gestanden, dass ich die Nacht durchgemacht und kannenweise Eiskaffee getrunken hatte. Und kaum gefrühstückt. Also hatte ich eigentlich seit dem Vorabend nichts als Kaffee zu mir genommen. Die gute Nachricht war also, dass ich bestimmt keinen Hirntumor hatte und nur auf die Hände gefallen war, nicht auf den Kopf. Ich hatte gehofft, das würde sie beruhigen, und wir könnten einfach heimfahren und ein bisschen schlafen. Aber Mom hat so eine Art, immer alles schlimmer zu machen. Es ist wie ein Zwang, sie braucht das richtig. Im Hintergrund wurden Hebel in Bewegung gesetzt, Dinge geschahen, über die ich – wir – keine Kontrolle mehr hatten.

Mom geht also an die Empfangstheke, hinter der der Mann seine Untersuchungsanweisungen in den Computer tippt. Sie glaubt noch heute, ich wüsste nicht, was sie gesagt hat, aber ich habe alles mitgekriegt.

Sie hat ihm erzählt, dass in letzter Zeit mehrere Röntgenaufnahmen von mir gemacht worden seien. Dass ich mir zwei Wochen zuvor beim Training das Handgelenk verstaucht habe. ›Damit waren wir auch hier‹, sagt sie. Vier Monate zuvor war ich beim Skaten gestürzt und hatte mir das Fußgelenk verdreht. Und im Jahr zuvor hatte ich im Winter eine Hirnerschütterung. Jedes Mal haben sie mich geröntgt. Dazu die Aufnahmen beim Kieferorthopäden, und der Zahnarzt mit seiner sündhaft teuren Panorama-Röntgenmaschine – Gott, wie sie das Ding hasste. ›Mit ihren Zähnen ist alles in Ordnung‹, hatte sie damals gesagt, aber sich dann doch von dem Zahnarzt beschwatzen lassen, weswegen sie vielleicht jetzt, im Krankenhaus, einen solchen Aufstand gemacht hat. Sie hat dem MTA erklärt, dass sie keine weitere Strahlendosis wollte. Kein CT.

Da hat er sie endlich genauer angesehen, mit gerunzelter Stirn. Aber gesagt hat er nichts, hat sich wieder dem Computer zugewandt und weitergetippt – und getan, als wäre sie nicht da.

›Verzeihung!‹, hat meine Mutter gesagt, so richtig laut. Da wusste ich, dass sie sich gerade tierisch aufregt. ›Muss es wirklich ein Hirn-CT sein? Sie ist doch gar nicht auf den Kopf gefallen, sagt sie.‹

Der Mann unterbricht wiederum sein Tippen und schaut sie seufzend an.

›Ja, es muss sein. Sie hat das Bewusstsein verloren.‹

›Aber sie hat mir erzählt, das wäre erst passiert, als sie schon am Boden lag. Sie weiß genau, dass sie nicht auf den Kopf gefallen ist.‹

Dazu hat er wieder nichts gesagt. Hat einfach weitergetippt.

›Ich will nicht, dass sie nochmal eine Strahlendosis abkriegt.‹

›Sie braucht ein CT – das ist mein professionelles Urteil und in solchen Fällen außerdem eine Standarduntersuchung.‹ Zu Moms Verteidigung könnte man vielleicht anmerken, dass er sie tatsächlich etwas knapp abgekanzelt hat. Ihre Befürchtungen waren ihm egal. Es war klar, dass er sie nicht ausstehen konnte. Seine Miene war, nun ja, verächtlich. Weißt du, wenn mein Vater vor ihm gestanden hätte, wäre dieser Wichser sicher nicht so blöd gewesen. Er hatte sie schon in eine Schublade gesteckt: schrill, kontrollsüchtig, unkooperativ.«

»Das klingt, als wärst du auf ihrer Seite«, sagte Joe.

»Bis zu einem gewissen Punkt bin ich das ja auch. Aber dann hat sie die Sache eskaliert, die Stimme erhoben. Sie hat ihm gesagt, dass ich in Wahrheit die Nacht durchgemacht und zu viel Kaffee getrunken hätte. Es sei ihr mütterliches Urteil, dass ich kein CT brauchte. Er hat sie angesehen, dann wieder die Tasten klackern lassen. Beim Anblick seiner Miene hat sie losgelegt. Es sei alles kein Problem, hat sie gesagt, ich hätte es einfach ein bisschen übertrieben, schließlich würde ich zu den Klassenbesten gehören. Warum musste sie ihm das alles auf die Nase binden? Wen interessierte es, ob ich zu den Klassenbesten gehörte?

Jetzt denkt er also, dass alles gelogen ist und ich ihm was verschwiegen habe. Dass wir alle lügen. Die Wogen glätten sich, aber in seiner Stimme liegt eine gewisse Härte, in der Art, wie er uns behandelt, schwingt Feindseligkeit mit.

Sie haben mich nicht zum CT gebracht. Aber eh ich mich versah, saß ich mit einer Sozialarbeiterin allein im Zimmer, sie fragt mich über meinen Lebensstil aus, will alles wissen, von Drogen bis Sex. LOL. Erst als die Testergebnisse vorlagen, durften wir gehen. Und ja, meine Mutter grinste den

Typen im Vorbeigehen doch tatsächlich siegessicher an, den Arm um mich gelegt, als wollte sie sagen: *Siehst du, ich hab gewonnen.*

Ein Alptraum, aber er war vorbei, denkst du? Weit gefehlt.

Am nächsten Tag stehen zwei vom Jugendamt vor unserer Tür. Wie sich zeigen sollte, kann dir jeder anonym das Jugendamt auf den Hals hetzen. Weswegen? Wegen Unterlassung der medizinischen Versorgung einer Minderjährigen. Ha! Da hat meine Mutter laut gelacht, sie aber trotzdem in unser Wohnzimmer gebeten und sogar den Stapel meiner Patientenunterlagen hervorgekramt.

›Keine medizinische Versorgung, ja?‹ Mit diesen Worten schiebt sie den Leuten alles hin, von den Behandlungen in der Notaufnahme, Arztbesuche wegen Asthma, Brille, Hautarzt, Kinderarzt. Bei den vielen Behandlungen in der Notaufnahme hatte ich fast Angst, dass sie ihr ein Münchhausen-bei-Proxy-Syndrom oder so was anhängen.

›Die Sache ist die‹, hat meine Mutter in ruhigem Ton gesagt. ›Dieser Krankenpfleger, der mich angezeigt hat, ist ein machtgeiles Arschloch. Es hat ihm nicht gefallen, von einer vorlauten nervigen Zicke wie mir hinterfragt zu werden. Er ist ein arroganter Wichser und sollte gefeuert werden, weil er staatliche Ressourcen für seinen Egotrip missbraucht.‹

Kurz gesagt hat sie die Sache aufgebauscht, und ich musste darunter leiden. Während der darauffolgenden Untersuchung musste ich eine Sozialarbeiterin nach der anderen davon überzeugen, dass alles bestens war. Meine Mutter haben sie auch in die Mangel genommen. Dad ebenso. ›Die Dinge gehen ihren Gang‹, hat Dad gesagt. ›Wir müssen es einfach über uns ergehen lassen. Ich werde mich schriftlich beim Krankenhaus beschweren. Aber so ist es gesetzlich festgelegt. Also machen wir schön brav mit.‹ Niemand – nicht mal Mom – hat es gewagt, sich darüber aufzuregen, dafür hatten diese Leute einfach zu viel Macht, die können dein komplettes Leben zerstören. Wenn wir sie nicht ins Haus lassen, befragen sie mich eben in der Schule, dazu haben sie das Recht. Kannst du dir das vorstellen? Diese Erfahrung war richtig traumatisch.«

»Kompetenzüberschreitung«, sagte Joe kopfschüttelnd. »Darum geht es aber nicht. Wie Dad erklärt hat, gibt es gute Gründe dafür, dass sie streng sind. Natürlich haben sie die Akte nach der vorgeschriebenen Untersuchung geschlossen. Aber sie war danach noch zehn Jahre lang zugänglich – geschlossen, aber die Daten nicht gelöscht, falls nochmal was vorfallen sollte. Wir hatten uns damals darauf geeinigt, keiner Menschenseele je davon zu erzählen, Mom hat mich dazu verdonnert, Stillschweigen zu bewahren. Und da hat sie gestanden, auf der Bühne in der Destiny Mall, und hat alles ausgeplaudert, vor einer Horde Hatern.«

»Das tut mir leid, Ally.«

»Ich bin doch nur ein Kollateralschaden auf dem Scheiterhaufen ihres Selbstopferungstrips.«

»Ich glaube nicht, dass sie dich damit verletzen wollte.«

»Das hat sie mit ihrem Leben gemacht, sie hat es geopfert.«

3

Joe schenkte ihr nicht nur Bücher, die sie lesen sollte, sondern auch romantische Luxusaccessoires wie Schmuck, Kerzen, Dessous, Parfüm. Es bereitete ihr großes Vergnügen, diese mit Ripsbändern verschlossenen Taschen zu öffnen, in denen sich unter Seidenpapier kleine Schachteln oder Beutelchen verbargen. Sie erfreute sich daran, weil sie an seinen Geschenken ablesen konnte, wie Joe sie sah. Ally fühlte sich nicht ausgehalten oder umgarnt, schließlich stellte sie keine Ansprüche an ihn. Vielmehr sah sie die Geschenke als eine Art Anerkennung und als Beweis dafür, wie sehr er an sie dachte, während er ohne sie war.

Es gefiel ihr, wenn Joe sie beim Auspacken der Geschenke beobachtete. Und es gefiel ihr, weiche, duftige Kleidungsstücke zu tragen, feine schwarze Strümpfe oder Seidenshorts. Wie sehr es sie beide erregte, wenn sie sich mit diesem Zierrat schmückte, und er ihn ihr gleich wieder auszog. Sie tat, als wäre sie eine andere, was umso prickelnder war, da sie selbst noch nicht wusste, wer sie eigentlich sein wollte. Bin ich die Art Frau, die Dessous mag? Wenn ja, was sagt das über mich aus? Es könnte doch cool sein, nach außen zugeknöpft und konservativ zu wirken und darunter verrucht und sexy zu sein. Aber damit kapitulierst du vor der reduktiven Kommerzialisierung der sexuellen Lust, würde ihre Mutter vermutlich sagen. Schon möglich, aber wie wollte sie das wissen, wenn sie es nicht selbst ausprobierte? Und was, wenn es sie tatsächlich erregte?

»Es gefällt mir, dich zu verderben«, sagte Joe, während

er ihr ein Glas rosa Champagner einschenkte. Sie lächelte, trank einen Schluck. Er sah süßlich aus, roch aber wie Brot. Nach dem dritten Schluck hatte sie bereits Gefallen daran gefunden, wie er ihr auf der Zunge prickelte und sie von innen heraus wärmte. Die Küsse zwischen den Schlucken waren himmlisch. Joe drückte ihr eine zweite Schachtel in die Hand. »Noch mehr?«, fragte sie. Er lachte. »Mach's auf.« Es handelte sich um ein schlankes lila-weißes, längliches Gerät, das sich in ihre Hand schmiegte. Ein eleganter Vibrator mit USB, aufladbar. Sie schlug sich die Hand vor den Mund. Er lachte sich kaputt.

»Wir müssen ihn nicht benutzen. Es war eher als Scherz gemeint. Findest du das jetzt schlimm?«

»Überhaupt nicht!«, rief Ally. Sie konnte es nicht erwarten, ihn auszuprobieren. »Aber wir müssen ihn erst aufladen.«

»Schon erledigt.«

»Du warst wohl ziemlich sicher, dass ich darauf eingehen würde.«

»Du bist eben abenteuerlustig. Noch etwas Champagner?«

Sie spielten damit herum. Zu ihrem Entsetzen musste er ihr die glatte Silikonspitze nur an die Klitoris halten und schon kam sie, und gleich danach noch einmal, ganz automatisch, ohne dass sie sich dazu zwang oder darauf konzentrierte. Sogar, wenn sie sich dagegen sperrte.

»Was meinst du?«, fragte er nach ihrem vierten Orgasmus.

»Fühlt sich gut an, aber auch irgendwie, als würde ich mit einem Roboter vögeln.«

Er nickte. »Eine Variante fürs Repertoire.«

»Sex auf Knopfdruck. Meinen die das mit Internet der Dinge?«

Er lachte und küsste sie.

Später dachte sie darüber nach. Hatten sie ein Repertoire? Eine Liste oder Archiv dessen, was sie miteinander trieben? Hieß das etwa, dass er sich bereits langweilte – sie hatte davon gehört, wie Leidenschaften mit der Zeit abflauten –, oder wusste er, dass ihnen bald nichts mehr einfallen würde, wenn sie nicht ständig für Nachschub sorgten? Sie schickte ihm ein Bild von sich in der Reizwäsche, die er ihr gekauft hatte, und bedauerte es sofort, denn es fühlte sich überhaupt nicht erregend an. Eher leicht panisch. Womöglich fand sie es in Wahrheit selbst ein wenig langweilig, Bilder von sich zu schicken.

Er allerdings fuhr total drauf ab, reagierte mit einer Reihe Herzchen und einem Emoji mit Herzenaugen.

Joe war eine ganze Woche in der Stadt, zur Einweihung seines neuesten Projekts, »The Cope«, ein altes Kloster, das er in Luxusapartments und Co-Working-Ateliers umgewandelt hatte. Ally wäre bei der Banddurchtrennungszeremonie dabei, aber nicht als sein Date. »Insgeheim bist du natürlich mein Date, wir müssen nur diskret sein. Offiziell bist du als meine YAD-Mentee dabei, damit deine Teilnahme plausibel ist.«

»Verstehe.«

»Wir können nur nicht Händchen halten oder rummachen«, sagte er. Sie lachte. »Aber hinterher feiern wir auf meinem Hotelzimmer.«

Ally müsste sich noch eine Ausrede für ihren Vater einfallen lassen, was aber kein Problem sein sollte, denn der kapierte sowieso nichts. Er dachte, sie lerne, hätte Chorprobe oder irgendeine YAD-Simulation. Oder Fußballtraining. Was ja auch zutraf. Sie hatte sich zur Vorbereitung aufs College für einen Sommerkurs eingeschrieben und einen Haufen Hausaufgaben zu erledigen, das Treffen mit Joe setzte sie also ziemlich unter Zeitdruck. Aber sie war stolz auf ihn und freute sich schon sehr darauf, ihn zu sehen und mitzuerleben, wie er ein weiteres seiner exklusiven Sanierungsprojekte vorstellte.

Vor der Banddurchtrennungszeremonie durften VIPs und Pressevertreter die Wohnungen besichtigen. Gemeinsam betraten sie durch das Rundbogentor das Dormatorium des ehemaligen Klosters.

»Das Kloster wurde 1896 von Archimedes Russell als Mutterhaus für die Schwestern des Franziskanerordens erbaut. Die Außenfassade ist weitgehend erhalten geblieben, nur das Mauerwerk wurde neu verfugt und das Dach ersetzt.«

Joe führte die Gruppe durch den Saal zu den Wohnungen. »Darf ich Ihre Aufmerksamkeit auf die Eichenvertäfelung richten? Es handelt sich hier um das Original aus dem alten Saal, an manchen Stellen hat man Boiserie aus der Kapelle eingesetzt.«

Im Saal mit seiner hohen Decke kam das satte, dunkle Eichenholz so richtig zur Geltung. Joe hatte nicht nur einen exquisiten Geschmack, sondern auch dafür gesorgt, dass dieses außergewöhnliche Gebäude erhalten geblieben war.

Joe führte seine Gäste in eines der Apartments.

»Hier sehen Sie eines der exklusiveren Zwei-Zimmer-Apartments mit voll ausgestatteter Küche, Dachterrasse und Blick über die Stadt.

Das mit dem Blick über die Stadt war nicht gelogen. Man hatte die raumhohen Fenster saniert, ihre Holzsprossen erstrahlten in neuem Glanz. Joe zeigte seinen Gästen die Küche mit schwarzen Schränken, grauer Granit-Arbeitsplatte und Spritzschutz aus Metrofliesen. Die Armaturen waren aus rostfreiem Stahl.

Ally nahm die offene Küche mit Frühstückstheke und Barstühlen genauer in Augenschein. Sie konnte sich lebhaft vorstellen, was für ein Typ Mann sich so ein Apartment mieten würde. Denn natürlich waren diese Wohnungen für Typen gemacht. Single, klarer Fall. So einer, der sich einen teuren Gaming-Stuhl gönnen würde.

Joe wies die Gruppe auf das freigelegte Mauerwerk hin,

die freigelegte Verrohrung, die freigelegten Stützbalken und den künstlich gealterten Parkettboden.

Der Mann, den Ally sich vorstellte, stand total auf freigelegtes Mauerwerk und coole, sichtbare Rohre. Aber passte das tatsächlich zu diesem eleganten Kloster? Sie standen hier doch nicht in der ehemaligen Produktionshalle einer Fabrik. Aber da waren diese Lampen in Käfigen – wie nannte man die nochmal?

»Besonders eindrucksvoll sind hier die Edison-Glühlampen. Im Schlafbereich vermitteln dekorative alte Scheunentore einen attraktiven Kontrast zu den industriegrauen Wänden.«

Edison-Glühlampen und alte Scheunentore? Ally verdrängte ihr Unbehagen, konzentrierte sich stattdessen auf die wirklich schönen Sprossenfenster, die ohne Joe verstaubt wären, unbenutzt und morsch. Die Kirchenbänke aus Eichenholz, die Orgel, das Deckengewölbe. Schon als Kind war sie gern in Kirchen gewesen. Ihre Familie war nicht religiös, aber Kirchen, so hatte es ihre Mutter erzählt, waren stets die schönsten Gebäude am Ort, egal, wo man zu Gast war. »Dort kannst du in Ruhe sitzen, musst nicht mal dafür bezahlen.« Sie waren hineingegangen, hatten die Stille genossen. Ein Ort, wo die Menschen noch die Stimme senkten und nur verschämt ihr Handy benutzten.

Sie erinnerte sich, wie sie im Alter von zehn Jahren mit ihrer Mutter Montreal besucht hatte. Ein Mutter-Tochter-Wochenende in einem Hotel mit Pool auf dem Dach. Ihre Mutter hatte ihr erlaubt, nach dem Abendessen schwimmen zu gehen, um zehn Uhr. Sie sah ihr zu, wie sie Kunststücke aufführte, unter Wasser Purzelbäume schlug, mit einem Salto ins Becken sprang. Am nächsten Tag spazierten sie durch die Altstadt. Es war heiß und voll. Ihre Mutter zog sie in eine kleine Steinkirche direkt am Hafen. Den Namen hatte sie vergessen, aber ihre Mutter hatte ihr erklärt, die Kirche sei im siebzehnten Jahrhundert von den Jesuiten erbaut worden. Sie setzten sich in eine Bank. Drinnen war es kühl und düster, nur durch die Fensterrose drangen vereinzelte Lichtstrahlen herein. Ihre Mutter wies sie auf die Deckenlampen hin, alle waren wie Schiffe geformt. »Hier haben sich die Seemänner vor großer Fahrt zu einem letzten Gebet versammelt. Genau wie in *Moby-Dick*«, flüsterte sie. Im Sommer davor hatten sie sich bei ihren Autofahrten Auszüge aus dem Buch angehört. Und sich die alte Verfilmung angesehen. »Kannst du dir das vorstellen?« Ally hatte die von der Decke baumelnden Schiffchen betrachtet und gedacht, ja, das kann ich.

Joe war gerade dabei, die Liste seiner Projektförderungen herunterzuleiern, Gelder, die er aus den Töpfen verschiedener staatlicher und regionaler Entwicklungsprogramme abgeschöpft hatte. Ally wusste, dass er zwölf Jahre lang keinen Cent Steuern bezahlen musste, weil er eine bestehende Struktur wieder bewohnbar gemacht hatte. Man hatte ihn von der Eintragungssteuer befreit, was auch immer das sein mochte, und für das Baumaterial hatte er keine Verkaufssteuer zahlen müssen.

Egal, Joe hatte dieses Gebäude gerettet. War das kein guter Einsatz von Steuermitteln? Als sich ihre Augen an die Dunkelheit in der Kapelle gewöhnt hatten, erkannte Ally die Einzelheiten im großen Kirchenfenster zu ihrer Rechten. Eine Nonne in ihrer Tracht, die Hände auf die Köpfe einer Schar von Bedürftigen gelegt. Hinter ihr leuchteten Sonnenstrahlen. Darunter stand: »Mutter der Kranken und Armen«. Ally wusste, welche Frau hier dargestellt war. Sie hieß Marianne Cope, man hatte sie erst vor Kurzem heiliggesprochen. Sie hatte hier im Kloster gelebt und sich freiwillig für die Arbeit in der Leprakolonie gemeldet, in einer Zeit, als sich niemand um die Kranken oder ihre verwaisten, ungewollten Kinder gekümmert hatte.

Joe war fertig mit seiner Führung, jetzt nahm er Fragen von den Pressevertretern entgegen.

Ally arbeitete an der Rohfassung ihres College-Essays. Sie versuchte, ihre persönliche Entwicklung zu beschreiben, ihr *Empowering* durch das Engagement beim YAD ... aber puh! Wie aufgesetzt und langweilig. Stattdessen schrieb sie:

WARUM ICH KEINE LIBERTÄRE BIN
von Ally Raymond

Auf den ersten Blick erschien vieles recht einleuchtend. Aber bei genauerer Betrachtung eben doch nicht. Wie manche Leute aus dem Augenwinkel attraktiv aussehen, aber wenn man genauer hinsieht, nee, doch nicht.

Mein Mentor hat mir ein Buch gegeben, *Der Ursprung*. Ich habe es nur angelesen, weil es langatmig und schlecht geschrieben ist – schulmeisterlich und total amateurhaft. Außerdem habe ich mir ein paar Essays angesehen, die mir mein Mentor empfohlen hatte. Und meine eigenen Recherchen angestellt.

Beginnen wir mit dem Wort »libertär«, das nebenbei bemerkt bei Ayn Rand nirgendwo auftaucht. Libertär, von »liber« und lat. »libertas«, Freiheit, bedeutet also so viel wie frei, unbegrenzt, ohne Fesseln. Wer will nicht frei sein? Definieren sich Libertäre also darüber, dass sie Freiheit wollen, wie sich Vegetarier darüber definieren, dass sie keine Tiere essen wollen? Für sie ist die Freiheit nicht etwa ein Ideal unter vielen, nein, sie stellen die Freiheit über alles andere. Weitere Bedeutungen des Wortstammes »liber«: zügellos, ungehemmt, lasterhaft.

Libertäre sehen also in der individuellen Freiheit den größten politischen Wert, sie glauben nicht an staatliche Bevormundung und propagieren einen unregulierten Markt, in dem ein fairer Wettbewerb herrsche, also alle die gleichen Chancen haben. Gleichheit, wie sie sie demnach verstehen, bedeutet jedoch nicht etwa Einkommensgleichheit, sondern Chancengleichheit. Wir wollen uns mal ansehen, wie das in der Realität so funktioniert.

Ein Libertärer würde beim Anblick eines Obdachlosen, der mit einem Schild um Almosen bittet, vielleicht sagen: »Gebt ihm nichts, er gibt euer Geld sicher nur für Bier aus!« Nun mag man sich denken: Na und? Würde ich nicht auch Bier trinken, wenn ich unter einer beschissenen Autobahnbrücke wohnen müsste? Aber möglicherweise möchte man das nicht laut sagen. Würde man den Libertären darum bitten, seine Meinung genauer zu begründen, würde er erklären, er sei überzeugt, die obdachlose Person lebe nur auf der Straße, weil sie »schlechte Lebensentscheidungen« getroffen habe. Und wir sollten nicht verantwortlich gemacht werden für die schlechten Entscheidungen anderer Leute. Meine Frage lautet: Wie viele unserer Entscheidungen werden von Faktoren beeinflusst, die wir nicht in der Hand haben? *Aber das habe ich nicht gesagt.*

Ein Libertärer würde vermutlich sämtliche Steuererleichterungen mitnehmen, die Staat, Bund und Gemeinden so ausloben, um ihren heruntergekommenen Städten neue Bauprojekte zu verschaffen. Aber wie verträgt sich das mit einem unregulierten Markt? Ist das nicht dasselbe wie Almosen vom Staat in Anspruch zu nehmen, nur eben Almosen für Bauunternehmer, die sowieso schon reich sind? *Das habe ich auch nie gesagt.*

Und was ist mit den vielen öffentlichen Einrichtungen, wie Feuerwehr, Post, Schulen? Was ist mit der rasant voranschreitenden Klimakatastrophe? Vielleicht hat der Markt ja doch eine minimale Funktion, aber was, wenn öffentliche Interessen dem Profit zuwiderlaufen? Lässt sich dieser Gegensatz nicht nur mit Gemeingütern und, ja, Vorschriften auflösen? Selbst wenn man glauben möchte, Privatunternehmer könnten die Klimakatastrophe aufhalten – mithilfe von öffentlich finanzierten, aber von Unternehmen betriebenen Lösungen wie 5G, Industrie 4.0, *AI*, Nanotechnologie, Data Hubs, »additiver« Herstellung, Edge Computing etc. – warum ist es dann nicht schon längst geschehen? *Diese Frage habe ich auch nicht gestellt, aber ich habe mir schon oft verschiedene Varianten überlegt.*

Um Privatbesitz zu schützen, braucht man die Polizei, Gefängnisse und Mechanismen wie Urheberschutzgesetze. Also ist es Libertären durchaus nicht unrecht, dass manche Bereiche staatlich geregelt sind. Vielleicht sind sie gar nicht für die totale Freiheit, sondern nur dafür, ihre eigene Freiheit auf Kosten anderer zu schützen. *Nein, diesen Gedanken habe ich kein einziges Mal geäußert.*

Schließlich stellt sich die Frage, ob es tatsächlich im öffentlichen Interesse sein kann, schöne alte Häuser (Schulen, Bibliotheken, religiöse Gebäude) mit staatlichen Förderungen (sagen wir mal Steuererleichterungen in Höhe von 4,6 Millionen Dollar) in geschmacklose Apartments und Co-Arbeitsplätze für Tech-Hipster umzuwandeln? Sollten wir diese Gebäude nicht alle nutzen dürfen, selbst wenn uns der Wille fehlt, sie in dieser Form heute noch so zu bauen? Ist es nicht ein bisschen problematisch, die Wirkstätten von Heiligen wie Marianne Cope in Privatbesitz übergehen zu lassen? Wie wäre es, wenn wir an stillen Besinnungsorten keine Designer-Klischees wie Scheunentore zulassen würden? Auch keine Gaming-Stühle und Tabata-Workout-Sessions. *Okay, jetzt wird's langsam unheimlich, ich klinge wie meine Mutter, LOL.*

Wie dem auch sei, diese vom Steuerzahler finanzierte Sanierung schöner alter Gebäude für den privaten Profit eignet sich perfekt als Metapher für Joes Einstellung. Die Apartments wirken gefälscht, sie sind in ihrer schlecht gemachten Art nicht ganz echt. Der Trick liegt darin, einen Eindruck von Hochwertigkeit zu erwecken. Eine Prothese statt echter Schönheit. Prothese, also *pros*, »dazu«, und *thesis*, abgeleitet vom griechischen Wort *tithenai*, »setzen, stellen, legen«. Statt historisch respektvoll und sorgfältig zu restaurieren, blendet Joe die Leute mit Stilklischees wie Metrofliesen und Granitflächen und grau patiniertem Hartholz, die den Schein von Wertigkeit und Klasse erzeugen. Und dieses Vorgehen trifft auf vieles zu, was Joe in seinem Leben so anstellt.

Ally hielt inne und starrte auf ihren Laptop. Das war gar kein Essay mehr. Was als solches begonnen hatte, war zu einem bitterbösen Abschiedsbrief an Joe geworden. Doch wenn sie an ihn dachte, an seinen nach Seife duftenden Körper, die Art, wie er ihren Nacken küsste, ihre Ohren ... Sie schüttelte die Vorstellung ab. In diesem Moment verstand sie etwas, das sie nie wieder vergessen würde: Man konnte jemanden begehren, sogar heftig begehren, auch wenn man ihn nicht mehr mochte oder gar respektierte.

FÜNF

SAM

1

Kaum war Sam wieder zu Hause, suchte sie ihr Handy und rief die einzige Person an, von der sie wusste, dass sie noch wach war. MH.

»Was soll ich jetzt machen? Die Polizei anrufen ja wohl kaum, oder?« Sie hatte das Gefühl, sich mitschuldig gemacht zu haben, weil sie das, was sie gesehen, nicht schon längst gemeldet hatte.

»Du solltest bei der Polizeibeschwerdekommission Anzeige erstatten. Hast du es gefilmt?«

»Nein.«

»Warum nicht?«

»Ich hatte kein Handy dabei. Ich habe einen handyfreien Spaziergang unternommen.« Sie hörte MH seufzen.

»Schreib alles auf, woran du dich erinnerst, Zeit, Ort, was du gehört und gesehen hast, alles.«

»Ja, ja. Okay.«

»Du könntest den Bezirksstaatsanwalt anrufen. Die American Civil Liberties Union. Und Syracuse Streets.«

»Gut, ja.« Sam klappte ihren Laptop auf. Die zuletzt aufgerufene Seite »Die besten Schlaf-Apps 2017« war noch geöffnet. Ein triviales Anliegen aus ihrem vorigen, unschuldigen Leben. Nicht unschuldig. Achtlos.

»Aber, Sam?«

»Was?«

»Es wird nichts bringen.«

»Warum nicht?«

»Ich sag dir, wie es laufen wird. Du wirst dich an die Stellen wenden und deine Geschichte erzählen. Du hast kein Beweisvideo, nur dein Wort. Aber du bist glaubwürdig, und du bist weiß, das ist schon mal ein Vorteil. Die Kommission wird die Sache untersuchen. Gleichzeitig wird die Polizeiaufsicht ermitteln. Die Sache landet bei Fitzpatrick, dem Staatsanwalt. Und dann?«

»Was?«, fragte Sam.

»Den Polizisten wird nichts passieren. Sie haben immer einen Grund, sie dürfen Fehler machen, Situationen falsch einschätzen, Konflikte eskalieren. Das darf sonst niemand, aber die Polizei schon.«

»Das war noch ein Kind, ein Junge. Unbewaffnet. Mit einer Limoflasche in der Hand.«

»Weißt du, du könntest auch einfach nichts tun. Die Sache vergessen. Weil anzeigen bringt nichts, damit machst du dich vielleicht sogar angreifbar. Die Polizei, die Gewerkschaft und das Büro des Staatsanwalts werden zusammenhalten, eine Krähe hackt der anderen ... du weißt schon.«

»Ich will öffentlich machen, was ich gesehen habe.«

»Ja, dachte ich mir schon. Ich muss Schluss machen. Wir sehen uns bald. Ich rufe dich an, wenn ich wieder in der Stadt bin.«

Wo war sie denn jetzt? Bei genauerer Betrachtung erkannte Sam, dass es ihr eigentlich egal war.

Sie schrieb alles in ein Worddokument. Aber mit den

Einzelheiten tat sie sich schwer. Es war alles so schnell gegangen. Die Frau hatte auf den Jungen geschossen, dessen war sie sich sicher, aber wenn sie ehrlich war, hatte sie eigentlich nur auf ihn geachtet. Sie hatte die Schüsse gehört und ihn stürzen sehen. Er stand mit dem Rücken zu ihnen, als sie ihn anbrüllten, daraufhin drehte er sich um und wandte sich schließlich wieder ab. Und dann ging er zu Boden. Sie hatte die Schüsse gehört, *ploppplopp*, ihn fallen sehen. Sie hatte gesehen, wie der Polizist sich über ihn beugte, und gehört, wie er seine Kollegin fragte, warum sie geschossen habe. Sam stand weiter entfernt – wie weit genau? Sie hatte den Ort des Geschehens verlassen. Sie hatte kein Video. Sie war ebenfalls verdächtig. Warum hatte sie sich um drei Uhr morgens auf der Straße herumgetrieben? Sie konnte sich vorstellen, wie man sie ins Kreuzverhör nahm. Sie würden dafür sorgen, dass sie wie eine verrückte Alte wirkte, die nicht genug geschlafen hatte.

Nachdem sie alles aufgeschrieben hatte, füllte sie das achtseitige Beschwerdeformular auf der Website der Beschwerdekommission aus. Als sie es abschicken wollte, geschah nichts. Sie versuchte es wieder und wieder. Nichts. Sie würde alles persönlich einreichen müssen, gleich um acht, sobald das Rathaus öffnete. Und jetzt? Es war zu früh, um jemanden anzurufen. Sie ging auf Syracuse.com. Es stand schon ein Artikel darüber auf der Website.

SCHÜSSE IN NORTHSIDE
Veröffentlicht am 31. August 2017, 5 Uhr
von William Conner | wconner@syracuse.com

SYRACUSE. Kurz nach drei Uhr heute morgen wurde auf Höhe des 200 Block in der Park Street ein Mann erschossen, um 5 Uhr heute früh war der Bereich noch abgesperrt. Laut Angaben der Polizei von Syracuse hat eine uniformierte Polizistin mindestens einen Schuss abgegeben. Der Mann erlag seinen Verletzungen, im Krankenhaus St. Joseph konnte um 3.45 Uhr nur noch der Tod festgestellt werden. Die Polizei hat den Namen des Opfers noch nicht bekannt gegeben.

Sie sollte sich mit einem Anwalt beraten oder mit dem Staatsanwalt oder der Beschwerdekommission sprechen, doch sie tat nichts dergleichen. Stattdessen schickte sie eine Mail an den Journalisten und meldete sich als Zeugin. Er rief sie sofort zurück.

»Ich habe mich bei Ihnen gemeldet, weil in Ihrem Artikel ein Fehler ist. Das Opfer war kein Mann. Es war ein Junge. Er sah aus wie vierzehn, fünfzehn.« Auf seine Frage hin erzählte sie ihm alles, was sie noch wusste, nicht mehr, nicht weniger.

Um sieben stand der Artikel mit einer Änderung auf der Website:

Eine Zeugin berichtet: »Eine Polizistin stieß eine laute Warnung aus, da drehte sich der Junge um, und sie feuerte drei Schüsse auf ihn ab. Es war klar zu erkennen, dass er nicht bewaffnet war. Er hielt eine Limoflasche in der Hand, der Inhalt ist auf der Straße ausgelaufen. Als der Junge am Boden lag, erbaten die Polizisten per Funk Unterstützung. Die Frau stand untätig da, während sich ihr Kollege über das Opfer beugte. Ich habe gehört, wie er sie fragte, warum sie geschossen habe. Sie antwortete: ›Er hat uns angegriffen, er war bewaffnet.‹« Die Polizei hat zu den Aussagen noch keine Stellung bezogen.

Jetzt war die ganze Geschichte also öffentlich. Was wohl als Nächstes passieren würde?

2

Nachdem sie ihren Bericht bei der Beschwerdekommission eingereicht, mit einer Anwältin der ACLU gesprochen, ihre Aussage bei der Polizei gemacht und Matt beruhigt hatte, kehrte sie nach Hause zurück, ließ sich aufs Bett fallen und schlief sofort ein.

Mitten in der Nacht, im Stockdunkeln, schreckte sie hoch. Die Panik war schon da, bevor die Gedanken kamen und ihr eine Form gaben, Erinnerungen an das Gesehene, Gehörte. Die angsterfüllte Stimme, die Schüsse. Der Junge, das auslaufende Blut, die hektischen Polizisten. »*Warum hast du geschossen?*«

Hitze und Schweiß; sie bekam keine Luft mehr, schlug die Decke zurück. Es war kühl im Zimmer, aber innerlich brannte sie.

Sam schaute nicht auf die Uhr, nicht auf ihr Handy. Es war zwei, vielleicht drei Uhr, das wusste sie auch so. Vier ist früher Morgen, eins spät am Abend. Zwei oder drei sind für Gewalt oder Gebete reserviert. Stunden der Verzweiflung. Sie schwang die Beine über die Bettkante und setzte sich auf. Spürte die Dielenbretter unter ihren Füßen. Das Haus drückte sich gegen sie, pulsierte. Sie hörte den Wind in den Bäumen. Da draußen war die Stadt. Sie war im Haus, das Haus war in der Stadt. Die Stadt war in der Welt.

Deswegen bist du hergekommen. Du wolltest Zeugin sein, die Welt mit eigenen Augen sehen, und dann handeln, um sie besser zu machen. Sie re-formieren. Sie war pseudoarm, *Sullivans Reisen*, sie war Teil des Wellnessprekariats. Aber jetzt verstand sie, wozu sie verpflichtet war. Historisch verpflichtet, durch ihren Wohlstand verpflichtet, ihre gesellschaftliche Stellung. Ihre Unbilden als Geschenk umzuwidmen ergab auf einmal einen neuen Sinn: Weil sie nachts wach wurde, war sie auf die Straße gegangen; ihre Unsichtbarkeit diente ihr als Tarnkappe. Sie war ein geheimes Wesen, ein Kryptogon. Ihre Einsamkeit und die damit verbundenen, in der Vorstadt völlig übersteigerten, geradezu absurden Gefühle erlaubten ihr hier, den Schmerz zu spüren, die Last dessen, wessen sie Zeugin wurde. Wozu war das Extra an Leben da? Du wachst auf, weil sanftes Schlummern jetzt nicht angesagt ist. Du hast die Welt mit Klarheit gesucht, und nun zeigt sich, dass sie die ganze Zeit vor dir gelegen, nur darauf gewartet hat, dass du sie endlich siehst.

Sie war im Haus. Das Haus war in der Stadt. Die Stadt war in der Welt. Die Welt war Geschichte. Deswegen hatte sie das Haus gekauft, an diesem Ort.

Sam klappte ihren Laptop auf und las den gerade geposteten Artikel über den toten Jungen. Jetzt hatte er einen Namen: Aadil Mapunda (seine Freunde nannten ihn Adi). Adi Mapunda. Da war sein Bild aus der neunten Klasse (vierzehn, seine Miene, sein Babygesicht, er war noch jünger als Ally). Er sah aus, als wäre er bereit gewesen für die Welt, aufgeschlossen, dieses verlegene jugendliche Grinsen, das Gesicht schwebte im blauen Nichts des Fotohintergrunds, zeitlos. Aber er war ein Junge, festgehalten in seiner Zeit, und Sam suchte bei der Betrachtung seiner Züge nach einer Verbindung zu dem Gesicht, das sie im Licht gesehen hatte, kurz vor dem Sturz. Da war ein Foto seiner Mutter, Imani Mapunda, mit Kopftuch, der Stoff mit Goldfäden bestickt, bei der Abschlussfeier nach seinem achten Schuljahr.

(Seine Mutter. Die Mutter des Jungen. Aadils Mutter Imani.)

Jung sah sie aus, wunderschön, doch sogar auf dem Bild wirkte ihr Lächeln nicht so offen wie das ihres Sohnes. Der Artikel handelte von der Ironie und Tragödie ihrer Lebensgeschichte. Sie waren Bantu, aus Somalia. Er war im Flüchtlingslager Dagahaley in Kenia zur Welt gekommen. Aadil hatte einen älteren Bruder, der aber schon vor seiner Geburt gestorben war (also hatte sie mit Aadil nun ihr zweites Kind verloren). Er und seine Mutter lebten bis zu seinem siebten Lebensjahr in dem Lager. Dann – ein Glücksfall – wurde ihnen Asyl gewährt und sie wanderten in die USA aus. Ein katholischer Wohltätigkeitsverein vermittelte ihnen eine kleine Wohnung. Ihr Sohn bekam einen Platz in einer großen, heruntergekommenen, aber fröhlichen Grundschule voller Kinder aus aller Herren Länder. Darunter viele aus Somalia. Er lernte schnell, und als er in die Mittelstufe kam, hatte er sich bereits zum hervorragenden Athleten und Musterschüler entwickelt. Im Artikel stand, dass seine Mutter rasch Englisch gelernt und Arbeit als Hilfspflegerin in einem Heim gefunden habe.

Sam dachte an ihren Vater und die beiden jungen Hilfspflegerinnen, die sich am Ende um ihn gekümmert hatten, in seinem letzten Lebensjahr, im Withrow Center. Die Frauen, die seine Flirtversuche ertragen hatten, damit sie ihn rasieren, füttern und ihm schließlich auch die Windeln wechseln konnten. So viele Demütigungen, so ein intimer Umgang mit dem sterbenden Körper, aber sie hatten es mit stiller, praktischer Güte erledigt.

Mapunda war ein vielversprechender Schüler an der Henniger High School gewesen. Er gehörte zu den Klassenbesten, hatte viele Freunde und sogar eine Freundin. Er war amerikanisch geworden, auf eine Weise, wie es seine Mutter nie sein würde, kleidete sich amerikanisch, hörte amerikanische Musik. Er war Amerikaner, verstand das Land besser als seine Mutter. Aadil war ihre Brücke gewesen. Alles war so gut gelaufen, eine Geschichte des Fortschritts und der erfüllten Hoffnung auf eine echte Zuflucht. (Doch in Wahrheit gibt es für niemanden eine echte Zuflucht). Wie froh mussten sie gewesen sein, dem Krieg entkommen zu sein und das sichere Amerika erreicht zu haben. Der Artikel sprach davon, welch grausamer Schicksalsschlag es doch war, einen gewaltsamen Tod zu sterben an einem Ort, wo man sich in Sicherheit wähnte.

Schicksal, ja?

Sam wollte die Mutter besuchen. Imani Mapunda. Warum? Was wollte sie sagen? Was tun? Sie in die Arme schließen, mit ihr reden, ihr Trost zu spenden? Ihr Geld geben? Oder ihr sagen, was sie gesehen hatte? Wem würde das helfen?

Sie konnte sich vorstellen, Ally zu verlieren, hatte es sich schon zigmal vorgestellt, und wusste, dass sie es nicht ertragen könnte. Dann wäre alles, was Sam in ihrem Leben getan hatte, sinnlos und falsch gewesen. Schlimm genug, wenn ein erwachsenes Kind vor den Eltern stirbt, es wäre eine Katastrophe, aber zumindest hätte es sein Leben gelebt. Einen so jungen Menschen zu verlieren, veränderte das Leben, zerstörte es, verfluchte es. Eltern, die ihre Kinder verloren, waren ihre fleischgewordenen nächtlichen Ängste. Und hier war diese Frau. Nicht genug, dass sie ihr zweites Kind verloren hatte, nein, es war auch noch Opfer einer Gewalttat geworden – nennen wir es doch einfach Mord. Ihr Sohn, erschossen, allein auf der Straße mit dem Tod ringend, nur seine Mörder hatten ihm dabei zugesehen. Würde Sam mit ihr sprechen, ihr erzählen, was sie gesehen hatte, würde sie sicher in Tränen ausbrechen und komplett die Fassung verlieren. Nichts, was sie zu sagen hatte, würde Aadils Mutter Trost spenden. Es war ein entsetzlicher Tod – ein einsamer, beschissener, sinnloser Tod.

Aadils Mutter zu kontaktieren würde Sam etwas geben (was genau? Einen Sinn, einen Ort, wo sie das Gesehene abladen konnte?), aber die Kosten dafür trüge die Frau. Lass sie verdammt nochmal in Ruhe! Wie pervers zu glauben, dass hier ihre Bestimmung lag. Betrachtete sie den getöteten Junge womöglich als Teil ihrer Bestimmung? Ihre Buße? War Aadil Mapunda etwa kein Mensch mit seiner eigenen Bestimmung, zerschmettert und ausgelaufen auf dem Betonboden, von einer Sekunde auf die andere. Was war mit den beiden Polizisten? War der Junge Teil ihrer Bestimmung gewesen, der Grund, warum sie zu Mördern wurden? Die Frau (erst zweiundzwanzig, blutjunge Anfängerin) und der Mann, beide Polizisten. Herrje, jetzt bloß nicht an sie denken. Bloß nicht an dich denken. Wenn du nur einen Funken Anstand hast.

Also schrieb Sam Aadils Mutter einen Brief und bat die ACLU-Anwältin, ihn ihr zu geben. Sie bot ihr darin an, vor Gericht als Zeugin auszusagen, und falls sie außerdem eine Zivilklage anstrengen wolle, stehe Sam auch dafür zur Verfügung. Sam schrieb der Mutter, wie leid ihr das Geschehene tue und dass sie ihr Frieden wünsche. Sie notierte ihre Adresse, E-Mail-Adresse und Telefonnummer, damit die Frau sie kontaktieren könnte, falls sie irgendwas von ihr brauchte. *Bitte scheuen Sie sich nicht, mich zu kontaktieren,* schrieb sie als PS. Dann schrieb sie alles nochmal, ohne PS. Schwang das nicht schon mit? Es explizit hinzuschreiben erzeugte nur Druck, dachte sie.

Sie leerte ihr Konto und überwies das Geld auf ein Go-Fund-Me-Konto, das jemand für zur Finanzierung der Beerdigung und anderer Kosten eingerichtet hatte.

Nun blieb ihr nur noch, weiter über das Gesehene zu berichten, auch wenn es der Mutter und ihrem Sohn nichts mehr bringen würde. (War man noch Mutter, wenn das eigene Kind tot war??)

Sie wollte Allys Stimme hören, sie sehen, sie anfassen, sich vergewissern, dass es ihr gut ging. Aber natürlich ging es ihr gut. Ally wurde geschützt, Ally würde nie auf der Straße erschossen werden. Was für ein Privileg, ein Luxus, dass die Welt an die Unschuld ihres Kindes glaubte. Vielleicht wäre es besser, sich klarzumachen, dass es sich mitnichten um ein Privileg handelte, sondern etwas, das jedem Menschen zustand. Aber gegenwärtig traf das nicht zu, nicht in dieser Zeit.

3

Sams Schlafprobleme verschlimmerten sich all ihrer Gegen-
maßnahmen zum Trotz: Verdunklungsmaske, Meditation
und Atemübungen, keine Mahlzeiten oder Getränke vor
dem Zubettgehen. Sie schreckte trotzdem mitten in der
Nacht hoch, hellwach, nicht mal eine Hitzewelle, der sie die
Schuld geben konnte. Egal, wie sehr sie ihren Körper und
Geist zu kalibrieren versuchte, sie kam immer wieder an
diesen einen Punkt: Aadils Gesicht, wie er sterbend auf der
Straße lag. Es war erst zwei Nächte her und hatte alle anderen nächtlichen Sorgen und Gedankenwalzen verdrängt.
Seltsam, wie ein Film flimmerte es vor ihrem geistigen Auge
auf: Sie konnte die Einzelheiten seines Gesichts erkennen,
und keineswegs verschwommen, wie es in diesem Moment
eigentlich logisch gewesen wäre. Konnte es sein, dass ihr
Hirn unter Stress alles übertrieben klar wahrgenommen
und mehr Einzelheiten abgespeichert hatte als zunächst gedacht? Ihre Gedanken wanderten zu der Aussage, die sie für
die Beschwerdekommission verfasst hatte. Sie kam ihr jetzt
deutlich zu zurückhaltend vor, und nicht ausführlich genug.
Warum hatte sie sie in der Sprache einer Buchhalterin verfasst? Nominalstil, blutleer.

Sie stand auf und sah aufs Handy. Seit Ally sie blockiert
hatte, war es sinnlos geworden, ihr Nachrichten zu schicken, und so war das Gerät für sie erheblich uninteressanter
geworden. MH hatte ihr geschrieben, sie wolle Sam treffen,
damit sie reden konnten. Sie werde ihr kurz vorher einen sicheren Treffpunkt mitteilen, und eine Uhrzeit. MH schrieb,

sie würde gerade Dopaminfasten und nur einmal am Tag auf ihr Handy sehen. Ja, okay, sollte sie damit selig werden.

Die Sache mit MH trieb Sam um, aber dabei handelte es sich um eine Art Verschiebung. Ein Tummelplatz, auf dem sie ihren Schmerz austoben konnte, aber nicht dessen Auslöser. Eine Entkoppelung, die nur wenig Ablenkung bot.

Sie machte Kaffee, setzte sich an den Tisch und schaltete ihren Laptop ein. In ihrem Browserfenster war Syracuse.com noch geöffnet. Sie scrollte nach unten. Noch ein Artikel über die Schüsse, allerdings war der Inhalt vorhersehbar. Der Polizeichef hatte eine Stellungnahme veröffentlicht: Mapunda habe am Abend vor dem Vorfall auf einer Party viel Alkohol konsumiert, man habe bei ihm eine Vape mit Resten von Marihuana gefunden. Der Polizeichef deutete an, dass Mapunda möglicherweise um drei Uhr morgens unterwegs gewesen sei, weil er Gras kaufen wollte (zu den Schüssen könnten sie keine genaueren Angaben machen, aber nebensächliche Einzelheiten wie diese konnten sie sehr wohl in die Welt hinausposaunen). Der Vorsitzende der Polizeigewerkschaft sagte der Presse: »Ich bin sicher, die Untersuchung wird zeigen, dass die Polizisten mit Vernunft und Verstand gehandelt haben.« Über die laufenden Untersuchungen könne er sich aber leider nicht äußern. Sie müssten noch auf die Ergebnisse der Ballistik warten, den Bericht der Kriminaltechnik, außerdem sei die Beweisaufnahme noch nicht abgeschlossen.

Die Kommentare sparte sie sich. Sie wusste – die ACLU-Anwältin hatte es ihr gesagt –, dass Aadil nach der Party bei seiner Freundin gewesen und dort eingeschlafen war. Nach dem Aufwachen hatte er sich auf den Heimweg gemacht, dabei eine Limo getrunken, und sich allein dadurch verdächtig gemacht, weil er, ein schwarzer Jugendlicher, um drei Uhr morgens draußen unterwegs gewesen war. Nur deswegen war er gefährlich, eine Bedrohung. Nur deswegen hatte man ihn erschossen. Nein, sie hatte keinen Bock auf die Kommentare. Gras im Vape? Na und! Selbst wenn er tatsächlich mehr hatte kaufen wollen, was tat das bitte zur Sache?

Die ACLU-Anwältin hatte ihr erklärt, dass der Generalstaatsanwalt ermitteln werde, weil Polizisten einen tödlichen Schuss auf einen unbewaffneten Zivilisten abgegeben hatten. Sams Zeugenaussage sei wichtig, ließ sich aber leicht in Zweifel ziehen. Sie war zwei Straßen weit entfernt, es war dunkel gewesen. Hätte sie wirklich verstehen können, was gesagt wurde? Möglich, aber klar war, dass ein weiterer unbewaffneter Schwarzer von Polizisten getötet worden war. »Mit Vernunft und Verstand gehandelt« hatten die nicht. Das hatte sie klar und deutlich gesehen.

MH hatte etwas verbrochen, so viel stand fest. Aber was?

Treffen um 2 auf dem State Fair.
Vor dem Grange Building.

Sam traf früher ein und schlenderte über den Jahrmarkt. Das war so typisch MH, wie die Open-Mike-Geschichte, eine Exkursion oder Safari in die wahre, hässliche Amerikanische Seele. Gierschlünde angaffen und so. Am Labor Day, dem letzten Wochenende des Jahrmarkts, war es auf dem Gelände trotz des für die Jahreszeit zu kühlen, regnerischen Wetters rappelvoll. Die Leute schlappten in klammen Shorts und ärmellosen Tops herum, das Wetter war ihnen egal.

Sams letzter Besuch lag ein wenig zurück, damals war Ally gerade in die Neunte gekommen. Es war heiß gewesen, ebenfalls knallvoll, und sie hatte Ally und ihrer Clique dabei zugesehen, wie sie sich in den schwindelerregendsten Fahrgeschäften der Amüsiermeile vergnügten. Sie erinnerte sich noch, dass sie in Schlangen vor den Fressbuden ausharrte, um sich eine Reihe unfassbar ungesunder Speisen zu kaufen, gebratene Oreos, halb geschmolzene, mit dreierlei Beiwerk vollgeladene Eiscremebecher, mit Mac and Cheese gefüllte Hamburger mit Pfannkuchen als Pattys, die man zu allem Überfluss noch in Ahornsirup getaucht hatte (davon probierte sie nur einen Bissen). Der Jahrmarkt hatte Sam trotzdem stets Vergnügen bereitet, besonders wegen der schönen alten Gebäude aus dem frühen zwanzigsten Jahrhundert, errichtet, um die landwirtschaftlichen und industriellen Errungenschaften des Landes zu feiern, das Augenmerk im Stil der WPA ganz auf die Arbeit und den Arbeiter gerichtet. Jede Halle huldigte der Produktion: das Center of Progress Building, das Dairy Products Building, das Horticulture Building, das Art and Home Center und das Grange Building. Im Inneren glichen sie einfachen Ausstellungshallen, doch vor den Eingängen prunkten Mosaiken und prachtvolle Bogengänge aus Kunststein, Eisen und bemaltem Holz. Beleuchtet wurden sie zumeist mit industrieller Lichttechnik, doch hier und da verliehen hochdekorative Schmuckfenster dem Ganzen ein palastartiges Ambiente, an manchen Stellen fühlte man sich sogar in einen exotischen Basar versetzt. Als Ally noch klein gewesen war, hatten sie sich an den traditionellen Jahrmarktsattraktionen erfreut: die riesige, jedes Jahr variierende Butterskulptur, der Five-Cent-Milchbecher, die Talentwettbewerbe und besonders die reihenweise ausgestellten, geschniegelten und herausgeputzten Tiere, die mit scheinbar verwöhntem, gelangweiltem Blick auf ihre Betrachter herabsahen. Damals hatte Sam auch Freude an den Menschen gehabt, den Ausstellern, den Vertretern der altmodischen amerikanischen Landjugend und sogar an den Jahrmarktsbesuchern, in deren Mitte Sam einen Hauch von Zuneigung für den Durchschnittsamerikaner empfinden konnte. Hier waren sie in ihren XXL-Cargoshorts und T-Shirts mit den Emblemen irgendwelcher Sportmannschaften, blöden Sprüchen oder den Namen von Mainstream-Bands. Baseball-Kappen und Grandma in ihrem »Rascal«-Rollstuhl, die Kleinen mit Zuckerwatte, die Münder blau oder rosa beschmiert, Mom und Dad, die heimlich

Bier aus XXL-Plastikbechern tranken, während sie übers Gelände schlenderten. Sam erinnerte sich noch gut daran, dass sie diese Leute damals als authentisch empfunden hatte, die wahrhaften Vertreter der Arbeiterklasse, die ungeschminkte Mehrheit, die Nicht-Elite, die weder die New York Times las noch Wildlachs kaufte oder Nachhilfelehrer bezahlte. Sam war stolz darauf gewesen, nicht wie ein Snob auf sie herabzublicken, sondern Interesse zu zeigen an den hübschen rotbunten Highlandkühen und zarten, weißen japanischen Bantamhühnern, die ihr die leicht debile Bauernjugend präsentierte.

Aber seitdem hatte sich alles verändert, nicht wahr? Hier stand sie auf dem State Fair, im Schreckensjahr 2017, trotz allem, was sie gesehen und gehört hatte. Die Arbeiterklasse von Syracuse (wie die Arbeiter aus den umliegenden Vororten und besonders die vom Land, das hinter den Vororten lag) hatte ihn gewählt. Oder zumindest die Weißen. Jetzt empfand sie die Besuchermassen als unheimlich, diese Leute, die sich sinnlos die Bäuche vollschlugen und ihre Geschmacklosigkeit ostentativ zur Schau stellten, genau wie ihr Präsident. Dieser Proll mit dem Bierbecher hatte garantiert einen Sticker mit der Aufschrift »Gegen den SAFE Act/Waffen für alle!« auf seinem Jeep. Nie und nimmer hatte der für Hillary Clinton gestimmt. Er hatte seine Freundin im Arm, ein winziges, mageres Ding, das, den starrem Blick aufs Handy gerichtet, einen Wein-Slushie trank. Die hatte ihre Stimme auch nicht Hillary Clinton gegeben, nicht mal im Schutz der Wahlkabine. Natürlich nicht. Vielleicht erkannte Sam etwas, das schon immer dagewesen war, doch jetzt wirkte es erheblich düsterer als zuvor. Die ganze Veranstaltung war eine obszöne, stinkende, vulgäre

Zurschaustellung ignoranter, schamloser amerikanischer Dummheit und Grausamkeit. Sam sah einen Camaro, dem sein Besitzer die Eingangszeilen der amerikanischen Verfassung aufgesprüht hatte, mitsamt einer Schar fliegender Adler. Und die diesjährige Butterskulptur? Zwei Cops mit Pistolen im Holster, die einem Kind beim Melken halfen. Ein Schild verkündete das Thema des Jahrmarkts: »Unsere Gesetzeshüter«. Am Rekrutierungsstand für die Marines gab es eine Klimmstange und einen Hau-den-Lukas. Wenn man mit dem Hammer auf eine Platte schlug, schoss der Anzeiger hoch und man fand heraus, ob man ein »Mann« war oder ein »Weichei«. Es wimmelte von Cops und Soldaten. War das immer schon so gewesen? Es gab sogar ein paar Polizeisoldaten, breitschultrige Männer mit Armeehosen, Waffen im Holster und armeegrünen Hemden mit der Aufschrift »STAATSPOLIZEI«. Alle machten ihnen Platz, diesen Polizeisoldaten – sie trugen Uniform, sie strahlten Autorität aus, sie hatten Macht.

(Seht euch die Cops an. Seht euch den Jungen an, Aadil. Seht auf den Gehweg.)

Bestand ein Teil des Problems darin, dass die Polizei Sadisten und Rassisten anzog? Oder wurde man als Polizist erst dazu gemacht? Steckte das in jedem von uns und wartete nur darauf, zum Vorschein zu kommen?

Eine beschissene Butterstatue mit Cops?

Sie entdeckte MH zuerst. Sie bewegte sich auf ihre übliche großkotzige Art, aber Sam war davon tiefer beeindruckt als vorher: MH, die reuelose Abgesandte aus dem Land der Ungeliebten. (Oder zumindest der Ex-Geliebten) Da ging sie, schlank und muskulös in schwarzem T-Shirt und Jeans, den Schaft ihrer teuren Bikerstiefel kunstvoll am Hosensaum heruntergeklappt. Nicht einfach Jeans, wie Sam jetzt auffiel, sondern die Art von Denims, die mindestens dreihundert Dollar kosteten. (Woher sie das wissen wollte? Das sah man doch!) Ihre Bürstenfrisur war sicher das Werk eines New Yorker Topstylisten, vermutlich aus irgendeinem Männer-Wellnessstempel in Brooklyn. Alles an ihr wirkte gewollt, teuer, unaufrichtig.

»Danke, dass du mich hier draußen triffst«, sagte MH.

Sam nickte lächelnd. »Ein ausgefallener Treffpunkt für ein Gespräch unter vier Augen.«

»Hier kennt mich garantiert keiner, an diesem Ground Zero für die bis an die Zähne bewaffnete, benachteiligte Weiße Arbeiterklasse von Upstate New York.«

Sie schlenderten los. Um fair zu bleiben, nicht alle Besucher hier waren weiß. Ein paar POC waren auch darunter. Aber Sam entdeckte einen Stapel MAGA-Hüte, und an den Ständen hingen T-Shirts mit provokanten Sprüchen: »TRUMP 2020, THE SEQUEL: Make Liberals Cry Again oder LGBT: Liberty, Guns, Beer, Trump«, »Stand for the Flag and Kneel for the Cross«. Auf einem war die US-Flagge abgebildet, mit Waffen statt Sternen, und natürlich gab es Shirts mit vorhersehbaren Aufschriften wie: »Hey, Snowflake!« oder »I did not put my life on the line for My Country to have some SNOWFLAKE tell me how to LIVE IT!« (Ziemlich viele Wörter für ein verdammtes T-Shirt). Einige Aufschriften wie »#notmetoo« über dem Bild einer Waffe waren bestürzend, andere ergaben überhaupt keinen Sinn, so wie »I stand for the anthem because I stand for something« mit Gewehren anstelle der Is. Völlig unsinnig, hingerotzter Hass. Diese Shirts hingen direkt neben denen mit Jack Daniels, Fortnite, Star Wars und irgendwelchen mystischen Wolf-Mond-Malereien. Als wäre das alles vollkommen normal.

MH bestellte Alligatorenfleisch am Spieß und zwei Bier. Sie setzen sich auf eine klebrige Bank unter eine Markise. Es wehte ein frischer Wind, der die am Tisch festgeklemmte Wachstuchdecke immer wieder aufflattern ließ. Mit jeder Böe gingen ein paar Regentropfen auf sie nieder. Es war kalt. MH bot ihr einen Happen von dem Alligatorenfleisch an.«Da fehlt Soße oder irgendwas», murmelte sie beim Kauen.

»Ich glaube, es geht eher darum, dass man einen Alligator verspeist als um das kulinarische Erlebnis dabei«, sagte Sam.

»Du meinst so was wie Essen für echte Kerle?«

Sam nickte. Sie wollte hier weg.

»Also, was wolltest du mit mir besprechen?«, fragte MH und zwinkerte ihr zu.

»Das ist nicht witzig. Was hast du angestellt?«

MH aß noch ein Stück Fleisch und kaute nachdenklich darauf herum.

»Die Frage ist nicht besonders kompliziert, aber offenbar kann sie mir niemand beantworten«, sagte Sam.

»Nicht kompliziert? Wirklich nicht? Was habe ich angestellt, um so viele Leute gegen mich aufzubringen?«

»Als ich das letzte Mal nachgesehen habe, hatte die Petition bereits über hundert Unterschriften.

»Die gegen mich Stimmung machen«, sagte MH.

»Ja. Man hat mich auch gebeten ... mich unter Druck gesetzt, gegen dich Stellung zu beziehen.«

»Aber du hast es nicht getan. Warum nicht?«

»Ich kenne dich und weiß, dass du ein guter Mensch bist«, sagte Sam, aber die Worte klangen reichlich naiv, selbst in ihren Ohren. Sogar MH lachte. »Sind die Anschuldigungen wahr? Ich weiß nicht mal, was man dir vorwirft. Was hast du getan?«

MH wandte den Blick ab.

»Ich möchte mich nicht verteidigen oder darüber diskutieren. Die Leute sind sauer auf mich, das akzeptiere ich. Ich habe Grenzen überschritten – habe den Finger in die Wunde gelegt, provoziert. Ich glaube, ich sehe die Dinge einfach anders als die anderen.«

»Also hast du Fehler gemacht?«

»Unschuldige, lässliche Fehler, würde ich sagen. Egal, es ist befreiend, wenn du die Wahrheit wissen willst. Wenn dich andere verurteilen, enttäuscht von dir sind, und du die Anfeindungen aushältst, dir treu bleibst. Dann hast du überlebt.«

Sam schüttelte den Kopf. MH hatte sich allen Ernstes als Überlebende bezeichnet! Du hast was Schreckliches getan und jemand sagt dir, dass du ihn verletzt hast. Du erkennst vielleicht, dass das, was du selbst für akzeptabel gehalten hast, für andere inakzeptabel war. Und als Konsequenz leistest du nicht etwa Abbitte oder versuchst, dich zu ändern, sondern verkündest einfach: ›Tja, so bin ich eben‹?

MH wischte über irgendein Gerät an ihrem Handgelenk. Es war nicht ihr Blutzuckermessgerät, das kannte Sam, so eine Scheibe hinten an ihrem Arm. Das hier war eine Art Mikrochip, der sich tatsächlich unter ihrer dünnen Haut an der Innenseite ihres Handgelenks abzeichnete.

»Was zum Teufel ist das denn?«

»Ich kann nicht darüber sprechen. Das habe ich aus einem privaten Biohack-Subreddit – Grinding, Meat-Morphing und so Sachen. Eins kann ich dir verraten: Ich bin Betatesterin für einen implantierten Nanochip, der Kortisol- und Epinephrinwerte misst. Und diese Unterhaltung löst bei mir eine biphasische Stressreaktion aus – mein Gleichgewicht geht gerade den Bach runter. Meine Organe werden oxidiert. Und zwar über jeglichen hormetischen Nutzen hinaus.«

»Stimmt es, dass du in Skaneateles ein Haus am See besitzt?«

MH lachte drauflos. »Ich habe dich enttäuscht, geht es darum? Du, die scheinheilige Gentrifiziererin mit deinem renovierungsbedürftigen Denkmalhaus, deiner Luxusmatratze und deinem Mann Schrägstrich Freund Schrägstrich Sugardaddy?«

Sam hatte genug. »Du hast recht, du bist eine Enttäuschung. Aber momentan habe ich andere Sorgen.«

»Was ist aus deiner Anzeige bei der Beschwerdekommission geworden?«

»Noch nichts. Sie untersuchen noch. Die Aufsichtsbehörde untersucht noch. Die Staatsanwaltschaft untersucht noch.«

»Hab ich doch gesagt, dass das nichts–«

»Ich habe keine Lust auf dein ›hab ich doch gesagt‹. Ich tue, was getan werden musste, und da geht noch mehr.«

»Es wird dich nur zum Problem machen, zur Zielscheibe.«

Sam hatte genug. »Also gut, ich muss jetzt los.«

»War das alles?«

»Ja. Ich weiß, dass du nichts Böses im Schilde führst. Aber du bist eine elende Lügnerin.«

MH nickte, ein Halblächeln auf den gekräuselten Lippen. Sie stand auf.

»Auf Wiedersehen, Sam«, sagte sie, die Finger zum Peace-Zeichen erhoben.

»Auf Wiedersehen«, sagte Sam und erhob sich ebenfalls. »Danke, dass du mir helfen willst, ich weiß das zu schätzen.« MH nickte, Sam wandte sich ab und ging.

»Sam!« MH war ihr gefolgt und packte sie am Arm.

Sam wirbelte herum.

»Woher willst du wissen, dass ich nichts Böses im Schilde führe? Wie kann man sich bei anderen je sicher sein?«

In diesem Moment verspürte Sam keinen Hass, aber eine intensive Abneigung gegen MH.

»Dein Problem«, fuhr MH fort, »liegt darin, dass du glaubst, du könntest dich freikaufen von deinem ganzen Mist. Du bildest dir ein, du könntest die Welt retten, indem du deinen Arsch rettest. Vielleicht ist es auch andersrum. Wie dem auch sei, es ist völlig sinnlos.«

Sam verschränkte die Arme. »Und was ist mit deinen ganzen Ideen, deinen politischen Aktionen und Gruppen? Wozu das alles, wenn dir die Welt egal ist?«

Es regnete mittlerweile heftiger, sie wurden klatschnass. Aber Sam war inzwischen in Fahrt gekommen. »Ich weiß, dass du hinter den kleinen handgedruckten Karteikarten steckst. Wer sonst hätte Zeit und Muße dafür? Warum machst du das, wenn du dich nicht darum sorgst?«

»Mich sorgen? Weil die Vollkatastrophe, die sich menschliche Zivilisation nennt, dem Ende entgegengeht? Warum sollte ich mich um uns sorgen? Der Planet wird weiterhin existieren, auch ohne uns. Was macht uns so wertvoll? Warum können wir unser Aussterben nicht einfach hinnehmen? Mit den Karten wollte ich uns helfen, unsere Zukunft zu erkennen – sie zu akzeptieren. Wir sind nicht so unverzichtbar wie wir glauben. Wir sind nur ein kleiner Ausreißer, ein Fehler, ein Irrtum.

»Das sehe ich anders.«

MH zuckte die Achseln und wischte Sams Einwand beiseite. Dann wandte sie sich ab und verschwand in der Menge.

Das sehe ich anders. Im strömenden Regen mitten auf dem Jahrmarkt verstand Sam, dass ihr die Menschheit trotz allem nicht egal war, genauso wenig wie deren bevorstehende Auslöschung. Die Vorstellung, dass die Welt – die Welt der Menschen – aufhören könnte zu existieren, erwischte sie mit neuer Wucht, auf ganz reale, tragische Weise. Es gab sie noch, diese Welt, auf Jahrmärkten wie diesem, in ihrem Haus und überall um sie herum. Sie war lebendig im Potenzial der Architektur, der Malerei, der Literatur. Der Fotografie, Filmkunst, Musik, steckte sogar in Briefen, handgeschrieben, aufbewahrt, mit Schleifenband zusammengehalten. In Witzen, Theaterstücken, im Tanz. In einer Kinderzeichnung, zusammengefaltet in einer Geldbörse, mit den Jahren vergilbt. In Kirchen, von Menschenhand erschaffen, in Geschichten, erzählt, in Gerichten, zubereitet, in Grabsteinen, gepflegt, in all den kleinen und großen Ritualen. Prägnant, tragisch vielleicht, aber nie lächerlich. Wunderschön in ihrer Gesamtheit. Oder etwa nicht? Vielleicht war die Menschheit dem Aussterben geweiht, aber machte sie das zum Irrtum, sinnlos? Ganz bestimmt nicht.

Und noch was. Die MAGA-Hüte wurden zum Verkauf angeboten, ja, aber sie hatte niemanden gesehen, der einen auf dem Kopf trug. Die widerlichen T-Shirts mit den provozierenden Aufschriften hingen an den Ständen, aber nur wenige hatten tatsächlich eines angezogen. Die meisten gingen vermutlich gar nicht zur Wahl. Sie sahen Sport im Fernsehen, aßen ungesundes Zeug, tranken zu viel, hielten ihre Diabetes in Schach, die Nachrichten verfolgten sie nur ganz am Rande. Sam hatte einen Idioten mit einem waffen-freundlichen T-Shirt gesehen, aber ansonsten überwiegend rammdösige, gedankenlose Leute, so wie immer. Nicht un-schuldig, eben einfach achtlos, so wie sie es war. Und es auch bleiben würde, auf ihre eigene, selbstgerechte Weise.

Der Regen hatte nachgelassen und fühlte sich nun eher an wie ein sommerlicher Schauer. Menschen strömten her-bei. Sam steuerte auf den nächsten Ausgang zu, neben den Parkplätzen. Hier rauszukommen würde mindestens eine Stunde dauern. Aber sie war nicht sauer. Nur überdrüssig.

Als sie um die nächste Ecke bog und schon die Eingangs-stände vor Augen hatte, sah sie Ally. Sam blieb abrupt ste-hen. Ihre Ally, in Leggings und einem zu großen T-Shirt.

Sie hatte sie nicht bemerkt. Kurz dachte Sam, Ally wäre al-lein, aber dann sah sie ihn. Ally war mit einem Mann zusam-men. Einem älteren Mann. Aus der Entfernung erkannte Sam, dass die beiden Händchen hielten und sich einen Plan ansahen. Sie schauten nicht auf. Sam musterte Allys Gesicht, wie schön und fremd es aussah. So viel schöner noch als die wutverzerrte Maske, die sie im Comedy Club hatte aufblit-zen sehen. Und wieder war sie mit der vertrauten Blindheit geschlagen. (Würde sie ihre Tochter je so sehen können, wie die Welt sie sah?) Doch es war schon so lange her, dass sie sie so richtig betrachtet hatte, und obwohl ihre ganze Liebe und Sehnsucht nach Ally in ihr aufwallte, musste sie sich eingestehen, dass sie diese fast erwachsene Frau kaum kannte. Eine fast erwachsene Frau mit einem sehr erwach-senen Freund.

Moment mal! Den Typen kannte sie doch! Das war Joe Moreno, der Bauunternehmer. Matts Mandant.

Die beiden amüsierten sich über etwas, dann beugte Ally

sich vor und küsste ihn, direkt auf den Mund. Unwillkürlich regten sich Sams Instinkte: Sie empfand Verachtung wegen seines Alters, Bestürzung, weil ihre Tochter Sex hatte, Empörung wegen Allys Heimlichtuerei, Sorge um ihre Sicherheit und das offensichtliche Machtgefälle zwischen ihnen. Noch vor Kurzem wäre Sam auf der Stelle ausgerastet, hätte einen kompletten hysterischen Anfall hingelegt. Aber heute konnte sie angesichts dieser Entdeckung einfach keine Wut aufbringen.

Gleich würden sie aufschauen und sie sehen. Sam ging in Deckung.

Etwas hatte von ihr abgelassen. Nicht, dass ihr alles egal wäre oder sie sich keine Sorgen mehr machte – das tat sie nach wie vor. Aber es gab eine Menge Dinge, um die sie sich sorgte. Ally würde das schon hinkriegen. Sie würde dieses Arschloch überleben, diese ganze Erfahrung. Ally hatte alle Voraussetzungen, um wieder auf die Beine zu kommen.

Sam wartete, bis die beiden an ihr vorbeigeschlendert waren, dann machte sie sich auf den Weg zum Ausgang. Da war noch was anderes gewesen: Ally hatte glücklich ausgesehen.

Ally hatte ein Recht auf ihre Privatsphäre. Und wenn sie Sam blockierte, so war das nur angemessen. Zwar hatte Sam gute Absichten gehabt und ihr Bestes gegeben, aber was, wenn das Beste trotzdem nicht gut war? Sie hatte viel Schlimmeres getan als ihrer Tochter weiszumachen, sie müsse sich wegen ihres Körpers schämen. Viel Schlimmeres, als sie in der Destiny Mall heimlich zu beobachten, ihr geliebtes Kind auszuspionieren (weil sie ihrer Tochter, von der sie so beeindruckt war, nicht zugestand, eigene Fehler zu machen, ihre Wachstumsschmerzen zu spüren). Sie hatte Schlimmeres verbrochen, als Ally online zu stalken, ihre Mails und Nachrichten zu lesen, ihre Bewegungen mit einem Tracker nachzuverfolgen. Das war nur das geringste Übel.

Sie, die unverbesserliche Mutterglucke, hatte das Maß eindeutig überschritten, als sie sich mit einer Fachkraft in der Notaufnahme angelegt und stur an ihrer Meinung festgehalten hatte. Was zu dem Debakel mit dem Jugendamt geführt hatte. Was für eine peinliche Zumutung für Ally, die sie zu allem Überfluss als Material für ihre Bühnenshow missbraucht hatte, als wäre das alles ein Witz gewesen. Dabei war das alles überhaupt nicht lustig, es war nicht mal auf provokante Weise unlustig. Sams gute Absichten vermischten sich mit ihren übersteigerten Bedürfnissen und ihrer mangelnden Selbstbeherrschung. Deswegen brachte sie nichts als Chaos in das Leben ihrer Tochter.

Die Untersuchung des Jugendamts war für sie alle eine schlimme Sache gewesen, aber Ally hatte sie am allermeisten verletzt.

Sie waren beide zu einer Befragung aufs Amt zitiert worden. Die Sachbearbeiter hatten sie getrennt voneinander befragt, immer und immer wieder. Sam wusste, das gehörte zum Protokoll. Aber die arme Ally – mit fünfzehn war es doch verwirrend genug, mit den einsetzenden körperlichen Veränderungen klarzukommen, da brauchte man keine Fremden, die mit schrägen Fragen versuchten, irgendwelche Probleme aufzuspüren. Natürlich hatten sie ihnen nichts nachweisen können, aber das Gefühl, irgendwas verbrochen zu haben, blieb trotzdem. Beim Abschied bekam Ally von einer Sozialarbeiterin ein Päckchen in die Hand gedrückt. Sie öffnete es auf dem Heimweg im Auto. Darin befand sich ein Teddy, Süßigkeiten und ein Quilt. Jemand hatte es genäht und gespendet, in der Hoffnung, einem misshandelten oder vernachlässigten Kind damit etwas Trost spenden zu können. Als Ally es erblickte, begann sie zu schluchzen. Sie schlug sich die Hände vors Gesicht. Ally weinte nie.

»Was ist denn los, Schätzchen?«

Ally schüttelte den Kopf. »Nichts.« Keine Tränen, aber ihre Stimme zitterte.

»Was?«

»Ich hab so ein Glück«, sagte sie, den Blick auf die Decke gerichtet. »Kannst du dir vorstellen, was manche Kinder durchmachen müssen? Und kannst du dir diese gütige Frau vorstellen, die Quilts näht, um Kinder zu trösten, die sie nie zu Gesicht bekommt?«

Es war nicht lustig gewesen, kein bisschen.

Während Sam in der Autoschlange auf dem Jahrmarktspark-
platz festsaß, checkte sie das Instagram-Profil von Syracuse
Streets. Dort stand, dass sie morgen um eins vor der Haupt-
wache eine Protestveranstaltung gegen Polizeigewalt ab-
halten würden. Sie fragte sich, ob die Mutter des Jungen
auch teilnehmen würde. Kurzerhand beschloss sie, einen
Kommentar zu hinterlassen.

Ich habe gesehen, wie die Schüsse gefallen sind, und werde
morgen zur Protestveranstaltung kommen. Wenn gewünscht,
kann ich gern als Sprecherin auftreten.

Niemand antwortete auf ihren Kommentar. (Nach ihrem
ersten Besuch in der Kirche hatte Sam eigentlich vorgehabt, regelmäßig an den wöchentlichen Treffen von Syracuse Streets teilzunehmen. Bisher war sie aber nur zweimal
dort gewesen.) Stattdessen bekam sie einen Anruf von der
ACLU-Anwältin. Sie hieß Amina. Ja, Sam solle auf der Veranstaltung sprechen, Amina werde sie abholen.

Als es an der Tür klopfte, zuckte sie zusammen. So aufgeregt
war sie, dass sie kaum Notiz nahm von Aminas Schönheit
und auch nicht registrierte, dass die Anwältin nur wenig
älter war als Ally. Ihr Herz raste, das Atmen fiel ihr schwer.
Als sie sich der Menge vor dem Hauptgebäude der Polizei
näherten, blickte Sam an sich herab. Wie würde sie auf diese
Leute wirken? Sie streckte die Hände vor sich aus und stellte

fest, dass sie zitterten. Sie wollte nicht vor so vielen Menschen auf einer Bühne stehen (nicht schon wieder vor einem Haufen Fremder auftreten, nicht nach dem fürchterlichen Abend im *Smiley Face*. Und schon gar nicht, wenn es um etwas so Wichtiges ging). Sie hatte keine Ahnung, was sie sagen sollte. Aber da musste sie jetzt durch, denn vielleicht half es irgendwie, und selbst wenn nicht, durchs öffentliche Sprechen wurde man aktiv, man trat aus der Zuschauerrolle heraus und wurde zur Zeugin.

Ungefähr zweihundert Leute hatten sich versammelt, sie skandierten: »Wem gehört die Straße? Uns!« und dann »Keine Gerechtigkeit, keinen Frieden!«

Mehrere Leute kamen aufs Podium. Amina hatte ihr geraten, nicht länger als zwei Minuten zu sprechen. Hinter Amina hatte sich eine Gruppe Jugendlicher versammelt, sie trugen identische T-Shirts mit einem schwarz-weißen Foto von Aadils Gesicht, darunter stand: »Justice for Aadil«.

»Was soll ich sagen?«

Amina lächelte. »Einfach, was du gesehen und gehört hast.«

Was hatte sie gesehen? Das Erlebte ließ sich nicht in Worte fassen. Vielleicht machte sie es tatsächlich unnötig kompliziert, ließ sich vor lauter Selbstzweifel die Sinne verwirren, vor lauter Selbst. Unmöglich, die richtigen Worte zu finden, reine Eitelkeit, hier nach Perfektion zu streben. Unzulängliche, holprige Sprache war ihre Opfergabe an die Wahrheit.

»Ich bin Samantha Raymond.« Ihre Stimme klang alt, krächzend, laut. »Ich war in meinem Viertel unterwegs, als ich gesehen habe, wie Officer Amy Wayne Aadil Mapunda erschoss. Ich habe gesehen, wie sie auf ihn geschossen hat. Ich habe drei Schüsse gehört. Der andere Polizist hat das auch. Wir haben es beide gesehen und gehört. Aadil Mapunda hatte eine Limoflasche in der Hand, nichts daran hat wie eine Waffe ausgesehen. Ich habe den Polizisten fragen hören: »Warum hast du geschossen?« Ich habe ihn gehört. Ich habe sie gesehen. Ich habe gehört und gesehen. Aadil Mapunda wurde nicht wegen seiner Taten getötet, sondern wegen seiner Identität.« Beim Zurücktreten verlor Sam kurz den Halt, fiel Amina fast in die Arme, als sie ihr das Mikrofon zurückgab.

Die Menge rief Aadils Namen. »*Say his name, Aadil Mapunda!*« Dann folgte eine Litanei von Namen, ein Katalog von Morden. Aadil Mapunda gehörte jetzt dazu.

Sam stand in der Menge, während andere das Wort ergriffen.

Die Veranstaltung war bereits vorbei, doch Sam spürte noch immer das Pulsieren der Menge, die überschießende Energie, die sich entlud, als sie die Anhöhe hinauf zu ihrem Haus zurücklief. Sämtliche Hormone, die sie aufgeputscht hatten, waren jetzt komplett aufgebraucht. Erschöpft ließ sie sich an ihrem Tisch nieder und wünschte, sie hätte es besser gemacht.

Wäre sie doch nur früher aufgekreuzt, vielleicht hätte sie rufen oder das Verbrechen irgendwie aufhalten können, statt dumm dazustehen und zuzuschauen. Hätte sie doch nur ihr Handy mitgenommen und es gefilmt. Wäre sie doch öfter zu den Treffen gegangen, hätte sich Protesten angeschlossen. Sam war hundemüde, aber ihr Körper machte einfach weiter. Sprunghaft, stotternd, rastlos, wie vom falschen Kraftstoff angetrieben.

In dieser Nacht versuchte Sam gar nicht erst zu schlafen. Sie trank eine heiße Brühe und begab sich direkt auf die

Wanderung durch die elenden nächtlichen Straßen. Sie traf keine Menschenseele, nur einen streunenden Hund, der unter dem fahlen Licht der Straßenlaternen in die andere Richtung davontrottete. Was machte sie da eigentlich? Nachtwache halten. Nachschauen, was draußen zu sehen war.

An der Straßenecke der Lodi sah sie einen Mann von hinten, er stand vor dem weggesackten Windfang eines leerstehenden Hauses. Noch vor einem Jahr hätte sie auf dem Absatz kehrt gemacht und verängstigt die Flucht ergriffen. Aber in dieser Nacht ging sie einfach weiter, direkt an ihm vorbei, den Blick auf seinen Rücken geheftet, ihre Schritte sicher, furchtlos. Er ging rasch in Deckung, sah sie aber über die Schulter hinweg an. Erst da fiel ihr auf, dass er recht mitgenommen wirkte, vermutlich lebte er auf der Straße und war gerade dabei, in diese Ecke zu pissen. Sie atmete hörbar ein und ging rasch weiter, bemüht, nicht so genau hinzusehen. Er funkelte sie böse an und verzog sich weiter hinter den Windfang.

Dann streckte er plötzlich den Kopf dahinter hervor und rief: »Haste n Problem, Schlampe?«

Sie schüttelte den Kopf, lief rot an, ging schneller. Wie dämlich, sich in der Nacht hier herumzutreiben, den Leuten aufzulauern. Eigentlich immer dämlich, egal wann. Sie flüchtete nach Hause. Atemlos und frierend zündete sie den Kamin an. Sie war zu müde, um zu essen. Wann hatte sie das letzte Mal geschlafen? Hatte sie die Tür verriegelt? Vor dem Einschlafen sollte sie wirklich noch abschließen.

Das ist Sam passiert – obwohl, viele Einzelheiten würde sie bald wieder vergessen: Sie saß schläfrig vor dem Feuer. Immer wieder glaubte sie, im Augenwinkel Bewegungen zu erhaschen, die sich dann aber als Einbildung entpuppten. Sie redete sich ein, sie sei durch den tagelangen Schlafentzug einfach ein bisschen wirr. Wuschig im Kopf. Ihr Puls ging schneller, wie so oft vor einer Hitzewelle. Dann hörte sie hinter sich ein Geräusch. Als sie sich umdrehte, spürte sie einen Schlag – ein extrem hartes, stumpfes Objekt erwischte sie mit voller Wucht am Hinterkopf. Sie stellte sich ein Kantholz vor oder einen Totschläger. Eine Waffe, schwer und unnachgiebig. Ihren Angreifer sah sie nicht.

Während sie am Boden lag, kam sie auf den Gedanken, dass einer der Polizisten sie angegriffen haben könnte, die Frau oder der Mann oder beide. Oder es war MH. Oder vielleicht der Typ, den sie beim Pissen erwischt hatte. Die Verstrahlten aus dem Park, eine dieser Spukgestalten von der Straße, diese fahlen Opioid-Zombies. Sie hatte alles komplett falsch verstanden. Nicht sie war unsichtbar, sondern diese Menschen. Dann verlor sie das Bewusstsein und kam erst nach einer Weile wieder zu sich, immer noch am Boden.

Sam schlug die Augen auf. Sie versuchte, ihren Kopf zu heben, aber der war zu schwer. Schmerzen. Sie betastete ihren Hinterkopf, da, wo es wehtat. Nässe.

Ihr Handy war in ihrer Hosentasche. Sie griff danach, hielt es sich ans Gesicht, berührte das Display, »Notruf«. Bevor sie etwas sagen konnte, verlor sie erneut das Bewusstsein.

SECHS

ALLY

1

Als Joe Ally erzählt hatte, er sei übers Labour-Day-Wochen-
ende in der Stadt, war sie auf die Idee gekommen, mit ihm
auf den State Fair zu gehen. Sie hatte sich früher immer
vorgestellt, irgendwann mit ihrem Freund dort hinzugehen
und sich als Pärchen über den Kitsch zu amüsieren. Außerdem hatte sie die Nase voll von Hotelzimmern und Heim-
lichkeiten. In New York waren sie zusammen essen gegangen, hatten Museen besucht, waren Hand in Hand durch
den Park geschlendert. Aber seitdem nur Nachrichten, Telefonate und heimliche Treffen in Syracuse, immer musste sie
sich auf sein Hotelzimmer schleichen.

Hotelzimmer an sich gefielen ihr ja, der Sex und an-
schließende Zimmerservice auch, aber langsam merkte sie,
wie sehr sie das einschränkte. Sie waren so weit gekommen, doch jetzt traten sie auf der Stelle. Er beharrte darauf,
dass ihre Beziehung heimlich bleiben müsse, selbst nach
ihrem siebzehnten Geburtstag. Meist verdrängte sie den
Gedanken daran, aber das Hotelzimmer stieß sie sozusagen mit der Nase darauf. Sie lagen im Doppelbett. Ihrem
Vater hatte sie erzählt, sie wäre mal wieder beim Training.
(Er war ihr gegenüber so vertrauensselig, so abwesend, so
verdammt ahnungslos, dass sie ihm praktisch alles weis-

machen könnte. Es hätte auch gereicht, wenn sie mit einem gemurmelten »Muss los« ins Auto gestiegen und abgehauen wäre.) Joe und Ally machten rum, dann bestellten sie Frühstück. Sogar im Hotel war er geradezu paranoid darauf bedacht, nicht mit ihr zusammen gesehen zu werden, sie musste sich im Bad verstecken, wenn der Zimmerservice kam.

»Warst du schon mal auf dem State Fair?«, fragte sie ihn und trank einen Schluck von ihrem Kaffee. Er schmeckte nicht so gut wie erwartet.

»Nö«, sagte er.

»Vielleicht sollten wir heute mal hingehen, statt hier zu versauern.«

»Ach, Ally, du weißt doch, dass ich nicht riskieren kann, mit dir gesehen zu werden.«

»Niemand, den ich kenne, geht auf den State Fair, außer wenn eine gute Band spielt, die sie sehen wollen, was so gut wie nie vorkommt, meist haben die nur so Line-ups für alte Leute wie Herman's Hermit mit nur einem Hermit«, sagte sie. Er lachte. »Der Jahrmarkt ist für Kinder und ihre Eltern. Außerdem geht an Labour Day garantiert niemand hin, den ich kenne, dafür ist es viel zu voll.«

»Klingt ja toll.«

»Im Ernst! Es wäre so lustig, sich das gemeinsam anzusehen. Ich kann dir alles zeigen. Sonst zeigst du mir immer alles.« Sie sah ihn an, plötzlich ganz versessen auf die Idee. »Bitte?«

»Na gut.«

»Echt?«

»Wenn es dich glücklich macht. Wegen dir werde ich noch zu nem richtigen Draufgänger.«

Sie fuhren in seinem schwarzen Audi. So sehr sie es auch verabscheute, von Autos begeistert zu sein, als Joe hochschaltete und das Gas durchdrückte, war sie ziemlich begeistert, wie rasant der Wagen die Kurven nahm und trotzdem satt wie ein Gokart auf der Straße haftete. Er hatte schwarze Ledersitze, die Instrumententafel war aus gemasertem Holz. Es war dumm und aufregend, darin herumchauffiert zu werden.

Vom Parkplatz aus überquerten sie die Fußgängerbrücke zum Ausstellungsgelände. Sie spürte, dass ihn so viel Öffentlichkeit nervös machte. Immer wieder sah er sich um. Aber es war bewölkt und regnerisch, und das vermittelte ihnen irgendwie das Gefühl, geschützt zu sein. Am Eingangstor hatte er sich schon etwas entspannt. Er ließ es sogar zu, dass sie nach seiner Hand griff.

Als sie sich an einem Stand unterstellten, um sich den Geländeplan anzusehen, traute Ally ihren Augen kaum. Ihre Mutter war hier, und sie kam direkt auf sie zu. Allys Herz schlug so heftig, dass sie es förmlich hören konnte. Noch hatte ihre Mutter sie nicht bemerkt und ihr Geheimnis war sicher. Sie könnte Joe hinter den Stand schieben und alles wäre gut. Aber das tat sie nicht. Stattdessen konzentrierte sie sich wieder auf den Plan. Sie legte Joe den Arm um die Schulter und schmiegte sich an ihn.

»Lass uns kurz hier warten. Vielleicht hört es gleich auf zu regnen.« Sie wusste – spürte es regelrecht –, dass ihre Mutter sie entdeckt hatte. Aus dem äußersten Augenwinkel beobachtete sie, wie ihre Mutter schlagartig stehenblieb und zu ihnen hinübersah. Ally wandte sich Joe zu und küsste ihn. Sie wartete auf das Beben, die Explosion, die Kernschmelze.

Sie wartete. Minuten vergingen. Nichts. Schließlich riskierte sie einen Blick dorthin, wo ihre Mutter gestanden hatte. Sie war nicht mehr da. Wie war das möglich? Ihre Mutter hatte sie gesehen. Sie hatte Ally gesehen, mit Joe, also mit einem Mann, der noch dazu erheblich älter war als sie. Erheblich älter und obendrein noch ein Bekannter, ein Kollege ihres Mannes (Ex-Manns). Doch sie hatte nichts gesagt, nichts unternommen.

»Okay, wollen wir uns jetzt die langhaarigen Karnickel ansehen?«, fragte Joe.

»Ja, ja, klar.«

Sie sahen sich die Tiere an, begutachteten die Gewinner der Country Art Fairs und teilten sich ein großes Eis, obwohl Joe eigentlich strikt gegen Zucker war. Wie schräg, diese Zufallsbegegnung mit ihrer Mutter. Nicht nur, weil ihre Mutter sie nicht konfrontiert hatte, sondern auch, weil Ally sich eingestehen musste, dass sie hatte erwischt werden wollen. Sie hatte sich eine Eskalation herbeigewünscht. Stimmte das?

Als sie nach Hause kam, erzählte ihr Vater ihr, ihre Mutter habe gesehen, wie jemand auf offener Straße erschossen worden war.

»Was? Wann?«

»Vor ein paar Tagen, mitten in der Nacht. Es ist schlimm gewesen. Eine Polizistin hat einen armen Jungen erschossen. Ein unbewaffnetes Kind.«

»Wie schrecklich! Jetzt ist sie bestimmt runter mit den Nerven.«

»Klar. Das wäre jeder. Hat sie mit dir gesprochen?«

»Nein.«

»Könntest du sie vielleicht anrufen oder ihr schreiben? Ein paar Zeilen würden ihr sicher schon helfen.«

»Ja, okay«, sagte Ally. Sie schämte sich ein bisschen, weil sie ihre Mutter blockiert hatte, aber irgendwie hatte sie auch keine Lust, jetzt wieder tausend Nachrichten mit ihr auszutauschen.

2

Am nächsten Tag fuhr Ally ihre Großmutter besuchen. Joe hatte ihr vorgeschlagen, sich auf der Fahrt den »Joe Rogan Podcast« anzuhören, und zwar die Episode mit Mark Frosh. Frosh war ein superreicher Philosoph und Guru, der auf Twitter Berühmtheit erlangt hatte, weil er den Leuten erklärte, wie man Geld machen und mit vierzig in den Ruhestand gehen konnte. Nur nannte er es nicht »Geld machen«, sondern »Reichtum akquirieren«. Aus diesem Modell war die FIRE-Bewegung erwachsen (»*Financial Independence, Retire Early*«). FIRE ging es im Wesentlichen darum, Geldgier als Freiheit zu verkaufen: Arbeite für dich, dann musst du nie wieder für andere arbeiten. »Selbst-Investment« lautete Froshs Motto. Außerdem war er berühmt für sein Speed-Reading, er las täglich ein Buch. Audiobücher in doppeltem Abspieltempo, Ally wusste, dass auch Joe Podcasts und Audiobücher 1,7 x schneller abspielte. Alles drehte sich um Effizienz und Schnelligkeit. Das war ihr auch bei den Pitch-Simulationen aufgefallen. Bei sämtlichen sogenannten »innovativen« Technologien (Industrie 4.0 etc.) ging es im Wesentlichen um Schnelligkeit. Kürzere Verarbeitungszeiten, höhere Komprimierungsraten und Effizienz, all das bedeutete lediglich »schneller«. Fortschritt = Tempo, diese Gleichung wurde nie hinterfragt, genauso wenig wie der Fortschritt selbst. Aber blindes Streben nach Schnelligkeit in allen Bereichen erschien ihr als Konzept ein bisschen geistesabwesend.

Mark Frosh schlug außerdem vor, Wissen und auch

Fremdsprachen durch unbewusstes Hören zu erlernen, also im Schlaf. Er hatte in eine App investiert, die die Hirnwellen in der Tiefschlafphase durch Biofeedback mit Lerneinheiten synchronisierte, aber momentan war sie noch in der Betaversion, weil sich die Hirnwellen im Schlaf als etwas komplexer herausgestellt und sich dadurch unerwünschte Nebenwirkungen ergeben hatten, das Biofeedback hatte die falschen Wellen erzeugt und dem Schlafenden den REM-Schlaf entzogen.

»Wir arbeiten noch daran«, sagte Frosh, »aber hey, was für ein cooles Tool, wenn es erst funktioniert!«

»Total, Dude, echt abgefahren«, sagte Joe Rogan.

Was für eine Vorstellung, einer App zu erlauben, während des Schlafs deine Hirndaten abzugreifen! Ally hatte gelesen, dass man ohne REM-Schlaf innerhalb von zwei Wochen den Verstand verlor. Aber egal, warum den Schlaf nicht auch noch für was anderes als Schlafen nutzen, wenn es einen Mehrwert brachte? Sie hatte auch gelesen, dass Multitasking nicht funktionierte und in Wahrheit kein Mensch mehrere Aufgaben gleichzeitig meistern konnte, was mit einem Schlag auch das ganze Hochleistungs-Superman-Dogma (Jack Dorsey, Peter Thiel, Ray Dalio und wie sie alle hießen) als Blödsinn entlarvte, denn wie sich gezeigt hatte, machte Schlafentzug die Menschen krank und sie bekamen später vermutlich Alzheimer. Aber Produktivität bemaß sich aus Ausbringungsmenge (Output) durch Einsatzmenge (Input), also sollte man unterm Strich mehr rausholen als man einbrachte, was auch irgendwie geistesabwesend war, wenn Ally es recht bedachte.

Frosh und Rogan kamen wieder auf FIRE zu sprechen. Okay, aber wozu eigentlich finanzielle Unabhängigkeit und früher Ruhestand? Vielleicht, weil man Bücher dann nicht mehr schnell lesen (und hören) musste und seinen Schlaf einfach mal genießen konnte?

Sie schaltete den Podcast ab, versuchte es mit National Public Radio, und lauschte schließlich einfach den Fahrgeräuschen.

Ally besuchte ihre Großmutter Lily wahnsinnig gern. Schon von Weitem sah sie sie in ihrem Garten, wo sie die letzten perfekten Tomaten fürs Abendessen pflückte. Wie immer würde sie Chili con Carne oder Paella oder Pasta kochen, und garantiert hatte sie schon das knusprige Brot vom Bäcker besorgt, das Ally so gerne aß. Nach dem Abendessen würden sie sich mit selbstgebackenem Apfelkuchen oder Tarte aufs Sofa setzen und einen Film streamen. Alles wäre so, wie Ally es sich wünschte, wie sie es brauchte.

Aber als Lily schließlich vor ihr stand, bemerkte sie, wie mager ihre Großmutter geworden war, die Kleidung hing ihr förmlich von den Gliedern. Ihre Augen waren geschwollen, die Haut trocken. Sie schloss Ally in die Arme und führte sie ins Haus. Sie duftete noch wie immer nach Lavendelseife.

Sie unternahmen alles, was Ally sich vorgestellt hatte. Ally erzählte Lily von ihren Collegebewerbungen, von ihren Plänen für den Sommer und vom Alltag mit ihrem Dad. Sie sprach mit ihr über den katastrophalen Auftritt ihrer Mutter (»Ich weiß, dass sie dich nicht kränken wollte«, sagte Lily. »Aber sie hat wirklich keine Ahnung, wie man sich benimmt – das war so intim. Ihr fehlt einfach jegliches Gefühl für Grenzen«, sagte Ally. »Was dich betrifft, hast du leider recht«, sagte Lily). Ally vertraute Lily und hätte ihr fast von

Joe erzählt, aber dann war es ihr irgendwie peinlich. Was würde Lily von ihr denken, wenn sie von ihrer heimlichen Affäre wüsste? Vielleicht würde sie es okay finden, aber Ally war sicher, dass sie Joe ablehnen würde, genau wie seine Bauprojekte und besonders die Tatsache, dass er unter dem Deckmäntelchen des Wohltäters reich und mächtig wurde. Nein, sie würde ihr Joe lieber verschweigen.

Sie sahen sich keinen Film an, dafür waren sie beide zu müde. Stattdessen saßen sie im Schlafanzug auf dem Sofa und tranken Tee.

»Ich wollte dir noch was geben«, sagte Lily schließlich. Sie zog eine längliche Samtschatulle hervor, so eine mit Schnappverschluss, in der man edlen Schmuck aufbewahrte. Die gab sie Ally.

»Danke, Grandma«, sagte Ally. Den letzten Schmuck hatte sie von Lily zu ihrem sechzehnten Geburtstag bekommen, einen goldenen Kameering.

»Nun mach sie schon auf!«, sagte Lily lachend.

Ally ließ den Verschluss aufschnappen. Da, auf dem blassgrauen Seideninlett, lag Lilys Halskette aus echten Naturperlen. Ally liebte diese Perlen (nicht zu groß, nicht graduiert, mit exquisiter, mattweich glänzender Opaleszenz). Sie hielt den Atem an.

»Probier sie an.«

Ally legte sich die Kette um den Hals und ließ den kleinen Silberverschluss einrasten.

Lily hielt sich die Hand vor den Mund. »Mein Gott, du bist so wunderschön. Diese Perlen sind für dich gemacht. Ich glaube, deine Mutter wird mich umbringen. Sie wollte, dass ich dir meinen feinen Schmuck erst zu deinem Abschluss vermache. Aber ich will nicht länger warten.«

Ally war selig über das Geschenk, doch sie spürte, dass sich dahinter etwas Schlimmes verbarg.

Dann sagte Lily: »Schätzchen, ich muss dir was Ernstes sagen. Ich habe etwas, das sich Leiomyosarkom nennt.«

»Was ist das?«, fragte Ally, obwohl sie alles über Sarkome wusste, sie war früher, in einem anderen Zusammenhang, schon einmal über dieses sonderbare Wort gestolpert. Es hatte seinen Ursprung im altgriechischen *sárkoma*, was so viel wie Fleischgewächs bedeutete, aus *sárx*, »Fleisch«, »Weichteile« und *-om* »Geschwulst« – ein Tumor. Das Wort »Fleisch« war faszinierend, es stammte aus dem mittelhochdeutschen *vleisch*, also »(Frucht)fleisch«, aber auch »Leib« (Sarkasmus hatte dieselbe Wurzel, *sarkazein*, was so viel bedeutete wie »sich das Maul zerreißen, zerfleischen, verhöhnen«).

Ihre Großmutter hatte einen Tumor.

»Ist das nicht so was wie Krebs?«, fragte Ally, den Blick auf ihren Tee gerichtet.

»Richtig. Krebs in den Weichteilen.«

»Welches Stadium?«

»Du weißt eine Menge über Krebs, hm? Stadium vier.«

Ally nickte, von einer seltsamen Ruhe erfasst. »Wie schrecklich.«

»Ich weiß, das ist ein Schock, aber ich habe einen großartigen Arzt. Die Behandlungen machen mir die verbleibende Zeit so angenehm wie möglich. Das ist mein Wille.«

Die verbleibende Zeit. Ally trank einen Schluck Tee, spürte den Becher zwischen den Händen. »Weiß Mom Bescheid?«

»Zum Teil. Ich habe ihr noch nicht alle Einzelheiten gesagt. Das muss ich ihr Stück für Stück beibringen, du weißt, wie sehr sie sich aufregt.«

»O ja.«

»Sie hat momentan genug andere Sorgen. Aber du kannst damit umgehen, das wusste ich.«

Ally nickte erneut. Sie war ruhig, weil sie die Nachricht betäubt hatte, aber auch, weil das ihre Art war, auf Stress zu reagieren. Deshalb war sie bei Wettbewerben auch so erfolgreich. Nichts haute sie um. Je höher der Stress, desto ruhiger wurde sie.

»Wir sprechen morgen früh weiter, okay?« Sie verabschiedeten sich mit einer Umarmung ins Bett. Ally lag auf dem Sofa unter ihrer Decke und recherchierte »Leiomyosarkom«. Nachdem sie sämtliche Artikel auf der Website der Mayo Clinic gelesen hatte, stellte sie die Suche ein. Erschöpft schloss sie die Augen und ließ den Gedanken zu, dass Lily sterben würde. Ihr ganzes Leben lang hatte sie sich davor gefürchtet. Im Freundeskreis hatten schon viele ihre Großeltern verloren. Sie wusste, dass es auch ihr bevorstand, aber auch, dass dieser Verlust ihr Leben auf noch unvorstellbare Weise verändern würde. Sie tippte aufs Display; in der Dunkelheit tat ihr das blaue Licht in den Augen weh. Wie sehr wollte sie jetzt ihre Mutter anrufen. Aber was sollte sie sagen, im Dunkeln, im Flüsterton? Außerdem war sie immer noch stinksauer auf ihre Mutter, oder etwa nicht? Und Dad? Lieber nicht telefonieren, sie könnte Lily wecken, die ihren Schlaf brauchte. Joe anzurufen oder ihm eine Nachricht zu schicken kam ihr nicht in den Sinn. Das Handy fest umklammert schlief sie ein.

Am Morgen war Lily bester Dinge. Sie briet ihnen Spiegeleier mit Speck. Ally beschloss, etwas länger zu bleiben und Lily im Garten zu helfen. Sie sprachen nicht mehr über das Leiomyosarkom, obwohl Ally direkt nach dem Aufwachen um sechs auf dem Handy weiterrecherchiert und mehr darüber gelesen hatte.

Sie jäteten und pflückten. Lily wirkte munter, als hätte sich nichts verändert, abgesehen davon, dass sie Gewicht verloren hatte. Als sie fertig waren, kochte sie Ally einen Kaffee für unterwegs.

»Danke, meine Kleine«, sagte sie und streichelte Ally über die Wange. Eine feste, lange Umarmung. Sie lösten sich, sahen einander an.

»Ich hab dich lieb, Grandma«, sagte Ally.

»Ich dich auch. Du und deine Mom, ihr müsst mich bald wieder besuchen, ja? Ich habe nicht mehr so viel Lust, nach Syracuse zu fahren.«

»Klar«, sagte Ally.

»Deine Mutter hat es gerade schwer.«

»Ich weiß.«

»Du musst ihr vergeben, Ally.«

Ally seufzte.

»Ich meine es ernst. Du musst dich um sie kümmern, für mich.«

Lily ergriff Allys Hände und sah sie ernst an.

»Okay«, sagte Ally.

»Versprochen?«

»Natürlich.«

»Sie ist mein kleines, süßes Mädchen, weißt du. Genau wie du es für sie bist. Sie braucht dich.«

Sie hatte zwei Anrufe von Joe verpasst. Dann hatte er ihr eine Nachricht geschrieben, wenn sie zu Hause war, solle sie sich gleich über FaceTime bei ihm melden. Weil ihr Dad nicht da war, als sie heimkam, rief Ally ihn gleich zurück.

Bevor sie ihm von ihrem Besuch bei Lily erzählen konnte, schnitt er ihr das Wort ab. »Wir müssen reden.«

»Okay.«

Sie wusste schon, was als Nächstes käme. Sie studierte seine Miene, während er sprach. Die Verbindung war nicht ganz stabil, aber das Meiste bekam sie trotzdem mit. Er wolle »eine Pause machen«. Er liebe sie, habe aber das Gefühl, sie wolle mehr von ihm, als er ihr geben könne. Nach dem Labour Day, nachdem sie ihn in der Öffentlichkeit geküsst hatte, sei ihm klargeworden, dass die Dinge blabladibla. Er trennte sich von ihr.

»Sehe ich genauso.« Sie war ruhig. Eiskalt.

»Wir bleiben natürlich Freunde, ja? Das hoffe ich jedenfalls.«

Als sie das Gespräch beendet hatte, weinte sie keine Träne, aber sie ließ sich ein Bad ein und erklärte der Wanne und der gesamten Umgebung wie in einem Podcast in voller Lautstärke, was sie an Joe alles nicht mochte. »Ich geh das jetzt mal Schritt für Schritt mit euch durch«, sagte sie zur Wanne.

Er zog sich Hörbücher 1,7 x schneller rein. Nicht 2x oder 1,5x. Diese Präzision und das, was er damit zu suggerieren glaubte, gingen ihr unendlich auf die Nerven.

Er versuchte, seinen E-Mail-Eingang täglich »nullzustellen«.

Er fuhr – nein, er »knackte die 400« beim – Ausdauerrennen (»Hardcore«) auf seinem Randonneur.

Er folgte Elon Musks *Productivity Hacks*.

Er sagte Sachen wie »level up« und »do purpose«, »den SWOT bewerten«.

Er sprach von »scalen/upscalen/scalability«.

Er ging mit einem Mädchen, das noch auf der Highschool war.

Sie stieg aus der Wanne. Vor dem Abtrocknen schnappte sie sich ihr Handy und schickte ihm eine Nachricht.

Lösch meine Fotos.

3

Nach dem Bad stieg sie wieder ins Auto. Sie hatte beschlossen, ihre Mutter im Loomis House zu überraschen. Vorher schickte sie eine Nachricht an ihren Vater (wo steckte der eigentlich?), dann fuhr sie los und hörte Patti Smith anstelle irgendwelcher beschissener Podcasts. Weil Patti Smith = das Gegenteil von Joe. Patti Smith ging Produktivitätsoptimierung am Arsch vorbei. Ally ging es gleich ein bisschen besser.

Ihr letzter Besuch im Loomis House lag Jahre zurück. Ihre Mutter hatte sie damals in der Sechsten auf einem Schulausflug begleitet und sich kurz danach dort beworben. Sie wolle sich ehrenamtlich engagieren, das Haus sei schrecklich heruntergekommen und völlig vernachlässigt. Man hatte sie vom Fleck weg engagiert, und so war es gekommen, dass sich ihre Mutter um die mieseste historische Stätte in ganz New York State kümmerte.

Loomis House war noch armseliger als Ally es in Erinnerung gehabt hatte, selbst die Informationstafeln wirkten dünn und billig. Die Zimmer sahen abgenutzt aus, verstaubt, öde. Was sollte bitte so interessant daran sein, das Haus einer Fremden zu besichtigen? Ally hatte dazu keinerlei Bezug, im Gegensatz zu ihrer Mutter, die sich allein beim Anblick eines alten Schreibtischs in das Leben einer anderen Person hineinversetzen konnte.

An diesem Nachmittag hatte Mrs Delven Dienst.

»Aber Sam hat in der Abteilung ›Geschichte und Informationen‹ ein paar neue Ausstellungsstücke hinzugefügt, die solltest du dir ansehen.«

Ally nickte und betrat den Raum. Dort stand ein riesiger Glaskasten. »Kuriositätenkabinett« stand da, »kuratiert von Samantha Raymond«. Und es gab ein Informationsblatt über die Geschichte von Syracuse, ebenfalls von ihrer Mutter verfasst.

Sie nahm sich eines und strich über die Druckbuchstaben. Wie nannte man das nochmal, wenn man die Buchstaben auf dem dicken Papier fühlen konnte? Ihre Mutter hatte sich viel Mühe gegeben mit diesen Dingen, für die sich keiner interessierte. Bei genauerer Betrachtung sah Ally, dass das Kuriositätenkabinett lauter Objekte enthielt, die ihre Mutter offenbar gesammelt und mit kleinen Kärtchen erklärt und beschriftet hatte. Ally las sie alle, sah sich die Stücke genau an. *Meine schräge Mom.* Wie sie sich um das kümmert, was ihr am Herzen liegt, voller Sorgfalt und Liebe zum Detail. All ihre schrägen Vorlieben waren hier ausgestellt. So viel Arbeit für etwas, das sich kaum jemand ansehen würde. Als sie das Informationsblatt las, empfand sie überraschende Zuneigung zu ihrer lieben, albernen Mom. Sie vermisste sie, endlich.

Sie schickte ihr eine Nachricht.

Hi! Wo bist du?
Ich bin im Loomis House, wie krass! LOL!

Ally stieg wieder ins Auto und wartete auf eine Antwort. Die – kaum zu glauben! – nicht nur nicht sofort kam, sondern ausblieb.

Deine Ausstellung hat mir gefallen.

Vielleicht hatte Mom das Handy ausgeschaltet.

SIEBEN

SYRACUSE

1

SYRACUSE –
EINE KLEINE INFORMATIONSBROSCHÜRE
Zusammengestellt von Samantha Raymond,
Loomis House
(bitte mitnehmen!)

Warum wurde Syracuse erbaut?
Wegen des Salzes. Aus natürlichen Solequellen und Salzsümpfen. Im Jahr 1656 besuchten Jesuitenmissionare erst-
mals das von der seit Jahrhunderten durch die Bevölkerung
der Onondaga-Nation besiedelte Gebiet. Am Onondaga
Lake errichtete man eine (schon bald wieder aufgegebene)
Mission, dort brachte der *Deganawidah* (Großer Friedens-
stifter) die Konföderierten der fünf Nationen der Haudenosaunee (»Irokesen«) zusammen. Obwohl den Missionaren
die Solequellen aufgefallen waren, verließen sie die Gegend
bald wieder. Kurz nach dem Amerikanischen Unabhängig-
keitskrieg brannten amerikanische Siedler auf dem Land
zwischen See und dem heutigen Gebiet von Nedrow sämtliche Siedlungen der Onondaga nieder. Der 1784 geschlossene Vertrag von Fort Stanwix erlaubte Salzproduzenten
die gewerbliche Nutzung des Landes, 1797 wurde das süd-

liche Seeufer durch den Staat New York als Onondaga Salt Springs Reservat ausgewiesen.

Was wurde sonst noch in Syracuse hergestellt?
Schreibmaschinen (Smith Corona), Laternen (Dietz), Autos (Franklin), Klimatechnik (Carrier), Aschensalz (Solvay-Prozess), Möbel (Stickley).

Was verbirgt sich hinter der Bezeichnung »Crossroads of New York, the Empire State«?
Salina Street, nach den Salzsümpfen benannt und Grundlage der frühen Entwicklung von Syracuse, kreuzte sich mit East Genesee Street im Zentrum der neu gegründeten Stadt. Beide Straßen folgen alten Wegen, die bereits von den indigenen Völkern und Siedlern benutzte Ost-West-Tangente und Nord-Süd-Tangente, die sich in der Mitte des Staates New York kreuzen. Im Zentrum der Stadt Syracuse liegt somit das Zentrum des Staates New York.

Was passierte, als der Salzbedarf abflaute und Salzminen stillgelegt wurden?
Herstellung von Soda aus regionalem (jetzt weniger wertvollem) Salz und Kalkstein.

Was ist Soda? Wie wird es gewonnen und wozu wird es verwendet?
Aschensalz, auch Soda genannt, ist durch den sogenannten Solvay-Prozess gewonnenes Natriumcarbonat (Na_2CO_3). Dieser patentierte und lizensierte Herstellungsprozess stammt aus Frankreich. Soda wird bei der Produktion von Glas, Seife und Papier verwendet.

Welche Abfallprodukte entstehen dabei?

Natriumchlorid, das aus den Halden in den Boden sickert. So begann der Prozess, der den kristallklaren Onondaga-See zum ersten »Superfund«-Fall machte. Nach zwei Jahrzehnten intensiver Säuberungsmaßnahmen gilt er heute als »renaturiert«, Schwangeren und Kindern wird aber immer noch davon abgeraten, Fisch aus diesem Gewässer zu verzehren. Trotzdem sieht man an seinen Ufern wieder Angler. Schilder warnen. Ein Fisch, von einer dicken schwarzen Linie durchgestrichen. Aber der Fisch wird gegessen, selbst wenn er kontaminiert ist.

Warum ist der Onondaga Lake noch immer kontaminiert, so viele Jahre nach den Superfund-Maßnahmen und seiner Reinigung?

Laut Wikipedia ist die Metropolitan Syracuse Wastewater Treatment Plant (Metro) für 20 % des jährlichen Zuflusses verantwortlich. Kein anderes Gewässer in den USA hat einen derart hohen Zufluss aus geklärtem Abwasser.

Welche Namen haben ambitionierte Stadtförderer über die Jahre für Syracuse erfunden?

Zunächst hieß Syracuse »The Salt City«, dann, in den Neunzehnhundertachtzigern, wurde sie »Emerald City« getauft, was allerdings niemanden so recht überzeugt, egal wie grün die Stadt im Sommer wird.

Wofür ist Syracuse sonst noch bekannt?

Viele Menschen sind über Syracuse aus der Sklaverei geflohen, weil hier viele Reformisten und Sklavereigegner aktiv waren, und zwar so aktiv, dass Daniel Webster die Stadt als

»Brutstätte des Abolitionismus, Freizügigkeit und Verrats« bezeichnete.

Welche namhaften leerstehenden Gebäude gibt es im Stadt-zentrum?
Der stillgelegte Bahnsteig, nur zu erkennen, wenn man auf der 690 East vorbeifährt. Wo früher Menschen standen, hat man heute Statuen errichtet. Die Gleise wurden gehoben und woanders neu verlegt. Wenn man diesen Ort auf Google Maps aufruft, steht dort »Abandoned Train Platform«, es gibt sogar Google-Bewertungen (4 von 5 Sternen).

Die Carnegie Library in der Montgomery Street: 1905 aus gelbem Ziegelstein und weißem Kalksandstein im pracht-vollen Beaux-Art-Stil erbaut, mit Säulen und Brüstung. In den Neunzehnhundertachtzigerjahren errichtete ein Bau-unternehmer ein billiges, wenig solides Nutzgebäude und brachte darin auch die Zentrale Stadtbücherei unter, um sich so einen Steuervorteil zu verschaffen. Die Bücher wur-den umgezogen. Das alte Büchereigebäude steht heute leer.

Die 1911 von Charles Colton in Zusammenarbeit mit dem (vielleicht?) ersten Schwarzen in den USA tätigen Architek-ten Wallace Rayfield erbaute People's African Methodist Episcopal Church of Zion. Anfang der 1960iger-Jahre wurde in der Nähe eine Verkehrsüberführung errichtet, seit 1970 steht die Kirche mit ihrem eindrucksvollen neugotischen Bogen und dreigeschossigen Glockenturm leer.

Das alte Friedhofstor des Oakwood Cemetery (1859 als »Beautiful City of the Dead« erschaffen, ein stiller Begegnungsort für Lebende und Tote, unter freiem Himmel mit Blick auf die Stadt). Das marmorne Eingangsportal wurde stillgelegt (nicht abgerissen oder versetzt). Irgendwann bin ich an der Colvin Street auf die 1-18 in nördliche Richtung gefahren und dabei sind mir die steinernen Überreste aufgefallen, allerdings erst, als ich schon auf dem Highway war. Da habe ich fast einen Unfall verursacht. Obwohl es schon mein ganzes Leben lang dort steht, ist es mir zuvor nie aufgefallen. Ich habe mal versucht, das alte Tor vom neuen Eingang oder den anderen Seiteneingängen aus zu erreichen, aber das ist sehr kompliziert.

Die First English Lutheran Church in der James Street. Jedes Mal, wenn ich an dem aus Sandstein erbauten Glockenturm mit seinen kunstvollen, schmiedeeisernen Arts-and-Crafts-Gittern im Missionarsstil vor den Schallöffnungen vorbeikomme, erfreue ich mich an seiner Schönheit, denke mir aber gleichzeitig, dass diese Kirche vom Stil her eigentlich in Santa Fe stehen sollte oder so was. Die früher dort abgehaltenen Gottesdienste wurden von afrikanischen Geflüchteten besucht, zumeist Christen aus dem Kongo. Später wurden dort Tafeln eingerichtet, die Räume wurden für Versammlungen verschiedener gemeinnütziger Organisationen genutzt, vom AA, von Syracuse Streets und anderen. Die Instandhaltung alter Gebäude ist sehr kostspielig. Die Kirche darf aus Denkmalschutzgründen nicht abgerissen werden, aber leer stehen und verfallen darf sie schon.

Die Syracuse Central High School in der Harrison Street. Ein ganzer Straßenzug steht seit zehn Jahren leer. Die Fenster sind mit Brettern vernagelt, aber im Inneren befindet sich ein vollständig erhaltener, holzvertäfelter, zweigeschossiger Hörsaal und eine breite geschwungene Treppe. Gerüchten zufolge soll dank 5G, der geplanten Initiative »Smart City« und dem sogenannten »Syracuse Surge« hier in naher Zukunft ein »Tech Garden« entstehen oder ein »Tech Hub« oder ein »Tech Incubator« (und ich sag euch, die Zukunft naht, aber so was von).

Was ist 5G? Was ist Syracuse Surge? Was ist Smart City? Woher soll ich das wissen?

Was ist mit dem Eriekanal?
Manchmal, wenn ich vom Home-Depot-Parkplatz komme und an Dunn Tire vorbei auf die Kreuzung Erie Boulevard und Bridge Street (Sunoco an der südwestlichen Ecke, Wendy's an der nordwestlichen, eine geschlossene Tankstelle an der südöstlichen) zufahre, stelle ich mir vor, wie der Eriekanal hier vorbeigeflossen sein muss, bevor man ihn zugeschüttet hat. Von ihm ist nur der Name Erie geblieben und die Vorstellung von dem, was er einst war, bevor alles, was ich heute hier sehe, gebaut wurde. Eines steht für mich fest: Der Kanal war auf jeden Fall besser. Egal, wie viel Müll in seinem Wasser gelandet sein, egal, wie sehr er gestunken haben mag, als stehendes Gewässer ohne Abfluss. Kohleverbrennung, egal. Erie wurde in eine mehrspurige, fußgängerfeindliche Schnellstraße verwandelt, die immer hässlicher wurde, von Gewerbearchitektur mit Plastikreklamefassaden verschandelt, die Amerikanern so vertraut sind, dass sie auch unsichtbar sein könnten (was sie leider, leider nicht sind). Ich bin kein Snob, nicht realitätsfern, aber

das orangegrelle Reklameschild vom Home Depot mit seinen gefälligen Buchstaben und Farben macht mich fertig,
macht mich traurig und depressiv. Was ist mit uns passiert?
Wann ist Fortschritt so hässlich geworden?

2

EIN KURIOSITÄTENKABINETT
Vitrine mit lokalen und historischen Ausstellungsstücken,
kuratiert von Samantha Raymond, Loomis House

1) Wandornament aus SyrocoWood (Syracuse Ornamental Company), Verbundmaterial aus Zellstoff, mit Mehl und Füllstoffen gefestigt, in Pressformen hergestellt, um 1950. Das Relief zeigt zwei Scottie-Hunde beim Herumtollen in einem Pfingstrosenbeet.

2) Syracuse China: Platzteller aus Porzellan der Serie »Millbrook«, um 1940. Spitzdekor zeigt die Umrisse eines Flugzeugs, weiß mit tiefblauen Rändern auf hellblau, darunter die Skyline der Stadt.

3) Herzförmiges Nadelkissen, 1901. Haudenosaunee. Challis aus roter Wolle und Samt auf Baumwolle. Mit grünen und silbernen Glasperlen bestickt. Füllung aus Sägemehl.

4) Orangefarbene Flagge aus Filz mit der Aufschrift »Syracuse Orangemen«, um 1900, leichte Gebrauchsspuren. (Der Name wurde später zu »The Syracuse Orange« geändert, aus offensichtlichen Gründen.)

5) Versilbertes Besteck (ein Löffel, eine Gabel) im Tudorstil, um 1890 hergestellt von der etwas außerhalb von Syra-

cuse lebenden Oneida-Gemeinschaft, eine finanziell erfolgreiche Gemeinde, deren Mitglieder nach Perfektion strebten, Privatbesitz abschafften und für das Konzept der »komplexen Ehe«, gemeinschaftliche Kindererziehung und das »Stirpikultur« genannte, eugenische Experiment berüchtigt waren, das die »Züchtung« von Elitekindern zum Ziel hatte. Clara Loomis verbrachte zwei Jahre ihres Lebens in dieser Gemeinschaft. Dort lernte sie ihren späteren Mann Henry Loomis kennen.

6) *Der Zauberer von Oz* von L. Frank Baum, illustrierte Originalausgabe, in Leinen gebunden, mit grünen und roten Buchstaben bedruckt und mit dem Bild eines bebrillten Löwen mit Schleife in der Mähne versehen. Erstausgabe 1900. Das berühmte Kinderbuch wurde in Chittenango, New York, geschrieben, rund 23 Kilometer östlich von Syracuse, das Vorbild für die »Emerald City«.

7) Porzellanscherbe mit türkisfarbener Glasur und feinen Einritzungen. 1920 angefertigt von Adelaide Alsop Robineau.

8) *The Craftsman, Vol. 1, No. 1*, 1901. Rahmendekoration aus schwarzer Tinte, rote Buchstaben auf sandfarbenem Papier. Gustav Stickleys Zeitschrift zur Förderung seiner utopischen Vorstellung von im Sinne der Arts-and-Crafts-Bewegung erschaffenen Häusern und Möbeln (seine ikonischen Designprodukte wurden zu dieser Zeit in einer Manufaktur im östlichen Syracuse hergestellt). Die erste Ausgabe war William Morris gewidmet und wurde überwiegend von Irene Sargent verfasst,

eine Kunsthistorikerin, die später als Professorin an der Syracuse University lehrte.

9) Politisches Flugblatt (Werbung?), Buchdruck auf Cardstock. 2017 gedruckt und in der Stadt verteilt. Slogan: »Begrüßt NTE«.

10) Broschüre, verfasst von Clara Loomis, »Über die Vermeidung weiblicher Schwangerschaft und männliche Kontinenz« für die »Liga für Bevölkerungsplanung«, 1895. Offset-Druck, schwarz auf cremefarbenem Papier, handgebunden. Obwohl es sich um eine medizinische Aufklärungsbroschüre handelte, wurde sie von der New York Society for the Suppression of Vice um Anthony Comstock als pornografisch eingestuft.

ACHT

CLARA LOOMIS

1

18. Oktober 1868

Verehrteste Frau Mutter,

ich bin gewiss, dass Sie dereinst verstehen werden, warum ich mein Heim verlassen habe. Ich hoffe, Sie können mir vergeben. Wenn Sie diese Zeilen lesen, werde ich schon weit fort sein. Ich kann Ihnen nicht sagen, wohin es mich zieht, aber Sie sollen wissen, dass ich gesund und munter bin. Gott hat mich hierhergeführt, und ich glaube, dass ich hier einen größeren Nutzen haben werde als zu Hause.

Dieser Ihnen wohlbekannte Vers aus dem Römerbrief soll mich leiten: »Und stellt euch nicht dieser Welt gleich, sondern ändert euch durch Erneuerung eures Sinnes, auf dass ihr prüfen könnt, was Gottes Wille ist, nämlich das Gute und Wohlgefällige und Vollkommene.« Ich bemühe mich um Demut, doch habe ich den Willen, mich dieser Welt nicht gleichzustellen. Ich muss herausfinden, was der Erneuerung meines Sinnes zuträglich ist, damit ich nach Gottes gutem Wille handle.

Ich vermisse Sie gar sehr, wenngleich ich mich auf mein neues Leben freue. Ich vermisse den Garten. Vermisse, es, mit Ihnen am Feuer zu sitzen. Ich sehe es vor mir, wie sich am Tag des Herrn nach dem gemeinsamen Mahl alle um Papa versammeln, um seiner Bibellesung zu lauschen. Bitte sagen Sie ihm, er möge sich nicht um mich sorgen.

Wenn ich mich niedergelassen habe, werde ich Ihnen meine Adresse schreiben, und alle Neuigkeiten. Bis dahin, bitte haben Sie Geduld mit mir und vertrauen sie darauf, Gott hat einen Plan für mich. Sie und mein Herr Papa waren schon immer gewiss, dass ich anders bin, zu wissbegierig für ein Mädchen. Sie hatten recht, liebe Mutter.

In demütiger Ergebenheit
Clara

15. Januar 1869

Verehrteste Frau Mutter,

Heute, am Vorabend meines siebzehnten Geburtstags, ist der Augenblick gekommen, Ihnen meine Neuigkeiten zu verraten und Sie wissen zu lassen, wo ich nun lebe, seit drei Monaten bereits. Ich habe mich der in der Nähe von Sherrill angesiedelten Gemeinde Oneida angeschlossen und lebe nun unweit vom Oneida Lake. Mir sind die Gerüchte bekannt, aber lassen Sie mich versichern, dass ich hier glücklich bin, denn unsere Gemeinschaft ist auf Liebe gebaut, nicht auf Gier. Wir glauben, durch unser Bekenntnis zu Jesus Christus zur Perfektion zu gelangen und damit das Reich Gottes auf Erden zu errichten. Wir sagen uns los von Besitz und Eigentum, die Hochmut und Sünde mit sich bringen. Es ist ein Ding von höchster Wichtigkeit, dass wir alles miteinander teilen. Wir wollen wahres Christentum leben, unbefleckt von Konkurrenzen oder dem Streben nach irdischen Gütern. Stattdessen streben wir nach religiöser Erhöhung, wollen das Erhabene im täglichen Leben sehen, und betrachten jegliche Ablenkung davon als nichtige Eitelkeit. Jeder Tag ist geprägt vom Ausdruck der Ekstase, wir erkennen die Herrlichkeit Gottes in uns selbst und in einander. Mutter, ich bin nun Teil einer Bewegung, die größer ist als ich selbst, das Leben in dieser Gemeinschaft hat mich befreit von den Fesseln des weltlichen

Daseins, der Versklavung, dem erniedrigenden Los der Frauen.

Erinnern Sie sich an meine liebe Freundin Nellie Wallingford? Auch sie lebt hier, und ich betrachte sie nun als meine Schwester. Sie hat mir in ihren Briefen von diesem Ort berichtet und mich eingeladen, ihr zu folgen. Was für ein Leben Frauen hier führen! Wir können studieren, wonach uns der Sinn steht. Wir dürfen statt langer Röcke Beinkleider tragen, unser Haar ist kurz. Die Beschäftigung mit Mode, Geschmeide und edlen Kleidern betrachten wir als Zeitverschwendung. Gott lenkt uns, er zeigt uns, mit welchem Tagwerk wir ihm am besten dienen können. Wir arbeiten als Lehrerinnen, halten unsere wunderbare, große Bibliothek in Ordnung, wir ernten, jäten und säen, hegen unsere Kinder, zimmern und schreinern, kochen, ja, sogar das Schriftsetzen und Bedienen unserer Druckerpresse ist uns gestattet, wir verfassen und redigieren Artikel für unser Zirkular und entwerfen Produkte für unsere Metallmanufaktur. Bei unserem Tun wechseln wir uns ab. So füllt die Last der Arbeit nicht den ganzen Tag aus, denn sie ruht auf den Schultern aller.

O liebe Frau Mama, das Gemeindehaus ist so wunderschön! Es hat ein Mansardendach wie die prächtigen Häuser in Paris. Wir bauen gerade einen neuen Flügel, denn unsere Gemeinschaft wächst zusehends. Ich habe meine eigene hübsche Kammer, aber niemand bleibt hier lang allein. Wir erfreuen uns am Leben in der Gemeinschaft. Niemand ist hungrig oder arm, niemand wird ausgeschlossen. Wie eine Familie, die zu einem ganzen Dorf wird, sorgen wir hier füreinander. Es ist mir nun so klar, dass Gott dies für uns alle will. Ich bin gewiss, dass wir den Himmel auf Erden erleben können, wenn wir nur wollen. Leid ist zum Leben nicht nötig, es ist nur der Zoll, den wir für Gier und Hochmut entrichten. Wir müssen einander nicht bekämpfen oder unsere erbärmlichen Besitztümer verteidigen. Auf Gottes grüner Wiese gibt es genug für jeden Menschen, wenn wir es nur teilen. Das Festhalten an materiellen Gütern und Besitz macht uns ruchlos und niederträchtig. Was haben wir in den letzten Jahren gelernt? Niemand außer Gott sollte den anderen besitzen oder über ihn herrschen.

Ach, könnte ich Ihnen nur ein Bild von mir senden. In diesem Jahr werde ich für eine Ambrotypie Modell sitzen, Elsie More, eine der älteren Frauen hier, versteht sich auf solcherlei Porträts. Bis dahin soll Ihnen eine Zeichnung von mir genügen, Nellie hat sie angefertigt. Ich finde, sie hat mich gut getroffen. Ich bin gesund und munter. Wir bekommen viel Bewegung, sind immer im Freien, jeden Tag, sogar im Winter. Hier gibt es keine Frauen, die im Salon in Ohnmacht fallen. Frauen tragen keine Korsetts oder andere Schnürmieder. Ich darf tanzen. Ich darf frei atmen. Wenn mir der Sinn danach steht, darf ich mich ins Gras setzen, mit gekreuzten Beinen. Nie habe ich besser geschlafen. Wir essen, was hier im Boden wächst. Tiere schlachten wir nicht, aber wir bereiten einen köstlichen, gesunden Korbkäse, und mir mangelt es an nichts. Im Umland ist die Gemeinde für ihren Erdbeerkuchen aus Mürbeteig berühmt, und jeder, der daran zweifelt, dass das Göttliche im Alltäglichen zu finden sei, wird durch ihn für immer bekehrt sein! Doch ich erinnere mich noch gut an den wunderbaren Kuchen, den Sie mir zu meinem letzten Geburtstag gebacken haben, und werde ihn morgen vermissen. Während ich diese Zeilen schreibe, genieße ich mein Mittagsmahl aus eingelegten Gurken und Weizenmehlgebäck. Wahrlich, mein tägliches Wirken verschafft mir einen herzhaften Appetit, aber ich mäßige mich. Niemand von uns, weder die Männer noch die Frauen, rauchen Tabak oder trinken Spirituosen. Abends lauschen wir im Klaviersaal der Musik, bisweilen führen wir Theaterstücke auf – und immer lesen wir aus der Bibel. Mein Leben ist voll Anmut und Liebe.

Wir leben ein wunderbares Leben, nicht eingesperrt, nicht abgeschottet. Ich verfolge aufmerksam das Tagesgeschehen, lese die Zeitungen aus New York, die wöchentlich in die Bibliothek gesandt werden. Endlich wurde der garstige Präsident Johnson überstimmt, und ich bin gewiss, dass den ehemaligen Sklaven noch dieses Jahr echte Emanzipation und wahre Bürgerrechte zuteilwerden. Bald können wir uns auch anderen, bestehenden Formen von Knechtschaft und Ungleichheit zuwenden. Jeder Mensch hat es verdient, frei zu sein, in Sicherheit zu leben, satt zu werden, seine Liebe auszudrücken. Wie könnte Gott nicht wollen, dass wir uns täglich der Erfüllung dieser Ziele widmen? Mit unserem kleinen Garten Eden können wir den anderen hoffentlich zeigen, wie man in einer wahren Gemeinschaft lebt.

Bitte schreiben Sie mir! Meine Adresse ist beigefügt. Ich warte sehnsüchtig auf Nachricht von Ihnen, von Papa und meinen Geschwistern. Ella fehlt mir so sehr, ich bete täglich für sie. Ich bin gewiss, sie blickt vom Himmel auf mich herab und jauchzt, weil ich dieses Leben gewählt habe.

In großer Verbundenheit
Clara

3

15. Januar 1869

Father Noyes hat mir vorgeschlagen, mein spirituelles Streben nach Perfektion in der Begegnung mit Gott in einem Tagebuch festzuhalten. Diesem Vorschlag bin ich mit großer Ernsthaftigkeit und Pflichtgefühl nachgekommen. Nach eingehender Prüfung hat er sich mit meinen Fortschritten zufrieden erklärt, obgleich er immer wieder betont, nur Gott allein kenne das Herz eines Menschen. »Er kennt uns besser denn wir selbst.« Dank meiner täglichen Kontemplation bin ich gewahr geworden, dass es mich nach intimeren Niederschriften verlangt. Wie kann ein Mensch die Dinge seines Lebens wahrhaftig verstehen, wenn er sie nicht in Sprache fasst, geschrieben oder gesprochen? Und wie soll man seine tiefste Wahrheit benennen, wenn man doch weiß, dass sie von anderen geprüft wird? Ich muss meine eigene Klarheit finden.

Gestern musste sich Henry der Gegenseitigen Kritik stellen, ein garstiges Schauspiel. Als Father Noyes ihn der Selbstüberschätzung bezichtigte, hat Henry nur genickt. Ich saß ganz hinten im großen Saal, und mir liefen Tränen der Scham über das Gesicht. Father Noyes hat uns ein Leben ohne Scham verheißen. Ich bin verwirrt.

Ich musste mich zwar noch nicht der Gegenseitigen Kritik unterziehen, aber ehrlich gesagt frage ich mich, ob ich mich nicht einfach freiwillig melden sollte. Ich habe mich der Sünde der Eitelkeit schuldig gemacht; zu Henry empfinde ich eine besondere Zuneigung. Father Noyes verlangt

Offenheit, wie dürfen uns nicht auf einen Mann festlegen, ihn besitzen wollen. Ich weiß, dass wir in gleichem Maße füreinander da sein müssen. Aber wenn er zu mir aufs Zimmer kommt, ist da nur Henry, und alle anderen gehen mir aus dem Sinn.

Es ist nurmehr sechs Wochen her, dass Father Noyes – John – mich in sein Bett geholt hat, es war das erste Mal für mich. Meine spirituelle Freude habe ihm gezeigt, dass ich bereit sei für eine tiefere religiöse Gemeinschaft. »Die Freude strahlt in dir, Clara, du bist Freude. Du bist Gottes Geschöpf der Perfektion.« Er war sanft mit mir. Wir lagen nackt unter der Decke, während er zärtlich die Höhen und Tiefen meines Körpers berührte. Er hat mich eingeladen, dasselbe bei ihm zu machen – der männliche Körper ist ein seltsames Ding. Sein Bart so dicht und kraus. Mir gefiel es, wie er mir die Brüste kitzelte. »Gebe dich ganz dem Geiste hin, denn wir sind wahrlich frei von Sünde.« Er blieb bei mir, bis ich von allem Leid, aller Traurigkeit erlöst war. Father Noyes hat männliche Kontinenz praktiziert und seine Lust zurückgehalten. Unser Koitus war amativ und vergeistlicht, nicht propagatorisch. Wir waren frei von Angst vor Schwangerschaft und Geburt.

Als er ihm danach gestand, wie gut es sich angefühlt habe, erklärte John mir, was ich erlebt habe, sei eine Lobpreisung des Herrn, ein Blick auf das Reich Gottes auf Erden. »Wie es bei Petrus heißt: ›ihr werdet euch aber freuen mit unaussprechlicher und herrlicher Freude‹«, sagte er zu mir. Wahrlich, ich war voll des Glücks und des Friedens. Als er den Ausdruck auf meinem Gesicht sah, lachte er.

»Warum lachst du?«, fragte ich, schläfrig von der Wärme unserer Körper.

»Liebe Clara, warum verschreiben sich die Menschen der weltlichen Trübsal? Sie beten für ein Leben nach dem Tod, um eine bessere Zukunft, und doch trachten sie nach weltlichen Nichtigkeiten. Schau uns an, wir brauchen doch nur unsere Körper, von Gott erschaffen, in himmlischer Ekstase vereint, bereits im Paradies.«

Da erinnerte ich mich an die Predigt, die er an meinem ersten Abend hier gehalten hatte. John ist ein ganz wunderbarer Prediger, man lauscht wie gebannt seinen Worten. Er sprach zu allen jüngeren Mitgliedern, doch es kam mir vor, als spräche er nur zu mir. Zu meinem Geist. Er lächelte und seine Augen funkelten im Kerzenlicht unter der Gewölbedecke des Großen Saals.

»Stell dir vor, du wartest auf etwas, das bereits eingetroffen ist. Was, wenn dir das Glück schon hold ist, und du musst es nur zulassen? Glaubst du, Gott will uns leiden sehen? Die Glücklichen preisen den Herrn und ehren sein heiliges Geschenk.«

Bei unserem ersten Gespräch wandte er sich mit solcher Leidenschaft gegen die Sklaverei der Schwangerschaft und Geburt. Wie grausam es sei, Frauen immer wieder dieses Leid anzutun, wenn es auch anders gehe.

Ich erzählte ihm von Ella, davon, dass ich den Tod meiner Schwester mitansehen musste. Er selbst habe es in seiner ersten Ehe erlebt, sagte er, vier Kinder seien zu früh auf die Welt gekommen und gestorben. Da habe er gewusst, dass Gott ihn zur Mäßigung rufe, zur »männlichen Kontinenz«.

Ich bewundere Father Noyes wirklich für seinen erhabenen Geist und seine Großzügigkeit. Und ich bin sehr dankbar, dass er mir, da er sah, wie ich die Zeitungen las, angetragen hat, Artikel für unser Zirkular zu verfassen. Ich habe so viel gelernt. Seine tiefsinnigen Gedanken zur geordneten Fortpflanzung sind unsere Zukunft. Er hat mir Bücher von Darwin und Galton gegeben. Ich habe mir so viele Gedanken über Stirpikultur gemacht, mit menschlicher Züchtung könnten wir die Zukunft unserer Gattung selbst bestimmen und müssen sie nicht dem Zufall überlassen.

Wir waren so innig verbunden, aber es hat sich etwas verändert, seit er ahnt, wie sehr ich mich zu Henry hingezogen fühle. Aber auch, weil sich in unserer sexuellen Zusammenkunft eine Veränderung ergeben hat. Es heißt, wir dürften uns jedem verweigern, aber trifft das auch zu? Dürfen wir nein sagen zu John Humphrey Noyes, dem Vertreter Gottes auf Erden? Wie undankbar ich bin! Aber hat Gott uns nicht auch aufgetragen, das Licht der Wahrheit zu suchen, wo auch immer es uns hinführt?

Meine Gemeinschaft mit John war und ist immer noch zärtlich und liebevoll. Er ist ein großer, gütiger Mann. Aber erst durch die Vereinigung mit Henry habe ich die wahre Göttlichkeit unseres Leibes verstanden. Nur mit Henry erfuhr ich die »unaussprechliche Freude«. Henry ist nicht so fortgeschritten in religiöser Gemeinschaft wie Father Noyes, kein Wunder, er ist so alt wie ich, doch trotz seiner Jugend hat er seine Leidenschaft bereits im Griff. Normalerweise werden die Jungen mit älteren Frauen zusammengespannt, damit sie männliche Kontinenz erlernen, aber Henry ist schnell aufgestiegen. Selbst John hat erkannt, dass er über eine besondere spirituelle Reife verfügt. Das Aufsichtskomitee für Stirpikultur hat ebenfalls entschieden, dass man ihm die Fortpflanzung gestatten sollte. Wie können sie ihn nur so rigoros kritisieren, wenn er doch alles richtig gemacht hat? Henry hat Father Noyes gefragt, ob er mit mir in

Gemeinschaft treten dürfe, und Father Noyes hat die Frage an das Komitee weitergetragen. Trotz seiner Jugend wurde Henry die Erlaubnis erteilt.

Ich gestehe: Immer wieder denke ich an das erste Mal mit Henry zurück. Die Erinnerung verhext mich, macht mich trunken, wenn ich mich erinnere, spüre ich es am ganzen Körper. Henry trat in mein Zimmer und schon bald waren wir nackt wie die Kinder Gottes, die wir ja sind. Henry ist kräftig, viel größer als ich, aber so weich, seine Haut so glatt wie die zarte Stelle an meinem Handgelenk oder an meinem Nacken, wo er mich zuerst geküsst hat. Stundenlang haben wir einander gestreichelt und geflüstert, ohne uns zu vereinigen. Unter unseren Küssen verloren wir die Scheu. Dann bat er mich, ich solle mich zurücklegen, er wolle mich überall küssen, am ganzen Körper. Ich sagte: ›Ja! Aber danach möchte ich auch deinen Körper liebkosen.‹ Als wir uns endlich vereinigten, war es genauso natürlich und zärtlich wie diese ersten Küsse. Da spürte ich es dann, das mystische Erwachen – der Geist Gottes drang in mich, konzentrierte sich auf einen Punkt und ergoss sich von dort in jeden Winkel meines Körpers. Ich wusste, es war Gott, es war das Himmelreich, mein Körper ein göttliches Geschenk. Jetzt, nach dieser ersten Nacht, genügt allein Henrys Anblick, und mein Körper ist wiederum von göttlichem Licht erfüllt. Es gibt »Neue Lichter«, sagen sie, und »Alte Lichter«. Ich glaube nicht, dass es so ist. Mein Licht ist neu und alt zugleich. Es leuchtet in mir und strahlt doch in die Welt hinaus.

Ich gestehe: Mit aller Kraft strebe ich nach persönlicher Perfektion. Ich bete, aber es ist schwer für mich, nicht nur Henry zu wollen. Wenn andere um Gemeinschaft mit mir bitten, möchte ich Nein sagen, obwohl ich weiß, dass ich es nicht sollte. Ich sollte sie alle lieben, besonders Father Noyes. Ich sollte mich ihnen öffnen. Es muss ein Makel in mir sein, eine Schwäche, denn ich kann meine Gefühle nicht unterdrücken. Ich muss gestehen, dass mir fast die Sinne schwinden und ich entsetzliche Schmerzen leide, wenn ich Henry mit anderen Mädchen sehe, die doch meine Schwestern sind. Father John hat es bemerkt, er hat mich missbilligend angesehen, als ich letzte Woche beim Abendessen den Tisch verließ, schwach, ohne Appetit.

Ich fürchte mich vor dem, was geschehen wird. Nur Henry darf ich mein wahres Herz offenbaren. Auch er will nur mich. Würden wir unsere Geheimnis preisgeben, sie würden uns trennen. Ich könnte es nicht ertragen, denn ich will doch nur ihn. Allein diese Worte »nur ihn« sind eine Form der Sklaverei. Warum stiftet Gott nur solche Verwirrung? Kann er uns wirklich als Lügner erschaffen haben? Kann Liebe zwischen zwei Menschen nicht ebenfalls perfekt sein, ein Teil des Himmelreichs auf Erden? Liegt Father Noyes womöglich falsch? Diese Gedanken zuzulassen, ja, sie niederzuschreiben, bedroht mich vom Ausschluss. Ich muss damit aufhören. Diese Zeilen vernichten. Ich möchte bleiben, will nicht zurückkehren ins gottlose, grausame Leben, das mich in Syracuse erwarten würde.

*

Heute Abend habe ich Mutter geschrieben. Father Noyes hat mich dazu angewiesen, obwohl ich ihm erklärt habe, dass sie versuchen könnte, mich zu holen, sobald sie erfährt, wo ich bin. Er erklärte mir, dass viele Mütter ihrem mütterlichen Stolz zum Opfer fielen. Ich könne mich ihr widersetzen, sie aber nicht aus meinem Leben streichen. Er warnte mich, ich selbst solle mich ebenfalls vor meiner »Philoprogenitivität« in Acht nehmen. Meine Phrenologie ähnele der ihren, wir sollten unserer Schwächen gewahr sein. Viele Frauen unterhielten eine zu enge Bindung zu ihren Kindern, obgleich doch alle Mitmenschen unsere Liebe und Zuwendung verdienten. Wir seien alle Gottes Kinder. »Niemand ist dein Kind, dein Besitz.«

Ich höre seine Worte, gehorche ihm, aber er kennt meine Mutter nicht. Hätte sie Kenntnis über die Einzelheiten unseres Zusammenlebens, sie würde uns als lasterhaft verurteilen, darin nichts Heiliges erkennen, denn sie betrachtet die Einehe nicht als Versklavung. Es wäre ihr unverständlich. Ich erinnere mich genau, wie sie reagierte, als wir einst über Freie Liebe sprachen, die Vorstellungen und Ziele der Bewegung. Meiner Mutter nannte das alles »jakobinische Gottlosigkeit«. Dennoch räumte sie ein, dass sich eine Frau, die den falschen Mann geheiratet hatte oder wie Ella eine lebensgefährliche Schwangerschaft austragen musste, nicht wesentlich von einer Sklavin unterscheide. Könnte sie ihre Meinung ändern, wenn sie unser Verhalten nicht als gottlos betrachten würde? Wie gern würde ich mit ihr darüber sprechen. Ich vermisse sie. Aber eine Rückkehr ist unmöglich. Zweimal habe ich zusehen müssen, wie meine Mutter im Kindsbett fast verendet wäre. Habe sie erbleichen sehen, sich unter Schmerzen winden. Habe ihr die Stirn abgetupft und gebetet. Beide Male hat sie sich erholt, aber eines ihrer Kinder hat die entsetzliche, grausame Niederkunft nicht überlebt. Samuel erblickte als Steißgeburt das Licht der Welt, still wie eine Puppe lag er da. Mutter erlaubte mir, ihn zu halten, winzig, kalt. Wir weinten um ihn. All das ist Teil des Lebens, vor allem des weiblichen Lebens.

Nichts davon hat mich auf den Tod meiner Schwester Ella vorbereitet. Sie war zu jung, zu zart, doch gesund genug, um ein langes Leben zu führen. Die beiden Fehlgeburten vor ihrer letzten Schwangerschaft bargen alle Anzeichen der späteren Katastrophe, doch niemand hat sie ernst genommen. Von Anfang an litt sie Schmerzen, nichts war, wie es hätte sein müssen. Jeden Tag musste sie sich erbrechen. Vielleicht gibt es Frauen, deren Körper nicht für das Gebären von Kindern vorgesehen sind; doch wie sollen Frauen sexuelle Nähe ertragen, wenn Schwangerschaft eine ständige Bedrohung ist? Niemand stellt diese Fragen. Vielleicht wollen manche Frauen keine Kinder bekommen, ganz unabhängig von ihrer gesundheitlichen Verfassung. Wir haben keinerlei Entscheidungsfreiheit. Wagen wir den Ausbruch, gelten wir als unberechenbar, schamlos oder werden als ungeliebte alte Jungfer verschrien. Susan B. Anthony ist Lehrerin, sie gehört den Quäkern an. Sie hat nie geheiratet und keine Kinder auf die Welt gebracht. Ihres ist ein Leben des Geistes. Eine Frau muss auf körperliche Liebe verzichten, ja auf Körperlichkeit verzichten, wenn sie nicht dazu verdammt sein will, Kinder zu gebären, wieder und wieder, nicht Sklavin ihres Körpers sein will, den Tod stets im Nacken, ihren eigenen oder den ihrer Kinder. Ich will Oneida nicht verlassen, dieses mit Gottes Liebe erfüllte Paradies, egal, wie sehr ich Henry auch liebe, egal, wie verwirrt ich auch sein mag.

Täglich danke ich Gott, dass Nellie mir von diesem Ort geschrieben hat, wo Frauen und Männer gleichwertig sind. Hier werden Frauen nicht ungewollt schwanger, sie können schlafen, mit wem sie wollen, wann sie wollen. Dabei stehen sie nicht nur im Lichte Gottes, sie werden selbst zu Seinem Licht. Täglich will ich mich daran erinnern, warum ich hergekommen bin, und diese wunderbare Gelegenheit nicht leichtsinnig verspielen.

Am Morgen, nachdem sie meine Schwester zu Grabe getragen hatten, schnürte ich einen kleinen Tornister und versteckte ihn unter meinem Bett. Darin lagen die mageren Einkünfte von meinen Näh- und Stickarbeiten. Mitten in der Nacht erwachte ich, nicht müde, ohne Furcht. Leise kleidete ich mich an und schlich aus meiner Kammer. Nur der liebe Jack hat mich gehört, doch der ist nur ein verschlafener alter Hund. Er sah mich an, gab aber keinen Laut von sich.

Ohne Schuhwerk schlich ich hinaus in die Nacht, die Stadt lag verlassen da, die Gaslaternen in der James Street malerisch, einsam. Ich strich mir die Blätter von den Füßen, Gott sei Dank war es nicht kalt oder nass. Dann schulterte ich meinen Tornister, bereit für mein Abenteuer. Am Bahnhof erklomm ich die Stufen zum Gleis, mein Haus und meine Straße lagen bereits in der Ferne, unter mir. Ich kaufte ein Billett für den Fünf-Uhr-Zug. Selbst als der Zug meine Stadt verließ, kam ich mir vor, als wäre ich auf einer ganz normalen Reise. Anderthalb Stunden später traf ich in Oneida ein, die Morgendämmerung hatte gerade eingesetzt.

Nellie hatte mir den Weg beschrieben, ihr Brief lag in meinem Tornister. Nach einer halben Stunde Fußmarsch würde ich vor Oneida Mansion stehen, dem prächtigen Gemeindehaus.

Der Himmel färbte sich grellrosa, dann wurde es hell. Nachdem ich ein kleines Dorf durchquert hatte, erblickte ich auf einem grasbewachsenen Hügel ein Anwesen, Oneida Mansion, da war ich sicher. Ich besaß noch keine Pluderhosen oder bequeme Stiefel, mein Haar war noch lang, doch im Angesicht des Gemeindehauses löste ich meine Haube und rannte los.

Ich lief und lief, meine Beine waren stark und kraftvoll. Mein Haar flatterte frei im Wind. Schnell und schneller, der Hügel kam immer näher, mir brannte die Lunge, mein Atem ging stoßweise. Wenn ich endlich vor dem Haus ankäme, würde Nellie bereits an der Tür auf mich warten. Beim Anblick meiner geröteten Wangen sollte sie einen kleinen Schrei ausstoßen und ich ihr lachend um den Hals fallen. Sie sollte mich in die Küche führen, wo man mir eine Scheibe Brot gäbe, weiche Butter, ein Schüsselchen mit getrockneten Pflaumen und Rosinen und ein großes Glas süßlicher Milch.

Doch zuerst lief ich auf Haus und Hügel zu, mein neues Leben lag vor mir, das alte hatte ich zurückgelassen. So schnell war ich noch nie gelaufen, aber mein Körper jubilierte. Gehobenen Hauptes und kraftvoll eilte ich der Zukunft entgegen. Ich war beflügelt, flog förmlich den Hügel hinauf, es war, als könnte ich ewig so weiterlaufen. Was für ein wunderbares Ding der Körper doch ist, welche Geheimnisse er mir noch offenbaren sollte.

NEUN

BLUT

1

Sam schlug die Augen auf. Irgendwas drückte ihr gegen das Gesicht, klebte daran fest. Sie versuchte, den Kopf zu bewegen, spürte ein Ziehen in der Wange, er war so schwer, ein fremder Körperteil. Au. Ihr Verstand meldete ihr – langsam, weil das Wort sich erst allmählich formte –, dass irgendetwas nicht stimmte. Sie betastete ihren Hinterkopf, die schmerzende Stelle. Klebrig. Wie im Film betrachtete sie ihre Finger. Blut. Legte den schweren Kopf wieder ab. Ihre letzten Gedanken galten ihrem nassen Gesicht, sie verstand, dass sie in einer Blutlache lag, ihr Blut, tiefrot, wie sie es so oft schon gesehen hatte, dann verlor sie erneut das Bewusstsein. Später sollte sie sich daran erinnern, dass jemand sie geschlagen und aufs Eichenparkett gestoßen hatte, wo sie zusah, wie die Blutlache größer wurde. Sorgen machte sie sich keine. Dazu war sie zu erschöpft. Stattdessen stellte sie Betrachtungen an.

2

Im Traum floss das Blut aus ihrem Körper und füllte die ganze Welt.

Im Traum hatte sie keine Angst vor dem Blut. Sie lachte. Was bedeutet Blut für eine Frau? Zunächst war da die Menstruation, monatliche Blutungen: Menstruation als »Periodisch wiederkehrende Blutung aus der Gebärmutter mit Abstoßung der Gebärmutterschleimhaut der geschlechtsreifen, nicht schwangeren Frau, mehrere Tage anhaltend und in regelmäßigen, ungefähr einen Mondmonat dauernden Abständen wiederkehrend, bis zum Eintreten der Menopause.«

Da war die Menopause: »... der Zeitpunkt der letzten Menstruation, der mindestens zwölf Monate lang keine ovariell ausgelöste Blutung aus der Gebärmutter mehr nachfolgt.«

Da war das Dazwischen, die Perimenopause, wo sich Sam gerade aufhielt, wo man immer noch blutete, unregelmäßig, unberechenbar, so überraschend wie damals mit vierzehn, wenn das Blut einem die Sachen verschmierte, einen mit seiner Heftigkeit und Klumpigkeit und dunklen Farbe in Aufruhr versetzte.

Sam lag am Boden in ihrem eigenen Blut und halluzinierte, das hier sei nur eine weitere Periode. Sie träume von ihrer gerade zurückliegenden Periode, schmerzhaft, scheidend, befremdlich, vielleicht die letzte, die sie je erleben würde.

Es begann mit einem Gurgeln in den Niederungen ihres Unterleibs, dieses aufgeblähte Völlegefühl, aber mit Bewegung. Es war ihr vertraut, doch schon Monate her, folglich ereilte es sie aus einer seltsamen Distanz: nun doch wieder? Der Prozess hatte eine merkwürdig kathartische Wirkung. Die Krämpfe, unter denen frau sich windet, die sie zur Bettlägrigkeit verdammen. Während sie die heftigen Periodenschmerzen über sich ergehen ließ, stellte sie sich ihre Gebärmutter bildlich vor. Malte sich aus, wie sie sich zusammenzog, um die Schleimhaut herauszupressen. So war die Pein besser auszuhalten: produktiv, geradezu reinigend. Das war vermutlich die Letzte, sicherlich eine der Letzten. Und sie war außerordentlich ergiebig, intensiv, erbarmungslos. Hörte gar nicht mehr auf. Wie immer, nach den Schmerzen, starke Blutungen. Überreichlich. Überfließend. Sie hatte Toilettenpapier zusammengeknüllt, um sich über die Nacht hinwegzuretten. Wenn sie aufstand, musste sie den Papierbatzen festdrücken, damit nicht alles aus ihr herausstürzte. Unelegant watschelte sie auf Toilette. Schweinerei, ihr Körper, ein einzige Schweinerei. Abstoßend und faszinierend zugleich. (Klassischer frauenfeindlicher Witz: Kann man einem Wesen trauen, dass drei Tage lang blutet und nicht stirbt?) Sie musste nochmal losgehen, um Tampons und Binden zu kaufen. Was für ein Ding, dieser unkontrollierbare Körper. Er zeigte ihr deutlich, wie fremd er ihr war, wie er auf seinen Niedergang zuschritt, das nächste Stadium, unbeirrt davon, ob sie dagegenhielt oder daran mitwirkte. Keine Mitarbeit erforderlich.

Genau wie bei ihrer Schwangerschaft. Irgendwann, sie war in der vierzigsten Woche gewesen, hatte sich ihr der Vergleich mit der furchterregenden Fahrt in einer Achterbahn aufgedrängt. Saß man erst mal drin, gab es kein Zurück. Man musste die Nummer durchziehen, egal was kam, und war die Angst noch so groß. Ihr Körper spulte sein Programm ab, ihre willentliche Teilnahme daran war eine einzige, große Illusion. Klar, sie konnte atmen und pressen. Sie konnte mithelfen. Aber aufhalten konnte sie es nicht, aussteigen ging nicht. Diese bizarren Menopausenmenstruationen erinnerten sie an dieses Gefühl. Sie war ein Körper, ein extrem anspruchsvoller Organismus, in dem sich viele autonome Prozesse abspielten, über die sie keinerlei Gewalt hatte. Ihr »Zyklus«. Das war vermutlich die Letzte. Nach dem ersten Tag ließen die Schmerzen etwas nach und sie genoss den erleichternden Fluss. Alles muss raus. Was, wenn ihre Hormone, diese Dinger, die ihre letzte Periode losgetreten hatten, was, wenn sie den Geist aufgaben, bevor sie das letzte Fitzel Schleimhaut ausgestoßen hatte, die blutige Schweinerei, den ausrangierten Bodensatz ihrer Gebärmutter? Würde das Zeug dann für den Rest ihres Lebens da drinbleiben? Alles muss raus. Sie wollte es erst loswerden, danach konnte ihr Körper ihretwegen alles runterfahren. Würde sie dem monatlichen Vorgang nachtrauern, wenn es damit endgültig vorbei war? Komisches Gefühl, wenn so was Intimes, Regelmäßiges und ziemlich Unangenehmes einfach aufhörte. Würde sie vergessen, wie es sich angefühlt hatte, sich tatsächlich angefühlt hatte, so, wie man die körperlichen Schmerzen des Gebärens vergaß?

Kindergebären, noch so eine blutige Schweinerei. Ein Schwall von Ausscheidungen, von Pflegerinnen aufgewischt, aber danach hatte Sam noch zwei Wochen lang geblutet. Keine Periode, die auf die Entbindung folgenden Nachblutungen, aber genauso reinigend und auszehrend. Und irgendwie auch ermächtigend. Konnte man seinem Körper und all seinen Funktionen etwas anderes als Ehrfurcht entgegenbringen, nachdem er gerade ein Leben zur Welt gebracht hatte?

Blut war stets ein elementarer Bestandteil ihres Daseins gewesen. Sie hatte nicht zu den Frauen gehört, die mit Spirale oder Pille verhüteten und keine Periode bekamen. Sie hatte eine monatliche, innere Uhr. Ihr wunderbarer Körper hatte jahrelang mit höchster Präzision gearbeitet. Sie wusste, wann sie ihren Eisprung hatte, wann sie Heißhunger verspürte, wann sie eine Blutung bekommen würde. Doch nun, seit mehr als einem Jahr, ging bei ihr alles durcheinander. Destabilisierend. Übergangsmodus. Vielleicht die Letzte. Natürlich kannst du selbst nicht wissen, wann du deine letzte Periode hast. Nur im Rückblick könntest du das erkennen. Also war es womöglich die Letzte. Sollte sie sie dann nicht ein bisschen intensiver auskosten oder so was wie Trauer verspüren? Sie war nicht länger fruchtbar (was sie ja zumeist als Last empfunden hatte, eine schreckliche, lebenslange Bedrohung). Nein. Sie war froh, dass es vorbei war. Mal sehen, was ihr Körper als Nächstes anstellen würde, wenn er nicht mehr mit der Fortpflanzung beschäftigt wäre. Nicht mehr länger gesegnet mit der »besonderen Ausscheidung«. Wie es aussah, war der Schlaf weniger wichtig. Würde sich dadurch ihr Verhältnis zur Vergänglichkeit ändern? Hatte ihr Zyklus ihre Lebenszeit bemessen, und nun würden Tagen, Monate, Jahre vergehen, ohne dass sie davon besondere Notiz nähme?

Woher kam das eigentlich, »besondere Ausscheidung«?

Aus einem Buch aus dem neunzehnten Jahrhundert über die weibliche Sexualität von Alice Bunker Stockham. »Lange Zeit glaubte man, es handele sich um einen nur den Frauen vorbehaltenen Reinigungsprozess; Eva habe ihren Töchtern durch ihre Verfehlungen einen Fluch aufgebürdet, demzufolge sie mehr Erbauung und Erneuerung bedürften als Männer, und dass ihnen abgesehen von der normalen Entschlackung diese besondere Ausscheidung anheimgegeben ward.«

Aha. Die Regel, Menses, Blutung wurde auch als »Fluch« bezeichnet. Fluch oder Segen, ihr eigenes Blut versetzte sie nicht in Wallung.

3

Das Blut eines anderen Menschen, das wollte man auf keinen Fall sehen. Sie war nach den Schüssen an der betreffenden Straße vorbeigegangen, aber sich die Stelle genau anzusehen, das hatte sie sich nicht getraut. Sie hatte Angst gehabt, seine Blutflecken auf dem Gehweg zu entdecken, sein Blut.

Rostfarben, verblasst.

Ihr Blut, Sams, war eine klebrige, hellrote Lache auf dem Boden unter ihrem Gesicht. Wo lief es aus? Es kam aus ihrem Hinterkopf, aber auch aus Nase und Mund. Wenn ausreichend Blut lange genug das gebohnerte Parkett durchtränkte, würde es die Eichendielen irgendwann verfärben. Selbst wenn man danach wischen würde, bliebe in den Ritzen zwischen den Brettern ein winziger Rest hängen. Bei Kälte taten sich an den Fugen gelegentlich feine Risse auf. Das gefiel ihr – wenn sie heute sterben würde, hier auf dem Boden, würde das Haus sie heimlich absorbieren. Ihr Körper wäre dann für immer Teil ihres Hauses.

In der Ferne heulten Sirenen, kamen näher, aber bevor die Sanitäter an die Tür hämmerten und ins Haus eindrangen, hatte sie schon wieder das Bewusstsein verloren.

ZEHN

SAM

1

Sam erwachte im Krankenhaus, sie hatte Schmerzen am ganzen Körper, aber vor allem im Kopf. Man teilte ihr mit, sie habe eine Gehirnerschütterung, je weniger sie nachdächte, desto besser. Sie lachte. Ihr brummte der Schädel. Sie fuhr zusammen, lachte aber trotzdem weiter.

»Was ist so lustig?«, wollte die Schwester wissen.

»Ich finde den Gedanken, nicht nachzudenken, undenkbar«, sagte sie. »Daran denke ich gerade.«

»Entspannen Sie sich einfach.«

»Sich entspannen ist wie nicht denken«, sagte Sam. Sie trank etwas Saft aus einem gebogenen Strohhalm.

Endlich kam der Arzt, um mit ihr zu sprechen. Sam erzählte ihm, dass sie sich an einen Schlag erinnere, aber nicht an ihren Angreifer. Ob die Erinnerung mit der Zeit zurückkehre?«

»Niemand hat sie geschlagen.«

»Was? Unmöglich.«

»Sie hatten eine transitorische ischämische Attacke. TIA. Sie haben das Bewusstsein verloren. Und sich beim Sturz den Kopf aufgeschlagen, daher stammt die Gehirnerschütterung.«

»Aber ich habe einen Schlag auf dem Hinterkopf gespürt, vor dem Sturz.«

»Einer TIA kann ein scharfer Schmerz im Hinterkopf vor-angehen, einem Schlag nicht unähnlich.«

Das konnte nicht wahr sein.

Er erklärte ihr, eine TIA könne Vorbote eines Schlaganfalls sein, die gute Nachricht laute aber, dass sie keine Schäden zurückbehalten habe. Sie sei nicht verwirrt und habe auch kein Sprechstörung.

Nicht verwirrt? Dass sie nicht lachte.

»Ein Scheiß-Schlaganfall? Ich bin erst dreiundfünfzig!«

»Das kommt vor.«

»Ich bin so gesund, meine Güte, mein Blutdruck, Triglyce-ride, HDL, Körperfett, meine Leberenzyme, HbA1c, CRP ...«

Der Arzt nickte. Und lächelte.

»Sie müssen sich ausruhen. Stress ist das Problem. Waren Sie in letzter Zeit erhöhtem Stress ausgesetzt?«

Sam schwieg.

»Haben Sie genug geschlafen?«

Sam schüttelte den Kopf.

»Ruhe ist jetzt wichtig. Sie sind gesund. Das wird schon wieder«, sagte er. »Sie haben nur sehr geringe Schäden da-vongetragen. Vor ihnen liegen noch viele, viele Jahre. Ver-sprochen.«

Gott sei Dank! So ein Glück auch. Nur ein winziger Schlag-anfall und klitzekleine Schäden! Augenroll-Emoji, dachte Sam und lachte über ihren Sparwitz. Sie war müde und er-leichtert, dass ihr Körper sie schlafen ließ.

2

Sie träumte nicht von dem, was geschehen war, weil sie sich kaum an die Ereignisse jener Nacht erinnerte. Wenn sie erwachte, versuchte sie es, bemerkte aber rasch, dass ihr Kopf zu schmerzen begann. Erinnerungen ließen sich nicht herbeizwingen. Sie war anfällig und wankelmütig. Laut Vermutung der Sanitäter habe sie sich den Kopf an der Kante einer Kachel gestoßen, erklärte ihr der Arzt. *Zum Glück waren Sie noch in der Lage, Hilfe zu rufen,* hat er gesagt. Die Gehirnerschütterung und die Kopfwunde seien ernster als die TIA.

Niemand hatte Sam geschlagen. Niemand hatte sie verfolgt oder angegriffen. Sie konnte niemanden zur Rechenschaft ziehen, auf niemanden wütend sein.

Am Abend zuvor war Matt mit Ally hier gewesen, aber Sam hatte geschlafen. Er rief sie an, und als sie ihm erzählte, sie habe einen Mini-Schlaganfall gehabt, seufzte er. »Ja, das hat mir der Arzt auch erzählt.«

»Es ist nicht so schlimm, wie es klingt«, sagte Sam. »Wenigstens kein Infarkt. Oder Herzrhythmusstörungen oder ein Aneurysma oder Krämpfe.«

»Bleib aus dem Internet weg, Sam.«

»Ja, okay.«

»Keine Bildschirme, Gehirnerschütterung, du weißt Bescheid.«

Später brachte er ihr was von Vince's Deli, ihr Lieblingsitaliener: ein belegtes Ciabatta, Porchetta mit Rosmarin und

Knoblauch, das sie leider nicht essen konnte, noch nicht. Sie nahm es in die Hand. Legte es wieder weg. Wie eine gebrechliche alte Dame, die keine feste Nahrung zu sich nehmen konnte.

Sie sollte ihre Mutter anrufen, doch Matt versicherte ihr, er habe sie bereits benachrichtigt. Alles konnte warten.

»Was soll ich machen? Ich darf nicht lesen, nicht auf den Bildschirm schauen.«

»Ich bleibe hier, bis du eingeschlafen bist.«

»Echt?«

Er nickte. »Schließ die Augen. Mach das Ding, wo man nicht denkt, sondern jedes Körperteil nacheinander entspannt.«

»Meditation?«

»Ja, Atemmeditation«, sagte er und ergriff ihre Hand.

Ein paar Minuten später war sie ruhiger, aber nicht müde. Kein Gedankenstrudel mehr, aber trotzdem Gedanken. Ally. Und das Zeitungsfoto von Aadil und seiner Mutter, die Straße in jener Nacht. Sie schlug die Augen wieder auf. Matt sah sie wie gebannt an. Beim Versuch zu lächeln zuckte sie zusammen.

»Bist du nicht müde?«, fragte er.

»Nein. Aber es ist trotzdem schön, danke.«

Er nickte. Drückte ihre Hand.

»Was willst du jetzt tun, Sam?«, fragte er, während er ihr Kissen zurechtrückte.

»Ich denke ...«, setzte Sam an, »ich denke ...«

»Nicht denken, weißt du noch? Deine Gehirnerschütterung, geistige Ruhe?«

»Stimmt.« Sie lächelte. »Richtig.« Sie betastete ihren Verband, was in ihrem Kopf ein seltsames, gedämpftes Geräusch verursachte, als wäre sie unter Wasser. Sie blickte zu ihm auf.

Was wollte sie? Sie wollte ein ehrliches Leben. Mehr als das. Ein gutes Leben. Man konnte nichts machen oder es besser machen.

Nach ihrer Entlassung aus dem Krankenhaus kehrte sie dorthin zurück, wo sie jetzt wohnte (in ihr altes, schönes, kaputtes Haus) und nahm eine Bestandsaufnahme vor (ihr alter, schöner, kaputter Körper). Sie war genesen, aber nicht vollständig. Sie würde nie mehr ganz dieselbe sein. Das wusste sie, aber es machte sie nicht traurig. War das nicht immer der Fall? Wozu war ein Körper denn sonst da? Ihr Körper, dieser Körper und seine prachtvolle, traurige Fleischlichkeit. Sollte ein Körper nicht gezeichnet sein von allem, was einem widerfahren war, was man gesehen oder gefühlt hatte?

Ihr Handy vibrierte. Ally hatte geschrieben, sie wollte wissen, ob sie vorbeikommen solle.

ja, bitte!

Nach kurzem Zögern fügte sie ein Emoji mit Kopfverband hinzu.

Sie wartete am Fenster. Als Ally vor dem Haus parkte, riss Sam die Tür auf und sah ihr zu, wie sie die Auffahrt hochkam (so groß und hübsch), lächelnd, eine große weiße Kuchenschachtel in der Hand. »Ich bin froh, dich zu sehen, Allyoop«, sagte Sam. Sie tätschelten einander angespannt die Arme, keine handfeste Umarmung. Als sie sich voneinander lösten, musterte Ally ihre Mutter mit gerunzelter Stirn.

»Geht es dir gut, Mama?«, fragte sie. Beim Wort »Mama«
bekam Sam feuchte Augen.

»Ja, halb so schlimm. Mir tut der Schädel weh, weil ich ihn
mir aufgeschlagen habe, aber mein Hirn ist unversehrt. Ich
habe eine Gehirnerschütterung.«

»Ich bin erschüttert«, sagte Ally.

»Mein Hirn auch«, erwiderte Sam, und sie lachten. Ally
stellte die große Schachtel mit der rosa Schleife auf den
Tisch.

»Ist das ...?«, fragte Sam, den Finger auf die Schachtel gerichtet.

Cannoli-Tarte von Nino's war Sams Lieblingskuchen. Am
liebsten wäre sie aufgesprungen und hätte den eleganten Oneida-Tortenschneider geholt, den sie auf dem Floh-
markt erstanden hatte, aber sie war müde, und so wartete
sie einfach auf das, was Ally als Nächstes tun würde. Sam
saß auf ihrem Bett und sah ihr zu. Ally öffnete die Schachtel
und schnitt mit einem stumpfen Buttermesser zwei große,
schiefe Stücke ab, die sie auf zwei Frühstücksteller verfrach-
tete. Dann schnappte sie sich zwei Esslöffel vom Geschirr-
trockner und legte sie auf die Teller neben die Kuchenstücke.
Einen Teller gab sie Sam. Der Duft der Tarte aktivierte Sams
Hirnwindungen. Der perfekteste Dopaminspender der Welt.
Gemeinsam löffelten sie den Kuchen, ein einziger Rausch.

»Dieses Haus ist so hübsch. Und gemütlich. Genau, wie
ich's mir vorgestellt habe«, sagte Ally.

»Du hast es dir vorgestellt?«

»Ja, bei deinen Nachrichten habe ich mir vorgestellt, wie
du hier drinsitzt und sie schreibst.«

»Kann ich es dir zeigen?«

»Später, Mom.«

Sam nickte, setzte sich wieder auf die Bettkante und sah Ally zu, wie sie am ihrem Esstisch Kuchen aß. Sie löffelte sich einen zuckrigen Bissen in den Mund, kaute langsam, schluckte.

»Du hast uns auf dem State Fair gesehen, nicht?«

Sam nickte. »Habe ich.« (Also wusste Ally, dass Sam sie gesehen hatte!)

»Aber du hast nichts gesagt. Du bist einfach weggegangen.«

»Ich hab gedacht, ich sollte dich in Ruhe lassen. Nicht, dass es mir gefallen hätte.«

»Was hat dir nicht gefallen? Dass du weggegangen bist oder dass ich mit Joe zusammen war?«, fragte Ally.

»Beides. Ich habe Angst, dass er dir wehtut.«

Ally senkte den Blick. Sie stocherte mit dem Löffel im Kuchen herum. Schließlich schob sie den Teller weg, in die Mitte des Tisches.

»Schon passiert. Oder es passiert noch. Er hat mich abserviert, was seltsam ist, weil ich mir gerade die ersten kritischen Fragen über ihn gestellt hatte, aber ich hätte nicht erwartet, dass er die Sache beendet. Es hat mich mehr getroffen, als ich erwartet hätte.«

»Ach, Schätzchen ...«, sagte Sam.

Ally schüttelte den Kopf. »Mir geht's gut. Sieh mich an. Hier bin ich, stehe immer noch mit beiden Beinen auf der Erde. Ich werde mich natürlich nie wieder verlieben, aber ansonsten, alles gut.«

»Oh, Ally ...«

»Das war ein Scherz!«

Sam lächelte schwach. »Ach so.«

»Sam, manchmal glaube ich, du traust mir nichts zu.«

(Jetzt war sie »Sam«, nicht mehr »Mama«.) »Du kriegst Panik. Ich bin zäh. Mir geht es gut«, sagte Ally.

»Das weiß ich doch. Wirklich.«

Ally, wieder ernst, musterte sie eingehend. »Glaubst du, du kannst jetzt heimkommen?«

»Ich bleibe hier«, sagte Sam. »Ich kann nicht dort leben.«

Ally reagierte weder überrascht noch wütend. »Mir geht es irgendwie auch so ... ich kann es kaum erwarten, aufs College zu gehen.«

»Gut«, sagte Sam und nickte. Das tat weh. Sie betastete ihren Verband.

»Tut es sehr weh?« Ally kam und setzte sich neben sie aufs kleine Bett. Sam zuckte die Achseln.

»Kann ich mal sehen?«

Sam wandte ihr den Hinterkopf zu und hob den großen Verband etwas an.

Ally gab einen Zischlaut von sich. »Ach, Mama.«

»Ich glaube, es sieht schlimmer aus als es ist.« Sam zog den Verband wieder zurecht.

»Grandma ist krank«, sagte Ally.

»Ja. Was hat sie dir erzählt?«

Ally senkte den Blick. »Einzelheiten hat sie mir nicht gesagt.« Es zuckte um ihre Lippen. Sie schlug sich die Hand vor den Mund, dann tastete sie nach Sam, die sie zu sich heranzog. Ally weinte an ihrer Brust.

»Ich hatte solche Angst, als du im Krankenhaus warst, Mama«, murmelte sie, an Sams Schulter gedrückt. »Ich hätte nie gedacht, dass dir was passieren könnte ...« Sie löste sich und blickt zu Sam auf. Dann lachte sie kopfschüttelnd, die Augen rotgeweint. »Weil, du bist ...«

»Ich weiß, ich weiß.« Sam strich ihr über den Rücken, und

Ally ließ es geschehen. Dann ließ sie sich rücklings aufs Bett fallen.

»Was für ein bequemes kleines Bett«, sagte sie. »Gefällt mir.«

»Warum ruhst du dich nicht ein bisschen aus?«, schlug Sam vor. Ally streckte die Beine aus. Sam hüllte sie in eine Decke. Ally schloss die Augen. Sam streichelte sie weiter, durch die Decke hindurch. Zu ihrer Überraschung verlangsamte sich Allys Atem und sie schlief tatsächlich ein.

Sam saß auf der Bettkante und sah ihrer Tochter beim Schlafen zu. Dieser Augenblick, dachte sie. Dieser Augenblick. Wenn ihre eigene Mutter jetzt doch auch bei ihr wäre. Doch Lily war hier, bei ihr.

Wenn ihre Mutter starb, das wusste Sam, würden die letzten Schmerzen und Sorgen verklingen. Sam würde ihre Mutter nicht mehr nur als ihre Mutter betrachten, sondern als vollwertigen, perfekten Menschen. Sam würde das Leben ihrer Mutter in seiner ganzen Fülle begreifen, von der Mädchenzeit bis zum hohen Alter, ihren ganzen Körper, ihren Geist, ihr Herz. Ihre Existenz auf dieser Erde wäre klar und makellos. Sam war von ihr, ein Teil von ihr, eine Version von ihr, stammte von ihr ab. Das tröstete sie, die Anteile ihrer Mutter in jedem Molekül zu spüren, ihr Licht in jedem Aspekt. Ihre Mutter würde sterben, doch Sam wäre immer noch hier. Sie glaubte es zwar noch nicht ganz, wusste es aber trotzdem.

Als Ally sich wieder regte, machte Sam Kaffee. Dann fuhr Ally zurück zu Matt. Morgen sollte er Lily abholen und sie herbringen, und am Abend würden sie alle gemeinsam essen gehen: Ally, Matt, Lily und Sam.

Sam hatte Kopfweh, und sie war sehr müde. Sie knipste

die Lampen im Wohnzimmer aus und betrachtete die Stadt durch die Bleiglasfenster. Sie war kalt und nass und wunderschön. Im Kamin machte Sam ein Feuer, dann setzte sie sich davor und sah zu, wie die Kacheln im Licht der Flammen erglühten. Ihre Hand wanderte an den Verband am Hinterkopf, die Berührung ließ sie zusammenfahren. Sie legte sich hin.

Sam schlief neun Stunden durch. Am Morgen, als ihr Bewusstsein mit dem Sonnenlicht hereinströmte, hatte sie eine Vision, unfreiwillig, aber nicht unerwünscht: das Ende der Dinge, die Zeit jetzt und die in der Zukunft, die Welt ohne sie.

DANKSAGUNG

Beim Schreiben dieses Buchs haben mich einige Personen bei der Recherche unterstützt. Mein Dank geht an:

Christine Healy, für ihre Zeit, Intelligenz und die hochamüsanten Erkenntnisse. Peter McCarthy, für sein Wissen und die tiefsinnigen Unterhaltungen und dafür, dass er sich als Testleser zur Verfügung gestellt hat. An Lynne Della Pella Pascale, Samuel Gruber (für seinen tollen Blog namens *My Central New York*), Clifford Ryan, Carol Faulkner, Scott Manning Stevens, Beth Crawford, Tro Kalayjian, Mike Goode, David Haas (für seinen Instagram Account @syracusehistory) und Eric Bianchi. An Joan Farrenkopf, dafür, dass sie mir während meiner Retreat-Wochenenden einen Platz in ihrem Hawley-Green House eingeräumt hat.

An alle Schreibenden, die eine frühe Version dieses Buchs gelesen haben: Chanelle Benz, Ana Moschovakis, Jonathan Lethem, Elizabeth Hovarth, Don DeLillo, Sarah Harwell und Jonathan Dee.

An Melanie Jackson (wie immer, aber besonders im Zusammenhang mit diesem Buch) für ihre klugen Ratschläge, ihre Freundschaft und ihren Glauben an meine Arbeit. Jordan Pevlin für ihre Klugheit, Ermutigung und große Aufmerksamkeit, die diesen Roman so viel stärker gemacht haben.

Meinen Mann Jon und meine Tochter Agnes, weil sie Geduld hatten mit mir und meinen exzentrischen (und endlosen) schriftstellerischen Ansprüchen und dafür, dass ich euch manche Worte förmlich aus dem Mund nehmen durfte.

Viele Antworten, Fragen und Anregungen verdanke ich der Onondaga Historical Association, der Arts and Crafts Society of Central New York und dem Erie Canal Museum. Das Oneida Community Mansion House war eine Inspiration, sowohl der Aufenthalt als auch die Vorträge (besonders der von Anthony Wonderley), *The Stammering Century* von Gilbert Seldes und *Desire and Duty at Oneida* von Tirzah Miller und Robert Fogerty (unter anderem) haben mir dabei geholfen, mir das damalige Leben in der Oneida-Gemeinde vorzustellen.

Der Text zu »Once upon a Dream« stammt von Jack Lawrence und Sammy Fain.

Sams Wissen über die Verschmutzung des Onondaga Lake entstammt Wikipedia, genau wie die vielleicht zweifelhafte Information, dass Wallace Rayfield als einer der Architekten für den Bau der AME Zion Church verantwortlich zeichnete. Das Originalzitat von Alice Bunker Stockham stammt aus: *Tokology: A Book for Every Woman.* Die Bibelzitate in Claras Briefen und Aufzeichnungen stammen aus der Lutherbibel. Die Aufschriften der T-Shirts auf dem State Fair habe ich tatsächlich gesehen, sie wurden auf dem Great New York State Fair verkauft. Ich schulde Dank an Syracuse, eine Stadt, die mich immer wieder aufs Neue fasziniert. Die vielen leerstehenden historischen Gebäude von Syracuse haben mich zu diesem Roman inspiriert, besonders die von Ward Wellington Ward entworfenen Bungalows (so auch das Garrett House).

Dank geht außerdem an die American Academy of Arts and Letters für ihre Unterstützung, ans Syracuse University College of Arts and Sciences für ihre Zeit und Ressourcen, an Fakultät und Studierende des Syracuse University Creative Writing Program.